Benoît Sagaro

Benoît Sagaro habite en Belgique où il travaille comme administrateur d'un centre de kinésithérapie. Ses passions multiples pour la littérature, les voyages, les rencontres et la nature nourrissent son écriture. Fort d'une intrigue bien ficelée et d'une atmosphère prenante, son premier livre, *La Conjonction dorée* (Les Nouveaux Auteurs, 2020), s'est vu récompensé du Prix littéraire *Femme Actuelle* 2020.

LA CONJONCTION DORÉE

BENOÎT SAGARO

LA CONJONCTION DORÉE

ROMAN

NOUVEAUX AUTEURS

FSC
www.fsc.org
MIXTE
Papier issu de sources responsables
FSC® C003309

L'éditeur de cet ouvrage s'engage dans une démarche de certification FSC® qui contribue à la préservation des forêts pour les générations futures.

Pour en savoir plus :
www.editis.com/engagement-rse/

ISBN : 978-2-266-32185-3
Dépôt légal : juin 2022

À Sarah, Gaëlle et Romance,
Mes trois filles chéries...

À Marlène,
Sans qui ce livre n'aurait jamais abouti...

À Angélique et Violetta,
Mes amies grecques de toujours...

« Я человек, Я по середине мира,
За мною мириады инфузорий,
Передо мною мириады свёзд. »

« Je suis l'Homme au milieu du monde…
Derrière moi des myriades de protozoaires…
Devant moi des myriades d'étoiles… »

Arseni TARKOVSKI

Note

Vingt-quatre hommes ont tourné autour de la Lune.
Douze d'entre eux y ont posé le pied.
Tous étaient américains et employés par l'armée.
Beaucoup en sont revenus bouleversés.
Peu ont parlé.
Quelques-uns se sont tus définitivement.
Depuis, plusieurs scientifiques, historiens et astronomes ont disparu dans des circonstances pour le moins étranges.

*

Le mécanisme d'Anticythère se trouve au Musée national archéologique d'Athènes. C'est l'objet le plus complexe et le plus mystérieux de toute l'Antiquité.

La galerie des Offices à Florence est une merveille d'art et d'architecture.

Tous les lieux et objets décrits dans ce roman sont absolument réels. Rien n'a été inventé.

Prologue

Elle sommeillait depuis près de cinquante ans, accrochée à ce qu'il restait du module. Les quatre pieds d'or et d'argent, semblables aux pattes d'un gigantesque insecte, abritaient les fûts métalliques gravés de sinistres logos.

Après tant d'années de silence et de solitude, tout espoir de réveil semblait vain. Le froid brûlant avait définitivement engourdi la machine. Seules les étoiles se reflétaient encore sur son petit écran noir.

Pourtant, défiant toute logique, une lueur verdâtre apparut. Elle tremblota, vacilla, sembla hésiter, peinant à s'éveiller. Soudain, des chiffres défilèrent à une allure vertigineuse, comme pour rattraper le temps perdu. Cela dura deux minutes.

Brusquement, tout se figea en une lumière rougeâtre.

L'écran, alimenté par la pile atomique RTG-241, affichait en grand le mot « ERROR ».

Au pied de l'appareil, des empreintes marquaient l'épaisse couche de poussière. Leur forme et leur apparence, révélées par la lumière blafarde, étaient connues de l'humanité entière. Pourtant, à cet endroit précis, elles témoignaient clairement de l'histoire dramatique qui s'y était jouée.

1

À chaque virage, le crissement des pneus résonnait dans toute la vallée. Le gros 4 × 4 roulait à vive allure sur une route difficile. Le conducteur, très entraîné, ne perdait pas de temps au maniement des vitesses. Malgré l'altitude, le huit-cylindres tournait comme une horloge.

L'homme avait exigé « la meilleure voiture » au responsable des locations de l'aéroport de Santiago. Il n'était pas déçu.

Il se remémorait souvent, lors de ses longs moments de voyage, la qualité de ses missions. Il avait été choisi pour la perfection de son travail. Tout était réfléchi jusque dans le moindre détail. Il savait, depuis qu'il avait été engagé dans l'agence, qu'à la moindre erreur l'issue lui serait fatale. Il n'y pensait même pas. Quinze ans passés chez les SEAL[1] avaient fait de lui un des hommes les mieux préparés au monde.

Il y avait juste un détail, *un petit détail*, que lui seul connaissait. Mais cela, personne ne le saurait jamais.

---

1. Principale force spéciale de la marine de guerre des États-Unis.

Après la portion raide aux multiples virages, la route rectiligne du haut plateau d'Atacama s'ouvrait devant lui.

Le paysage avait changé, maintenant désertique et minéral. La lumière rouge orangé du soir avait envahi le décor. Les ombres accentuaient le relief. Elles accaparaient doucement l'espace. Les cailloux et les rochers sur le plateau paraissaient autant de sentinelles protégeant des citadelles invisibles. Mais l'homme n'était pas là pour contempler le paysage. Il n'avait qu'une idée : arriver sur les lieux le plus vite possible, de préférence avant la nuit.

Il avait reçu les détails du programme quelques heures auparavant et le temps était compté. Il restait quatre jours seulement avant le moment fatidique et un événement imprévisible était advenu. Il fallait faire très vite. L'humanité ne devait pas savoir.

L'homme accéléra encore, prenant tous les risques.

Le soleil commençait à disparaître, laissant place à la clarté cosmique. Au fur et à mesure de son ascension, le ciel se rapprochait, l'univers envahissait l'espace partout autour de lui.

Après un virage serré en épingle à cheveux, la dernière montagne s'offrit à lui. Son regard vif accrocha un point au sommet, illuminé par les lueurs du crépuscule. L'objectif était en vue. Il devina les formes blanches, géométriques, alignées face au cosmos.

Après une dernière montée, il arriva enfin sur le site.

L'homme ralentit et hésita à un embranchement. Les quatre observatoires ressemblaient à des vaisseaux prêts à décoller.

À cet endroit, la Terre frôlait l'univers.

Soudain, un faisceau lumineux surgit d'un des bâtiments, pointant droit vers les étoiles. L'homme comprit que c'était là qu'il devait se rendre et qu'il était temps d'arriver.

Il monta alors vers l'observatoire, tous feux éteints.

Il allait bientôt dénicher sa proie.

2

« Chers frères, le moment tant attendu est proche. D'ici quatre jours, le Soleil, la Lune et les astres vont nous révéler le plus grand mystère d'entre tous. Celui que notre maître nous a enseigné et que nous célébrons en ce lieu depuis deux millénaires. Le moment où Hadès, dieu des Enfers, va libérer nos âmes défuntes pour les laisser voguer vers l'île des Bienheureux. Ce mystère, vous êtes les seuls à le connaître et à pouvoir le protéger. »

Assis sur son trône au fond de l'abside, le prêtre se leva et de ses longs bras implora le ciel.

« Merci à toi, ô grand maître, de nous avoir offert cette connaissance. Merci à toi de rendre nos âmes immortelles. »

Les initiés se levèrent à leur tour et répétèrent en chœur, solennellement :

« Merci à toi, grand maître. »

La phrase résonna sous les voûtes dans un grondement sourd.

Le prêtre reprit :

« Merci à toi, maître, de nous avoir choisis pour vivre ce moment extraordinaire. »

« Merci à toi, grand maître ! » clamèrent de nouveau les initiés en se prosternant légèrement.

Le prêtre, quittant l'abside, s'avança alors dans la basilique souterraine. Il s'exclama encore :

« Toi, Déméter, toi, Dionysos, et toi, Zeus, père de tous les dieux et créateur du cosmos, nous vous convions chacun, ce soir, à notre célébration de purification. Selon notre tradition, recevez le sang de ce sacrifice perpétué chaque fois et à jamais comme preuve de la pureté de nos actes et en l'honneur de notre grand maître à tous. »

Les paroles retentirent longtemps contre les murs froids et humides de l'édifice.

Dans la nef centrale de la basilique, ce fut alors un théâtre de jeux d'ombres et de cris stridents.

La lumière tamisée des bougies derrière les initiés conférait une ampleur effrayante à la scène.

Le grand prêtre s'empara d'un porcelet et, malgré les cris rauques et plaintifs de l'animal, lui trancha la gorge d'un geste vif et précis.

Le sang jaillit et macula l'habit de lin blanc du prêtre. Il recueillit le liquide écarlate dans une écuelle et l'éleva au-dessus de lui.

« À vous tous, maîtres et dieux de la Terre et des ténèbres, recevez cette offrande, symbole de l'ivresse éternelle. »

Toute la décoration de stuc aux murs et au plafond dansait maintenant dans un ballet incroyable et mystérieux. Les personnages et les figures sortaient des parois et y revenaient dans des vagues d'ombre et de lumière.

La basilique souterraine ressemblait à un grand cirque, magique et terrifiant à la fois.

3

Les écrans de la salle de contrôle diffusaient une lumière bleutée.

Elena Dimitrios fixait l'ordinateur devant elle. Il affichait une série de paramètres techniques qu'elle compara, une fois de plus, avec les données de sa liste d'observations.

Le technicien chilien avait passé deux heures avec elle pour lui indiquer la marche à suivre lors des changements d'orientation du télescope. Heureusement, l'appareil était pratiquement automatisé. Le VLT[1] du mont Paranal était un bijou de technologie. Elena avait déjà travaillé dans la plupart des observatoires, aux quatre coins de la planète, mais celui-ci l'avait réellement impressionnée. Ce qu'elle cherchait nécessitait les systèmes de filtres les plus performants. Elle les avait trouvés à cet endroit.

Tous les astrophysiciens rêvaient d'utiliser les pouvoirs de cet appareillage. Pour obtenir ces quelques nuits d'observation, elle avait dû s'y prendre plusieurs

---

1. *Very Large Telescope.*

années à l'avance. C'était une chance qui lui était donnée et qui ne se représenterait plus.

Le jour qu'elle attendait tant était arrivé. Elle allait enfin obtenir des réponses… celles qu'elle espérait depuis des années, depuis la disparition tragique et mystérieuse de son frère.

Tout était silencieux dans la salle de contrôle. Seul le léger ronronnement des ordinateurs était perceptible.

Elena se leva du pupitre pour se verser un café. Les astronomes vivaient toujours à contretemps des gens normaux. Leur journée commençait bien souvent lorsque les autres la terminaient. La nuit était leur univers dans tous les sens du terme.

Elle se rassit, nerveuse, la tasse à la main, et commença à introduire de nouveaux paramètres dans l'ordinateur. Il était temps de diriger le télescope vers l'endroit qu'elle connaissait. Le moment approchait. Elle pourrait même peut-être déjà percevoir quelque chose. Après tant d'années d'investigation et de patience, l'évidence semblait si proche…

Elle avait passé une grande partie de sa vie à chercher. Ses études d'astrophysique terminées, elle était devenue chargée de recherche, puis professeure d'astronomie. Elle enseignait régulièrement dans les plus grandes universités et était réputée pour ses compétences et son sérieux dans les projets qu'elle dirigeait.

Toute petite déjà, elle s'intéressait aux étoiles. Avec ses parents et son frère Adrian, elle était abonnée aux promenades nocturnes. Les discussions en famille, les nuits d'été, face à la Voie lactée, étaient pour elle un régal. Le ciel et l'univers devenaient chaque fois sujets de débats, de rêves et d'imaginaire…

Elena était de dix ans plus jeune que son frère mais elle participait autant que lui à toutes ces conversations philosophiques et parfois même techniques.

Son grand frère… elle le vénérait. C'était son idole. Ils étaient inséparables.

Elle prit une dernière gorgée de café et déposa sa tasse sur le bureau. Elle était prête.

Dans quelques minutes, les énormes télescopes se mobiliseraient rien que pour elle.

Elle se cala au fond du fauteuil et respira profondément, essayant de se détendre en fermant les yeux. Elle se rappela de nouveau son frère adoré…

À la fin de ses études, passionné d'aéronautique, d'espace et d'aventures, Adrian s'était engagé dans l'armée américaine pour y être formé. Brillant, il était devenu l'un des meilleurs pilotes d'essai de l'US Air Force.

En 1968, à seulement vingt-sept ans et en pleine course à l'espace, il fut engagé par la NASA[1]. Il était le plus jeune de sa promotion mais certainement le plus prometteur. Il découvrit le métier d'astronaute et participa au programme Apollo. Encore trop inexpérimenté, il dut s'effacer face à tous ceux qui marquèrent l'Histoire. Grâce à ses qualités hors norme, il fut cependant choisi pour participer à la mission Apollo 18, prévue pour l'année 1973.

Malheureusement, la NASA arrêta son programme après Apollo 17, faute de moyens financiers.

Adrian disparut cette année-là.

---

1. *National Aeronautics and Space Administration.*

Elena venait d'avoir vingt-deux ans le jour où on lui annonça la terrible nouvelle ; son frère était mort lors d'une mission spatiale autour de la Terre. Elle et sa famille ne surent jamais pourquoi. La mission étant classée « secret-défense », les autorités et la NASA n'apportèrent aucun éclaircissement sur les circonstances du drame.

Adrian fut décoré à titre posthume de la médaille d'honneur du Congrès spatial. Sa famille reçut une petite urne qui fut déposée au Green Mount Cemetery à Baltimore.

Il avait trente-deux ans et laissait derrière lui une femme et une petite fille prénommée Christina.

Elena ne put se résigner. La mort de son frère lui était inconcevable. Elle le connaissait trop bien. Il prenait des risques, certes, mais extrêmement calculés. Au fond d'elle-même, elle sentait que la réalité leur avait été cachée.

Par défi, elle termina ses études à la prestigieuse John Hopkins University et obtint le diplôme de docteur en astronomie physique avec la plus haute mention.

Depuis lors, lorsqu'elle scrutait l'espace, elle ne le faisait plus qu'à travers les yeux de son frère. Elle et lui ne faisaient définitivement qu'un, face aux mystères de l'univers.

Puis il y eut ce jour où tout bascula dans sa tête… le 5 avril 1983 quand, lors d'une étude des coordonnées de trajectoire d'un astéroïde proche de la Lune, elle découvrit qu'une suite de chiffres captés ne correspondait pas aux prédictions. Elle les relut à plusieurs reprises et recommença ses calculs. Il y avait une anomalie dans les données… Comme si l'astéroïde semblait avoir étrangement modifié sa direction. Elle fit part de son étonnement à un de ses collègues et ami, Thomas Malkovich, chercheur au réputé Jet Propulsion Laboratory à Pasadena en Californie. Ce dernier, ne comprenant pas non plus les résultats, demanda à la NASA d'en faire une nouvelle expertise. Ils n'eurent pas l'occasion d'en connaître les résultats. Une semaine plus tard, Malkovich fut retrouvé mort dans sa baignoire.

À partir de ce jour-là, Elena se lança dans une recherche éperdue d'informations pour comprendre les raisons de ces décès. La mort de son frère, dix ans plus tôt, puis celle de son ami ne pouvaient, selon elle, être dues au hasard. Elle prit bien soin de rester discrète et d'écarter désormais le plus possible ses amis et ses proches de ses recherches.

Suivant son intuition, elle commença à s'intéresser particulièrement à l'histoire de l'astronomie. Elle mit à profit tous ses temps libres pour améliorer ses connaissances dans les musées et les bibliothèques du monde entier. Par ses origines – sa famille avait émigré de Grèce vers les États-Unis à la fin du XIXe siècle – et connaissant parfaitement le grec ancien, elle devint une des spécialistes de l'histoire astronomique antique. Cela lui permit d'approcher de véritables trésors auxquels seuls quelques privilégiés avaient accès. Elle décortiqua les traités anciens et disséqua bon nombre de globes et de sphères célestes… toujours à la recherche d'éléments.

Elle fit alors une découverte inattendue et réalisa comme le monde entier avait été trompé.

Elle découvrit que certains historiens ou astronomes avaient risqué leur vie, au point parfois de la perdre, en voulant aller trop loin. Un redoutable mécanisme d'effacement de tout indice semblait à l'œuvre. *Par qui ? Pourquoi ?* Ces questions, elle se les posait sans arrêt.

Au bout de trente années de recherches, elle avait accumulé suffisamment de données.

La preuve ultime, elle pensait bien l'obtenir à cet endroit, au milieu du désert d'Atacama, grâce au VLT.

Elle sursauta et sortit brusquement de sa rêverie.

Il y avait eu comme un bruit de moteur lointain, puis plus rien.

Il était maintenant l'heure.

Elle dirigea le télescope vers le point qui l'intéressait et alluma le faisceau guide vers l'espace. Le rayon laser inscrivit une étoile artificielle à quatre-vingt-dix kilomètres d'altitude.

Elena sortit de la salle de contrôle et pénétra dans l'immense hémicycle. Le bruit des machines prit de l'ampleur lors du placement du télescope. Elle observa le rayon rougeâtre et rectiligne qui pointait vers l'espace.

Trois secondes plus tard, la lumière s'éteignit.

Le silence et l'obscurité envahirent subitement l'observatoire.

4

La boîte était ouverte, trônant sur l'antique bureau en acajou. Une odeur de vieille poussière de rayonnage de musée, d'iode et de sel marin s'en dégageait. Elle était rongée par le temps et avait perdu de sa brillance. Les inscriptions gravées tout autour étaient à peine lisibles. Trois mots ressortaient en caractères gras.

« Μηχανισμός των Αντικυθήρων »
(Mécanisme d'Anticythère)

Les yeux du petit homme aux lunettes rondes s'illuminèrent. Cinquante ans de travail méticuleux d'archéologue dans cet établissement sans même savoir que ce trésor pourrissait sur une étagère, abandonné…

Les effluves qui en émanaient envahirent la pièce et se mêlèrent à l'odeur de bois ciré du bureau. Elles lui rappelèrent aussitôt ses premières années lorsqu'il était stagiaire et qu'il classait les collections au fond des réserves du musée. Peut-être ce coffret était-il passé à l'époque entre ses mains ? Avait-il été oublié ? Perdu ? S'il avait su, alors… *Un véritable gâchis*, songea-t-il. C'était pourtant lui, le spécialiste des mécanismes de l'Antiquité. Lui, Xénophon Petropoulos, qui avait passé sa vie entière à déchiffrer et à comprendre les appareillages savants des Grecs anciens.

Depuis sa thèse sur les engrenages complexes de la Grèce antique, il avait continué à s'intéresser aux instruments marins et astronomiques de cette civilisation. Et maintenant, ce qui n'était plus qu'un rêve, après tant d'années, se dévoilait devant lui… Les morceaux oubliés d'un des mécanismes les plus sophistiqués.

Quatre-vingt-cinq éléments avaient déjà été répertoriés et analysés mais personne n'eut soupçonné qu'il en restât encore. Le Pr Petropoulos avait vérifié la concordance du numéro de référence du coffret : 15 087. Cela correspondait. Son prédécesseur, lui aussi, avait retrouvé des fragments, des dizaines d'années auparavant mais Xénophon n'aurait jamais imaginé qu'un jour il puisse récupérer ceux-ci.

Délicatement, il les sortit un à un de la vieille boîte.

Il y en avait trois. Deux étaient dans un bon état de conservation malgré le temps passé hors de l'eau. Le troisième donnait l'impression de se désagréger. Il se dit qu'il le porterait au laboratoire le lendemain matin. Il était vingt-trois heures et le musée avait fermé ses portes depuis quelques heures déjà. Le professeur était trop curieux. Une pareille trouvaille ne pouvait attendre.

Depuis plusieurs décennies, ses collègues et lui tentaient de percer les mystères de ce mécanisme ultraperfectionné. Xénophon rêvait d'en découvrir encore quelques secrets.

Seul dans le musée, ce soir-là, personne ne le dérangerait.

Il prit soin de placer le premier élément sur une plaque de verre pour pouvoir l'étudier confortablement.

Il s'aperçut tout de suite de la richesse de cette pièce et distingua d'emblée plusieurs caractères et des parties de mots.

Le cœur du professeur commença à battre la chamade. Transpirant dans son bureau sans climatisation, il se versa un verre d'eau et installa sa vieille loupe binoculaire Zeiss DV4 au-dessus du fragment rongé par le temps.

Ce qu'il aperçut le stupéfia.

Une portion de roue dentée était incrustée dans le sédiment et son état de conservation était bien supérieur à tous ceux qu'il avait étudiés depuis cinquante ans.

Au fur et à mesure que Xénophon Petropoulos déchiffrait ce qu'il voyait, son étonnement grandissait. Il parvint à transcrire la presque totalité des signes inscrits. Certains restaient malgré tout incompréhensibles. Il devrait procéder à des vérifications plus fines ultérieurement avec des moyens plus sophistiqués. Le laboratoire du musée était fermé depuis longtemps et il ne se sentait pas l'envie d'importuner le gardien à cette heure tardive.

Les caractères et les glyphes qu'il découvrit étaient en grec ancien comme sur les autres engrenages et roues dentées du mécanisme mais, sur ce fragment, il aperçut de nouveaux sigles qu'il ne connaissait pas. Il fut surpris de trouver un symbole astrologique rare. Cette partie du mécanisme lui révélait tout autre chose que ce qui était connu. Il en fut tout étourdi.

Pressé de connaître la suite, il sortit le deuxième fragment de la boîte poussiéreuse et le plaça sous sa loupe.

Juste à ce moment, le téléphone sonna. Il ne répondit pas. Personne ne pouvait interrompre un tel moment d'excitation archéologique. Il rappellerait plus tard.

Le deuxième morceau paraissait tout aussi intéressant, plus épais et plus large à sa base. Il semblait correspondre et se joindre au premier.

Oui… Les deux devaient former un tout à l'origine ! se dit-il.

Il présentait également une partie d'engrenage. Son inhabituelle grandeur étonna le professeur. De plus, incrustés à l'intérieur du sédiment, des rouages plus petits formaient un ensemble compact. Xénophon se lança dans le décryptage des quelques caractères visibles sur le fragment de roue.

Il parvint à déchiffrer des lieux, d'abord situés en Grèce, puis dans l'espace, et plus précisément dans le système solaire. Il devina encore qu'on parlait de temps. Il décrypta les mots « jours », « années » et « siècles »…

Le visage du professeur se décomposa.

Xénophon devait prévenir une personne en urgence. Il prit son téléphone et constata qu'elle avait justement essayé de le joindre. Il appela, en vain. Elle ne répondait pas.

Hagard et terrifié, il sortit dans le couloir et se précipita dans le noir vers les grandes salles du musée.

5

Le lieutenant-général Walter Lagarde sortit de son bureau, le téléphone à la main. Il fulminait. Les nouvelles étaient catastrophiques. Jamais il n'aurait imaginé un tel scénario. Pourtant le matériel qu'ils avaient utilisé était robuste, d'une grande simplicité et, durant des années, il avait fait ses preuves. L'énergie n'était pas non plus un souci, la pile atomique fonctionnerait encore pendant plusieurs centaines d'années. Pourquoi le signal ne leur parvenait-il plus ? Avait-il été trop optimiste ? Devant l'urgence, il avait dû opter pour un plan alternatif, beaucoup plus risqué. Il ne restait que peu de temps. Les ordres avaient été transmis et ses meilleurs agents faisaient le nécessaire. Malheureusement, un imprévu pouvait toujours se produire. Dans ce cas, il lui resterait une ultime solution mais il n'osait pas encore y penser.

À l'autre bout du couloir, il arriva dans son domaine. Seulement quelques personnes triées sur le volet pénétraient dans cette partie du bâtiment. Lui, ses deux collaborateurs spécialistes en informatique, et une poignée de techniciens. Il rentra dans le sas d'entrée de la « triple SA[1] », l'Agence spéciale de sécurité spatiale, une cellule indépendante issue de la NSA[2]. Les portes en acier se refermèrent derrière lui. Une caméra de contrôle se mit en marche, protégée par une vitre blindée de cinq centimètres d'épaisseur. Le général Lagarde prononça son nom à l'intérieur du sas. À la seconde, un algorithme d'empreintes acoustiques décortiqua sa voix. Le système d'identification vocale était infaillible. Il était étalonné pour une durée d'un an et reconnaissait les détails de la voix du général, même enrouée.

Il plaça ensuite son regard devant un miroir. Un scanner balaya ses deux iris simultanément. Le logiciel de reconnaissance était fiable à plus de quatre-vingt-dix-neuf virgule quatre-vingt-dix-neuf pour cent et, en moins de cinq secondes, il comparait ses caractéristiques oculaires avec celles d'une population aussi large que celle des États-Unis.

Enfin, il mit sa main droite devant un écran pour l'analyse de son empreinte digitale. Trois voyants verts s'allumèrent simultanément et le dispositif d'ouverture du sas s'enclencha. Lagarde pénétra précipitamment dans la salle de contrôle. Les murs y étaient recouverts d'écrans sur lesquels défilaient des centaines d'images. Au fond de la pièce, une porte vitrée était entrouverte, laissant apercevoir des super-ordinateurs.

Depuis ce lieu, le général Lagarde contrôlait le monde entier. Il avait accès instantanément à n'importe quelle information. Son QG était connecté aux serveurs de la NSA et des plus grands centres

1. *Space Security Special Agency.*
2. *National Security Agency.*

informatiques des États-Unis. Il bénéficiait d'une puissance phénoménale, disponible à tout instant. Et tout cela de la façon la plus discrète possible.

En 1974, lors de la fin du programme lunaire Apollo, le gouvernement américain avait décidé d'allouer, dans le plus grand secret, un budget spécial à cette cellule. Elle avait été nommée « triple SA », était ultra-confidentielle et peu de gens connaissaient son existence. Walter Lagarde en avait été promu responsable, car il était la personne la plus qualifiée pour la faire fonctionner. Il se sentit tout de suite investi d'une mission hors du commun : élaborer toutes les stratégies pour protéger un secret colossal. Pour mener à bien cette tâche, il lui fallait des moyens. Des fonds étaient débloqués chaque année pour permettre l'activité de la cellule. Il avait engagé les meilleurs informaticiens, les historiens les plus doués, et enfin une véritable unité d'élite veillant à éviter que tout individu proche de la vérité ne nuise aux objectifs de l'agence.

Le capitaine Carl Bennett, se relevant de son bureau, vit la mine agacée de son supérieur. Il lui dit d'un ton neutre :

— Toujours aucun signal, mon général. J'ai relancé le protocole à plusieurs reprises, sans résultat. J'ai tenté de contourner les systèmes de sécurité pour essayer de reprendre le contrôle de l'appareil mais les logiciels utilisés à l'époque ne le permettent malheureusement pas. Je continue tout de même en amplifiant au maximum l'émission radio.

— Continuez, Bennett, continuez ! répondit Lagarde, exaspéré, en se dirigeant vers le bureau central. Rendez-vous compte ! C'est la simplicité de cette machine qui nous pose aujourd'hui des problèmes !

Il frappa du poing sur le bureau.

— Bon sang, jamais je n'aurais cru cela !

Après un long silence, le capitaine reprit :

— J'oubliais, mon général, j'ai vérifié les mots-clés pour les dernières vingt-quatre heures sur le logiciel d'analyse des communications. Rien de particulier à signaler. Juste une augmentation de fréquence du mot « conjonction ».

— C'est normal, Bennett. On approche de la date. Tout à fait normal.

— Il y a quand même un hic, mon général. Nos informations nous révèlent qu'un télescope au Chili a été dirigé sur la zone.

— Je suis déjà au courant, Bennett. Ne vous inquiétez pas. J'ai envoyé notre meilleur homme sur place. Ce problème va être résolu incessamment. D'ailleurs, il reste aussi un autre élément à risque à éliminer à Athènes et il se peut que les deux soient déjà neutralisés.

Dans l'agence, chacun avait sa spécialité et personne ne débordait de son cadre. Le général Lagarde en était le grand centralisateur. La cellule spéciale, en fait, c'était lui, et lui seul. Il était le maître absolu à bord. Ceux qui avaient essayé d'obtenir des informations sur son service ou qui en connaissaient un peu trop pour le gêner disparaissaient rapidement. Son pouvoir reposait sur le « secret-défense ». Impossible dès lors de lui demander des comptes. Lagarde fonctionnait en électron libre, profitant de tout un système.

Vingt ans auparavant, à la fin de la guerre froide, certains dirigeants avaient émis des réserves sur cette agence spéciale, sa politique ainsi que sur les fonds qui lui étaient octroyés. En quelques jours, tout fut réglé et plus personne n'osa prononcer le nom de la cellule. Certains démissionnèrent, un disparut, et les budgets furent même augmentés. Lagarde était tout-puissant. Il pouvait inventer et démonter n'importe quel scénario. Il maîtrisait l'information, sans aucune limite. Les personnes qui le connaissaient le redoutaient. Il était préférable de s'en faire un allié. On lui aurait demandé de déchoir le Président, de provoquer une guerre ou de devenir l'homme le plus riche de la planète, en trois jours il l'aurait réalisé. Mais il n'avait pas besoin de cela. Une seule chose comptait pour lui : l'unique objet que, depuis plus de quarante ans, il s'était attribué.

Le général sortit de ses pensées. Il observait Bennett de dos, qui s'affairait sur un clavier. Il pensa qu'à sa mort il aurait bien voulu voir le capitaine le remplacer. Il le considérait comme son successeur. *Un élément sûr*, se dit-il.

— Vous ferez une recherche approfondie sur ces nouveaux mots, Bennett, lui demanda-t-il.

Il lui tendit un papier.

Bennett lut trois mots-clés. Il reconnut le nom d'un illustre homme grec, celui d'un savant italien, et enfin d'un roi français. Chacun d'eux avait magistralement marqué l'Histoire à sa façon.

6

Les éclairages de secours prirent le relais automatiquement. Le télescope, gigantesque, trônait comme une bête dressée au milieu de la cathédrale de métal. Elena se retrouvait dans une semi-pénombre. Seul le faisceau laser dirigé vers l'espace fonctionnait encore et conférait à l'ensemble une ambiance de *Guerre des étoiles*. Elle revint rapidement vers la salle de contrôle qu'elle venait de quitter. Tous les écrans étaient éteints. Un silence inhabituel régnait là aussi. Elle décrocha un téléphone. Aucune tonalité. La ligne était coupée. Elle se rappela qu'elle était seule sur le site. Elle l'avait réservé rien que pour elle pour les premières heures de la nuit afin de bénéficier de toute la puissance de l'interférométrie. Ce système unique, combinant les quatre télescopes du VLT en un seul, décuplait les propriétés d'observation au point de pouvoir voir un homme marcher sur la Lune. Ce soir, celle-ci était pleine et ronde. D'habitude, l'astre de la nuit dérangeait les astronomes, car il amenait trop de pollution lumineuse, empêchant toute observation convenable du cosmos. Mais, dans ce cas-ci, il intéressait Elena au plus haut point. Ce soir-là, elle était donc seule à y trouver de l'intérêt. Le personnel et les autres scientifiques étaient descendus à l'hôtel de l'observatoire, deux kilomètres plus bas.

Elena empoigna son téléphone portable laissé sur son bureau et prit quelques instants pour évaluer la situation. Malheureusement, elle n'avait pas pris soin d'y enregistrer les numéros de l'hôtel. Elle décida de quitter la salle de contrôle et pénétra de nouveau dans l'hémicycle. *Trouver la salle des fusibles… c'est peut-être le mieux à faire*, songea-t-elle. Elle descendit prudemment l'escalier métallique qui l'amenait vers la base du télescope. Ses sens étaient en éveil. Elle savait ce qui était arrivé à de nombreux scientifiques et historiens qui étaient allés trop loin dans leurs investigations. Ce soir, c'était peut-être son tour.

Elle se sentit très vulnérable au milieu de la rotonde et préféra remonter pour se retrouver en hauteur. Elle y alla à pas de loup. Les idées quant à la meilleure stratégie défilaient dans sa tête. *Remonter et peut-être ne plus pouvoir descendre, prise au piège comme un poisson dans une nasse, ou filer vers l'extérieur pour atteindre l'hôtel ?* Elle opta pour la seconde solution. Elle redescendit une nouvelle fois et se dirigea silencieusement par un couloir vers la sortie qui la mènerait sur l'esplanade extérieure. Arrivée devant la porte, elle l'ouvrit en douceur. Un courant d'air froid s'engouffra. Les nuits dans le désert, à deux mille six cents mètres d'altitude, étaient glaciales. Elle aperçut dans le sas d'entrée, accrochée à un portemanteau, une veste de travail qu'un membre du personnel avait oubliée. Elle l'enfila, remonta le col et sortit.

Sur l'esplanade des télescopes, le ciel n'était qu'étoiles. La Voie lactée, accompagnée de la Lune, illuminait la nuit à perte de vue. Des milliers de guirlandes lumineuses décoraient la voûte céleste. Elena respira un grand coup d'air frais et s'avança. Tout était silencieux. Aucune lumière artificielle, l'électricité étant coupée. Devant elle, les silhouettes sombres des quatre télescopes, alignés sur presque trois cents mètres, se détachaient du fond lumineux. S'orientant, elle comprit qu'elle devrait traverser l'esplanade jusqu'au dernier pour ensuite prendre la route vers l'hôtel. Le seul ennui, c'est qu'elle serait visible. Prenant son courage à deux mains, elle s'élança vers le deuxième télescope. Il y avait une cinquantaine de mètres à franchir en zone découverte. Tout à coup, elle crut apercevoir un mouvement de l'autre côté de la place. Elle s'arrêta net et scruta fixement, sans plus bouger, durant de longues secondes. Elle pensa distinguer une forme immobile. Elle hésitait. *Est-ce quelqu'un ? Mes yeux me jouent-ils des tours ?* Au bout d'un moment, elle se ravisa et repartit promptement. Il lui restait dix mètres. *Pourvu qu'une porte soit ouverte*, pria-t-elle. Elle tourna rapidement autour de l'observatoire, cherchant une issue qu'elle aperçut enfin. Elle l'ouvrit brutalement et s'y engouffra. Poussant un soupir de soulagement, elle verrouilla la porte en triple vitesse puis se précipita dans le couloir vers la salle centrale du deuxième télescope.

Lorsqu'un bruit sourd résonna en provenance de la porte, son cœur s'emballa violemment dans sa poitrine. Il lui fallait fuir. Une pensée traversa alors son esprit. Elle se souvenait que chaque télescope était relié aux autres *via* un réseau de tunnels souterrains permettant le passage et la recombinaison des informations optiques. Grâce à la technique d'interférométrie, un jeu de miroirs dirigeait la lumière des télescopes très précisément, l'amenant vers un appareil centralisé qui la recomposait ensuite en une image d'une extraordinaire finesse. Elena devait trouver ce passage qui allait la conduire sous terre. Elle fit le tour du télescope en courant.

Un grand coup retentit de nouveau du côté du sas d'entrée.

Dans un sursaut de panique, elle trébucha sur un objet et s'étala. Sa tête heurta un montant métallique. Après un instant d'étourdissement, elle se releva péniblement sur ses genoux et sentit un liquide chaud couler sur son front. Le choc avait ouvert son cuir chevelu. C'est là, à quatre pattes, qu'elle aperçut une grille cadenassée devant un escalier en colimaçon qui descendait vers les profondeurs de la rotonde. Dans la semi-obscurité, il lui sembla distinguer un panneau affichant « NO ENTRY – INTERFEROMETRY ». Elle chercha l'objet qui l'avait fait tomber. Un ouvrier de maintenance avait laissé son matériel de soudure sur un petit chariot. Elle souleva une bouteille d'acétylène et percuta la grille avec force. Elle dut s'y reprendre à deux fois. Le cadenas lâcha.

Elle entendit des pas de course dans le couloir vers la rotonde. Arrachant la grille, elle se jeta dans l'escalier. Arrivée en bas, après un sas, elle se retrouva à l'entrée d'un tunnel très sombre. Elle n'en voyait pas le bout. Un éclairage de fortune brillait çà et là le long du couloir. Elle se mit à courir, fuyant à toutes jambes. Soudain, un embranchement. Deux possibilités s'offraient à elle : d'un côté, elle filerait vers les troisième et quatrième télescopes, de l'autre, elle retournerait vers le premier. Le sang coulait maintenant sur son œil gauche. Elle n'arriva pas à lire les inscriptions sur le panneau qu'elle devina en face d'elle.

Paniquée, elle se précipita dans le couloir de gauche et s'enfonça dans la pénombre.

7

Déboulant du couloir desservant les bureaux, le regard hébété, le professeur pénétra dans la grande galerie du musée, en bas de l'escalier monumental. Il faisait nuit dans les salles accessibles au public. Seule la clarté de la pleine lune diffusait à travers les vitres hautes du bâtiment. La lumière argentée inondait la grande salle. Les stèles et les statues grecques alignées projetaient leurs ombres tant au sol qu'aux murs. Titubant, Xénophon s'arrêta net. Ses derniers pas sur le dallage en marbre firent écho jusqu'aux plus lointaines salles du musée.

Impossible ! Inimaginable... se répétait sans cesse le Pr Petropoulos. Ce qu'il avait déchiffré dépassait la raison. Toutes ses convictions étaient remises en cause. Que devait-il faire ? Prévenir son amie au plus vite ? Mais lui-même encourait aussi un énorme danger. Il en était conscient, il devait avant tout protéger l'objet de toutes ses recherches, dont une partie lui livrait aujourd'hui un savoir inestimable. *Parvenir à le prendre dans sa vitrine, salle trente-huit*, songea-t-il. *Et l'emporter dans un lieu sûr…*

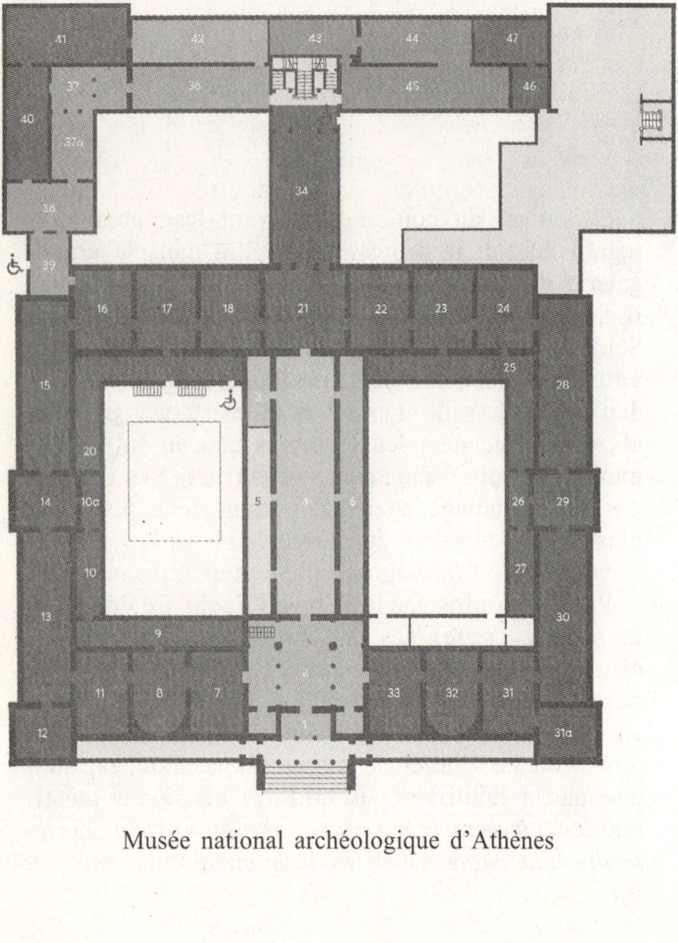

Musée national archéologique d'Athènes

En franchissant la salle trente-six qui s'ouvrait à sa droite, il pouvait y arriver rapidement. Il s'y engouffra et la traversa, ignorant la fabuleuse collection Karapanou exposée derrière des vitrines.

Arrivé à la salle trente-sept, il tourna à vive allure vers la gauche et faillit tomber à la renverse. Son élan et sa corpulence le déséquilibrèrent… ce qui le sauva. Un éclair jaillit de l'endroit qu'il avait prévu d'atteindre.

Il sentit une brûlure foudroyante au visage.

Au même instant, un faisceau rouge balaya l'espace autour de lui. Il était la cible d'un tireur ! Le professeur roula sur le côté. Protégé par une vitrine, il se releva et fit demi-tour, fuyant vers les salles qu'il venait de quitter. Il déboula de nouveau dans le grand hall des stèles funéraires inondé de lumière lunaire. Il porta la main à son visage et sentit qu'une partie de sa joue manquait.

Paniqué, avec une seule idée en tête, il fila droit devant lui, traversant la grande galerie vers la salle centrale du musée, celle du célèbre jockey d'Artémision.

Avec le peu de lucidité qu'il lui restait, il imagina qu'il devait amener ses agresseurs à l'autre bout du musée. *Peut-être les égarer*... ce qui lui donnerait du temps pour récupérer son trésor. Il arriva très nerveux dans la salle vingt et un.

Le grand cheval en bronze et son petit jockey à califourchon trônaient en son centre. Dans la pénombre, les deux paraissaient bondir hors du sol et s'élever dans les airs. Les statues placées tout autour formaient une ronde, semblant admirer la fougue de l'enfant.

Mais le Pr Petropoulos n'en avait cure. Haletant, trempé de sueur, il bifurqua à gauche en direction des collections d'art classique et hellénistique. Il connaissait le musée comme sa poche. Après quelques petites salles, où le mouvement de sa fuite éperdue colla au corps le drapé d'une néréide à cheval et souleva celui d'une Victoire ailée, leur apportant à toutes deux un supplément de grâce, il pénétra dans la salle vingt-huit et fut troublé lui-même lorsqu'il s'approcha des éphèbes en bronze qui, dans l'obscurité, défiaient le monde.

Il croisa ensuite Thémis, déesse de la justice, puis Poséidon. *Si seulement ils pouvaient freiner l'élan de mes poursuivants...* espéra-t-il. Pour la première fois de sa vie, Xénophon Petropoulos, pourtant agnostique convaincu, demanda de l'aide aux dieux. Laissant ses protecteurs derrière lui, il bifurqua au fond à droite et traversa en courant les trois salles de la période romaine, sous les regards compatissants des bustes des empereurs romains.

Enfin, il arriva à l'autre bout du musée.

En face de lui, le hall d'entrée, soutenu par ses imposantes colonnes doriques, était semblable à un véritable temple grec. La lumière tamisée venant d'un atrium éclairait l'ensemble.

Xénophon se dirigea à petits pas vers les lourdes portes d'entrée, guettant un éventuel assaillant. Il s'imaginait que le moindre bruit dans cette pièce allait être décuplé à l'infini. La douleur à la joue lui était insupportable. Il perdait du sang et sentait ses forces diminuer. Malgré cela, il tenta d'ouvrir les énormes portes. Sans succès. Il était emprisonné dans son propre musée.

Un éclair doré sortit de la salle juste en face de lui, à l'autre bout du hall. Le masque d'or d'Agamemnon lui renvoyait l'éclat de la lune. Constatant que ce trésor inestimable était toujours à sa place, le professeur comprit que ce soir, c'était lui, et lui seul, qui était visé.

Elena avait donc raison… Il aurait dû la croire. La mort de son frère Adrian était devenue pour elle une obsession. Xénophon avait toujours pensé qu'elle s'était lancée dans une croisade éperdue contre un ennemi imaginaire… Mais c'était lui qui avait tort.

Le rayon doré provenant du masque funéraire disparut. *Un nuage voilant la lune ? Non... la nuit est claire*, songea-t-il. *Quelqu'un ?* À cette pensée, le professeur s'élança de l'autre côté du hall vers les salles de la période archaïque.

Face à lui, à l'entrée de la salle sept, se dressait l'amphore funéraire monumentale du Maître de Dipylon, lui barrant la route. Il fit un rapide écart pour la contourner et aperçut de justesse un point lumineux sur celle-ci, suivi d'un bruit étouffé. Une arme à viseur laser et munie d'un silencieux avait tiré. Son écart venait une fois de plus de le sauver. Les dieux semblaient être avec lui. Il traversa rapidement les salles sept et huit, protégé dans son dos par l'immense amphore, et parvint dans la salle onze, celle des *kouroi*, imposantes sculptures de jeunes hommes nus, dressés, immobiles comme des gardiens de pierre. Exsangue, il implora leur aide mais les statues, indifférentes à son sort, restèrent de marbre.

C'est alors que Xénophon vacilla. Un projectile venait de traverser sa cuisse gauche. Il hurla de douleur et tomba à la renverse. Apercevant de nouveau le rayon rouge, il rampa derrière le Kouros de Milo. Se traînant, il glissa, à moitié couché, à moitié à genoux, vers la salle treize. Sa joue et sa jambe le faisaient atrocement souffrir. Il n'eut comme solution que de se blottir derrière un socle portant un *kouros* qu'il ne reconnut même plus. Deux secondes plus tard, les yeux embués, il aperçut une ombre munie d'un pistolet entrer dans la salle. Lorsque l'homme s'approcha de la statue, Xénophon Petropoulos entendit sa respiration. Dans un effort surhumain, et en un ultime combat, le professeur s'arc-bouta sur le *kouros* et le déséquilibra sur son agresseur. La sculpture bascula comme une masse et s'écrasa sur la jambe du tueur. Le professeur entendit un bruit de craquement suivi d'un cri. Il se releva péniblement, utilisant ses dernières forces et, sans se soucier de l'homme gémissant sous la statue, il traversa en titubant la dernière salle. Il n'avait plus le temps ni la force d'aller chercher son trésor. Il lui restait donc une dernière chose à faire. Une dernière rencontre. Il atteignit la salle quinze.

Il le vit alors qui l'attendait, majestueux, devant lui au milieu de la salle, dans la clarté lunaire.

Xénophon, cette nuit-là, avait donné rendez-vous au plus grand de tous : le dieu des dieux.

Il venait pour lui dire son secret.

8

Fuir.

Elena courait à perdre haleine. Elle se sentait telle une bête traquée au fond de son trou. Sa vision était brouillée. Le sang coulait sur son visage et dans ses yeux. Elle s'était engagée dans le tunnel de gauche et il était trop tard pour faire demi-tour. Avait-elle pris la bonne direction ? Dans le couloir, des zones d'ombre se succédaient. Si elle continuait, elle se rendrait de nouveau visible, car elle approchait d'un endroit plus éclairé.

Placé juste au centre de la galerie, l'appareillage optique pour l'interférométrie reposait et glissait sur de longs rails, qui faisaient penser à de petites voies de train, sur lesquels des chariots portaient des miroirs. Rails et chariots se trouvaient à mi-hauteur d'homme et occupaient une partie importante de la largeur du tunnel. Des appareils de mesure sophistiqués étaient installés à intervalles réguliers. Partout, miroirs et lentilles se donnaient la réplique pour guider la lumière. Cela ressemblait à un gigantesque domino de verre.

Elena remarqua un renfoncement dans la paroi basse, juste sous les rails. Elle se glissa dans le trou et ne bougea plus.

Son poursuivant allait hésiter à l'embranchement. Il lui restait donc une chance. Elle entendit résonner un bruit de course qui s'amplifiait. Et puis… plus rien.

Des secondes et des minutes passèrent. *Où était-il ? Caché à côté d'elle à l'affût ? Pourquoi ce silence ?* Elle bougea très doucement et fouilla les poches de sa veste. D'abord la poche droite. Elle aurait bien espéré trouver un couteau ou une arme mais, à la place, elle sortit un carnet de notes et un crayon. Avec ça, elle n'irait pas loin. Elle prit le crayon dans sa main droite et le serra, le tenant comme une arme. Puis la poche gauche. Là, elle sentit une petite boîte. C'était léger. *Une boîte d'allumettes.* Le propriétaire de la veste qu'elle avait empruntée était vraisemblablement fumeur. Elle aurait préféré qu'il soit agent secret pour y découvrir un quelconque gadget paralysant.

Tournant légèrement la tête, elle remarqua le reflet tout proche d'un miroir sur sa gauche. Il scintillait.

Bon sang ! Le miroitement du verre lui éclaircit subitement les idées. Elle tâtonna aux alentours du miroir, cherchant le meilleur endroit. Elle sentit une petite plateforme. Cela ressemblait à un tapis en caoutchouc déposé sur le chariot. Elle arracha délicatement quelques feuilles du carnet et en fit une boule de papier, qu'elle glissa avec précaution sur le tapis en face du miroir.

Elle craqua une allumette.

Sa main tremblait. Elle bouta le feu à la boule de papier, qui s'enflamma devant la lentille. Dans la seconde, des centaines de miroirs se renvoyèrent l'image de cette boule de feu à travers tout le système optique.

Le tunnel s'embrasa.

Un hurlement déchira le silence.

Elena sortit la tête de sa cachette. Elle aperçut un homme tout de noir vêtu, à quelques mètres d'elle, au milieu des flammes. Il criait et se débattait, gesticulant dans tous les sens.

Bondissant hors de son trou, Elena se remit à courir vers le bout du tunnel. *Pourquoi l'homme hurle-t-il ? Ce n'est que de la lumière pourtant...*

Elle trouva le sas à l'extrémité de la galerie. Une inscription sur la porte lui coupa les jambes : « YEPUN », le nom de l'observatoire principal. Celui d'où elle venait. Ce tunnel l'avait ramenée à son point de départ.

Les flammes et le feu disparurent progressivement. L'homme reprenait ses esprits. Il entendit au loin la porte du sas et les pas d'Elena. Se ressaisissant, il se lança à la poursuite de l'astronome.

Elena grimpa l'escalier en colimaçon. Elle priait tous les saints, espérant que la grille ne soit pas cadenassée. La voyant rabattue, elle se jeta dessus comme une tigresse. La grille s'ouvrit… Cela lui donnait quelques secondes. Elle chercha vainement un objet pour bloquer la grille derrière elle. Elle ne trouva qu'une caisse d'outils qu'elle plaça dessus. La partie n'était pas encore jouée.

Elle ramassa un miroir qui traînait sur un établi et s'approcha de l'énorme télescope. Regardant vers le sommet, elle repéra le rayon laser. Elle grimpa à toute volée l'escalier qui allait l'amener en haut de la forteresse de métal. À mi-hauteur, elle passa devant le bord du miroir parfait de huit mètres de diamètre. Celui-ci ressemblait à un petit lac d'eau cendrée, brillant comme du mercure.

Elle repensa à la scène du feu dans le tunnel. Auraitelle perçu une faille chez son poursuivant ?

Derrière elle, la grille explosa. L'homme était visiblement décidé à en finir. Il sortit comme une bombe de la trappe et aperçut en se relevant l'ombre de sa victime au-dessus de lui.

Il eut une hésitation.

Sa proie était accrochée au-dessus du vide, impérieuse, le défiant de toute sa hauteur. En arrière-fond, la Lune géante et brillante occupait tout l'espace. Devant l'astre, Elena s'était métamorphosée en divinité grecque, Artémis, déesse de la lune mais aussi de la chasse… L'effet scénique était manifeste.

L'homme recula pour comprendre. Ce fut, alors, comme dans une tragédie. Elle le toisa.

— Que cherchez-vous ?

L'homme ne répondit pas. Elle continua :

— Quoi que vous fassiez, le monde va connaître la vérité d'ici quelques jours !

L'homme ne répondit toujours pas. Il entama la montée par l'échelle.

— Dites-moi au moins si vous l'avez vue ! lui cria-t-elle.

L'homme hésita à parler, mais continua.

— De quelle couleur est-elle ? Dites-moi !

Elena sentit un flottement.

Le tueur s'arrêta et la regarda fixement. Un sourire sembla poindre sous sa cagoule noire. Il répondit :

— Vous voulez le savoir ? Elle est bl…

Ce fut juste le moment que choisit Elena pour couper le rayon du laser avec son miroir, et le dévier tel un éclair vers son adversaire.

L'homme, surpris par la manœuvre, tomba à la renverse dans l'escalier. Elena le suivait au plus près. Le faisceau rouge, extrêmement puissant, balayait toute la zone, guidé par la déesse chasseresse. Il fit sauter une bonbonne d'azote liquide, qui aspergea le tueur. Celui-ci hurla de douleur et roula au sol, échappant au rayon. Il disparut sous le télescope. Une minute plus tard, l'ombre noire sortit de sa cachette et reprit son ascension, enveloppée dans une couverture métallique réfléchissante, semblable à celles que l'on trouve dans les kits de premiers secours.

Elena Dimitrios se battrait jusqu'au bout. Elle sortit son portable et appela la Grèce, plus précisément le musée archéologique d'Athènes. Personne ne répondit.

Elle appela alors la Cité des Étoiles.

9

G5[1].

G6. La pression commençait à vraiment se faire sentir. Le poids du corps écrasait le siège. La voix sortant des haut-parleurs restait calme mais ferme.

« Passage vers G7. Équilibrage respiration. Inspi – blocage – expi. »

G7. On y est.

Christina connaissait ce palier des 7 G. À partir de cet instant, elle allait devoir lutter pour tenir le plus loin possible. Tout était dans le rythme respiratoire et la concentration.

G8. Ne pas partir, rester éveillée.

Les multiples voyants de la cabine commencèrent à trembler. Elle sentait ses yeux saillir de leurs orbites. La peau de son visage se tendait vers l'arrière. Ses bras, collés aux accoudoirs, pesaient des tonnes.

G9. La voix, maintenant plus rapide, devenait autoritaire, scandant le temps comme un métronome.

« Inspi – bloquer – souffler. Inspi – bloquer – souffler. »

1. G = g = gravité = unité d'accélération.

Les oreilles de l'astronaute commençaient à bourdonner. Sa vision devenait floue. Le bruit de la centrifugeuse s'était fortement amplifié.

G10. Christina luttait pour rester consciente.

G11. Elle n'entendait déjà plus la voix qui la dirigeait. Tout cela semblait loin, très loin…

G12… crut-elle entendre. Son cerveau allait exploser. Son corps, se démanteler. Elle voulait crier pour tout arrêter, mais plus aucun son ne pouvait sortir de sa gorge. La cabine avait disparu. Elle se sentait enfin légère. Un état d'apesanteur. Qu'il était agréable de voler. Elle planait doucement vers la lumière. Devant elle, un homme revêtu d'un scaphandre spatial s'approcha. Il se tourna vers elle, lui sourit et s'éloigna.

— Papa… Papa ! cria-t-elle.

L'homme se retourna une nouvelle fois en souriant, puis continua vers la lumière.

— Papa ! Pourquoi ? Viens près de moi ! hurla-t-elle.

Une profonde tristesse la submergea.

Elle entendit un bruit strident, qui ressemblait à un cri. Puis une alarme sourde la sortit de son errance, comme une foreuse percutant la roche.

La centrifugeuse s'était emballée et dépassait toutes les limites. Christina tournait comme une toupie folle. Rien ne pouvait arrêter la machine. La cabine virevoltait maintenant dans tous les sens. Subitement, elle se détacha et éclata en percutant les murs du bâtiment. Christina se sentit tomber dans un trou immense, sans fin.

Elle se réveilla dans un grand cri et se retrouva assise sur son lit. Pour se calmer, elle prit une grande bouffée d'air. Son portable venait de la réveiller et le bruit sourd de la sonnerie annonçait une batterie plate. Elle se dit qu'elle était contente d'être toujours en vie. Le même cauchemar la sortait du sommeil ces derniers temps et chaque fois en fin de nuit. Sans aucun doute, le stress. La tension, ces derniers jours, avait été éprouvante. Il ne lui en restait que quelques-uns avant de réaliser le rêve de sa vie : quitter la Terre et monter dans l'ISS[1], la station spatiale internationale. Son entraînement se terminait et, bientôt, elle partirait vers le site de lancement de Baïkonour, dans le Kazakhstan.

Christina se leva et se dirigea vers la fenêtre de sa chambre. Elle ouvrit les rideaux. La nuit couvrait toujours la Cité des Étoiles. La petite ville était endormie et les toutes premières lueurs de l'aurore poignaient à l'horizon. Il ne ferait pas jour avant une bonne heure. Elle se dit qu'elle ne devait pas oublier de charger son téléphone portable avant de partir. Son réveil indiquait cinq heures du matin. Elle était trop excitée pour se remettre au lit, et puis il y avait ce cauchemar horrible… elle n'en voulait plus.

Sa fenêtre donnait sur la forêt qui s'étendait à perte de vue. Cette vision de nature l'apaisa et elle se rappela son premier jour, cinq mois auparavant, quand elle avait découvert sa chambre, au deuxième étage de l'immeuble destiné aux femmes cosmonautes. « Cosmonaute » était la définition russe des voyageurs de l'espace. Les Américains les appelaient « astronautes ». Christina se situait entre les deux, car elle représentait l'Europe, et plus précisément l'Agence

1. *International Space Station.*

spatiale européenne. La collaboration internationale pour l'espace était indispensable, car les coûts dépassaient tous les budgets. Le partage des dépenses entre les Américains, les Russes et les Européens donnait une chance à chacun d'avoir un pied dans l'espace, malgré la grande crise budgétaire mondiale. Christina Dimitrios avait été choisie parmi des centaines de candidats et avait suivi le programme d'entraînement des « spationautes », terme européen qui marquait la différence.

Depuis vingt ans déjà, elle se préparait pour cette occasion. Elle était arrivée en Russie pour terminer sa formation et préparer son voyage vers la station spatiale.

Elle s'était habituée à cette petite chambre décrépite, où la vieille peinture verte avait connu des dizaines de candidates à l'espace.

Elle prit rapidement une douche, s'habilla et sortit sans faire de bruit.

Dehors, le jour s'annonçait. Elle enfourcha son vélo et se dirigea vers le centre d'entraînement.

Elle savait que la journée serait longue mais son rêve approchait.

10

Ernesto Alvarez n'en crut pas ses yeux. Depuis trente ans qu'il travaillait dans la police, comme inspecteur principal du district d'Antofagasta, jamais il n'avait vu cela.

Le policier de garde l'avait réveillé en pleine nuit pour une urgence, à cent cinquante kilomètres de chez lui. Quand il apprit où il devait se rendre, il poussa un juron. Au milieu du désert, à presque trois mille mètres d'altitude.

« Affaire urgente et délicate commissionnée par les affaires étrangères… », lui avait-on dit.

Nom de Dieu, foutus gringos, soupira Alvarez en raccrochant.

Avec deux collègues de la police judiciaire chilienne, il s'était rendu dare-dare en pleine nuit sur le mont Paranal. Il faisait glacial et il n'avait rien prévu pour le froid. Quand il entra, gelé, dans le premier observatoire, on le guida vers la rambarde du premier étage.

En contemplant la scène qui s'offrait à lui, il eut le souffle coupé, puis jura, comme à son habitude.

Une femme, ou ce qu'il en restait, gisait, brûlée et ensanglantée, à plat ventre sur ce qui avait été un immense miroir parabolique et qui était devenu une coupole remplie de milliards de petits fragments de verre acérés et pointus comme des aiguilles.

Il frissonna. Même le plus expérimenté des fakirs n'aurait pu y poser un pied. La personne écrasée au milieu du miroir avait été comme perforée en son centre par un objet brûlant qui avait laissé des traces tout autour.

Le technicien du VLT, voyant la mine de l'inspecteur, lui dit en grimaçant d'effroi :

— La chute, le verre et le rayon laser.

— Comment ? répondit Alvarez sans rien comprendre.

— Nous avons dû couper le faisceau laser en arrivant, dit le technicien. C'est lui qui a fait le trou.

Alvarez garda le silence quelques secondes pour digérer l'information. Il aurait bien voulu vomir. Il fallait qu'il comprenne ce qu'il s'était réellement passé. Il débarquait dans cet observatoire perdu, en pleine nuit, pour découvrir une scène qu'il n'aurait pu imaginer dans ses pires cauchemars. Pendant deux secondes, il se demanda ce qu'il faisait à cet endroit. Il aurait préféré ne pas décrocher ce soir-là et rester au chaud dans son lit.

— Qui est cette personne ? demanda l'inspecteur au technicien en pointant le miroir du menton.

— Une astrophysicienne américaine, Elena Dimitrios, répondit l'homme. Elle commençait ses observations cette nuit vers dix-huit heures et elle était seule sur le site.

— Avez-vous une idée de ce qu'il s'est passé ? questionna-t-il.

— Je ne comprends absolument pas ce qu'elle faisait là. Elle devait normalement être dans le bureau à l'étage. Je lui avais personnellement expliqué toutes les procédures. Et ce rayon laser, sur elle… Elle a été tuée volontairement, c'est évident.

— Qui, d'après vous ? insista Alvarez en le regardant dans les yeux.

— Aucune idée, il n'y a aucune raison. C'était une femme d'une qualité extraordinaire… et professeure d'université. Je ne comprends pas.

— Et qu'avez-vous vu ou entendu ?

— Nous avons été avertis que le disjoncteur principal avait sauté. Nous logeons tous à l'hôtel en bas et je suis monté pour voir. J'ai trouvé tout comme ceci.

L'inspecteur Alvarez se rendit compte que repérer des indices dans cet amas de verre n'allait pas être d'une grande simplicité et qu'il devrait appeler des renforts.

Il ordonna à ses deux adjoints de commencer par prendre des photos.

Brusquement, un bruit invraisemblable se fit entendre dans l'observatoire. Un son aigu, vibrant, ressemblant à des milliers de cristaux qui s'entrechoquaient. Le vacarme montait, inquiétant, s'amplifiant dans la cathédrale d'acier.

Pour les oreilles, cela devint un enfer.

Tous se jetèrent au sol.

11

La basilique souterraine était redevenue silencieuse. Seul le grand prêtre était encore présent. Son habit était taché du sang du porcelet. Il méditait… Il hésitait… Couché sur le dos de tout son long sur l'autel, il contemplait la fresque au plafond de la nef à la lueur des dernières bougies. Ganymède était emporté vers le ciel par un dieu. L'apothéose de toute vie. L'ascension de l'âme vers la vie éternelle. Il se voyait bien en ce beau jeune homme, enlevé par Zeus épris de lui et passer de l'état de mortel à celui de dieu… Mais il s'imaginait bien en maître aussi. Pourquoi lui, le responsable de ces lieux, seul à s'en occuper, était-il relégué au second rang ? Le grand maître, celui par qui tout était et serait, l'aurait certainement approuvé. C'était ainsi que cela devait être, il était le plus méritant.

Il y avait aussi ce coffre derrière l'autel. Le maître actuel l'avait prévenu : « *Personne n'ouvrira ce coffre.* »

Le vieux prêtre s'imaginait qu'il devait receler un autre secret, peut-être des pouvoirs… La beauté de Ganymède ou la puissance de Zeus. Ouvrir ce coffre lui permettrait de devenir le maître absolu. C'était évident.

Le prêtre se redressa. Il bondit agilement en bas de l'autel, scruta les alentours, puis tourna autour du coffre comme un animal flaire son futur butin. Quelques ombres dansaient encore sur les murs, guidées par les flammes des derniers cierges. La luminosité diminuait. Les bougies se consumaient et disparaissaient une à une. Le prêtre tournait toujours autour du coffre. Enfin, il ne resta que deux petites chandelles allumées.

Maintenant, personne ne me verra, marmonna-t-il dans sa longue barbe blanche.

Il avait épié le maître, le jour où il avait senti venir en lui les prémices de son nouveau destin. Il connaissait la cachette de ce qui ouvrait le coffre. Il s'écarta et chercha derrière une colonne jaunie. Il poussa sur une pièce de stuc blanc représentant une tête de méduse. Un mécanisme s'activa. Il entendit un déclic et une petite trappe, guidée par un ressort, s'ouvrit.

Devant lui se trouvait une niche très étroite, et une clé en argent reposait sur un socle en bois. Le prêtre s'empara de celle-ci et courut, l'échine basse, vers le coffre. Puis, regardant autour de lui, l'introduisit délicatement dans la serrure. *Juste regarder*, se dit-il pour se disculper. Il tourna la clé et le coffre s'ouvrit.

La pénombre était presque complète. La flamme de la dernière bougie vacillait. Il sortit du coffre un vêtement qu'il ne se rappelait pas avoir déjà vu. Une combinaison blanche comme sa robe en lin, symbole de pureté. Mais la combinaison, elle, était lourde. Il aperçut plusieurs insignes collés dessus. Il reconnut un drapeau, celui des États-Unis. En dessous de la combinaison, il aperçut un objet sphérique, transparent devant. *Un casque !* Il avait du mal à le croire, mais cela ressemblait à un casque d'astronaute. Ici, dans une basilique souterraine vieille de deux mille ans, c'était invraisemblable. Une annotation était inscrite sur le casque : *Cpt. W. Lagarde. Mission Apollo 18.*

Il restait quelque chose au fond, en dessous du casque. Il découvrit une enveloppe assez lourde. Elle contenait de vieux papiers et une pièce métallique qui ressemblait à une grosse clé. Jamais il n'avait vu un tel objet.

12

— Un tremblement de terre ! cria le technicien, à genoux sur le balcon métallique.

Les hommes s'étaient tous couchés sur la passerelle.

Ce qui était étrange, c'est que cela se produisait par à-coups, durant quelques secondes, puis plus rien. Le bruit dura approximativement une minute. Lorsqu'il s'arrêta, les hommes se regardèrent, médusés. Que s'était-il passé ? Le sol ne semblait pas avoir tremblé, cela venait d'ailleurs… de la parabole !

L'inspecteur Alvarez, en fin limier, devina quelque chose. Il appela son adjoint, rompant le silence qui suivait toujours ce genre de phénomène.

— Luis, nom de Dieu ! Trouvez-moi le numéro de téléphone de la victime. Elle est américaine et s'appelle Elena Dimitrios.

— Bien, chef, répondit Luis, discipliné.

Ernesto Alvarez avait un caractère insupportable. Un homme solitaire et bourru. Personne n'osait contredire ses ordres. Il était toujours préférable d'obtempérer immédiatement. Son humeur pouvait être massacrante, et cette nuit-là, c'était le cas.

Luis s'écarta et contacta le centre de renseignements spéciaux de la police de Santiago. En trois minutes, il reçut l'information.

L'inspecteur principal observait la scène de crime. Il y avait eu un meurtre crapuleux sur une femme et il se préparait psychologiquement à passer un long moment à cet endroit. Malgré l'horreur et la complexité de la situation, cette histoire semblait tout de même être une belle affaire, ce qu'il lui fallait pour obtenir le poste de commissaire principal. Finies les urgences, adieu les supérieurs hiérarchiques. Un bureau et une jolie secrétaire pour lui tout seul… la *dolce vita*.

— J'ai trois numéros, chef : un fixe, un portable et son bureau à l'université.

Alvarez sortit son téléphone.

— Dictez-moi le numéro du portable, je vous prie.

Alvarez composa le numéro et attendit quelques secondes que la communication soit établie. Il se produisit alors le même phénomène que celui qu'ils venaient de vivre. Tout le monde se boucha les oreilles et s'accroupit. Le miroir vibrait dans un vacarme insoutenable.

L'inspecteur coupa son téléphone et cria :

— Son portable est sur vibreur ! Il se trouve sur le miroir. Luis, trouvez-le-moi immédiatement. Nous tenons un élément intéressant.

Luis fut tellement surpris de la perspicacité de son supérieur qu'il s'élança, obéissant sans réfléchir. Puis, au bout d'un instant, il s'arrêta. Comment allait-il faire pour retrouver ce téléphone parmi tous les débris de verre ? C'était impossible ! Il lui faudrait une semaine seul, ou au moins trois jours avec une équipe de spécialistes pour atteindre le centre de l'immense miroir. Mais il n'osait pas contredire son supérieur. Il briguait sa place et avait tout intérêt à se montrer docile. *Où pourrait bien se trouver ce fichu téléphone ?* Il lui vint l'idée de regarder d'abord sur la victime. Pour cela, il devait l'atteindre. Elle se trouvait au centre de ce maudit miroir, entourée par une mer de débris de verre affûtés et tranchants comme des lames de rasoir. En regardant la structure métallique du télescope au-dessus du miroir, la solution lui sauta aux yeux.

Luis demanda à être suspendu par un harnais à la verticale de la victime. Il fut descendu tête en bas. La vision était répugnante. La chair était carbonisée. L'odeur lui rappelait celle du cochon grillé. Arrivé juste au-dessus, il entreprit une fouille rapide du corps. Il était équipé de gants de protection. Ne trouvant rien, il décida de décoller de la parabole le bras gauche de la femme pour regarder en dessous. Pas de téléphone. Il adopta alors un mouvement d'oscillation pour arriver à l'autre bras. Jouant au pendule, il finit par atteindre la main droite, qu'il souleva. *Gagné !* L'objet recherché s'y trouvait. Dans un geste rapide, il souleva de nouveau la main du cadavre et parvint à attraper le portable. Un détail le troubla. Il remarqua autre chose que du verre près du visage de la victime. Des petites graines semblaient sortir de la bouche de l'astronome et plusieurs étaient éparpillées parmi les débris.

Luis n'en pouvait plus, le sang lui descendait à la tête. Son visage était écarlate. Il eut un haut-le-cœur. Les hommes le remontèrent.

Blanc comme un mort, il apporta le téléphone à son chef. Ernesto Alvarez buvait tranquillement son café, assis les pieds sur le bureau, admirant le jour poindre sur le désert. Il remercia à peine son adjoint, qui crut entendre un « pas trop tôt ». Luis dut prendre sur lui pour se retenir. Il haïssait son patron et son sale caractère.

L'inspecteur principal afficha sur le portable récupéré le journal des derniers appels donnés par la victime.

L'Américaine avait téléphoné la nuit à deux reprises. La première fois à vingt heures trente-six, constata-t-il. Un appel chez un prénommé Xénophon, à l'étranger, sans réponse. La deuxième juste après, à vingt heures trente-sept. Sur le répertoire, le contact qu'elle avait essayé de joindre en second lieu s'appelait Christina, et il aperçut un petit cœur qui lui était associé. C'était aussi un appel international. Ernesto Alvarez nota les deux numéros sur son carnet.

Il regarda sa montre, et prit son téléphone. Il appela le premier numéro. Cela sonnait à l'autre bout, mais personne ne décrocha. Il composa alors le deuxième numéro. Il tomba sur une messagerie, qui lui demandait de rappeler plus tard, car le correspondant était indisponible.

Alvarez jura une nouvelle fois, et raccrocha.

13

Zvyozdny Gorodok.

La Cité des Étoiles.

Des noms qui ont fait et qui font toujours rêver…

On y accédait par une petite route longue de plusieurs kilomètres au centre d'une immense forêt, à une heure de Moscou. Une base militaire russe ultra-secrète, très sévèrement gardée, construite au début des années soixante, en pleine guerre froide, exclusivement pour la préparation des cosmonautes.

Un rêve d'adolescente pour Christina…

Toute l'histoire spatiale russe s'était déroulée à cet endroit. Un lieu mythique et mystérieux.

Tout avait été conçu dans le plus grand secret pour que les Américains ne perçoivent rien du programme spatial russe. Le monde la découvrit à la fin de la guerre froide et, depuis lors, rien n'avait changé.

Comme dans beaucoup d'endroits en Russie, le temps s'y était arrêté à la chute du communisme. La Cité des Étoiles restait le témoignage intemporel de l'époque de la grande Russie, celle où elle était capable de rivaliser avec l'Amérique et d'être la première à envoyer un homme dans l'espace. Cette cité avait été, pendant deux décennies, le symbole de la supériorité soviétique. Elle restait aujourd'hui l'emblème déchu de la puissance d'une nation.

Pour tous ceux qui y pénétraient, il y régnait comme un parfum de nostalgie. Tout rappelait les belles années des victoires spatiales soviétiques. À peine entré, on y ressentait l'impalpable mystère des cités perdues, des endroits hors du temps.

Les premiers astronautes étrangers invités à suivre des cours dans ce complexe découvrirent avec étonnement que leurs homologues russes n'avaient que feuilles et crayons pour travailler.

Le communisme avait montré ses limites et la différence des moyens techniques entre les deux grandes nations rivales était énorme. Mais il y avait tout de même quelque chose que seuls les Russes possédaient ; cette innocence et cette naïveté qui leur permettaient de faire face sans faillir à des ouvrages impossibles. Un collectivisme et un patriotisme qui déplaçaient des montagnes. Et puis surtout une constance et un savoir-faire inégalé en matière de fusée. Les lanceurs Soyouz restaient les fusées les plus fiables au monde. Les accidents étaient rarissimes et les Russes étaient les seuls à même d'envoyer aujourd'hui un homme dans l'espace.

Christina, juchée sur son vélo, s'arrêta comme tous les matins sur l'allée principale devant la statue de Youri Gagarine. De vieux bouquets de fleurs fanées étaient déposés devant le monument. Cela lui rappela qu'elle ne devait pas oublier de choisir ses fleurs ce matin au magasin de la cité. Le départ pour Baïkonour était prévu le lendemain et il était de coutume que chaque cosmonaute, au retour de l'espace, dépose un bouquet au pied de la statue. On ne badinait pas avec les traditions en Russie, surtout vis-à-vis des collègues cosmonautes russes. C'eût été faire prendre des risques aux équipages suivants et défier le bon sens. En Russie, le mot « superstition » prenait tout son sens.

Christina remonta sur son vélo et redémarra d'un coup de pédale énergique. L'air du matin était frais et elle ne pouvait pas prendre froid. Elle se dirigea vers l'entrée du centre d'entraînement. Depuis des mois, elle arpentait les avenues de la cité, passant d'un bâtiment à l'autre. Elle en connaissait maintenant tous les recoins. Celle-ci était séparée en deux parties distinctes. Le côté ouest servait au logement et à la vie des anciens et nouveaux cosmonautes, de leurs familles, ainsi qu'au personnel travaillant dans le centre. On y trouvait des magasins, des écoles, une poste et tous les services utiles. Une gare permettait de prendre le train pour rejoindre Moscou, ou toute autre ville des environs. Le côté est, quant à lui, était réservé aux activités spatiales. C'était le centre névralgique de la cité. On l'avait nommé « centre d'entraînement Youri-Gagarine ». Près de huit cents personnes travaillaient dans ce secteur. Ingénieurs, contrôleurs, médecins et psychologues, toute la panoplie des préparateurs pour l'espace.

Christina pénétra dans l'enceinte. Elle ne croisa personne. La cité se réveillait à peine. Elle longea le bâtiment cylindrique abritant la centrifugeuse. À sa vue, le cauchemar du matin revint aussitôt à son esprit. La centrifugeuse de la Cité des Étoiles était l'une des plus puissantes au monde. Sa vitesse de rotation pouvait atteindre une force de 30 G. Sans aucun doute, l'équipement le plus impressionnant du centre. Toutes les conditions d'un lancement et d'un retour dans l'atmosphère y étaient recréées. La bête noire de tous les cosmonautes mais le parcours obligé pour obtenir son ticket vers les étoiles.

Une lumière dorée illuminait maintenant le haut des bâtiments. La journée s'annonçait belle. Christina Dimitrios respirait à pleins poumons l'air humide du matin et profitait pleinement de ses derniers instants terrestres. *Là-haut,* se dit-elle, *il n'y aura que de l'air artificiel, rare et vicié...* Elle devait faire le plein avant le départ.

Elle passa devant les constructions hébergeant les simulateurs de vol, endormis eux aussi. Des sculptures et des mosaïques rappelaient le passé prestigieux de l'Union soviétique dans l'espace. Les artistes soviétiques avaient conçu de magnifiques œuvres dans les années soixante. Christina y distinguait des cosmonautes stylisés et des fusées côtoyant les étoiles. Toujours cette nostalgie des heures de gloire… et partout ce sentiment de fierté soviétique.

Elle avait visité à plusieurs reprises le petit musée de la cité et, chaque fois, elle en sortait mélancolique. Ses pensées allaient toujours vers son père. Même après tant d'années d'absence, un vide énorme subsistait. Sa mère lui manquait évidemment aussi. Après la disparition de son mari, elle ne lui avait pas longtemps survécu, détruite par le chagrin. Christina avait dû faire face seule à la vie, apprendre à retenir ses larmes, à gérer ses émotions. Toute petite, vu sa force et sa résistance, sa mère la surnommait « ma petite fille de fer ». Elle lui répliquait toujours « d'acier, maman, tu sais bien que le fer rouille ». Elle avait six ans et, de fer ou d'acier, elle savait qu'elle ferait comme papa quand elle serait grande.

Arrivée devant les salles de cours, elle consulta sa montre. *Beaucoup trop tôt.* Il était six heures trente du matin. L'entraînement type d'un cosmonaute débutait en général à sept heures trente, pour se terminer très souvent après vingt-deux heures trente. Les journées étaient toujours très remplies : cours théoriques habituellement donnés en russe, mécanique céleste et astronomie mais aussi pilotage et navigation. La fusée Soyouz et l'ISS ne pouvaient plus avoir de secret pour elle et ses coéquipiers. Même les cours de médecine étaient au programme. La théorie était la partie amusante. Mais il y avait toutes les séances pratiques. Simulation de vol dans la capsule, vol parabolique pour l'entraînement en apesanteur, manipulation de vaisseaux, et le pire de tout, la triade des horreurs : le fauteuil tournant pour l'appareil vestibulaire, la table à bascule pour l'orientation dans l'espace et enfin la centrifugeuse. En dehors de ces séances de torture, la préparation physique et médicale prenait une grande part. La natation, le jogging quotidien, le vélo et la musculation en salle. De quoi faire un sportif accompli. Pour faire partie de l'élite spatiale, les concurrents étaient choisis parmi des milliers de candidats. Seuls les meilleurs étaient retenus. L'astronaute devait être capable de résoudre n'importe quel problème en quelques secondes. Des nerfs d'acier, des connaissances hors norme, un exceptionnel pouvoir d'organisation, de concentration et des capacités à faire face à l'imprévisible. Des stages de survie faisaient même partie du programme ; quelques jours isolés dans la forêt ou la *taïga* pour l'apprentissage de la débrouille en milieu hostile au cas où la capsule se perdrait quelque part au retour.

Ce programme, chaque astronaute le suivait pendant plusieurs années dans différents centres à travers le monde. Aux États-Unis, le centre spatial Johnson à Houston assurait la formation sous la direction de la NASA. En Russie, cela se passait à la Cité des Étoiles, près de Moscou. En Europe, l'Agence spatiale européenne avait établi son centre de formation à Cologne en Allemagne. Christina, étant de double nationalité, grecque et américaine, représentait l'agence européenne. La première Grecque à partir dans l'espace. C'était une fierté pour elle et elle se sentait investie d'une mission : montrer au monde que les Grecs étaient toujours présents au plus haut niveau. Pendant des siècles, la Grèce avait été le centre du monde dans tous les domaines, y compris l'astronomie. Ce pays avait écrit l'histoire européenne, influencé les pensées, la façon de vivre et d'appréhender les choses. L'empreinte grecque était partout, mais l'humanité était ingrate. Seule comptait la crise aujourd'hui, la faillite de ce pays. La Grèce était à vendre au plus offrant. Le monde se partageait un État aux abois… un dépeçage en règle.

Christina en était dégoûtée. Elle aurait voulu que le monde se réveille, que l'humanité sache qu'elle profanait sa propre histoire, ses origines et que toucher à cela était comme vendre son âme au diable.

Son voyage dans l'espace était un retour aux sources. La Grèce étant le berceau de la cosmologie, Christina allait, deux mille cinq cents ans plus tard, rendre hommage à ses ancêtres philosophes et astronomes qui avaient ouvert la voie à la découverte spatiale. Son pays avait écrit les premiers chapitres d'une très longue histoire et Christina se sentait comme l'émissaire de ses dieux.

Au bout de l'allée principale, en face d'elle, le grand bâtiment Hydrolab, abritant la piscine, s'illumina des premiers rayons de soleil. Le moment était parfait pour piquer une tête dans l'eau et faire quelques longueurs avant le programme de la journée. La piscine était disponible pour la préparation sportive des cosmonautes en dehors des heures de travail. Cette liberté permettait à Christina de pratiquer régulièrement son sport favori. Elle était excellente nageuse, très soucieuse de sa condition physique et, depuis des années, elle s'astreignait à nager plusieurs fois par semaine. Le bassin du centre d'entraînement était circulaire, d'un diamètre de vingt-trois mètres. Sa profondeur atteignait douze mètres, ce qui permettait l'immersion d'une série de maquettes grandeur nature pour s'habituer au travail en apesanteur. Les conditions aquatiques étaient en effet très semblables à celles rencontrées dans l'espace. Les futurs cosmonautes enfilaient leur équipement spatial et déambulaient à l'intérieur et autour des engins placés sous l'eau. Cet équipement était indispensable à la préparation et à la simulation des manœuvres de sortie dans l'espace.

Christina disposait d'une heure devant elle. C'était parfait. La suite de la matinée allait être consacrée aux derniers préparatifs et surtout à la revue complète du plan de vol. Elle avait rendez-vous avec son équipage au bâtiment abritant les simulateurs à huit heures précises. Le temps de prendre son petit déjeuner après la piscine et de passer au bureau du commandant de la base pour récupérer ses documents d'autorisation de vol. La Russie était championne des tracasseries administratives et de toutes les paperasseries possibles. Même pour un tour dans l'espace… elle s'imagina ne pouvoir décoller, car il lui manquait un cachet en entrant dans la fusée. Ou peut-être un agent du KGB l'interpellant à l'entrée de la station spatiale. Tout cela était typiquement russe et inscrit dans leur culture bureaucratique depuis la nuit des temps.

Ce qui réjouissait le plus Christina, c'était son rendez-vous de midi. Une séance de dégustation de nourriture spatiale en compagnie d'Olga Dorotchenko. Sa responsable de nutrition allait lui faire goûter une série de petits plats préparés pour son voyage en apesanteur. Elle devait choisir ce qu'elle allait manger pendant ces dix jours passés dans l'ISS. Olga s'était prise d'amitié pour l'astronaute grecque depuis son arrivée au centre. C'était une authentique femme russe, pleine de bonhomie et d'énergie. Elle était une des anciennes de la Cité des Étoiles et en avait connu les premières heures. En 1961, elle y avait côtoyé le premier homme de l'espace. Elle avait à l'époque dix-sept ans et n'avait jamais quitté depuis lors cet endroit. Elle y avait trouvé son mari, fondé sa famille et élevé ses enfants. Jamais elle n'en était sortie. Connue et appréciée de tous, Olga était la confidente de chacun.

Christina pénétra dans l'Hydrolab. Dès l'entrée, elle reçut une bouffée d'air humide et chloré. Elle se dirigea vers les vestiaires. Les locaux étaient vides, les lumières éteintes. Elle se déshabilla rapidement, enfila son maillot et entra dans le grand hall du bassin.

Les fenêtres étaient occultées pour recréer le mieux possible l'obscurité de l'espace. La piscine occupait une position centrale. Des appareils de levage étaient rangés le long d'un mur. Des scaphandres vides attendaient au bord de l'eau, prêts à être enfilés.

Elle ajusta ses lunettes et se glissa dans l'eau sombre. Elle devinait à peine les répliques des modules de l'ISS reposant sous elle au fond de la piscine. Seules quelques formes blanches ressortaient vaguement dans le noir. Elle s'élança pour une quarantaine de longueurs. Elle nagea les premières à un rythme lent en guise d'échauffement. Ce n'était pas le moment de se faire un claquage. Chaque fois qu'elle passait au-dessus des modules, elle s'imaginait apercevoir une créature surgissant des profondeurs. Elle essaya de balayer cette idée de son esprit en se concentrant sur sa technique. Mais une intuition la mettait mal à l'aise.

Quelque chose remue sous l'eau ?

Elle avait toujours eu une imagination débordante et peut-être visionné un peu trop de films fantastiques. Elle accéléra. C'est alors qu'elle devina, à travers ses lunettes embuées, une forme au-dessus du module central Zvezda, qui glissait vers elle, se détachant sur le fond clair. Elle poussa un cri dans l'eau, but la tasse et fonça vers le bord. Après trois mouvements, elle se sentit happée et tirée vers le fond. Sa cheville droite était prise au piège, enserrée par une pince.

Elle essaya de se dégager et hurla de toutes ses forces en se retournant et en tapant dans l'eau. Horrifiée, elle distingua un visage masqué qui lui souriait.

— Sergueï ? Mais tu es fou ! hurla-t-elle.

Son collègue de mission, voyant ses yeux pleins d'effroi, la lâcha immédiatement.

— Mais tu es dingue ! cria-t-elle encore en suffoquant. J'ai cru mourir ! Salaud ! Comment est-ce possible ?

Elle faillit le gifler mais se retint.

— Je voulais juste te faire une petite blague de bienvenue, lâcha Sergueï.

— Jamais plus, tu entends, jamais plus !

Christina rejoignit le bord, tremblante de colère. Elle pesta en sortant.

Dans l'eau, Sergueï Ivanov ne bougeait plus. Il fit une grimace lorsque Christina claqua la porte derrière elle.

14

À trois cent soixante mille mètres d'altitude, le satellite de communication américain Iridium détecta un message codé parmi des millions de connexions et des milliards d'informations. Cet appel provenait des États-Unis et était destiné à la Russie, précisément à la Cité des Étoiles. Il fut traité par un logiciel particulier, qui le transforma en séquence hautement sécurisée.

Dans le même temps, un appel téléphonique en provenance du Chili transita par ce satellite vers le même lieu de réception.

Ces deux messages, par une coïncidence inouïe, arrivèrent donc en même temps à quelques mètres l'un de l'autre.

Le premier disait ceci :

« Bonjour, camarade. Comment cela va-t-il ?

— Bien, maître. L'équipage partira demain pour Baïkonour à l'heure prévue. Nous terminons les préparatifs.

— Sachez que nous avons un problème avec la base. Elle ne répond plus. Nous sommes passés au plan B. J'ai envoyé mes meilleurs agents pour éliminer les éléments gênants. Mais il y a un petit souci.

Un appel a pu passer vers la Russie cette nuit. Nous ne connaissons pas son contenu. Soyez sur vos gardes et tenez-moi au courant. Cela pourrait faire changer nos plans… Ah oui, j'oubliais. Surveillez-la bien !

— *Da*, maître. Je m'en occupe. À bientôt. »

Au même moment, le deuxième appel, celui du Chili, arrivait au centre de commandement de la Cité des Étoiles.

15

Le dernier après-midi de Christina au centre spatial russe débuta comme la journée avait commencé : très mal. Le matin, ses relations avec son coéquipier russe Sergueï Ivanov furent détestables. Son comportement dans le bassin était inexcusable. Son humour et sa manière de faire ne plaisaient pas du tout à Christina. Le courant n'était jamais bien passé entre eux. L'homme, pourtant très intelligent, devait détester les femmes. Jamais elle ne lui pardonnerait cet épisode humiliant. À quelques jours du vol, c'était encore plus grave. Ils allaient en effet devoir se côtoyer de très près pendant leur séjour dans l'espace.

L'équipage avait été constitué selon les spécialités de chacun. Pour ces voyages, chaque agence envoyait plusieurs candidats et une commission spéciale organisait les équipes. Il y avait presque chaque fois un Russe, un Américain et un Européen. Les fonds nécessaires étaient partagés en trois ou au prorata du nombre d'astronautes représentant chaque pays. Les voyages orbitaux coûtaient une fortune. La navette spatiale américaine avait été un gouffre financier et, malheureusement, elle avait eu son lot de catastrophes.

Les Russes restaient les plus fiables et les moins chers.

Outre le Russe Sergueï Ivanov, l'Américain Martin Evans faisait partie de la mission. C'était un chic type, passionné par son travail, spécialiste en mécanique des fluides. Avant d'être engagé par la NASA, il avait travaillé pour l'armée comme ingénieur durant de longues années. Christina et lui s'appréciaient beaucoup et elle put s'appuyer sur lui cet après-midi-là.

Après avoir passé sa matinée sur les simulateurs et son temps de midi avec Olga Dorotchenko, Christina terminait ses préparatifs de départ pour le site de lancement de Baïkonour. Tout devait être prêt pour le soir.

Lorsqu'elle vit Olga débarquer chez elle, essoufflée, elle s'inquiéta.

— Que se passe-t-il, Olga ? la pressa-t-elle.

— Quelqu'un a téléphoné pour toi au central. Chez le commandant. Sa secrétaire m'a demandé de venir te chercher au plus vite.

— C'est urgent ? Qu'y a-t-il ? s'étonna-t-elle. Au central ? Tiens… C'est bizarre… Et mon portable ? Où l'ai-je mis ?

Christina, tellement accaparée par sa journée, se souvint qu'elle avait oublié de le recharger le matin. Elle jura. La batterie était à plat.

— Dis-moi, Olga, qui était-ce ? demanda-t-elle avec inquiétude en trouvant son téléphone.

— Il semble que ce soit un appel du Chili. La police.

— Comment ? La police ?

Elle fila chercher le chargeur sur son bureau et brancha l'appareil. Elle entra le code PIN puis chercha la liste de ses appels reçus. Il y en avait quatre. Deux appels récents d'un numéro qu'elle ne connaissait pas. D'après le préfixe, cela provenait du Chili. Elle vit aussi un numéro grec en provenance d'Athènes, et enfin le numéro de sa tante Elena.

Que se passait-il ? Elle fit un signe de dépit à son amie Olga qui l'interrogeait de ses grands yeux ouverts.

Elle appela sa messagerie.

— *Vous avez un nouveau message.*

Christina écouta.

Elle entendit une voix lointaine, très brouillée. Elle était sûre que c'était sa tante, mais un bruit de fond inhabituel couvrait toute la communication. L'appel était entrecoupé de moments de silence pendant lesquels la liaison n'était plus établie. Cela dura environ une minute. Christina prit peur. Olga lui avait parlé de police. Elle la regarda de nouveau d'un air désorienté.

Elle appela alors le dernier numéro entrant, celui du Chili.

16

La fumée de cigarette remplissait de nouveau ses poumons noircis, avec maintenant un léger goût de filtre brûlé.

Ernesto Alvarez, quand il était nerveux, les fumait jusqu'au bout. C'était la dixième ce matin. *Beaucoup trop*, se dit-il. Avec deux paquets par jour, il ne lui restait que quelques petites années à vivre. Cette enquête serait l'ultime… Celle qui le conduirait sur le siège du commissaire principal. L'apothéose. Une vie de tranquillité. Finies les corvées. Il fumerait moins, il le savait. Il devait obtenir ce poste.

L'ordre avait été donné de fermer toutes les routes sortant du désert. Mais il était trop tard. Plusieurs heures s'étaient déjà écoulées. Les indices étaient maigres : un cadavre, quelques traces, une parabole de verre explosée en millions de débris.

Il reprit une cigarette. Le jour s'était levé sur le désert d'Atacama. Il scruta l'horizon à la recherche d'un élément providentiel.

Il avait demandé les bandes-vidéo des caméras de surveillance.

Son portable sonna. Il décrocha promptement.

— Allô. Inspecteur principal Alvarez, j'écoute.

— Allô, vous… vous êtes de la police… de la police chilienne ?

L'inspecteur Alvarez perçut l'accent étranger. Il sentit que s'il voulait décrocher sa place de commissaire grâce à cette affaire, il devait mettre des gants.

— Oui, chère madame. Inspecteur Alvarez pour vous servir. À qui ai-je l'honneur ?

— Christina Dimitrios. Vous avez essayé de me joindre.

— Absolument, madame Dimitrios. Je suis content de vous entendre. Nous avons eu un gros ennui avec une personne qui semble vous connaître. Cette personne s'appelle Elena Dimitrios, comme vous, d'ailleurs, et elle a tenté de vous joindre. Nous l'avons remarqué sur son téléphone.

— Oui, c'est ma tante, répondit Christina. Elle m'a laissé un message incompréhensible. Que s'est-il passé ? Dites-moi !

— Une très mauvaise nouvelle, madame. Nous l'avons découverte ce matin dans un triste état, que j'aurais du mal à vous détailler. Nous l'avons trouvée sans vie. Nous n'avons rien pu faire.

— Non ! lâcha Christina, anéantie. Pas ma tante Elena… cria-t-elle en pleurant.

Christina, foudroyée par la nouvelle, sanglota un long moment au téléphone.

Alvarez attendit sans rien dire. Il écrasa sa cigarette entre ses doigts et patienta.

— Je suis désolé, madame. Recevez toute ma sympathie, dit-il d'une voix compatissante.

— Que s'est-il passé ? sanglota Christina.

— Nous l'avons trouvée dans l'observatoire, ici au VLT. Il semble qu'elle ait fait une chute sur la parabole du télescope.

Alvarez se retint de parler des détails du laser et des autres horreurs. Il ne voulait pas ajouter une couche au désespoir de son interlocutrice.

— Il est possible que ce soit un meurtre, reprit-il. Avait-elle des ennemis ?

— Je ne sais pas, répondit Christina. Je ne comprends pas, hoqueta-t-elle en réfléchissant.

Christina savait que sa tante passait quelques jours au Chili. Elle l'avait prévenue avant son départ.

— Nous allons mener l'enquête, madame Dimitrios. N'hésitez pas à nous appeler pour nous informer de tout élément qui pourrait nous être utile. Je vous répète que nous suspectons un assassinat et nous avons besoin de votre aide.

— J'entends bien, inspecteur. Je vais y penser… dit-elle.

— Ah oui, madame Dimitrios, une dernière chose…

— …

— Nous avons trouvé des graines autour d'elle.

— Des graines ?

— Oui. Des fèves.

17

Le bureau du commandant Leonid Soukhoroukov ressemblait plus à un musée qu'à un lieu de travail. Partout, des photos d'équipages et de cosmonautes illustres recouvraient les murs vert délavé. Certaines étaient jaunies par le temps et devaient avoir quelques dizaines d'années. Juste derrière le bureau, les portraits des commandants successifs de la base étaient alignés et encadrés. On y reconnaissait des présidents de l'ex-Union soviétique serrant les mains de différents personnages, des photos de fusées et d'engins spatiaux de toutes sortes, des coupures de presse encadrées et bon nombre de médailles honorifiques. Sur de vieilles armoires métalliques reposaient un tas de souvenirs et d'objets artistiques rappelant l'histoire spatiale de la grande Russie.

Le bureau, à proprement parler, trônait au milieu de la pièce. Plusieurs téléphones démodés étaient alignés sur son côté gauche et un seul se démarquait, car il était de couleur rouge ; la ligne directe installée vers le bureau central du parti au début des années soixante, du temps de Khrouchtchev.

Des néons au plafond éclairaient la pièce d'une lumière blafarde.

Leonid Soukhoroukov s'ennuyait à mourir et détestait son bureau. Il avait été muté pour faute grave cinq ans auparavant vers cette cité au milieu de nulle part. Il avait occupé la place de responsable à la direction générale des renseignements de l'état-major des forces armées russes et soviétiques, le GRV, à Moscou, après avoir gravi un à un les échelons. Une fonction de haute responsabilité qui l'avait confronté des années durant à des exercices périlleux de décodage d'informations et de cryptographie. Il excellait dans cette discipline.

Le stress et la pression avaient cependant eu raison de lui. Il s'était petit à petit fait prendre au piège de l'ennemi numéro un du fonctionnaire russe : la vodka. Jusqu'à ce jour où il confondit un message ultra-confidentiel avec la recette du « Bloody Mary », qu'il envoya à tous ses collègues haut placés dans le renseignement. La réponse ne se fit pas attendre. Une semaine plus tard, il s'était retrouvé seul au fond d'un bureau de la Cité des Étoiles. Enfin, seul, pas tout à fait… Sa secrétaire l'avait suivi jusque-là. Punie pour non-assistance à personne en danger. C'était ça, le communisme… Les juges avaient estimé qu'elle avait succombé au même péché.

Leonid Soukhoroukov venait de terminer sa première bouteille de Stolichnaya de la journée. Il l'examinait avec attention. Il la trouvait moins jolie que la Smirnoff, qui était plus arrondie. En tout cas, elle lui coûtait moins cher. Il calculait. Au moins deux bouteilles par jour. Soixante bouteilles par mois. Sur un an, cela faisait plus de sept cents litres de vodka. On aurait pu croire qu'en diminuant le stress au travail, Soukhoroukov allait diminuer la boisson… mais non. Ici, le fléau, c'était l'ennui ! Pas possible d'arrêter dans ces conditions. La punition infligée était une vraie descente aux enfers.

Lorsqu'il entendit du bruit en provenance du bureau de sa secrétaire, il fut pris au dépourvu. Il attrapa au vol sa bouteille vide et la balança vite fait dans la poubelle sous son bureau. Jamais il n'aurait voulu être pris sur le fait.

La secrétaire entra précipitamment, annonçant la venue de Christina Dimitrios.

Lorsqu'il vit entrer l'astronaute en compagnie d'Olga Dorotchenko, le commandant devina à son regard blême que quelque chose de grave s'était passé. Il remarqua immédiatement qu'elle avait pleuré.

— Que se passe-t-il, chère camarade Dimitrios ? J'ai eu un appel d'un inspecteur de police du Chili. Rien de grave, j'espère ?

Christina, bouleversée, lui expliqua la situation et le dernier message, incompréhensible, de sa tante.

— Ce message, vous l'avez ? demanda-t-il, intéressé.

— Oui, commandant, sur mon portable.

— Faites-le-moi écouter, dit-il aimablement.

Christina brancha son téléphone à la prise la plus proche et le passa au commandant Soukhoroukov qui l'écouta avec attention.

— Ce que j'entends, reprit-il d'un air avisé après une minute d'écoute, est un brouillage électromagnétique venant d'un matériel portable américain utilisé par des troupes d'élite pour brouiller les ondes téléphoniques à moyenne portée. Votre tante a été confrontée à ce genre d'appareil lors de l'envoi de ce message. Le bruit de fond est caractéristique. Ce qui est étrange, c'est que cela n'ait pas fonctionné efficacement. J'entends çà et là des bribes de voix. Tout devrait être brouillé, normalement.

Le commandant s'arrêta de parler et réfléchit un long moment. Christina le dévisageait en attendant sa réaction. Ses larges sourcils à la Brejnev et son gros nez rougeâtre lui donnaient un air d'ours du Caucase. Il était massif mais une certaine douceur transparaissait dans son expression. Christina en éprouvait presque de la tendresse. Elle connaissait son histoire et ses problèmes.

Après un moment d'hésitation, il lui dit :

— Laissez-moi votre téléphone un moment, camarade Dimitrios. J'ai de très bonnes connaissances à Moscou. Elles vont pouvoir vous décrypter cela en un minimum de temps.

Leonid Soukhoroukov prit le téléphone portable et se leva. Il ouvrit une des portes qui donnait sur son bureau et pénétra dans une pièce remplie d'appareils et d'ordinateurs d'un autre temps.

— Donnez-moi une heure, dit-il en se tournant vers elle.

Et il ferma la porte derrière lui.

Christina resta prostrée quelques secondes puis, surgissant tout à coup d'un songe, se ravisa et demanda à la secrétaire, toujours debout et en retrait avec Olga, si elle pouvait utiliser le téléphone du commandant.

Le numéro grec qui avait essayé de la joindre était celui du Musée national archéologique d'Athènes. Elle le connaissait par cœur. Elle composa le numéro.

18

L'inspecteur grec Spiros Agathinos ouvrit grand ses yeux d'étonnement. Le bureau devant lui était sens dessus dessous. Des livres jonchaient le sol dans un chaos indescriptible. Les armoires étaient ouvertes et vidées de leur contenu. Les tiroirs des étagères avaient subi le même sort. Tout était éparpillé. Un véritable cyclone était passé dans le bureau du Pr Xénophon Petropoulos.

L'assistant stagiaire du professeur arriva, haletant, accompagné d'un garde et d'une secrétaire. La situation semblait compliquée. Il était clair qu'il était arrivé quelque chose au professeur. Le garde du musée avait donné l'alerte le matin en se réveillant. Un seul souvenir lui restait : celui d'une brûlure à la nuque durant la nuit et d'un homme cagoulé s'approchant de lui.

Quant au professeur, il restait introuvable.

Le musée avait été fermé et le personnel renvoyé chez lui. Les salles avaient été fouillées de fond en comble par les gardes. Aucune trace de Xénophon Petropoulos.

Il y avait pourtant des éléments interpellants.

Dans une salle, un *kouros* avait été renversé et des traces de sang couvraient le sol. Plus loin, dans la salle quinze, le même scénario : du sang un peu partout et des objets déplacés. Un événement grave s'était produit durant la nuit et seul le professeur travaillait ce soir-là.

L'inspecteur Agathinos pénétra difficilement dans le bureau tant les livres et objets devant lui l'en empêchaient. L'assistant et la secrétaire commencèrent à dégager l'espace lorsque le téléphone sonna sur le bureau.

Agathinos décrocha.

— *Nai*[1]. À qui ai-je l'honneur ?

— Xénophon ? C'est toi ? Tu as essayé de me téléphoner ? demanda la voix au bout du fil.

— Vous êtes en communication avec l'inspecteur Agathinos. Qui êtes-vous, je vous prie ? s'impatienta l'inspecteur.

— Christina Dimitrios. Je suis une amie du Pr Petropoulos. Que se passe-t-il ? Je suis inquiète. Est-il là ? Je dois lui parler…

— Impossible, madame. Nous le cherchons depuis quelques heures. Il a disparu. Êtes-vous quelqu'un de proche ? Savez-vous quelque chose ?

— Écoutez, je suis comme sa nièce, une amie très proche. J'ai une terrible nouvelle à lui apprendre. Mais que lui est-il arrivé ? Expliquez-moi.

— Je ne peux rien vous dire pour l'instant, madame. Il est introuvable. Mais les premiers éléments ne semblent pas rassurants.

Il y eut un moment de flottement.

---

1. Oui, en grec.

— Oh non, ce n'est pas possible ! Lui aussi… Je téléphonais pour lui annoncer la mort de ma tante, ou plutôt son assassinat. C'était une de ses grandes amies…

L'inspecteur parut subitement perplexe en entendant cette dernière phrase. Il regarda les autres dans les yeux avec étonnement.

— Comment ? Votre tante a été assassinée… et elle était son amie ?

À l'autre bout du fil, Christina expliqua brièvement à l'inspecteur le récit des faits dont elle avait connaissance.

Au bout d'une minute, l'inspecteur reprit la parole.

— Je vois. Je vous assure que nous allons vous tenir au courant dès que nous aurons plus d'informations. Mais pour l'instant, cela reste un mystère, le professeur est introuvable.

Après une formule de politesse, l'inspecteur, sans élégance, voulut raccrocher.

Dans un geste rapide et inattendu, l'assistant du professeur s'empara du téléphone et lança à l'adresse de Christina :

— Madame Dimitrios, venez vite. J'ai essayé de vous joindre. Le professeur a laissé un message pour vous. Il faut que vous voyiez ça. Venez !

L'inspecteur, médusé, regarda l'assistant puis d'un geste furieux reprit le téléphone et raccrocha.

— Aux dernières nouvelles, les ordres, c'est moi qui les donne ! cria-t-il, s'en allant rageusement. Et surtout, ne touchez à rien ! ajouta-t-il, au bout du couloir.

Le garde se tourna vers l'assistant du professeur et, dans un demi-sourire complice, lui dit :

— Il a toujours été très susceptible !

19

— Voilà, nous n'avons pas pu faire mieux mais c'est déjà assez exceptionnel d'avoir pu obtenir ce résultat-là. Le brouillage n'a certainement pas fonctionné comme il le devait. C'est une vraie chance pour vous. Mes amis du renseignement à Moscou ont exploité au maximum les quelques signaux qu'ils ont pu récupérer. Cela donne à peu près ceci.

Leonid Soukhoroukov s'assit et étala devant lui le document qu'il venait de sortir de son imprimante. Observant sa posture voûtée et son regard fuyant, Christina remarqua d'emblée qu'il y avait un léger malaise chez le commandant. Il était perturbé. C'était sûr. Il n'était plus le même qu'une heure auparavant. Sous sa mine quelque peu déconfite, il affichait tout de même une certaine fierté du résultat.

Christina ne dit rien. Assise en face de lui, elle se leva et se pencha sur le bureau. Son amie Olga et la secrétaire du commandant s'approchèrent pour regarder par-dessus son épaule, avides aussi de connaître le résultat des recherches.

Christina découvrit ceci sur le document :

chérie – n'ai pas – t'expliquer – cherche les raisons – père – trouvé mais – tuer – presse – xéno – sait des – caché la vérité une vérité – trésor – nité les – astr – grec et cosmo – italien – naissance connaissait – secret – caché – majeure santu – nelli – soleil et – dépêche – t'aime – versaire

Le commandant reprit :

— Vous remarquerez que pratiquement toutes les sonorités avec un potentiel énergétique important ont pu être décodées. Ces sons nous donnent des pics d'impulsion que nous avons pu capter et transcrire ainsi que, comme vous le constatez, les syllabes juste à côté. Notre logiciel fait une recherche automatique, selon la langue utilisée, des multiples possibilités de mots suivant les sonorités obtenues et le contexte du message.

— Le contexte ? demanda Christina.

— Oui, effectivement. Lorsque le programme reconnaît quelques mots, il adapte sa recherche sur un ou plusieurs contextes possibles. Par exemple, cela peut être un contexte familial ou scientifique ou encore politique et, s'il trouve des mots utilisés dans ce contexte, il cherche toutes les combinaisons possibles pour donner de la cohérence au message.

— C'est extraordinaire, chuchota Christina.

— Comme nous savons au départ que le message provient de votre tante, qu'elle est scientifique et astronome, et sans doute dans un état de stress avancé, notre logiciel s'adapte à ces différents contextes pour nous fournir les meilleures solutions possibles de décodage des sonorités ou des syllabes et puis des mots. Une fois les mots trouvés, l'ordinateur nous propose alors la composition de phrase la plus cohérente.

Le commandant cliqua sur son ordinateur et imprima un second document.

— Voici le message amélioré, dit-il en installant le papier devant Christina.

Il ajouta :

— Le logiciel y a inséré des mots avec des sonorités que j'appellerais « basses », ou avec moins d'énergie, puisque les autres ont déjà été captés au début. En plus, ces mots doivent être choisis et ajustés au niveau de leur longueur suivant le timing précis du message.

Christina lut cette fois :

Ma chérie, je n'ai pas le temps de t'expliquer – je cherche les raisons de la mort de ton père. Je pense avoir trouvé mais on veut me tuer. Le temps presse – xéno – sait des – caché la vérité une vérité comme un trésor – pour l'humanité les – astronomes grecs et cosmographes italiens de la Renaissance connaissaient le secret qu'ils ont caché dans – majeure santu – nelli – soleil et – dépêche-toi. Je t'aime – anniversaire.

Christina resta muette un long moment. Elle lut et relut le message. Elle avait sous les yeux les dernières paroles de sa tante. Elena lui parlait de son père et de ses doutes par rapport à sa disparition. Elle lui parlait d'une vérité, d'un trésor et d'un secret que connaissaient des astronomes anciens. Elle mentionnait aussi le soleil et terminait par son anniversaire. Là, elle ne comprit pas. Son anniversaire n'était que dans un mois. Elle se dit que, sans doute, au moment du message, sa tante devait savoir qu'elle ne pourrait plus le lui souhaiter comme elle le faisait chaque fois… Christina en eut la gorge serrée.

Dans le bureau, personne n'osa bouger. Olga et la secrétaire étaient toujours immobiles et scrutaient les réactions de l'astronaute. Enfin, Christina sortit de ses pensées.

— Commandant, je sais ce que veut dire « xeno ». Le mot complet est « Xénophon ». C'est mon « oncle » d'Athènes. Il représente pour moi presque autant que ma tante Elena. Il est comme un père pour moi. Il semble qu'il détienne une vérité ou un secret… Il faut que je le voie !

Christina garda pour elle le coup de fil qu'elle avait donné quelques dizaines de minutes plus tôt au musée d'Athènes, par lequel elle avait appris la disparition de Xénophon et l'existence d'un message pour elle.

Elle planta ses yeux dans ceux du commandant.

— Je dois me rendre le plus vite possible à Athènes, commandant ! Je dois trouver Xénophon. Ma tante vient d'être assassinée et j'ignore le sort de mon oncle grec. Peut-être connaît-il des éléments déterminants pour l'enquête. Il pourrait être en danger de mort. Laissez-moi partir, commandant ! Croyez-moi, je reviens vite. Juste un aller-retour…

— C'est totalement exclu ! s'exclama Soukhoroukov, en plaquant son dos contre le dossier de sa chaise.

Le malaise que Christina avait perçu chez lui lorsqu'il était rentré dans le bureau se confirma. Il sortit soudainement la nouvelle qui le tourmentait.

— C’est impossible ! reprit-il. Je viens d’apprendre que tout le programme est changé ! Des ordres sont arrivés de Moscou. Vous décollez dans moins de trois jours de Baïkonour, vous et vos coéquipiers, que je vais prévenir tout de suite.

— Co… comment ? Dans moins de trois jours ? Il n’y aura pas de quarantaine alors ? balbutia Christina, abasourdie.

— Exceptionnellement, pas cette fois. Il y a urgence absolue. Un cas de force majeure. La station spatiale internationale vient d’être évacuée. Il y aurait de gros soucis de dépressurisation. Je n’en sais pas plus. Mon commandement me demande de vous y envoyer le plus rapidement possible. Vous partez demain matin comme c’était prévu pour rejoindre le site de lancement. Il n’y a pas d’autre choix. Il faut reprendre la station en main. Votre coéquipier Evans est spécialiste en pressurisation des gaz. Cela tombe bien. Changer l’organisation reviendrait à annuler la mission. On ne me pardonnerait jamais ça !

Christina n’en croyait pas ses oreilles. La donne changeait totalement. Le décollage était imminent ! Qu’allait-elle bien pouvoir dire ou inventer pour convaincre Soukhoroukov ? Elle devait se rendre à Athènes. Xénophon avait besoin d’elle… Elle le sentait.

Vu les circonstances, sa demande devenait complètement irréaliste. Elle pouvait bien comprendre la réaction du commandant, mais le message de sa tante et la disparition de son oncle ne lui laissaient pas d’autres possibilités.

Elle tenta le tout pour le tout, insistant une nouvelle fois.

— Donnez-moi vingt-quatre heures, commandant ! Je serai prête pour le décollage. Vous pouvez avoir confiance en moi, vous me connaissez.

— Impossible, madame Dimitrios, répliqua-t-il sèchement.

— Mais… commandant, il n'y a plus de quarantaine ! Laissez-moi partir ! J'ai tout juste le temps. Je suis prête.

Christina sentit qu'elle était sur le point de perdre la partie. À ce moment, mille idées défilèrent dans sa tête. Son expérience et son entraînement de cosmonaute lui permettaient de trouver des solutions aux problèmes en un quart de seconde.

— Si c'est comme ça, mon commandant, je vous préviens, je ne décollerai pas pour Baïkonour ! Je vous le garantis. Vous ne m'obligerez pas ! Et s'il arrive quelque chose à mon oncle, je vous en tiendrai pour responsable. La mission capotera et ce sera votre faute, dit-elle en le pointant du doigt.

Le commandant resta de marbre. Il balança un *niet* catégorique.

Alors, Christina joua son va-tout.

Elle frappa un coup de pied sous le bureau, droit dans la poubelle. Celle-ci se renversa dans un bruit de bouteille vide roulant sur le sol carrelé.

La secrétaire poussa un cri de désespoir. Le rouge de la honte envahit le visage du commandant.

— Que se passe-t-il ? bégaya-t-il.

— Je pars à Athènes ou j'informe maintenant vos supérieurs et le monde entier de votre addiction, annonça Christina d'une voix dure.

Soukhoroukov transpirait. Il ne pouvait supporter d'être humilié de nouveau. Le souvenir de son éviction de son précédent poste était encore vif.

— Je… je… bredouilla-t-il, le visage marbré d'un mélange de teint rouge écarlate et blanc pâle. Je vous donne vingt-quatre heures, pas une de plus !

Christina se leva d'un bond, prit le document sur le bureau et commanda d'urgence un taxi à la secrétaire.

Elle prit son amie Olga par le bras et sortit du bureau en remerciant le commandant. Elle se retourna.

— Vous leur direz que je suis convoquée à Moscou pour papiers non conformes. Vous connaissez l'administration russe… Elle peut être impitoyable. Vous en savez quelque chose, n'est-ce pas ? Et rassurez mon équipage, je serai de retour à temps à Baïkonour.

Leonid Soukhoroukov se leva, hébété, ramassa la bouteille vide, et grommela :

— Décidemment, je préfère vraiment la Smirnoff.

Et il jeta de nouveau la bouteille dans la poubelle.

20

— *Kalispera*[1], lança Christina en ouvrant la portière du taxi.

Elle jeta son sac dans la voiture et s'assit en claquant la portière.

— Rue Patission, s'il vous plaît, au musée archéologique.

— *Endaxi*[2], répondit le chauffeur en passant la première.

Le trajet de l'aéroport international Eleftherios-Venizelos jusqu'au musée prenait, aux heures de pointe, facilement une heure.

Christina retrouvait avec émotion l'ambiance de la grande ville. Les odeurs d'Athènes qu'elle avait quelque peu oubliées, les gaz des innombrables voitures et les bruits du trafic n'arrivaient heureusement pas encore à anéantir la quiétude des petites places verdoyantes où familles et touristes se reposaient en fin de journée. Elle aimait ces quartiers où l'on se faufilait dans des ruelles étroites, là où la vie grouillait

1. Bonsoir.
2. OK.

plus qu'ailleurs, où les artistes côtoyaient les intellos, où riches et pauvres se mélangeaient et où les petits vieux, assis sur leurs chaises à l'ombre d'un patio, ressassaient les années de leur jeunesse et le passé glorieux de leur pays, rêvant encore d'un avenir improbable au son du *rébétiko*.

Après plusieurs mois passés dans le monde décalé et hors du temps de la Cité des Étoiles, le contraste était énorme. Elle passait sans transition d'un microcosme aseptisé à une capitale frénétique.

Après avoir quitté les grands axes autoroutiers, le taxi pénétra dans la ville. C'était un enfer que de rouler dans Athènes, surtout par une fin d'après-midi. Heureusement, le chauffeur faisait preuve d'une grande habileté et, se faufilant entre les voitures, s'échappa par de petites ruelles et des raccourcis connus de lui seul.

Elle se sentait de retour chez elle.

Pour beaucoup, Athènes représentait une ville bruyante, sale et encombrée mais, pour Christina, la vraie Athènes, c'était sa richesse humaine. Une ville cosmopolite où chaque quartier était un village et où, à chaque coin de rue, on ressentait la présence de l'Acropole, le symbole de la cité.

Au détour d'une ruelle, elle devina le mont Lycabette, du haut duquel le panorama était époustouflant. Certains beaux jours, la ville brillait de l'éclat du marbre, omniprésent.

Après une autre intersection, elle aperçut un petit marché improvisé, occupant le milieu de la rue. Elle retrouva, ici, le quartier des artisans, là, celui des épices. Athènes avait un goût d'Orient.

Le chauffeur laissa Christina à l'entrée du parc menant au musée.

L'imposant bâtiment de style néoclassique trônait devant elle. Un immense portique avec quatre colonnes ioniques et deux galeries latérales à pilastres carrés conférait une allure de temple grec à l'ensemble. La construction principale avait été achevée en 1889 mais des extensions avaient été nécessaires vu l'importance des collections, toujours plus abondantes. C'était, sans aucun doute, un des plus riches et des plus beaux musées d'antiquités au monde.

Christina prit quelques secondes pour le contempler. Elle le connaissait plutôt bien, même très bien. Chaque arbre, chaque arbuste du parc, avait été l'occasion de se cacher du regard de Xénophon, son oncle Fonfon, comme elle l'appelait étant petite. Il avait dû arpenter des kilomètres dans ce parc à sa recherche lors de leurs jeux de cache-cache.

Après la disparition de son père et lorsque sa mère commença à être malade, elle était venue souvent passer des vacances chez son « oncle d'Athènes », qui était depuis toujours un grand ami de la famille. Elle le considérait presque comme un père de substitution.

Le lieu de travail de Xénophon était devenu l'aire de jeu de Christina. Que ce soit à l'extérieur, dans le parc, ou dans les galeries et les collections, elle se sentait chez elle chaque fois qu'elle y mettait les pieds.

Christina s'avança sur l'allée menant à l'entrée du musée. Elle aperçut, sur le côté droit du bâtiment, deux véhicules de police et un policier en faction juste à côté. En s'approchant, elle remarqua un groupe de touristes immobiles au bas de l'escalier, devant un panneau explicatif. Ils avaient l'air dépités. Il était déjà assez tard, le musée devait certainement fermer mais elle comprit, en voyant deux policiers sortir, que la journée avait été inhabituelle au musée archéologique.

Laissant les touristes, elle monta l'escalier. Une banderole de police l'empêchait de franchir l'entrée. La police grecque était connue pour son autoritarisme et elle craignait quelques énervements. Tant pis. Elle se glissa dessous et pénétra dans le musée.

En face d'elle se trouvait le grand hall d'accueil. Quelques personnes, sans doute des gardes, étaient affairées devant un tableau électrique à côté des guichets.

Elle s'avança dans l'entrée. Qui allait-elle demander ?

Elle déposa son sac et attendit.

Christina avait déjà souvent vécu l'expérience de l'événement imprévisible, celui que l'on n'attend pas et qui arrive. Elle avait toujours pensé que le destin de chacun était tracé. Il y avait des moments comme celui-là, où sans doute fallait-il attendre pour que les choses se passent.

— Madame Dimitrios ? demanda une voix derrière elle.

Christina se retourna, surprise de ne pas l'avoir vu arriver. L'homme se tenait debout face à elle. Il était grand, assez athlétique, et un sourire chaleureux se dessinait sur son visage.

— Lucas Fournier, enchanté de faire votre connaissance.

— Bonjour, fit Christina, surprise.

L'homme continua :

— Je suis l'assistant du Pr Petropoulos. C'est moi qui vous ai appelée ce midi. Merci mille fois d'être venue si vite. Il faut que vous voyiez des choses. Tout cela est très étrange.

— A-t-on retrouvé Xénophon ? Je suis très inquiète…

— Non, répondit Lucas Fournier. C'est un mystère. Mais rien de ce que nous avons trouvé dans le musée n'est de bon augure. Il y a des traces de lutte et de sang.

Le visage de Christina se referma et devint pâle. Pour la deuxième fois le même jour, on lui annonçait le pire.

Fournier la prit par le bras, ne lui laissant pas le temps de s'émouvoir, et l'emmena dans le hall, vers les salles de la période archaïque. Les gardes s'affairaient toujours autour du tableau électrique et ne prêtèrent pas attention à Christina.

— À partir de maintenant, vous vous appelez Sofia Argyropoulos et vous travaillez pour Interpol, lui chuchota-t-il dans l'oreille.

— Comment ? Pour Interpol ? bredouilla-t-elle, surprise.

— Oui, c'est le seul moyen pour que vous voyiez tout ceci. L'inspecteur Spiros Agathinos est un personnage imbuvable. Vous verrez. C'est lui qui enquête sur cette affaire et je vous assure qu'il n'est pas docile. Il ne vous laisserait pas rentrer sinon.

Il lui tendit discrètement une carte où elle reconnut sa photo. Un cachet et un sigle Interpol couvraient le tout.

— Bon sang, murmura-t-elle, comment avez-vous pu faire ça ?

— Le Pr Petropoulos n'a toujours eu confiance qu'en vous. Je sais qu'il voulait vous parler depuis longtemps d'un sujet important. Il disait qu'il avait fait des découvertes très intéressantes et qu'il aurait bien voulu vous en faire part. Mais je crois qu'il avait peur pour vous. D'ailleurs, votre tante Elena l'en a toujours dissuadé.

Fournier la regarda dans les yeux et continua d'un air grave.

— Nous sommes face, semble-t-il, à des personnes puissantes qui n'hésitent pas à tuer. Je pense que vous seule, madame Dimitrios, comprendrez le message que le professeur a laissé.

— Quel message ? questionna-t-elle, interrogeant l'assistant du regard. Il a laissé un message ?

— Venez, suivez-moi.

Il pénétra dans la suite de salles. Christina lui emboîta le pas.

En face d'eux, l'imposant vase funéraire du Maître de Dipylon, une des plus célèbres pièces de céramique de style géométrique. Christina, qui connaissait le musée comme sa poche, y remarqua un détail anormal. Elle le garda pour elle. Dépassant l'amphore, elle se retourna et, troublée, retrouva ce détail de l'autre côté.

Ils s'engagèrent dans les salles des *kouroi*. Les grandes statues semblaient les toiser avec un léger dédain. Là se dressait, colossal, le Kouros de Sounion. Plus loin, celui de Milo, d'une grande fluidité. Ces sculptures funéraires de jeunes hommes nus et de femmes personnifiaient la vigueur et la beauté des hommes sur terre, face à la mort. Christina se rappelait chacune des statues qu'elle croisait. L'une d'elles avait toujours eu sa préférence : la Korè Phrasikleia, avec sa couronne et sa robe fleurie, qui lui rappelait tellement les fêtes villageoises de son enfance, lorsqu'elle passait ses vacances dans le village familial de Kissos, sur les pentes du mont Pélion.

Arrivés au bout de l'aile, ils bifurquèrent et continuèrent en pressant le pas pour rentrer dans la salle treize. Christina s'arrêta net. La statue du Kouros de Kroisos gisait au sol, renversée. Deux personnes de la police scientifique y prélevaient des indices. Des taches de sang étaient visibles sur une grande surface alentour. Christina comprit la gravité de la situation.

— Il a fallu une force inouïe pour basculer la statue, chuchota-t-elle.

La statue funéraire, couchée, laissait entrevoir une épigramme que Christina connaissait par cœur :

« ARRÊTE-TOI DEVANT LA TOMBE ET PLEURE KROISOS MORT ».

Lucas Fournier ironisa devant la sculpture.

— Deux mille cinq cents ans plus tard, Kroisos meurt une nouvelle fois, destin tragique.

Christina fit semblant de ne pas l'entendre. Jamais elle n'aurait imaginé pareille scène dans le musée de Xénophon.

— Vous n'avez pas vu le principal, dit Lucas. Venez !

Ils franchirent les deux salles suivantes. Christina suivait l'assistant archéologue vers la partie du musée abritant la collection de la période classique. Une idée lui taraudait l'esprit depuis un moment.

— Monsieur Fournier, comment vous êtes-vous procuré cette carte d'Interpol ? Je ne comprends pas.

— Ne vous inquiétez pas, ce sont mes relations à moi et celles du Pr Petropoulos. Sans ça, l'inspecteur vous empêcherait de voir tout ça. Il a la phobie des fuites dans la presse, du désordre, et des femmes. Surtout, ne le provoquez pas.

— Ah… dit Christina, pensive.

La salle quinze regorgeait de trésors, mais le plus remarquable d'entre tous était sans aucun doute la statue en bronze de Zeus, trônant dans toute sa puissance au milieu de la galerie. Chaque fois que Christina la retrouvait, elle était envoûtée par son harmonie et par la précision de ses gestes. Le bronzier Kalamis avait exécuté cette œuvre cinq cents ans avant Jésus-Christ avec une délicatesse remarquable.

De la tête belle et puissante, entourée d'une barbe et d'une chevelure magnifiques, irradiait une lumière spirituelle. Le corps tendu à l'extrême traduisait un geste maîtrisé. Le bras droit, en arrière, tenait la foudre telle une lance. Le gauche, raide, projeté vers l'avant, imposait ses ordres au monde.

Cependant, un élément ne correspondait pas à l'image que Christina en avait gardée dans ses souvenirs.

Le roi des dieux avait changé.

21

La *Stanza della Segnatura* était bondée de touristes. Le dernier groupe se pressait à l'entrée avant la fermeture. La file était longue mais le vieux prêtre approchait du but. Le parcours initiatique méritait toutes les peines. Il toucherait bientôt au pouvoir absolu. Le grand maître lui avait révélé son destin dans la basilique souterraine. Il connaissait le pouvoir des nombres. Il allait devenir le guide suprême sur Terre pour y faire régner l'ordre et l'harmonie. Et puis, enfin, il atteindrait la béatitude.

Le palais pontifical du Vatican recelait les plus belles fresques murales de la Renaissance. Les plus grands artistes de cette époque s'y étaient réunis au même moment. Michel-Ange dans la chapelle Sixtine et Raphaël dans la chambre de la Signature y avaient exprimé la quintessence de leur art.

L'homme était le dernier de la file ce jour-là. Avant lui, et comme tous les jours, des milliers de visiteurs avaient admiré l'œuvre majeure de Raphaël, *L'École d'Athènes*. Lui aussi était là pour elle, mais pas pour l'œuvre en elle-même. Il avait rendez-vous avec son maître, le premier grand maître universel.

Suivant les derniers visiteurs, les yeux tournés vers le sol, il récitait inlassablement à voix basse une longue litanie :

« *Bénis-nous, nombre divin, toi qui as engendré les dieux et les hommes !*

Ô Sainte, Sainte Tetraktys !

Toi qui contiens la racine et la source du flux éternel de la création !

Toi le Dix sacré qui détiens la clé de toute chose... »

Arrivé au pied de la fresque, il s'arrêta et se tourna.

Levant les yeux, il s'agenouilla, le visage empreint de plénitude. En face de lui, il le reconnut. Il lui ressemblait, avec sa barbe fournie. L'homme se prosterna plusieurs fois, puis fixa un point du tableau. À cette vue, son exaltation s'amplifia. La Tetraktys était représentée sur une ardoise.

Le vieux prêtre essaya de se calmer. Il se releva péniblement, comme pris par l'ivresse, puis tituba légèrement et fit face à la fresque. L'œuvre était magistrale. Il reconnut les grands philosophes et savants de l'Antiquité. Tous les courants de pensée étaient face à lui. Aristote, Socrate, Platon. *Quel spectacle*, songea-t-il. Il sourit à l'idée que beaucoup de visiteurs ignoraient que, sur cette fresque, Raphaël s'était peint lui-même et qu'il avait peint aussi ses rivaux de l'époque : Michel-Ange et Léonard de Vinci.

Les gens ignorent tant de choses, grimaça-t-il. *Alors que tout est sous leurs yeux*.

Plusieurs personnages représentés sur *L'École d'Athènes* avaient été disciples de son maître et le monde entier l'ignorait. La règle absolue du silence, personne n'y dérogeait depuis plus de deux mille cinq cents ans.

Le dernier visiteur était maintenant sorti de la chambre.

Le prêtre resta seul.

Il ne s'aperçut pas qu'un touriste était revenu sur ses pas et que, attentif derrière ses lunettes foncées et sous sa casquette, il observait longuement la scène.

Le prêtre et lui étaient très différents l'un de l'autre. L'un barbu et trapu, paré de sa tunique blanche, ressemblait à un vieil évangéliste. L'autre, vêtu comme un vacancier, était grand et élancé malgré son âge.

Cependant, une chose qu'ils ignoraient les rassemblait ; chacun avait exactement le même objet métallique en forme de clé dans sa poche.

22

La triple SA n'avait jamais connu un tel état d'alerte. Les choses foiraient depuis quarante-huit heures. D'abord, le signal original en provenance de l'espace ne leur parvenait plus, et impossible de le rétablir. Et puis cet appel qui s'était échappé du Chili vers la Russie. Impensable. Catastrophique même.

Le capitaine Carl Bennett avait tout tenté pour comprendre ce qui s'était passé. L'agent de l'unité d'élite sur place était le meilleur de leur équipe. Il avait enclenché le brouilleur d'émission d'ondes électromagnétiques en arrivant sur l'esplanade des télescopes. Tout appel d'un téléphone portable y était dès lors impossible. Jusque-là, tout avait été réalisé dans les règles. La faille – Bennett en était sûr –, c'est que l'appel avait été envoyé depuis le milieu de la coupole, face au ciel et aux nombreux satellites de communication qui passaient par là. La coupole de l'observatoire avait certainement focalisé les ondes et les avait renforcées jusqu'à ce qu'elles puissent atteindre un satellite russe juste à la verticale. Le brouillage avait échoué.

Bennett s'en rongeait les ongles. Ce coup de fil imprévu avait eu un impact négatif puisque son supérieur, le général, avait décidé de gagner l'Europe de toute urgence, laissant tout en plan. Il avait seulement dit :

« Vous dirigez la manœuvre, Bennett, je dois m'absenter pour un moment. Nous nous tenons au courant. »

Bennett se tenait devant ses pupitres. Son adjoint Lewis l'accompagnait dans toutes ses recherches. C'était un as des logiciels et du piratage. Il avait derrière lui quelques années de prison à la suite d'un *hacking* informatique pour un énorme coup sur le Pentagone. Le général Lagarde l'avait sorti de taule à condition de bosser pour lui, en toute confidentialité.

Impossible n'existait pas pour Lewis. Des milliers de serveurs lui obéissaient au doigt et à l'œil. La guerre se passait ailleurs que sur le terrain maintenant. Elle se déroulait au plus profond des circuits et connexions électroniques.

Bennett et Lewis disposaient de toute l'information en temps réel : l'astronaute grecque avait atterri à Athènes. Le taxi l'avait conduite au 44, rue Patission. Elle se trouvait dans le musée mais le réseau de caméras semblait justement hors circuit. Impossible de la suivre.

Bennett possédait comme dernière image l'arrivée de la femme dans le hall et l'apparition, deux minutes plus tard, d'un homme, dont seul le dos était visible. L'identification semblait compromise.

Il envisageait tous les scénarios possibles. Son patron avait appris le départ de l'astronaute vers

Athènes. Il s'était réservé le premier vol vers l'Europe, et plus précisément vers l'Italie.

Pourquoi l'Italie ? se demanda Bennett. Il y avait mieux à faire à Athènes. Cette femme semblait avoir découvert des éléments compromettants.

Carl Bennett dirigeait maintenant les opérations. Son choix était fait : neutraliser la femme au plus vite. Le meilleur agent finirait le travail si nécessaire. Il serait dépêché sur les lieux de retour du Chili. Le reste de l'équipe était déjà sur place.

Bennett se rassit au fond de son fauteuil et se calma. Bientôt cinquante ans que le secret était gardé. Il n'y avait aucune raison que cela change. Son patron pouvait dormir sur ses deux oreilles.

Juste par curiosité, il fouilla dans son ordinateur à la recherche des endroits que visitait son patron en Italie. Au bout de vingt secondes, il eut la liste des déplacements des dernières années. Il s'aperçut que, deux fois par an, il se rendait à Rome, à la porte Majeure.

Bennett lança la recherche de toutes les informations sur ce lieu.

À l'instant où il appuya sur « *Enter* », son logiciel de reconnaissance de mots-clés, qu'il avait programmé un jour plus tôt avec son chef, bipa.

23

Dans la salle quinze, les traces de sang indiquaient avec exactitude l'itinéraire du professeur.

La piste filait droit vers la statue de Zeus.

Partout autour de celle-ci, le sang avait taché le sol. La statue elle-même avait été déplacée par des mains ensanglantées, et tournée avec une force surhumaine.

Le bras du dieu, tendu vers l'avant, semblait indiquer une nouvelle direction. Xénophon avait-il voulu indiquer un élément important ? Christina gardait en tête le message de sa tante. D'après elle, Xénophon devait lui apprendre des choses. Quelle était cette vérité dont Elena parlait ? Que devait découvrir l'humanité ? Et pourquoi ici, dans ce musée archéologique ?

Par intuition, elle suivit la direction du bras gauche.

À première vue, elle ne distinguait rien de spécial devant elle. Le bras était dirigé vers un mur en haut duquel se trouvait une grande fenêtre. Christina s'en approcha.

La paroi était lisse à cet endroit, et la fenêtre ressemblait à toutes les autres.

Après avoir tout examiné dans le moindre détail, elle revint, soucieuse, vers la statue.

Fournier la dévisagea d'un air interrogateur. Il lui indiqua du regard la base de la sculpture en bronze.

Christina constata, surprise, que des traces de sang ressemblaient à des signes. Elle ne les avait pas remarquées lors de son arrivée.

Bon Dieu, se dit-elle. Xénophon avait écrit avec son sang.

Sur le bloc de marbre servant de socle à la statue, elle reconnut, dessinée, une figure géométrique évoquant un carré, et, à côté, un symbole particulier qu'elle pensait avoir déjà vu quelque part : deux chiffres mélangés en un même signe. Un trois et un quatre formant une seule et même figure…

— Monsieur Fournier, je vous prie ! cria une voix tonitruante. Qui vous a permis de faire entrer cette personne ?

La voix venait du fond de la galerie, puissante et impatiente. Une atmosphère électrique plomba la salle. Fournier tourna lentement son regard. Il comprit que c'était son heure en découvrant le visage écarlate de son interlocuteur.

Quand l'inspecteur principal Spiros Agathinos se mettait en colère, un signe évident ne trompait personne ; le sang lui montait à la tête et il devenait rouge vif.

Il hurla à en faire trembler les murs.

— J'ai donné des ordres pour que personne n'entre dans ce musée ! Qui vous a donné l'autorisation ?

Agathinos fulminait de rage et fixait de ses yeux injectés de sang celui qui l'avait doublé quelques heures avant au téléphone.

L'assistant du Pr Petropoulos fut pétrifié sur place. Il bredouilla quelques mots, remettant de l'ordre dans ses pensées.

— Sofia Argyropoulos, Interpol, lança Christina avec aplomb, en brandissant la carte qu'elle avait reçue quelques minutes auparavant de la main de Fournier. Y a-t-il un problème, inspecteur ? ajouta-t-elle en avançant de quelques pas et le fixant droit dans les yeux.

— Que vient faire Interpol ici ? grogna l'inspecteur, rageur.

— Je mène une enquête sur des vols d'antiquités, inspecteur ! Je pense que cette affaire relève de mes compétences, pas vous ? M. Fournier m'a aimablement montré le chemin. Je lui en suis très reconnaissante. J'aimerais si possible avoir tous les détails sur cette affaire. Plusieurs éléments me font penser que la bande que je recherche a opéré ici.

— Ah oui ? dit Agathinos avec ironie et méfiance. Je pourrais connaître vos éléments ? À ma connaissance, on ne m'a pas signalé de vols dans ce musée, mais plutôt une disparition.

Lucas Fournier ne bougeait plus. Constatant la tournure des événements, il pensa sérieusement que son plan allait faillir et que Christina et lui allaient finir la journée au fond d'une cellule du commissariat général d'Athènes. Il se demanda de quels éléments parlait Christina. Pourtant, lorsqu'il l'entendit répondre à l'inspecteur, il comprit qu'il ne moisirait pas en prison.

— Monsieur l'inspecteur, répliqua Christina avec une étonnante maîtrise, vous n'avez peut-être pas remarqué, vous et vos collègues, que les agresseurs ont utilisé un calibre et des munitions ultra-rapides, servant entre autres aux équipes militaires américaines dans leurs missions spéciales.

L'instant d'avant, Christina s'était rappelé ce que le commandant Soukhoroukov lui avait expliqué à la Cité des Étoiles concernant le message de sa tante. Avec ces détails et ses connaissances en physique, elle allait marquer des points.

En face d'elle, l'inspecteur Agathinos commençait déjà à blanchir.

— Dans la salle numéro sept, continua Christina, l'amphore à motifs géométriques a été traversée de part en part par une balle qui ne l'a pas brisée, ce qui démontre la puissance de l'arme utilisée. Cette balle a dû être tirée à partir du hall et nous la retrouverons certainement dans le mur opposé. Je vous conseille vivement d'apporter cette pièce au dossier. Nous aurons une indication sur le type d'arme et pourrons enfin avancer plus efficacement dans cette enquête, n'est-ce pas, inspecteur ?

Agathinos pâlissait de seconde en seconde. L'humiliation était à son paroxysme. Une femme l'avait retourné comme une crêpe. De rouge écarlate, il était passé à blanc pâle. Il devait trouver une issue honorable rapidement.

— Montrez-moi votre carte d'Interpol et votre identité, je vous prie, madame, grommela l'inspecteur.

Le cœur de Lucas Fournier se serra d'un coup. Ils étaient cuits.

— Absolument, fit Christina, en lui remettant sa carte de police. Mais vous ferez de même pour moi, j'aimerais ôter les doutes qui m'envahissent quant à ce début d'enquête catastrophique.

Fournier ne se sentait plus, et en même temps il jubilait. Les réponses de Christina étaient de véritables uppercuts. Il était incapable de bouger les jambes, qui commençaient à trembler.

Spiros Agathinos prit la carte d'Interpol que lui brandit Christina et l'examina. Tout semblait en ordre. La photo était ressemblante et les cachets authentiques. Il lui remit la carte en la dévisageant quelques secondes. Il lui semblait avoir déjà vu ce visage. Il n'insista pas par peur du ridicule, se rendant compte que la partie était perdue pour le moment.

— C'est bon comme ça. Vous vous occupez de vos affaires, et moi des miennes. Vous ne touchez à rien, aucune photo et pas de commentaire. J'ai mon équipe et je suis seul responsable de cette affaire. M. Fournier peut vous guider.

L'inspecteur envoya deux hommes pour vérification sur l'amphore monumentale.

Christina était dans la place. En faisant un clin d'œil à Lucas Fournier, elle le vit reprendre des couleurs. Elle comprit, à la mine de l'assistant du professeur, qu'il ne fallait peut-être pas trop traîner.

Elle refit le tour de la statue pour bien s'imprégner des signes qu'ils avaient observés.

La piste de Xénophon ne s'arrêtait pas là.

Au fond de la galerie, deux inspecteurs s'affairaient devant une grande stèle sculptée : le grand relief éleusinien de Déméter, « la scène de l'Initiation ».

Un des trésors du musée archéologique d'Athènes. Sans doute la sculpture votive la plus prestigieuse des temps classiques.

Les traces de sang menaient tout droit à la stèle. Elles ressemblaient plus à des traînées. Son oncle devait être au bout de ses forces et avait dû ramper.

Pourquoi cette stèle ? *Y a-t-il un message ?* se demanda-t-elle.

Elle traversa d'un pas vif le reste de la salle vers la stèle qui trônait au fond. Lucas Fournier la suivit. Lui savait déjà. Christina s'était mise à la place de Xénophon et suivait son chemin de croix. Au-delà, plus de trace. C'était la dernière scène.

Elle s'arrêta devant le relief.

Au moins deux mètres de haut sur plus d'un mètre de large. Cette plaque de marbre sculptée représentait trois personnages. Deux des trois faisaient partie du panthéon grec : Déméter et Perséphone.

Xénophon lui avait maintes fois raconté le mythe : la quête d'une mère, Déméter, pour retrouver sa fille enlevée par Hadès, le dieu des Enfers. Perséphone était d'une telle beauté que Hadès en tomba fol amoureux. Alors qu'elle se promenait dans un champ, il l'attira, faisant apparaître de magnifiques narcisses, la captura et l'amena dans le monde des morts.

Après un bref instant, Christina aperçut trois signes dessinés avec du sang en dessous des trois personnages.

Fournier s'approcha d'elle.

Tout près d'eux, les deux policiers les regardaient d'un air méfiant.

Christina était fascinée par ces signes noirâtres qui composaient une pièce du puzzle, une partie de la vérité. Le message du professeur.

Elle devait comprendre.

Sous Déméter, à gauche, était représentée la potence caractéristique de la lettre grecque « gamma » majuscule.

Γ

Sous Perséphone, tout à droite, Christina reconnut un « sigma » majuscule.

Σ

Et au milieu, sous Triptolème, le troisième personnage, elle devina un signe ressemblant à un A.

A

Christina sortit de ses songes. Elle réalisa qu'elle n'était pas seule. Il fallait faire vite. Trouver une solution.

Hésitante et tendue, elle s'approcha de Lucas Fournier. Elle lui chuchota :

— Écartez-vous, Lucas, et téléphonez-moi vite. Mon numéro est le suivant.

Elle lui dicta son numéro de portable. Fournier l'écouta sans comprendre. Il s'écarta, obtempérant, et composa le numéro de l'astronaute.

Christina revint près de la stèle et attendit face à celle-ci.

Dix secondes plus tard, la sonnerie de son portable résonna dans la galerie. Christina s'empara de l'appareil au fond de la poche de sa veste. Elle le colla à son oreille et cria plusieurs fois « *Nai, nai, nai ?* » puis, dans un geste de dépit, elle le tint devant elle comme pour voir qui lui avait téléphoné. À ce moment, son doigt appuya discrètement sur l'icône appareil photo. *Pourvu qu'il n'y ait pas de flash*, pria-t-elle.

Elle appuya deux fois.

— Avez-vous le réseau ? lança-t-elle, l'air désappointé, aux deux policiers. J'ai un souci avec mon téléphone…

Les inspecteurs, qui l'observaient depuis un moment, sortirent leurs appareils et vérifièrent.

— Oui, madame, répondirent-ils, perplexes.

Christina, sortant de la salle en tirant Lucas Fournier par le bras, leur lança, sans les regarder :

— Pas de réseau chez moi, je vais essayer plus loin. C'est un appel urgent d'Interpol.

24

La gare de Roma Termini était bondée. Une fin de semaine et d'après-midi, c'était la cohue. Un train partait toutes les cinq minutes, direction toute l'Italie.

Les appels bruyants des haut-parleurs rendaient l'atmosphère électrique. Les gens couraient dans tous les sens, cherchant désespérément la voie qui les emmènerait loin de la ville éternelle.

L'homme marchait calmement. Dans cette foule, personne ne prêtait attention à son habit de lin blanc. Son voyage initiatique l'amenait maintenant plus au nord. Il avait un nouveau rendez-vous avec le grand maître et ses illustres disciples dans la ville de Laurent le Magnifique.

Il s'arrêta devant un distributeur de café, sortit une pièce de nulle part et la jeta dans l'appareil. La soirée s'annonçait longue et ce café tombait à pic.

Le jour de la révélation approchait et il se dit que c'était une excellente chose qu'il prenne les commandes. Il fallait du sang neuf, et le maître actuel avait fait son temps. D'ailleurs, il n'était jamais là. Son voyage allait lui apporter la force et les moyens pour vaincre. Il deviendrait l'égal de Raphaël, de Michel-Ange et de bien d'autres illustres personnages.

Se dirigeant vers sa voie, il ne remarqua pas que l'homme à la casquette et aux lunettes de la *Stanza della Segnatura* épiait tous ses faits et gestes depuis un moment.

Cet homme tenait dans sa main le même ticket pour Florence.

25

La balle avait traversé l'amphore funéraire de part en part. Spiros Agathinos n'avait jamais vu ça. L'amphore n'avait même pas bougé. Aucune craquelure ! Juste deux trous. Un devant, et un derrière. Une arme qu'il ne connaissait pas.

Elle avait raison. Il n'y avait que des groupes d'élite pour utiliser de tels engins.

Comment savait-elle tout cela ?

Une femme l'avait retourné comme une crêpe devant ses adjoints. Une humiliation ! *Inacceptable !*

Son visage lui disait bien quelque chose. D'où la connaissait-il ? Il allait en avoir le cœur net. Il devait prendre sa revanche.

L'inspecteur principal sortit son portable et fit un numéro.

— Allô, Spiros Agathinos à l'appareil. Je voudrais le maximum d'informations sur une dénommée Sofia Argyropoulos d'Interpol, et le plus vite possible.

Il remercia la personne et raccrocha.

L'entrée du musée étant toute proche, il sortit quelques secondes pour humer l'air du soir.

La nuit commençait à tomber et le ciel d'Athènes était dégagé.

Il pesta en lui-même de ne pas avoir trouvé le professeur. Il allait y passer la nuit.

Mais d'abord, il devait s'occuper des deux lascars.

*

Christina et l'assistant du professeur s'échappèrent de la grande salle aux indices. Il était préférable de mettre le plus de distance entre eux et l'inspecteur Agathinos.

Dans leur course, ils faillirent plonger la tête la première dans une reconstitution d'un char grec. Une collection de bronzes, à l'intérieur de vitrines, entourait le quadrige. À la vue de ces pièces métalliques rongées par le temps, Christina se rappela un objet très particulier que son oncle admirait au-delà de tout.

Lucas Fournier se tourna vers elle, les yeux grands ouverts.

— Pourquoi cet appel téléphonique ? demanda-t-il, interrogateur.

— Je vous expliquerai. Tout est dans la boîte, ne vous inquiétez pas, monsieur Fournier.

Lucas, dépité par la réponse évasive, la tira par le bras pour l'amener vers la salle trente-huit.

— Il faut que vous voyiez le bureau du professeur, dit-il.

Christina lui emboîta le pas.

À l'entrée de la salle suivante, elle s'arrêta net.

Le support en plastique transparent tenait le mécanisme en apesanteur au milieu de la vitrine, comme dans un écrin de verre. Les rouages vert-de-gris ressemblaient à ces vieux trésors engloutis sortis des profondeurs marines après des siècles d'immersion.

— Le mécanisme d'Anticythère, annonça Fournier, quelque peu étonné par le visage troublé de Christina.

— Je le connais. Et même très bien, murmura-t-elle.

— Votre oncle s'y est beaucoup intéressé…

— Il a passé sa vie à l'étudier, monsieur Fournier. Vous n'étiez pas né qu'il était déjà plongé dedans ! Nous sommes devant l'objet le plus révolutionnaire de toute l'Antiquité. Le premier mécanisme au monde aussi sophistiqué. Il aura fallu attendre deux mille ans pour que l'homme parvienne à reconstruire un objet aussi complexe. C'est comme si je vous disais que l'ordinateur était né cinq cents ans avant Jésus-Christ.

Fournier se taisait. Il savait que Christina disait juste. Le calculateur planétaire, comprenant des dizaines de rouages en métal finement ciselés et ajustés, était remarquable.

— Vous savez, monsieur l'assistant, mon oncle m'a raconté l'histoire du mécanisme durant toute ma jeunesse. Je crois qu'il aurait bien voulu être le scaphandrier qui l'a trouvé.

— Je sais, madame Dimitrios. Et depuis qu'il avait retrouvé une vieille caisse avec des fragments de celui-ci, il était devenu comme fou et voulait à tout prix garder le secret.

— Retrouvé des fragments du mécanisme ?

— Oui, des morceaux oubliés dans les réserves, confirma Fournier.

Christina, troublée, examina quelques instants encore l'objet à l'intérieur de la vitrine.

Elle avait toujours aimé comparer cette pièce à un objet ayant appartenu au sous-marin du capitaine Nemo dans *Vingt Mille Lieues sous les mers*. Le mécanisme était imprégné des couleurs de la mer et, malgré son aspect ancien, il laissait entrevoir une sophistication futuriste propre aux récits de Jules Verne. Son oncle lui avait maintes fois raconté qu'il avait été trouvé miraculeusement par plus de cinquante mètres de fond au large de l'île d'Anticythère. Qu'à la suite d'une tempête, en 1900, des chercheurs d'éponges avaient fortuitement découvert les restes d'une épave romaine et que les scaphandriers étaient tombés sur des amphores et des statues de bronze et de marbre. Un véritable butin de guerre qu'ils mirent deux ans à remonter. Dans ce trésor, ils découvrirent une pièce étrange composée de morceaux de bronze érodé avec d'intrigantes inscriptions astronomiques. Elle s'avéra être un calculateur ultra-complexe. On lui donna le nom de « premier ordinateur de la Grèce antique ».

En 1976, le commandant Cousteau et son équipe plongèrent sur le lieu de l'épave. Ils remontèrent des pièces de monnaie qui permirent de dater le moment du naufrage et la provenance du bateau. Ce navire rapportait un butin pris en Turquie en 86 avant Jésus-Christ.

Lucas Fournier sortit l'astronaute de ses songes.

— Je dois vous montrer le bureau, dit-il, laissant apparaître une légère impatience.

L'assistant voulait éviter une nouvelle confrontation avec l'inspecteur et Christina le comprit parfaitement. Ils laissèrent le mécanisme derrière eux et filèrent vers la collection de bronze de Karapanos exposée dans les salles suivantes. En courant, il lui indiqua les taches de sang au sol, que les inspecteurs avaient marquées d'une peinture spéciale.

— Les traces de sang reprennent dans cette salle et vont jusqu'au grand escalier, dit Lucas en montrant le sol. Faites attention de ne rien toucher. Agathinos nous tuerait.

Ils arrivaient maintenant à l'autre bout du musée.

Le bureau était sens dessus dessous. Les étagères avaient été vidées et un amoncellement de livres recouvrait le sol.

— Ils ont tout renversé, dit Fournier. Tout indique qu'ils cherchaient quelque chose. Vous étiez une des personnes les plus proches de lui. Vous avait-il parlé ?

— Non, soupira Christina. Il ne m'a rien dit. En revanche, ma tante m'a fait parvenir un message qui parlait de lui et d'une vérité qu'il devait connaître… Je ne comprends pas.

Son regard s'arrêta sur deux éléments dans le bureau.

Sa photo était posée en évidence sur une étagère. Elle se reconnut plus jeune. D'un mouvement rapide, elle monta sur les livres, attrapa son portrait et le jeta au fond d'un tiroir.

— Spiros Agathinos est-il venu dans cette pièce ? grimaça Christina en regardant Fournier.

— Évidemment, répondit-il. Il m'a d'ailleurs bousculé ici lorsque je vous ai parlé au téléphone.

Et puis, il y avait cette boîte ouverte, toujours sur le bureau. Elle semblait ancienne et poussiéreuse.

L'inscription en grec était lisible : « Mécanisme d'Anticythère ».

Voyant le regard perplexe de Christina, Lucas Fournier reprit :

— Le professeur m'avait parlé d'une boîte qu'il avait découverte il y a quelques jours dans les réserves. Il nous avait demandé de le laisser tranquille la nuit dernière, car il voulait y travailler. Cette boîte devait contenir des fragments du mécanisme, poursuivit-il en regardant l'intérieur. Mais je vois qu'il n'y a plus rien, seulement quelques débris.

Christina se pencha sur la boîte, qui était divisée en trois. Dans un compartiment, elle n'aperçut que des fragments émiettés. Rien dans les autres.

— Il manque deux morceaux ! s'exclama-t-elle.

— C'est pour cela que je vous ai appelée, madame Dimitrios. Vous êtes la seule qui puisse nous aider. Vous le connaissez mieux que quiconque et nous avons besoin de votre aide pour déchiffrer son message.

— Appelez-moi Christina, Lucas, et non pas madame… et suivez-moi ! J'ai peut-être une idée.

26

La grande galerie du musée archéologique se trouvait déjà plongée dans la pénombre.

Le long des murs, les alignements des stèles et des marbres sculptés ressemblaient à des cohortes de gardiens pétrifiés se faisant face pour un énième combat nocturne.

La lune s'était placée au centre de la partie. Ce soir, elle donnerait une nouvelle vie à chaque pierre par ses pouvoirs d'ombre et de lumière.

Christina et Lucas débarquèrent en bas de l'escalier.

Ils prenaient, sans le savoir, le même chemin que celui que Xénophon Petropoulos avait emprunté quelques heures auparavant.

Traversant la galerie, ils pressèrent le pas. Les reliefs et les stèles funéraires devant lesquels ils passaient commençaient doucement à s'animer. La nuit prenait possession du musée et il ne faisait pas bon y traîner trop longtemps.

Au bout de la grande salle, le jockey de l'Artémision sembla leur indiquer le chemin. Il montait un superbe cheval fou. Christina se rappela le secret qui l'unissait à ce couple magique. Un soir, à l'insu de tous, elle avait réalisé son rêve de petite fille. Elle avait chevauché l'animal, en compagnie du petit cavalier. Un souvenir délicieux, mille fois plus fort que les chevaux de bois.

*

Devant l'entrée, l'inspecteur Agathinos était blême. Les infos qu'il venait de recevoir lui firent l'effet d'un coup de massue.

De blanc, il vira au rouge.

Sofia Argyropoulos n'existait pas ! Ni vue ni connue autant à la police grecque qu'à Interpol.

Il s'était fait doubler.

Il remit posément son téléphone en poche et appela deux de ses hommes.

Cette femme allait voir qui il était vraiment et de quel bois il pouvait se chauffer.

— Au bureau ! cria-t-il en s'élançant. Ils ne peuvent être que là.

Les deux policiers le suivirent au pas de course.

Laissant l'envol du cheval derrière eux, Christina Dimitrios et Lucas Fournier s'engouffrèrent alors sur leur gauche dans l'enfilade des salles classiques.

Lui se laissait guider. Elle semblait savoir ce qu'elle voulait. Ils n'avaient pas encore vraiment eu le temps de discuter. Se dépêcher et éviter l'inspecteur étaient les priorités. Ils parleraient plus tard du message laissé par le professeur. Cette fille lui avait montré de quoi elle était capable et il se félicita d'avoir eu l'excellente idée de la faire venir.

Christina jouait le tout pour le tout. Elle connaissait son oncle. Pour rien au monde il n'aurait abandonné les fragments du mécanisme. Il leur restait une petite chance de retrouver une pièce du puzzle, ou peut-être même deux.

Le scénario de la nuit précédente au musée commençait à s'échafauder dans sa tête. Elle se tourna vers Lucas.

— Il nous faut rendre visite à quelques personnages du musée avant de partir, précisa-t-elle en courant.

— Ah oui ? Qui ça ? demanda l'assistant, intrigué.

— Le plus beau d'entre tous d'abord, et puis le plus terrifiant, répondit-elle.

Ils arrivèrent au bout de l'aile. Devant eux s'étendait la salle vingt-huit. Au centre de la pièce se dressait une statue de bronze. Christina s'arrêta devant ce chef-d'œuvre d'élégance représentant un jeune homme d'une grande beauté. La vigueur de son corps et son geste fluide lui donnaient des airs de conquérant. Le sculpteur avait su trouver la posture du corps idéale. Le bras droit, élevé vers le ciel, semblait tenir quelque chose.

— Voici le premier ! s'exclama Christina. Le plus beau, « l'éphèbe d'Anticythère ».

— Je le connais bien, répondit Lucas. Il a été trouvé avec le trésor d'Anticythère.

— Il était sur l'épave, et c'est pour ça que j'ai pensé à lui. Qui pourrait mieux que lui protéger le mécanisme ? Ils sont restés ensemble plus de deux mille ans, côte à côte.

La statue était plus grande que nature. Malgré les cicatrices au visage dues aux millénaires passés au fond de la mer, son regard restait comme vivant. Les yeux vifs exprimaient une certaine inquiétude.

— Si mon souvenir est correct, continua Christina, cela pourrait être Pâris, qui tient une pomme dans sa main droite.

— Vous avez raison, approuva Lucas. Il tient la « Pomme d'or », appelée aussi « Pomme de discorde », que trois déesses revendiquent et il doit choisir à qui il va en faire cadeau. Il a le choix entre la déesse du pouvoir, celle de la gloire militaire ou celle de l'amour. Il finit par choisir la dernière en donnant la pomme à Aphrodite, la plus belle de toutes. Son visage exprime sans doute son hésitation et son inquiétude quant à la suite… ajouta Lucas.

Christina regarda vers le haut.

— Venez m'aider, Lucas, vite, je n'y arriverai pas seule !

L'assistant joignit ses mains pour donner un appui au pied de l'astronaute, qui grimpa en une fois, se tenant à ses épaules.

Elle fouilla le dessus de la main droite du jeune éphèbe de bronze. Elle ne savait pas trop ce qu'elle cherchait. Un fragment du mécanisme d'Anticythère, mais de quelle taille ?

Elle ne sentit rien et, de toute façon, il était impossible qu'un objet y tienne, la paume étant tournée vers le sol, se dit-elle.

Profitant de sa situation surélevée, elle examina la salle rapidement en réfléchissant.

Son regard accrocha, à l'autre bout de la pièce, un deuxième éphèbe, plus petit celui-là, et plus accessible.

— Descendez-moi, Lucas. Je ne trouve rien ici, mais peut-être là-bas, dit-elle en montrant du menton l'autre bronze.

Elle descendit et courut, pleine d'espoir, vers l'autre statue.

— On l'a trouvée aussi au fond de la mer, mais à Marathon, cria Lucas.

Depuis plusieurs mois, il travaillait avec le professeur et avait eu tout le loisir d'approfondir l'extraordinaire collection du musée d'Athènes. Ce bronze était un de ses préférés. Il représentait un adolescent, tout en grâce et en légèreté, et d'une grande douceur. Le mouvement de son corps et de ses gestes reflétait la délicatesse de celui qui l'avait façonné. Une œuvre de Praxitèle, un des plus grands sculpteurs de l'époque classique.

Lucas se tenait toujours à côté du premier éphèbe. Il regardait Christina examiner avec attention les mains de l'adolescent. Cela semblait être infructueux. Elle se retourna vers lui, l'air dépité. Ils se regardèrent quelques instants et il lui sourit pour l'encourager.

Le visage de Christina, tout à coup, s'illumina et elle courut vers lui. Lucas se sentit défaillir. Cette femme était aussi belle que la plus belle des sculptures grecques. Le temps d'un instant, il lui sembla devenir Pâris, accueillant sa déesse Aphrodite. Il ouvrit les bras et s'élança vers elle en fermant les yeux.

— Regardez, Lucas, à côté de vous ! cria-t-elle. La main gauche de l'éphèbe ! Nous n'avons pas regardé dans celle-là !

Lucas, emporté par son élan, fit semblant de trébucher pour se dégager de cette situation. Il émergea si brusquement de son rêve qu'il resta quelques instants dans la confusion la plus totale.

— Que se passe-t-il ? bredouilla-t-il d'un air hébété.

— Nous n'avons pas regardé dans la main gauche, répéta-t-elle, faisant semblant de n'avoir rien remarqué. Je n'ai inspecté que la main droite, la plus haute.

Le bras gauche de l'éphèbe d'Anticythère se tenait le long du corps et sa main semblait fermée. Christina y jeta un œil.

— J'en étais sûre ! Xénophon nous a laissé des indices. Il tenait plus que tout à son mécanisme, dit-elle en sortant une petite pièce de la main de bronze.

Elle la posa sur sa paume et la montra à Lucas.

Le fragment était très abîmé. On y lisait vaguement quelques inscriptions aux trois quarts effacées.

— Il en reste un, dit-elle, souriante et déterminée. Suivez-moi. Après le plus beau, allons voir le plus effrayant maintenant.

L'inspecteur Agathinos sortit, enragé, du bureau du professeur. Il s'était rappelé où il avait vu ce visage. Il en avait aussi contre l'assistant qui l'avait trompé. L'heure de la vengeance avait sonné. Usurpation d'identité, association de malfaiteurs et entrave à la justice. Ils allaient passer un bon moment en prison.

Lui et ses hommes avaient parcouru l'aile nord du musée sans les trouver. Ils allaient fouiller l'aile sud avant que les fuyards ne disparaissent.

Le visage, à la barbe hirsute couvrant la moitié de la face et au nez énorme, était terrifiant. Son regard perçant forçait la plupart des visiteurs à l'éviter. À l'inverse, d'autres succombaient parfois, envoûtés par cette personnalité quelque peu satyrique ou diabolique.

— Le voici, annonça Christina face au personnage.

— La tête du philosophe, précisa Lucas Fournier. Effectivement, elle aussi a passé sa vie sous l'eau avec le mécanisme. La voici maintenant sous verre…

Dans la mémoire de Christina, la tête du philosophe était, comme la plupart des œuvres, accessible directement au public, sans protection. Or là, elle était protégée par une prison de verre. Impossible d'y dissimuler quoi que ce soit.

Des appels et des cris résonnèrent au loin.

Les policiers avaient compris la supercherie. Il n'y avait plus de temps à perdre.

— Filons avant qu'il ne soit trop tard, dit Lucas. Nous devons comprendre le message du professeur ailleurs qu'au poste de police.

Ils s'enfuirent vers la salle trente, qui les rapprochait de la sortie du musée.

Christina réfléchissait. Elle regardait partout pour s'imaginer où Xénophon aurait pu cacher le deuxième fragment.

La statue monumentale de Thémis, déesse de la justice, ne l'inspira pas, ni le Poséidon de Milo, trop colossal pour abriter une si petite pièce.

Ils s'approchèrent des dernières salles, dédiées à l'art de la période romaine, et passèrent en courant devant le groupe d'Aphrodite et de Pan. La double statue représentait le dieu, mi-homme mi-bélier, importunant la belle déesse, nue et agitant sa sandale dans la main droite pour tenter de l'écarter. Le dieu ne faisait aucun mystère de ses intentions envers la déesse, tandis que cette dernière protégeait sa virginité comme elle le pouvait.

— Lucas ! s'exclama Christina. Attendez !

Elle s'arrêta, fit demi-tour et se mit en face d'Aphrodite.

— Ça vous dit quelque chose ? demanda-t-elle en fixant la déesse du regard.

— Oui, répondit-il en rougissant légèrement. C'est Aphrodite, la déesse de l'amour.

Il se rappelait la scène qu'il avait vécue quelques minutes auparavant.

— Nous avons trouvé chez Pâris le premier fragment disparu. Peut-être la déesse qu'il a choisie nous cache-t-elle quelque chose. Mon oncle a toujours eu l'art des mises en scène…

Elle se pencha et aperçut un petit espace laissé par le sculpteur entre la main de la déesse et sa vertu. Elle y passa doucement les doigts et sentit un objet qui, mal placé, en déséquilibre, glissa et tomba.

Christina, en étouffant un cri, essaya de l'attraper mais ne fit dans l'empressement que le propulser quelques mètres plus loin.

Il s'écrasa devant les yeux stupéfiés de Lucas en éclatant en plusieurs morceaux. Christina était livide.

— Tant pis, grimaça Lucas. Ramassons ce qu'on peut, ce n'est qu'un accident.

L'inspecteur et ses hommes déboulèrent dans l'aile sud. Ils aperçurent au loin les deux fuyards et les sommèrent de ne plus bouger.

Christina n'entendait plus rien.

À quatre pattes, elle cherchait désespérément les quelques morceaux égarés du deuxième fragment. Elle pestait contre son geste. Elle allait devoir affronter de nouveau l'inspecteur et ce moment ne l'enchantait pas du tout.

Malgré la précipitation, elle remarqua au sol, éparpillées au milieu des débris, quelques graines brunâtres. Elle en prit deux ou trois dans la main. Elles étaient dures et sèches.

— Je vous arrête ! cria Agathinos d'une voix puissante. Vous m'avez menti ! Vous n'êtes pas d'Interpol, dit-il à Christina en la toisant.

L'inspecteur était debout face à eux, imposant. Son visage était rouge, bouffi et trempé de sueur. Il haletait. Ses hommes se mirent en travers, bloquant le passage vers la sortie.

Lucas se lança :

— Monsieur l'inspecteur, Mme Dimitrios n'a rien à voir avec ça. Je suis responsable de ce qui s'est passé. C'est moi qui ai tout organ…

— Rien du tout, coupa Christina. C'est moi la responsable ! Moi seule !

Elle ne cilla pas.

— Oui, je suis la responsable de l'avancement de votre enquête. C'est moi qui vous ai parlé de l'amphore tout à l'heure. Vous n'aviez rien vu. Et vous ne savez toujours pas où se trouve le Pr Petropoulos. Vous piétinez, inspecteur. Et vos supérieurs vont vous tomber dessus. Vous serez muté !

— Ça suffit ! cria Agathinos, agacé. Vous ne m'impressionnez pas et vous ne racontez que des mensonges. Je vous arrête pour violation de scène de crime, usurpation d'identité et outrage à policier. Messieurs, dit-il en regardant ses hommes, vous savez ce qu'il vous reste à faire.

— Inspecteur, si vous faites cela, vous ne trouverez pas le professeur et vous pourrez dire adieu à votre carrière.

— Comment ça ? Et pourquoi, chère madame ?

Il y eut un blanc pendant quelques secondes.

— Je sais où le Pr Petropoulos se trouve.

Lucas pensa replonger dans un cauchemar. Qu'avait-elle de nouveau trouvé pour les sortir de ce mauvais pas ? Il perçut la lueur malicieuse dans les yeux de Christina.

— Vous mentez encore une fois, madame Dimitrios, vous voulez juste gagner du temps, grogna l'inspecteur.

— Suivez-moi, dit-elle. Je vais vous montrer. Mais à une condition, vous nous laissez partir après.

Spiros Agathinos grommela sans acquiescer et la suivit avec ses hommes et Lucas.

Christina pénétra dans la dernière aile. La sortie du musée n'était plus très loin. Il suffisait de traverser trois salles.

Elle marcha quelques mètres en regardant le sol puis s'arrêta.

— Il est là, dit-elle, désignant de la main une sculpture robuste.

L'inspecteur se tourna vers elle et la regarda.

— Comment pouvez-vous le savoir ? Nous avons fouillé partout.

— Il est là, je vous dis, ouvrez-le ! insista Christina.

La sculpture que désignait l'astronaute était un cercueil en pierre taillée. On y apercevait une scène de la mythologie : des soldats se battaient et un sanglier féroce ouvrait la gueule. Le couvercle posé dessus était imposant. Il ressemblait à un toit avec des écailles sculptées. Une plaque mentionnait un sarcophage du IIe siècle avant Jésus-Christ.

— Ouvrez-le, le professeur se trouve certainement là ! répéta Christina, sûre d'elle.

L'inspecteur, Lucas et les deux policiers entreprirent de déplacer le couvercle. Il fallait bien quatre hommes pour soulever une telle masse. Petit à petit, ils firent glisser la pierre pour entrouvrir le cercueil.

Christina vit leurs yeux horrifiés.

Poussée par la curiosité, elle se rapprocha légèrement pour y jeter un œil. Elle blêmit.

Le visage de Xénophon était méconnaissable. Une joue semblait avoir disparu et des fèves remplissaient la bouche du professeur. Il y en avait partout, éparpillées sur son corps. Ses yeux étaient grands ouverts, remplis d'effroi.

— Bon Dieu ! fit l'inspecteur Agathinos. Comment est-ce possible ? Que signifient toutes ces fèves ?

Christina, dégoûtée, prit le bras de Lucas et recula. Prétextant qu'elle devait vomir, elle se dirigea avec Lucas vers la sortie.

L'inspecteur, affairé autour du corps et satisfait d'avoir élucidé la disparition, ne broncha pas lorsqu'ils sortirent de la salle.

Ils se dépêchèrent de traverser les dernières salles.

Le policier de faction à l'entrée leur fit juste un signe, son rôle étant d'empêcher les gens de rentrer, et non de sortir.

En bas de l'escalier extérieur, ils pressèrent le pas.

Lucas n'avait qu'une question en tête depuis la découverte du professeur.

Loin de l'entrée, il demanda :

— Comment saviez-vous où était le professeur ?

— Les fèves, Lucas. Ce sont les fèves qui m'y ont conduite.

— Les fèves ?

— Je vous expliquerai. Filons, maintenant !

Et ils détalèrent sans demander leur reste dans le parc du musée.

27

Il n'y avait pourtant qu'une issue, rue Patission, et personne n'était sorti. Le site du musée était entouré d'une haute grille.

Où étaient-ils ? S'étaient-ils tapis dans le parc ?

Depuis dix minutes, une équipe en planque les attendait à la sortie.

Bennett et Lewis visionnèrent une nouvelle fois les images captées au musée.

Les caméras de surveillance avaient filmé les dernières scènes. La connexion avait été rétablie au bon moment, tout juste pour apercevoir la séquence de la découverte d'un fragment, puis d'un autre plus loin et enfin l'arrivée des policiers et la découverte du corps.

Ayant eu connaissance de cela, Bennett était encore plus convaincu qu'il n'y avait plus qu'une solution possible : l'élimination rapide. Son équipe était prête à intervenir.

Il refit un gros plan sur l'assistant. Il avait fait tourner deux fois son logiciel de reconnaissance faciale : « personne non identifiée ». *Étrange*, pensa-t-il. Plus de deux milliards de visages étaient pourtant enregistrés dans ses banques de données.

On verrait plus tard. Pour l'instant, il fallait les retrouver.

La dernière image des fuyards provenait du hall d'entrée du musée. Ils descendaient l'escalier vers le jardin.

Lewis avait tout tenté pour dénicher une caméra à l'extérieur du musée, dans le parc, mais la recherche avait été vaine. La seule disponible était à l'entrée de l'hôtel Acropole, devant la rue Patission, hors de l'enceinte.

L'unité d'élite les avait perdus de vue dans la pénombre du parc. Elle devait rester discrète, la police grecque ayant pris possession du musée. Impossible donc d'utiliser la caméra thermique aux abords du parc ou d'envoyer un drone.

Le musée archéologique était situé à côté d'un quartier chaud de la capitale, Exarchia, qui abritait des extrémistes et des contestataires de tout poil. On y apercevait très régulièrement des policiers super-armés pour y assurer la sécurité des abords.

De son poste de commandement aux États-Unis, il envoya un message à l'équipe :

« On ne peut plus attendre. Nous devons les retrouver. Envoyez un homme dans le parc et surtout restez discrets. »

28

Lucas, une fois dans l'ombre des palmiers, avait entraîné Christina derrière un haut buisson.

— Qu'y a-t-il ? demanda-t-elle, surprise. Je connais quelqu'un tout près d'ici qui…

Lucas l'interrompit promptement en lui demandant de se taire d'un signe de la main. Il chuchota en se rapprochant d'elle :

— Ceux qui se sont occupés de votre oncle et de votre tante pourraient bien s'occuper de nous. Probablement, nous attendent-ils à la sortie et ils ont des moyens, croyez-moi. Ils considèrent peut-être que nous en savons déjà trop.

— Que comptez-vous faire ? demanda Christina.

— Nous devons quitter le parc le plus discrètement possible. Cachons-nous un moment et on avisera. Nous allons guetter pour voir si la voie est libre.

Lucas et Christina s'accroupirent derrière un buisson touffu en pointant les yeux vers l'entrée. Ils patientèrent plusieurs minutes.

Ils eurent le temps d'apercevoir quelques personnes, dans des vêtements sombres, se placer près de la sortie. Un de ces hommes pénétra furtivement dans le parc. Il fila vers la gauche. Eux se trouvaient du côté droit. Cela leur donnait juste un peu de temps.

— Venez, dit Christina. Ne restons pas ici. Il y a peut-être une autre façon de sortir, si je me souviens bien.

Lucas suivit l'astronaute à travers la végétation. Les lumières de la ville éclairaient suffisamment pour qu'ils puissent se repérer.

Au bout d'un moment, Christina s'arrêta.

— C'est ici, murmura-t-elle, fixant une haute ombre contre la grille.

Elle connaissait le parc comme sa poche. Elle y jouait tous les étés de son enfance.

Lucas aperçut l'arbre qu'elle indiquait du regard. Il était immense. Une des branches surplombait la grille mais elle semblait malheureusement très haute.

— Il a grandi, chuchota-t-elle, mais je ne vois pas d'autre solution. Il faut essayer. Nous n'avons pas le choix.

Lucas, contemplant l'arbre, restait perplexe. La branche allait loin derrière la grille au-dessus du trottoir et même en surplomb de voitures garées à cet endroit.

— Essayons, dit-il, songeant aux hommes à l'entrée du parc. Nous nous lâcherons au-dessus de la voiture la plus haute. Le toit devrait amortir la chute.

L'arbre était légèrement penché vers la rue, ce qui leur facilita la tâche.

L'assistant du professeur poussa Christina au plus haut jusqu'à atteindre la grande branche.

Une fois à califourchon, elle se retourna vers Lucas et fut surprise de découvrir son complice grimper avec agilité.

Elle lui souffla :

— Vous ne m'aviez pas dit que vous étiez acrobate, monsieur Fournier.

Elle le vit sourire.

— On ne se connaît que depuis une heure…

La rue Tositsa était peu fréquentée par les voitures.

Quelques groupes de jeunes se tenaient çà et là à l'abri des murs et des arbres. C'était le coin des drogués et des dealers. Une rue peu fréquentable, le soir.

Sous l'arbre, une voiture de type fourgonnette semblait plus haute de toit que les autres. Christina s'en approcha doucement, jusqu'à en être à l'aplomb. Là, elle glissa prudemment de la branche, l'encercla avec ses bras et se laissa pendre. Son entraînement d'astronaute l'avait habituée à des situations bien plus périlleuses.

Personne dans la rue, c'était le moment.

Elle se lâcha.

Il y avait bien deux mètres de vide sous ses pieds. Elle tomba comme un sac mais sa souplesse lui permit de résister au choc. Elle descendit tant bien que mal de la voiture et regarda son compagnon.

— Allez-y, Lucas ! chuchota-t-elle en l'observant.

Il en fut tout autrement pour lui. Étant plus lourd, il n'osa pas s'aventurer si loin sur la branche. Il se balança comme un singe pour essayer d'atteindre le toit et, lâchant ses mains, il s'écrasa sur le pare-brise de la fourgonnette, qui vola en éclats dans un grand bruit de verre brisé.

— Putain de m… Loupé ! jura-t-il.

Christina vint à son secours, affolée.

— Lucas ?

— Ça va, dit-il. J'ai déjà vu pire.

Elle remarqua que la main de l'assistant saignait.

Le bruit avait alerté quelques groupes de jeunes traînant dans la rue. Mais habitués aux échauffourées dans ce quartier, ils se remirent à leurs sombres occupations.

— Je connais une personne tout près d'ici qui pourra nous aider, lança Christina en aidant Lucas à sortir de la voiture. Tenez.

Elle enrubanna son foulard autour de la main ensanglantée.

Ils filèrent vers le haut de la rue.

La rue Tositsa était divisée en deux chaussées, que séparait un parterre planté d'arbres. Elle était mal éclairée. L'idéal pour passer relativement inaperçu.

Subitement, un homme se mit en travers d'eux. Il tenait une seringue à la main et avait les manches retroussées. Il balbutia quelques mots, surpris de leur apparition et sembla vaciller.

D'autres les regardèrent passer, le visage hagard.

— C'est le coin des drogués, souffla Christina, ne traînons pas.

Par réflexe, elle se retourna et aperçut au bas de la rue, à l'angle du parc du musée, deux personnes habillées de vêtements sombres courant dans leur direction.

— On nous suit !

Ils se mirent à courir à toutes jambes. Après avoir longé le parc du musée, la rue grimpait vers la colline de Stréphi. Ils montèrent dans cette direction, à demi cachés par les rangées de voitures qui stationnaient de part et d'autre.

Lucas se retourna à son tour et constata que les hommes se rapprochaient d'eux dangereusement.

— Prenons ici à droite, lança-t-elle en s'engouffrant dans une ruelle étroite.

— Où allons-nous ? demanda Lucas.

— Rue Kallidromiou ! Une amie habite là. Elle pourra nous aider, j'en suis sûre.

Le quartier avait changé de physionomie. Ici commençaient les ruelles et les impasses, les escaliers grimpant entre les maisons. Partout, des graffitis recouvraient les murs des rez-de-chaussée. L'ambiance était plus intime, comme un village dans la ville. Les gens riaient derrière les fenêtres ouvertes. La musique et les bruits des téléviseurs résonnaient dans les venelles.

Lucas et Christina ralentirent l'allure, épuisés par la montée.

— Cachons-nous ici, souffla Lucas, amenant sa compagne de fuite derrière un muret bordant une petite maison.

Ils restèrent couchés pendant quelques minutes.

Leurs poursuivants semblaient les avoir perdus.

Lucas lui chuchota à l'oreille :

— Coupez votre téléphone, il vaudrait mieux, on ne sait jamais.

Ils éteignirent leurs portables et sortirent de leur cachette. Christina prit les devants et continua à grimper.

Elle avait du mal à lire les noms des ruelles dans la pénombre.

— Voilà, dit-elle, je crois que nous sommes sur Kallidromiou.

La rue était étroite et, des deux côtés, les gens garaient leurs voitures très serrées. Dans ces quartiers relativement peuplés, chaque place, aussi petite fût-elle, était accaparée. Un véritable casse-tête pour les conducteurs non avertis.

Ils longèrent les immeubles avec prudence.

Soudain, elle s'écria :

— Je crois que c'est ici ! La maison ressemble…

Ils entendaient de la musique traditionnelle grecque sortir d'un appartement.

Christina se rapprocha des sonnettes et des noms. Elle trouva celui de son amie.

Elle sonna.

Ils attendirent quelques instants. Lucas crut apercevoir un homme courant au milieu de la rue dans leur direction. Visiblement il s'approchait.

Ils se poussèrent contre la porte.

— Ouvre-toi ! supplièrent-ils.

Elle s'ouvrit enfin dans un grésillement qui leur sembla interminable.

Ils se jetèrent dans un coin du hall et ne bougèrent plus.

La porte vitrée s'était refermée sur eux.

Après dix secondes, ils virent une ombre passer sans s'arrêter.

La lumière s'alluma et une voix leur parvint du haut.

— Qui est là ?

— C'est moi, dit-elle d'une voix basse.

— Christina ? Monte, c'est au troisième ! Tu aurais dû me prévenir !

29

Angélique habitait rue Kallidromiou depuis toujours.

Elle estimait que c'était le dernier quartier d'Athènes où les vraies valeurs grecques subsistaient : liberté, culture et démocratie. Pour elle, partout ailleurs, ce n'était que corruption et complot.

Elle était une révolutionnaire engagée, luttant contre un énorme complot mondial qui visait, d'après elle, à rendre l'homme abruti et endoctriné. Elle était de toutes les contestations et ne sortait évidemment jamais sans son foulard noir et blanc, supportant la cause palestinienne.

De chez elle, des heures durant, elle sillonnait les sites contestataires et anarchistes du monde entier à la recherche des dernières nouvelles pitoyables sur tel gouvernement ou telle société qui déshumanisait les hommes.

Sous ses dehors de forte femme grecque au caractère bien trempé, elle avait un véritable cœur d'or. Ses amis pouvaient toujours compter sur elle. Rien ne l'arrêtait lorsqu'il fallait aider l'un de ses proches. Sa générosité était sans limites, aussi grande que sa passion pour les livres et la bonne cuisine. Son physique plein de bonhomie la rendait d'autant plus sympathique.

Son intérieur était rempli de livres. D'Edgar Allan Poe à Dostoïevski, en passant par Rushdie et Che Guevara, elle lisait tout.

Son appétit pour les bonnes choses n'avait pas son pareil. Incollable sur les meilleures tables d'Athènes, elle parlait avec émotion de la véritable cuisine grecque et de ses plats préférés.

Angélique était la digne représentante de l'âme grecque : passionnée, cultivée et rebelle.

Christina et Lucas montèrent quatre à quatre les marches d'escalier. Ils arrivèrent essoufflés sur le palier de l'appartement.

Angélique les attendait, souriante mais étonnée.

— Kiki, dit Christina en l'embrassant deux fois, excuse-moi, je ne t'ai pas appelée. Je suis avec un ami de Xénophon… Lucas, son assistant au musée. Nous avons besoin de toi.

— Venez, les enfants, dit-elle, entrez vite !

Ils la suivirent dans l'appartement. Angélique glissait sur le parquet brillant, des chiffons lustrants collés à ses pantoufles. Une façon d'entretenir son plancher.

Christina se retourna vers Lucas, qui fermait la porte, et lui chuchota à l'oreille, les sourcils relevés :

— Enlevons nos chaussures, ce sera mieux.

Ils se mirent en chaussettes et Lucas serra la main de leur hôte.

— Que se passe-t-il, les enfants ? demanda Angélique, inquiète. Tu ne m'as pas prévenue et je n'ai rien préparé pour vous…

— Kiki, l'interrompit Christina, les yeux emplis de larmes. Quelque chose de très grave est arrivé ! Xénophon et Elena ont été assassinés ! Nous avons très peu de temps, des hommes nous poursuivent.

— Co… comment ? bredouilla Angélique. Assassinés ? Mais c'est terrible ! Que s'est-il passé ?

Le choc des nouvelles l'obligea à s'asseoir.

Christina expliqua en quelques minutes les événements des dernières vingt-quatre heures : l'assassinat de sa tante Elena, son arrivée à Athènes, la poursuite dans le musée et la découverte du corps de son ami Xénophon.

Angélique était affolée par ce qu'elle entendait. Elle imaginait ses amis au centre du grand complot contre lequel elle luttait depuis des années.

— C'est sûr, ce sont les Américains ! répéta-t-elle deux fois.

Christina lui parla alors des messages qu'elle avait reçus et qu'il fallait déchiffrer.

Angélique se leva et donna un coup de fil. On entendit plusieurs fois « *nai, nai* ». Elle raccrocha.

— On y va, dit-elle, je connais une amie qui va vous aider. Elle est historienne et archéologue. Elle connaît bien Xénophon.

Elle sortit son foulard aux couleurs palestiniennes et le mit autour d'elle. Ils enfilèrent leurs chaussures.

Tous les trois descendirent l'escalier jusqu'au hall d'entrée de l'immeuble. Angélique leur demanda de ne pas sortir, le temps qu'elle aille chercher sa voiture et qu'elle vienne les prendre discrètement devant la maison.

Ils attendirent donc sans bouger à l'intérieur.

Au bout de quelques minutes, une voiture « coupé sport », plutôt cabossée, s'arrêta devant eux, moteur ronronnant. Angélique, la révolutionnaire, aimait aussi les belles voitures rapides.

Une fois ses deux amis à l'arrière, elle démarra en trombe.

Un véhicule alluma ses phares un peu plus loin et s'engagea derrière elle dans la ruelle étroite.

Angélique, l'œil dans son rétroviseur, l'aperçut et s'écria :

— Cachez-vous et ne bougez pas ! Je m'occupe de tout. Nous sommes suivis !

Angélique adorait se retrouver dans le feu de l'action. Elle remonta son foulard sur le nez et se rappela ses années d'étudiante quand elle lançait ses premiers cocktails Molotov contre la junte militaire au pouvoir. Ce soir, Angélique voulait une fois de plus revivre l'effet des poussées d'adrénaline qu'elle avait ressenti quand elle manifestait en première ligne.

Elle prit son premier virage à toute allure. Elle percuta deux rétroviseurs. Les ruelles d'Exarchia, son quartier, étaient très étroites et laissaient juste la place pour la largeur d'une voiture. Elle jura gaiement et descendit la colline de Stréphi à toute vitesse vers le Musée national.

Elle évita de justesse quelques drogués couchés sur le bord de la rue Tositsa.

Au musée, elle prit à gauche, toujours à fond, vers le square Omonia. Les voitures durent freiner à bloc pour l'éviter et se mirent à klaxonner partout où elle passait. Chaque fois, elle levait ses bras au ciel en disant qu'ils conduisaient tous comme des fous et qu'ils ne connaissaient pas les priorités.

Arrivée à Omonia, elle brûla le feu rouge, faillit emboutir trois voitures, créa un embouteillage et, toujours les bras au ciel, prit de nouveau à gauche vers la place Syntagma, lieu du parlement grec et de toutes les manifestations.

Elle ne savait plus très bien si la voiture des poursuivants était encore derrière elle mais il lui semblait plutôt que toutes les voitures la poursuivaient.

Christina et Lucas étaient ballottés et n'arrivaient même plus à parler.

Elle leur répétait sans cesse :

— Ne vous inquiétez pas, les enfants, on va les semer !

Elle filait en slalomant entre les voitures, la main au klaxon mais, à un moment, rien n'y fit, ce fut le blocage. La file devant elle n'avançait plus, situation classique à Athènes.

Elle se fraya tant bien que mal un chemin et s'engouffra dans la première ruelle à droite. Il lui fallut encore quelques minutes de virages serrés, de klaxon, d'injures et de bras au ciel pour enfin arriver rue Poulopoulou, un quartier chic d'Athènes en face de l'Acropole.

Elle gara la voiture et coupa le moteur.

— Nous y sommes, annonça-t-elle, et je pense bien qu'on les a semés.

Elle ne s'était plus amusée depuis longtemps comme ce soir-là. Les deux rétroviseurs du coupé sport pendaient le long des portières, à moitié arrachés. Lucas et Christina eurent de la peine à sortir, complètement tétanisés et courbaturés.

— Où sommes-nous ? demanda Christina d'une voix souffreteuse.

— Nous allons rendre visite à mon amie Violetta. Elle nous attend.

30

Violetta habitait un quartier situé de l'autre côté du centre-ville. Il était très différent par son architecture et sa population. Les rues étaient larges, les immeubles contemporains et luxueux. Aucun graffiti n'était visible. On y croisait surtout des touristes partant à l'assaut de l'Acropole ou rejoignant leur hôtel le soir.

Violetta accueillit les trois fuyards avec beaucoup de bienveillance.

Lucas se dit que, définitivement, les Grecs avaient un merveilleux sens de l'hospitalité.

Ils s'assirent autour d'une table et elle leur servit un verre d'ouzo. Christina le vida d'un trait pour calmer ses émotions et faillit tomber à la renverse. Lucas la rattrapa *in extremis*.

Le salon dans lequel Violetta les fit entrer était entouré par une grande bibliothèque en bois, remplie de livres. Au centre de la pièce, des chaises d'époque encerclaient une immense table.

Comme elle l'avait fait plus tôt pour son amie Angélique, l'astronaute raconta à Violetta les événements qui les avaient conduits jusqu'à elle. Violetta écouta sans dire un mot, abasourdie et intéressée par chaque détail du récit.

Quand Christina eut fini, elle lui demanda sans attendre :

— Christina, pouvez-vous me soumettre le message de votre tante et celui de Xénophon ?

La nièce d'Elena acquiesça et chercha le papier du commandant Soukhoroukov dans une de ses poches.

— J'ai très bien connu votre ami Xénophon, reprit Violetta. Nous avons travaillé ensemble au musée pendant plusieurs années. Il était passionné par l'horloge d'Anticythère. Il avait toujours pensé que ce mécanisme recelait quelques secrets cachés. Il est vrai que jamais nous n'avons trouvé plus sophistiqué que celui-là…

Violetta s'arrêta, pensive, puis elle reprit :

— Je crois que le Pr Petropoulos a découvert son secret…

— Lequel ? s'écria Christina.

— C'est ce que nous devons élucider, mais je pense que ce n'est pas sans danger.

Elle s'arrêta de nouveau et soupira.

— Il y a déjà eu deux morts, et peut-être d'autres avant. Il n'en faudrait pas plus. Êtes-vous sûrs de ne pas avoir été suivis ?

Angélique fit une grimace rassurante à son amie. Elle lui précisa :

— À cette heure-ci, s'il y a des poursuivants, ils ne peuvent qu'être bloqués au milieu d'un embouteillage. Je suis certaine que nous pouvons être tranquilles.

Elle regarda par la fenêtre. Il lui sembla que tout était normal dans la rue.

L'astronaute sortit le papier de sa poche et le déplia sur la table devant Violetta.

Tous les yeux et toutes les oreilles étaient grands ouverts.

— Ce message m'a été envoyé durant la nuit dernière sur mon téléphone portable. Malheureusement, celui-ci était éteint et je ne l'ai reçu qu'en début d'après-midi à la Cité des Étoiles. Il était incompréhensible. D'après le commandant de la base qui m'a aidée à le déchiffrer, l'appel a été brouillé par un appareil utilisé par des unités d'élite américaines.

Le visage d'Angélique changea de couleur et ses traits se durcirent.

— Je vous l'avais dit, les enfants, je vous l'avais dit.

Christina reprit :

— Le commandant a pu retrouver les mots brouillés grâce à un appareillage et des logiciels très performants. Ça donne ceci.

Elle lut à voix haute :

— *Ma chérie, je n'ai pas le temps de t'expliquer – je cherche les raisons de la mort de ton père. Je pense avoir trouvé mais on veut me tuer. Le temps presse – Xénophon – sait des – caché la vérité une vérité comme un trésor – pour l'humanité les – astronomes grecs et cosmographes italiens de la Renaissance connaissaient le secret qu'ils ont caché dans – majeure santu – nelli – soleil et – dépêche-toi. Je t'aime – anniversaire.*

Christina se tut à la fin du message. L'émotion l'étreignait.

— Je l'ai lu et relu dans l'avion, reprit-elle.

— Où était votre tante ? demanda Lucas.

— Au Chili, à l'observatoire du mont Paranal, dans le désert d'Atacama. Le VLT. Elle devait y passer quelques jours pour des observations. Elle m'avait prévenue qu'elle ne serait pas là pour mon décollage à Baïkonour en Russie. Elle était très malheureuse de ne pouvoir être auprès de moi pour mon départ. Ses observations étaient de la plus haute importance, m'avait-elle dit.

— Que devait-elle observer ? questionna Violetta.

— Elle ne me l'a pas dit, elle semblait très préoccupée par son voyage au Chili. Cela ne lui ressemblait pas d'être aussi peu bavarde avec moi. D'habitude, elle m'expliquait toutes ses occupations et me questionnait à propos des miennes. Ces derniers temps, je la trouvais plutôt distante. Peut-être ne voulait-elle pas me mettre au courant…

— Y aurait-il un lien entre sa disparition et la mort de votre père ?

Christina sembla troublée par la question de Lucas.

Parler de son père était une épreuve. Le message qu'elle venait de lire l'évoquait.

Les souvenirs qu'elle avait de son papa étaient très lointains, quasiment inexistants. Il avait disparu alors qu'elle n'avait que quelques années. Les images qu'elle en gardait étaient plutôt émouvantes. Une, en particulier…

C'était le dernier soir avant son départ. Il lui avait offert un objet, un petit cadeau, pour qu'elle pense très fort à lui lorsqu'il serait dans l'espace et pour lui montrer combien il l'aimait, elle, son unique fille, son trésor. Cet objet, elle l'avait gardé sur elle, contre son cœur, depuis ce jour-là. Et plus jamais il ne l'avait quittée.

Elle savait que son père avait le même autour du cou avec sa photo de petite fille au dos.

C'était l'avant-dernière fois qu'elle voyait son papa. La veille du départ. La veille de la mission.

Christina serra le médaillon contre elle.

Elle sentit sa petite forme en cœur.

Derrière, il y avait la photo de son papa. Il avait trente-deux ans, cette année-là.

Christina répondit à Lucas :

— Ma tante Elena, la sœur de papa, m'a souvent dit qu'elle n'avait jamais compris sa disparition. Lorsque j'étais plus jeune, elle m'en parlait souvent. Mais depuis quelques années, beaucoup moins. J'ai senti qu'elle voulait me préserver de quelque chose. Elle semblait inquiète.

— Que s'est-il passé avec votre papa ? demanda Violetta d'une voix douce.

L'amie d'Angélique se rendait bien compte que ce domaine était sensible pour Christina.

— Mon père avait été sélectionné pour faire partie de l'équipage Apollo 18 qui devait se poser sur la Lune en 1973. Sans doute le dernier voyage de l'homme sur la Lune avant longtemps. Il était ravi d'avoir été choisi par la NASA. Mais juste après la mission Apollo 17, les budgets n'ont plus été votés par le gouvernement de l'époque. Les guerres coûtaient trop cher à l'Amérique. Le programme lunaire ne pouvait plus être suivi. Mon père participa quand même à une mission spatiale qui fut réduite à un séjour sur l'orbite terrestre dans le cadre d'une expérience militaire stratégique. Nous étions en pleine guerre froide et cette expédition était plus importante qu'un nouveau voyage lunaire. Le monde avait bien compris que les

États-Unis avaient la suprématie dans l'espace. Inutile de le démontrer encore. Ils oublièrent donc la Lune.

Christina s'arrêta de parler quelques secondes. Ses amis attendaient la suite de son récit.

— Mon père n'est pas revenu de cette mission. D'après ma tante, la NASA n'a jamais expliqué ce qu'il s'était réellement passé. C'était une mission classée secrète. Même la presse fut tenue à l'écart. Ma tante Elena a eu rapidement des soupçons sur le fait qu'on leur cachait la vérité, à elle et à ses parents, qu'il y avait autre chose qu'un accident. Et puis, un jour, elle a perdu un ami à qui elle avait demandé de faire des recherches à propos d'observations incohérentes concernant la trajectoire d'un astéroïde proche de la Lune. On l'a retrouvé mort. Un accident étrange lui aussi. Je crois que cela a été le révélateur. À partir de ce moment-là, elle a commencé à voyager un peu partout dans le monde. Elle ne me disait plus grand-chose de ses travaux. Je l'ai tout de même sentie très préoccupée par des découvertes qu'elle faisait. Un jour, il y a un peu plus de dix ans, elle m'a parlé ouvertement : « Tu sais, Christina, je pense savoir pourquoi ton père est mort. Je te le dirai un jour et la vérité sautera aux yeux du monde. Je ne peux pas encore t'en parler, je dois te protéger. Mais sache que je suis très près du but. Nous sauverons la mémoire de ton père. » Je n'ai jamais su ce qu'elle cherchait. Mais j'avais compris que mon père n'était pas mort dans un accident…

Lucas l'interrompit.

— Mais si le professeur et votre tante ont été assassinés, c'est qu'ils avaient découvert quelque chose, ou qu'ils étaient sur le point de le découvrir.

— Certainement, répondit-elle.

— Nous savons que le professeur s'intéressait aux fragments du mécanisme d'Anticythère et qu'il y a peut-être un élément de réponse dissimulé là mais, continua Lucas, votre tante Elena, qu'observait-elle là-bas au Chili ?

— Juste, intervint subitement Violetta, il faudrait leur demander !

Le site internet de l'observatoire chilien du mont Paranal renseignait un numéro de secrétariat pour toutes les informations. Christina le composa et patienta quelques instants. Cela devait être la fin de l'après-midi là-bas, vu le décalage horaire. Ils avaient décidé de ne pas allumer leurs portables mais plutôt d'utiliser le téléphone de Violetta, ce dernier n'étant certainement pas sur écoute.

Au bout de vingt secondes, quelqu'un décrocha. Christina lui expliqua les raisons de son appel : l'enquête en Europe sur l'assassinat de sa tante exigeait un certain nombre d'informations et il était utile de connaître la dernière position du télescope. La secrétaire comprit la demande et accepta de joindre le technicien responsable. Il fut conclu qu'il téléphonerait chez Violetta dès que possible.

— Voilà, dit Christina en raccrochant, nous allons savoir exactement ce que ma tante observait dans le ciel hier soir.

— Continuons la lecture du message, proposa Violetta. Votre tante vous dit que *le temps presse*.

— Oui, acquiesça Christina, et elle ajoute que *Xénophon* doit connaître aussi *la vérité* et que *cette vérité* serait *un trésor pour l'humanité*.

— Quel genre de trésor ? interrogea Lucas, l'air surpris.

— Vous verrez, les enfants ! lança Angélique, énervée, qui ne perdait pas une miette de la conversation. Vous verrez que j'ai toujours eu raison. C'est un immense complot des Américains…

— C'est bon, intervint Christina, reprenons là où nous en étions.

Elle continua la lecture.

— *Les astronomes grecs et cosmographes italiens de la Renaissance connaissaient le secret qu'ils ont caché dans…* puis il y a un blanc, ajouta-t-elle, et ensuite « *majeure* ».

— C'est donc un secret connu depuis très longtemps, déclara Violetta. Si les Grecs le connaissaient, cela touche l'Antiquité… ce qui établirait le lien avec une découverte éventuelle de Xénophon sur l'horloge mystérieuse d'Anticythère, qui date de plus de deux mille ans !

L'historienne continua sa réflexion approfondie.

— Votre tante Elena nous parle aussi *des cosmographes italiens de la Renaissance*. Cette période a été l'âge d'or pour beaucoup d'artistes, de scientifiques et de savants. L'Italie, et en particulier Florence, a été le berceau de grandes découvertes. La Renaissance a été une remise à l'honneur de la culture antique, une redécouverte des arts, de la littérature et des techniques des Grecs anciens. De grands noms tels que Michel-Ange, Léonard de Vinci et bien d'autres ont repris la Grèce comme modèle absolu. Certains, peut-être, ont pu découvrir un secret ou le redécouvrir dans des livres oubliés. Il semblerait d'après votre tante que ces cosmographes aient caché quelque part ce secret…

Christina acquiesça du regard.

— Puis nous avons le mot « *majeure* »…

Il y eut un silence pendant quelques secondes. Chacun réfléchissait.

— Une œuvre ! s'écria Lucas, comme touché par le Saint-Esprit. Je pense que c'est ça ! Une « œuvre majeure » !

Toutes le regardèrent avec respect. Il avait raison, cela ne pouvait être que « dans leur œuvre majeure » ou « dans une œuvre majeure ».

Violetta, inspirée par l'idée de Lucas, revint à la charge.

— Le message nous dit ensuite « *santu* » et, puisqu'il parle de cosmographes italiens de la Renaissance, que je connais particulièrement bien, sachez qu'un des plus illustres était le Florentin Antonio Santucci, qui travaillait pour la famille des Médicis.

— Ma tante a souvent voyagé à Florence ! s'exclama Christina. Elle m'a beaucoup parlé de cette ville et de tous ses trésors. Vous devez avoir raison, Violetta, cela pourrait être ce *Santucci* qui a dû cacher un quelconque secret. Mais dans quelle œuvre majeure ?

— Nous allons voir sur le Web, proposa Violetta.

Elle tapa le nom du cosmographe sur le moteur de recherche de son ordinateur et une série de sites apparurent. Elle cliqua sur le premier qui donnait un aperçu de la vie de Santucci. On y voyait entre autres une photo d'une sphère armillaire représentant le parcours des étoiles et des planètes.

Violetta agrandit la photo.

Chacun fut ébloui. Ils avaient devant eux un ouvrage digne des meilleurs artisans de la Renaissance. Une sphère gigantesque, admirablement décorée et toute dorée.

— Voici la « sphère de Santucci », dit Violetta en hochant la tête d'admiration. Il est noté en dessous « La machine universelle ».

— Où se trouve-t-elle, Violetta ? lui demanda Christina, époustouflée.

— D'après ce que je lis, elle devrait se situer dans la salle de la Cosmographie aux Offices à Florence, ce qui est logique en somme pour une sphère armillaire, représentant les étoiles et les astres.

Violetta reprit la lecture du message.

— La suite ne me dit rien. Je lis le mot « *nelli* ».

Elle tapa « *nelli* » sur Google, mais sans résultat.

— Elena nous parle aussi de « *soleil* ». Pourquoi ? Y aurait-il un rapport avec le soleil ? se demanda Christina en réfléchissant tout haut. Ce que je ne comprends pas, c'est qu'elle termine son message par le mot « *anniversaire* ». Elle connaissait pourtant la date de ma naissance, c'est seulement dans un mois…

Angélique se mit de nouveau derrière la fenêtre. Quelques touristes passaient, portant leurs sacs à dos. Elle se dit une fois de plus qu'elle les avait bien semés, ces Américains.

Le téléphone sonna.

Violetta se précipita pour décrocher.

— Allô ? *Señora* Dimitrios ?

— *Si*, je vous la passe, un instant.

— Allô, Christina Dimitrios, annonça l'astronaute en attrapant le téléphone.

— *Señora* Dimitrios, *buenas tardes*. Je suis le technicien chargé du premier télescope, où l'on a retrouvé cette nuit Mme Elena Dimitrios, votre tante, je crois…

— Oui, répondit Christina.

— J'ai en face de moi le relevé des paramètres que vous avez demandés pour l'enquête. Ils indiquent une observation de la Lune.

L'homme s'arrêta deux secondes. Il devait sans doute consulter son document.

— Elle avait réservé des observations sur le même site pour les jours à venir, tout près du limbe nord-ouest. Voilà, j'espère que cela vous aidera.

— Mille mercis, monsieur, insista Christina avant de raccrocher. Je vous suis très reconnaissante pour votre aide.

— Ah oui, j'oubliais, reprit-il, je n'ai pas encore averti la police mais nous avons trouvé des fèves dans le couloir principal de l'interféromètre, là où se trouvent tous les miroirs. C'est étrange, car c'est une zone de haute protection et nous ne comprenons pas la raison de leur présence.

Christina, après avoir encore une fois remercié le technicien chilien, raccrocha. Elle regarda ses amis.

— C'est la Lune qu'elle observait, et tout près du limbe. Ils ont trouvé également des fèves dans les couloirs de l'observatoire.

— Des fèves ? répéta Lucas, se souvenant alors de l'épisode du musée. Qu'est-ce que cela signifie ?

— Je ne sais pas, Lucas, mais tout à l'heure, quand je cherchais les débris du mécanisme sur le sol du musée, j'en ai aperçu. Elles m'ont permis de retrouver Xénophon. Ce sont elles qui m'ont guidée jusqu'au sarcophage.

— C'était donc ça ! dit Lucas, se rappelant la scène.

— En fait, continua-t-elle, l'inspecteur chilien qui m'a annoncé cet après-midi la mort de ma tante m'avait déjà signalé avant de raccrocher qu'ils avaient trouvé des fèves autour de son visage. Il devait y en avoir dans sa bouche, comme dans celle du pauvre Xénophon.

— Des fèves ? s'inquiéta Violetta.

Le visage de l'historienne changea du tout au tout. Elle s'arrêta de parler quelques secondes, pensive.

— Cela ressemble à un rituel pratiqué par les agresseurs…

— En tout cas, Christina, votre tante observait la Lune, répéta Lucas. Nous pouvons donc nous imaginer que cet astre est au centre d'un secret.

— Oui, la Lune, confirma Violetta, songeuse. Mais Xénophon, que vous a-t-il laissé comme message au musée ?

Christina se rappela alors l'effroyable scène de la salle quinze. Elle prit un papier et un feutre et dessina ce qu'elle avait gravé dans sa mémoire.

— Voilà, dit-elle, ce que j'ai vu au pied de la statue de Zeus.

Et elle déposa la feuille au milieu de la table devant Violetta.

Il y avait deux signes inscrits :

31

Le logiciel de recherche que le général Lagarde faisait tourner depuis vingt-quatre heures bipa.

Son principal adjoint, Carl Bennett, seul aux commandes et très énervé par la tournure des événements à Athènes, regarda rapidement ses écrans de contrôle.

À la lecture du résultat, il se détendit presque instantanément.

Il allait enfin pouvoir reprendre la situation en main.

Il lut et relut les mots-clés. Ils provenaient d'un coup de fil envoyé du Chili à Athènes tout juste quelques secondes auparavant.

Tout cela était de bon augure pour retrouver les fuyards. Les mémoires du réseau téléphonique grec conservaient l'enregistrement des communications durant quelques minutes. Le temps de sauvegarde dépendait des opérateurs de chaque pays. La Grèce n'avait pas une grosse capacité de stockage. Il ne fallait pas traîner pour récupérer les échanges avant l'effacement automatique.

Bennett demanda à son adjoint Lewis de pénétrer le système grec et de franchir toutes les sécurités. Un jeu d'enfant pour ce dernier, qui y parvint en moins d'une minute. Les systèmes de protection étaient désuets dans ce pays miné par la crise et la corruption.

Ils avaient devant eux tous les paramètres de l'appel : l'heure exacte et le lieu de l'envoi, l'endroit de réception et la durée.

Ils écoutèrent attentivement le message intercepté.

Bennett grimaça.

— Ce n'est pas bon, Lewis, ils en savent trop. Je communique l'adresse de réception à l'équipe en place à Athènes. On les tient maintenant.

De l'autre côté de la planète, l'équipe reçut l'adresse exacte. La rue Poulopoulou était située derrière l'Acropole. Ils y seraient en moins de trente minutes.

32

— Si Xénophon a déplacé la statue de Zeus, c'est pour une bonne raison, lança Christina en rompant le silence. Pour mouvoir une telle masse, il faut vraiment un motif en béton. Il voulait à tout prix nous indiquer un endroit. C'est évident.

Tous les quatre étaient autour de la table. Les signes étaient disposés au centre.

— Je me suis rapprochée de l'endroit du mur indiqué par le bras de Zeus mais je n'ai rien observé de particulier. Rien qui puisse nous mettre sur une piste.

Violetta, penchée sur les dessins de Xénophon, releva la tête.

— Le professeur nous a tracé cette forme géométrique, constata-t-elle en la montrant. Un carré peut signifier beaucoup de choses.

Elle s'arrêta et se frotta les yeux des deux mains comme pour réfléchir. Elle remit ses lunettes et reprit :

— La figure du carré représente la stabilité. Beaucoup de palais, d'églises, aux origines, étaient construits sur une base carrée. Mais c'est aussi le symbole de la terre. En ce sens, le carré pourrait signifier les quatre éléments, les quatre points cardinaux ou les quatre saisons. D'autres pourraient y voir les quatre âges de la vie ou les quatre fleuves du paradis.

— Que pourrait encore signifier cette figure géométrique si simple ? soupira Christina, laissant sentir sa désapprobation sur ces analyses.

— Le carré a évidemment d'autres significations, continua Violetta. Chez les alchimistes, il représente le sel, vu la forme des grains ou des cristaux. Chez les francs-maçons, le carré représente la loge maçonnique et, dans leur langage secret, il symbolise la lettre « i ».

— Les francs-maçons ? sursauta Angélique, toujours avide d'arguments conspiratoires.

— Je ne vois pas trop le lien avec Xénophon, répliqua Christina. Aux dernières nouvelles, je ne l'ai jamais entendu parler de franc-maçonnerie.

L'historienne les regarda tous. Soupirant et perplexe, elle se pencha de nouveau sur les signes.

— Nous devrions tenir compte du contexte pour comprendre sa véritable signification. Xénophon l'a inscrite aux pieds de Zeus. Je sais qu'il existe des symboles géométriques propres aux dieux : des cercles, des triangles et des carrés. Par exemple, dans les représentations helléniques, le cercle couronne les dieux. C'est le « nimbe ». Dans la religion chrétienne, ce nimbe coiffe aussi les saints et Jésus.

— Mais ici, ce n'est pas un cercle, dit Angélique, exaspérée. C'est un carré qui est dessiné !

— Oui, il existe aussi des représentations de nimbes carrés ou rectangulaires. Ils indiquent alors que celui qui le porte est en vie.

— Il ne devrait donc pas y avoir de rapport avec Zeus dans ce cas, dit Lucas.

— Mon intention était juste d'associer ce carré à un dieu, en l'occurrence Zeus, répliqua patiemment Violetta en montrant du doigt le carré, puisque Xénophon les a réunis.

Elle regarda le deuxième signe.

— Il me semble avoir déjà vu un sigle ressemblant à ceci, qui rappelle les chiffres trois et quatre.

Il y eut un silence dans la pièce. Une voiture d'où s'échappait un bruit de radio tonitruant passa dans la rue. Le vacarme diminua progressivement au fur et à mesure qu'elle s'éloignait. Le calme revint dans le quartier.

Lucas s'immisça de nouveau dans la discussion.

— Nous devrions revenir au contexte, comme vous l'avez suggéré, Violetta.

— Oui, insista Christina. Ma tante se focalisait sur le satellite de notre planète. C'est une piste qu'il faudrait peut-être suivre…

Violetta sursauta. Le mot « planète » lui fit un effet que personne n'attendait. Son regard s'illumina en une fois. Elle s'exclama :

— Les chiffres peuvent représenter des planètes ! Le chiffre trois et le chiffre quatre sont associés chacun à une planète !

— Associés à une planète ? s'étonna Lucas, écarquillant les yeux.

Il y eut un léger silence, puis ce fut au visage de Christina de s'éclairer. Elle s'écria à la suite de Lucas :

— Mais alors, oui… c'est ça ! Si l'on parle de planètes, alors le carré pourrait signifier « quadrature » !

Ils la regardèrent tous. Elle avait raison, tout comme Violetta ! La solution du message leur apparaissait peu à peu. Des planètes pouvaient effectivement se mettre en quadrature.

— C'est tout à fait possible, approuva Violetta, et même très probable. Regardez ceci.

L'archéologue et historienne prit une feuille et la plaça devant elle. Elle y écrivit les noms des planètes.

— Vous voyez, reprit-elle après avoir fini d'écrire, à l'Antiquité, huit planètes ou astres étaient déjà connus, y compris la Terre. J'ai écrit leur nom l'un à la suite de l'autre.

Sur le papier, on pouvait lire :

Saturne ; Jupiter ; Mars ; Soleil ; Vénus ; Mercure ; Lune ; Terre.

— Ce que je vais vous montrer, c'est que chaque chiffre de notre écriture a une origine cosmologique, c'est-à-dire qu'il a un lien avec les objets célestes. Les chiffres que nous connaissons, en tout cas leur symbole écrit, ont une ressemblance graphique avec les signes des astres.

Angélique et Christina froncèrent les sourcils.

Violetta nota en regard de chaque planète de sa liste le signe astrologique qui lui était propre.

Saturne ♄ ; Jupiter ♃ ; Mars ♂ ; Soleil ☉ ;
Vénus ♀ ; Mercure ☿ ; Lune ☽ ; Terre ♁

Puis elle commenta :

— En décortiquant les symboles des planètes, nous nous apercevons que ces signes ont été construits avec trois éléments de base : la croix +, le cercle o, et le demi-cercle). Ces trois éléments représentent respectivement les trois astres fondamentaux : la Terre (+), le Soleil (o) et la Lune ()). Regardez, insista Violetta en indiquant les signes, tous les autres astres sont des combinaisons de ces éléments de base.

Christina reconnut le symbole de chaque planète. Elle les connaissait bien. Les hommes utilisaient ces signes depuis le Moyen Âge et même peut-être depuis bien avant. Leur origine n'était pas réellement connue. Violetta lui apprenait, là, la genèse de leur construction. La Terre était souvent représentée par une croix signifiant les quatre éléments fondamentaux – feu, air, eau, terre –, le Soleil par un cercle bien connu chez les Égyptiens et la Lune par un croissant ou un demi-cercle, symbole la représentant depuis la nuit des temps.

Violetta termina alors de compléter son tableau, y faisant correspondre signes astrologiques et chiffres.

Cela semblait évident. Les chiffres provenaient des signes astrologiques.

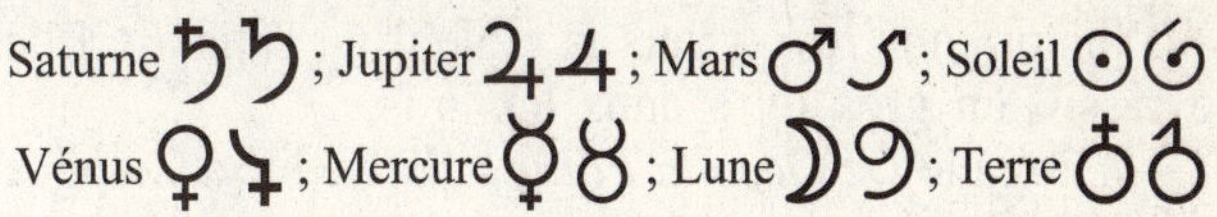

— Incroyable ! s'extasia Christina, admirant la correspondance.

— En effet, poursuivit Violetta, nous utilisons tous les jours des quantités de signes, comme les chiffres, sans même connaître leur provenance. Le ciel a toujours influencé l'Homme et, depuis des millénaires, l'astrologie et ses représentations symboliques font partie de notre quotidien. Les références aux planètes sont multiples dans notre société. L'étude des astres a touché toutes les branches du savoir et tous les secteurs de la vie. Elle a donné des conseils dans de nombreux domaines : pour déclarer des guerres, les finir, ou même choisir des rois. Durant des millénaires, les étoiles et les planètes ont guidé les hommes dans leurs choix…

Violetta s'arrêta de parler. Elle fixait les signes du professeur. Elle sembla réfléchir et hésiter.

— Justement, dit-elle en hochant la tête, je me souviens maintenant. Un homme a écrit sur les symboles planétaires…

Elle réfléchit encore.

— Son nom est Cornelius Agrippa von Nettesheim, un érudit du XVe siècle. Il a répertorié bon nombre de signes et a beaucoup écrit sur la magie du ciel étoilé.

Elle se leva et se dirigea vers un coin de sa gigantesque bibliothèque. Il y avait autour d'elle des centaines de livres dans les rayonnages : des ouvrages neufs et d'autres jaunis par le temps, en plusieurs langues et dans tous les formats. Christina en aperçut en latin, en arabe, en russe et même en hébreu.

L'historienne revint vers la table, l'air satisfait. Elle se rassit, un gros livre dans les bras.

— Voilà le *De Occulta Philosophia*, édité à Cologne en 1533. Ce n'est évidemment pas l'original, mais une vieille copie.

Violetta ouvrit le livre. Ses yeux laissaient entrevoir une lueur particulière, celle qui brille quand on est face à un trésor. Elle passa les pages l'une après l'autre. Une odeur de papier poussiéreux se répandit alors dans le salon. Ils virent des textes en latin couvrant les pages, accompagnés de tableaux énigmatiques, de signes cabalistiques et de caractères inconnus du profane…

— Ce livre m'a toujours semblé magique, dit-elle. C'est le genre de grimoire que tout le monde rêve de posséder. Cornelius Agrippa y a répertorié tout ce qui se rapporte à l'occulte et, tout comme l'alchimie, le pouvoir des planètes en fait partie.

Violetta passait le doigt systématiquement sur sa langue au fur et à mesure qu'elle tournait les pages.

— J'ai le vague souvenir d'avoir aperçu dans ce livre le signe que Xénophon nous a laissé. Les chiffres trois et quatre entrelacés. Ce seraient les planètes Saturne et Jupiter fusionnées en un seul sigle.

L'historienne cherchait le chapitre concernant les planètes et, au bout d'un moment, elle le trouva. Une kyrielle de symboles ésotériques couvrait plusieurs pages. Certains faisaient des arabesques, d'autres tournicotaient comme des circuits électriques. Plus loin, des flèches, pointant en tous sens, menaient le lecteur dans un jeu de piste sans issue. Quelques-uns ressemblaient à des médailles honorifiques ou, selon l'imagination, à de petits diables à la queue fourchue.

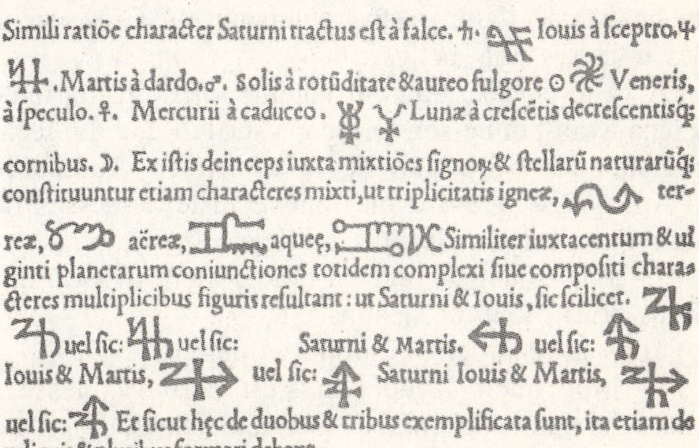
Simili ratiõe character Saturni tractus est à falce. ♄. Iouis à sceptro. ♃ . Martis à dardo. ♂. Solis à rotũditate & aureo fulgore ☉ Veneris, à speculo. ♀. Mercurii à caduceo. Lunæ à crescẽtis decrescentisq; cornibus. ☽. Ex istis deinceps iuxta mixtiões signorũ & stellarũ naturarũq; constituuntur etiam characteres mixti, ut triplicitatis igneæ, terreæ, aëreæ, aqueę, Similiter iuxta centum & uiginti planetarum coniunctiones totidem complexi siue compositi characteres multiplicibus figuris resultant : ut Saturni & Iouis, sic scilicet. uel sic: uel sic: Saturni & Martis. uel sic: Iouis & Martis, uel sic: Saturni Iouis & Martis, uel sic: Et sicut hęc de duobus & tribus exemplificata sunt, ita etiam de reliquis & pluribus formari debent.

Lucas sursauta.

— Là, il est là ! s'exclama-t-il en le montrant du doigt.

Tous les yeux convergèrent vers le symbole.

Violetta traduisit les mots en latin qui annonçaient le sigle.

— Agrippa nous dit que ce symbole représente la conjonction planétaire de Saturne et de Jupiter. D'autres signes, à côté, sont aussi très semblables.

— Les signes de Xénophon seraient donc une conjonction de planètes et une quadrature ! s'exclama Christina, exaltée, face au livre ouvert.

Pensive, elle releva les yeux en direction de la fenêtre.

La lumière brillante de la lune éclairait le ciel nocturne d'Athènes. Christina avait toujours entendu dire que la clarté et la luminosité du ciel ensoleillé en Grèce étaient uniques au monde. Passionnée par la nuit, elle aimait souvent rétorquer : « Vous oubliez la beauté de l'autre astre, celui qui, en Grèce, rend les nuits les plus belles… »

À cette pensée, elle eut comme un flash. Sa tante Elena avait pointé son télescope sur la Lune. Le technicien du VLT venait de le confirmer. Au musée d'Athènes, il y avait une fenêtre juste au-dessus du mur que désignait le bras de Zeus.

— J'ai trouvé ! s'écria-t-elle. J'ai trouvé ce que Zeus nous montrait au musée !

Tous la regardèrent, surpris et curieux.

— Mon oncle Xénophon s'est retrouvé blessé à mort dans la salle quinze. Il a voulu nous laisser un dernier message, sachant qu'il ne s'en sortirait pas.

La salle était plongée dans l'obscurité puisque c'était la nuit. Seule la lune devait éclairer la galerie. Il a pointé le doigt de Zeus vers elle, car c'est la lune qu'il voulait nous montrer. Exactement comme ma tante, qui épiait aussi cet astre.

Chacun s'imaginait la scène au musée.

Christina se tut un instant, songeuse, puis reprit :

— Il doit se passer quelque chose sur la Lune au moment d'une conjonction des planètes Jupiter et Saturne, elle-même en quadrature avec le Soleil. Et ce moment doit approcher puisque Elena a commencé son observation hier.

— Qu'est-ce qu'une quadrature et une conjonction ? demanda Angélique, l'air complètement dépassé.

— Une conjonction est l'alignement de deux planètes par rapport à la Terre ou, dans ce cas-ci, peut-être par rapport à la Lune, répondit Christina. C'est comme si l'on voyait les deux planètes l'une derrière l'autre. Une quadrature, quant à elle, apparaît lorsqu'un angle de quatre-vingt-dix degrés se présente dans l'espace entre trois corps célestes. Nous pourrions imaginer un angle droit créé entre le Soleil, la Terre comme sommet de l'angle et l'axe d'une conjonction de Saturne et Jupiter.

Christina dessina un schéma pour ses amis. Elle traça d'abord la conjonction des deux planètes avec la Terre, toutes les trois sur une même ligne. Puis fit un angle droit avec le Soleil.

— Voilà ! dit-elle. Ce placement astronomique doit provoquer un phénomène que nous ne connaissons pas.

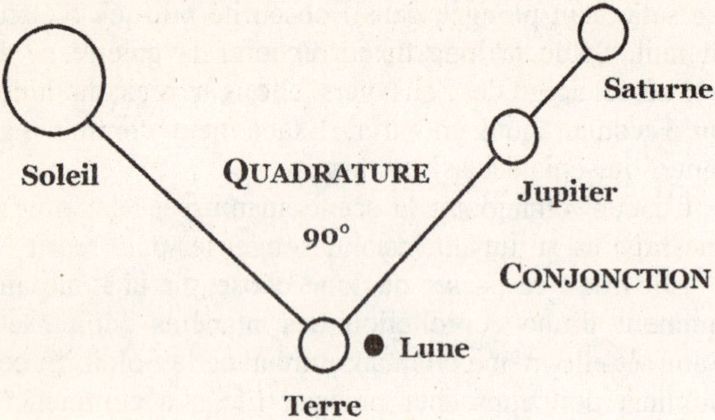

Violetta se leva.

— J'ai une idée ! Si cette figure est possible dans la réalité et qu'un événement va arriver sur la Lune, nous allons le savoir tout de suite. Du même coup, nous saurons si nous avons interprété correctement le message de Xénophon.

Violetta prit son téléphone et appela l'observatoire d'Athènes. Elle demanda Apostolos, chercheur en astronomie et ami de longue date. Elle dut attendre quelques instants avant qu'on ne le trouve dans le bâtiment. Il décrocha. Elle lui expliqua alors le schéma de Christina, les deux signes de Xénophon, l'interprétation qu'ils en avaient faite et lui demanda s'il pouvait vérifier ces différents éléments.

Apostolos leur donna rendez-vous sur son lieu de travail pour qu'ils voient cela ensemble. Violetta n'habitait pas loin de la colline des Nymphes, où se trouvait l'observatoire. Ce serait le plus simple.

— Voilà, dit Violetta en raccrochant le téléphone. Vous allez pouvoir vérifier tout cela. Il vous attend à l'observatoire. C'est un ami. Il vous sera d'une aide précieuse.

Violetta se tourna vers Christina.

— Christina, vous nous avez parlé d'un deuxième message du professeur… Dites-nous.

Elle acquiesça d'un geste de la tête, fouilla dans sa poche et en sortit son téléphone portable.

— Oui, je l'ai photographié au nez et à la barbe des inspecteurs, dit-elle d'un air fier et victorieux.

Elle fit un clin d'œil à Lucas, qui lui sourit en retour. Il comprit le coup du téléphone au musée.

Christina activa le code PIN de son portable.

— Attendez ! cria Lucas en s'emparant du téléphone de l'astronaute. Nous devons éviter de nous connecter au réseau ! Donnez-moi votre code PIN…

Elle lui donna la combinaison. Lucas activa le téléphone et introduisit une suite de chiffres. Il semblait bien connaître les fonctionnalités de l'appareil. Toutes furent surprises. En l'observant, Christina ressentit un étrange sentiment. L'assistant de son oncle avait décidément des qualités inattendues…

— Voilà, dit-il en lui remettant le téléphone. Comme ceci, ils ne peuvent pas nous capter.

Christina avait sur l'écran devant elle une des deux photos qu'elle avait prises deux heures auparavant au musée.

Les trois derniers signes du sang de Xénophon.

Elle tendit le portable à Violetta.

— Regardez, peut-être comprendrez-vous ce que mon oncle a voulu nous dire.

Violetta reconnut tout de suite le chef-d'œuvre photographié.

— Le « grand relief éleusinien » ! s'exclama-t-elle. La « scène de l'Initiation »… ou alors…

Elle s'arrêta net, ne terminant pas sa phrase. Son visage avait changé d'expression. Il passa subitement de l'admiration à la stupéfaction.

33

Les bruits résonnèrent longtemps encore dans les couloirs et les salles. Des milliers de visiteurs débarquaient chaque jour du monde entier pour contempler les plus belles œuvres de la Renaissance. Une telle cohue ne pouvait que provoquer un vacarme assourdissant.

Vittorio Strozzi rejoignit son bureau du rez-de-chaussée.

Le silence reprenait doucement possession des galeries. Les heures de visite étaient terminées et chaque salle retrouvait progressivement sa quiétude.

Il commençait à se faire tard et la journée avait été particulièrement éreintante pour les œuvres.

Un observateur à l'ouïe fine aurait pu entendre une statue bâiller subrepticement ou, d'un œil aguerri, apercevoir les yeux de certains bustes de personnages illustres cligner de fatigue. Les peintures des grands maîtres retrouvaient lentement leur intimité originelle. Leurs sujets pouvaient enfin changer de pose et se laisser aller à quelques libertés. Dans les salles fermées, des chuchotements commençaient à se faire entendre de-ci, de-là.

L'homme observa calmement les moniteurs de contrôle. Les images des caméras ne révélaient rien d'anormal. Depuis trente ans qu'il exerçait ce métier, jamais il n'avait dû intervenir. La seule fois où il avait été bousculé, il était chargé d'un autre bâtiment. Cette nuit-là, il avait été appelé en renfort. Cela remontait à 1993. Un acte de terrorisme les avait secoués. Un groupe de mafieux avait défié sa famille. Ils avaient dynamité une partie de la galerie et plusieurs tableaux de maîtres et des sculptures avaient été endommagés. La vengeance n'avait pas tardé et elle fut sans pitié. La *famiglia* régla cela *manu militari* dans les jours qui suivirent. Nul n'échappait à la famille Strozzi. Elle régnait en maître depuis plus de quatre cents ans sur le gardiennage de toutes les œuvres et édifices de la ville. La lignée remontait au temps de Cosme II de Médicis, grand-duc de Toscane. Tous, de père en fils, avaient été gardiens des trésors de la cité florentine. De la même façon que les gardes suisses au Vatican, la protection des biens relevait d'une véritable corporation dans cette ville.

Ce soir, à Florence, la ville de la Renaissance, il lui avait été demandé un service. Une faveur sans égale et de dernière minute : l'accès pour un individu à certains lieux et en toute liberté. Les instructions venaient de très haut, du patriarche.

« *Vous laisserez circuler l'homme en blanc, sans aucune contrainte.* » Clair et précis. Sans discussion.

Il était vingt et une heures. Il commençait sa nuit de garde aux Offices.

La porte d'accès devait être déverrouillée, ainsi que les sécurités, pour trois heures du matin précises.

De toute sa carrière, Vittorio Strozzi n'avait jamais reçu pareil ordre. Même son père ne lui avait jamais parlé d'une faveur de ce genre.

Ce doit être un hôte exceptionnel pour parvenir à obtenir une telle autorisation, se dit-il. D'autant plus qu'il avait entendu que d'autres endroits seraient également ouverts. De toute façon, cela ne lui servait à rien de réfléchir. Chez les Strozzi, personne ne discutait les ordres, encore moins ceux du patriarche.

Mais, tout de même, quels pouvoirs peut bien avoir cet homme pour obtenir un tel privilège ? Et pourquoi ces visites ? se demanda-t-il.

Un accès aux plus belles merveilles d'Italie, et cela juste pour une nuit...

34

Violetta était assise devant la grande table de son salon. Elle était tourmentée. Les trois autres la regardaient, interloqués.

Elle sortit de ses pensées.

— Avant d'aller plus loin, il faut que je vous explique la signification de cette stèle. Notre ami Lucas doit la connaître, bien évidemment, puisque c'est son métier, dit-elle en le regardant.

Lucas acquiesça d'un signe de la tête. Elle continua :

— Cette stèle a été trouvée à Éleusis, près d'Athènes. Elle est datée de la fin du Vᵉ siècle avant Jésus-Christ. C'est une des pièces les plus remarquables de notre musée archéologique. Dans l'Antiquité, Éleusis était un grand sanctuaire où, chaque année et particulièrement tous les quatre ans, de grandes fêtes étaient organisées en l'honneur de la déesse Déméter et de sa fille Perséphone. Les fameux « mystères » y étaient célébrés. Ils permettaient l'apprentissage de rites secrets. L'initiation à ces mystères donnait aux « initiés » la garantie d'une résurrection après la mort, la promesse d'une nouvelle vie dans l'au-delà mais aussi la prospérité sur terre. Il était interdit de révéler aux non-initiés leur contenu. Le châtiment capital fut parfois exercé contre ceux qui avaient violé le secret ou parodié les rites. C'est pourquoi, aujourd'hui, nous avons très peu d'informations sur ces mystères. Aucun écrit n'a jamais été retrouvé. Ces mystères jouissaient d'une telle renommée que même les empereurs romains s'y rendirent pour recevoir l'initiation. On y vit Sylla, Cicéron, Auguste et bien d'autres. Le prestige du sanctuaire d'Éleusis a touché l'entièreté du bassin méditerranéen jusqu'en Asie. Des pèlerins venaient de tout le monde antique pour y être initiés.

Les trois appuyaient les dires de Violetta, car ils savaient tout cela. Christina avait été à bonne école chez son oncle Xénophon. Grâce à lui, elle connaissait l'histoire de chaque pièce du musée. Lucas, lui, était archéologue et historien comme Violetta. Angélique, quant à elle, par son éducation traditionnelle grecque, semblait bien au courant de l'histoire de l'antique religion de son pays. Pourtant, tous suivaient avec attention les explications de Violetta.

— Éleusis est le sanctuaire d'une des déesses les plus importantes de la mythologie grecque, Déméter, déesse de la terre nourricière et des moissons, continua Violetta. Elle a parfois été appelée « la Mère du blé ». Nous la découvrons souvent un sceptre à la main et des épis de blé comme couronne. D'autres fois, elle tient une gerbe de blé. Ici, sur le grand relief du musée, elle est représentée à gauche, reconnaissable à son sceptre. Elle donne un épi de blé à celui que certains identifient comme Triptolème, jeune roi d'Éleusis, mais que d'autres considèrent comme un jeune initié. Le culte de Déméter est donc étroitement associé à la culture du blé et à son cycle. En fait, c'est la légende du rapt de sa fille, Perséphone, par Hadès, le dieu des Enfers, qui a entretenu ce culte agraire. Le mythe raconte que Perséphone, fille de Zeus et de Déméter, cueille paisiblement des fleurs dans les champs d'Éleusis lorsqu'elle en aperçoit une qui l'attire irrésistiblement. Quand elle veut la saisir, la terre s'ouvre devant elle et un char surgit, conduit par Hadès, qui, subjugué par la grâce de la jeune fille, l'entraîne dans les profondeurs de la terre. Déméter, apprenant qu'un malheur est arrivé à son enfant, part, désespérée, à sa recherche. Pendant cette longue errance, la terre souffre de l'absence de sa protectrice. Plus rien ne pousse dans les champs. La famine décime les hommes. Zeus, sur l'Olympe, est pris d'inquiétude pour l'humanité. Il envoie son messager Hermès intercéder auprès d'Hadès pour qu'il libère Perséphone. Un compromis débloque la situation : Déméter et Hadès se partageront Perséphone. La jeune femme passera un tiers de l'année auprès de son ravisseur aux Enfers, et les deux tiers restant auprès de sa mère sur terre. Chaque année, au printemps, Déméter, heureuse de retrouver sa fille remontant du royaume infernal, fera croître les plantes, les fleurs et les céréales. À l'automne, sa fille Perséphone retrouve Hadès sous terre. Déméter est de nouveau seule et la terre redevient stérile pour l'hiver. Le mythe de Déméter et Perséphone explique tout le cycle annuel de la végétation et des cultures. Éleusis se trouve sur les grandes plaines agricoles, celles où pousse particulièrement le blé. Il était normal d'y célébrer ces déesses.

— Nous connaissons cette histoire, Violetta, coupa poliment Christina. En quoi ce relief aurait-il pu intéresser mon oncle ? Et quel rapport avec la lune et les assassinats ?

— Justement, j'y viens, reprit Violetta. Pour tous les historiens, ce relief sculpté représente la déesse et sa fille entourant le jeune roi d'Éleusis chargé de recevoir les épis de blé pour les transmettre à l'humanité et lui apprendre l'art de la culture. Déméter donne l'épi au jeune roi et Perséphone, tenant une grande torche, pose une couronne sur la tête du jeune homme. Voilà, ceci est la version classique. Mais il y en a une autre…

Elle les regarda tous les trois.

— Et elle est bien différente…

35

— *Papa ?*

— *Oui, mon ange.*

— *Pourquoi dois-tu partir ?*

— *C'est mon travail, ma chérie. Je suis astronaute. Mon métier, c'est d'aller dans l'espace, près des étoiles.*

— *Les anges aussi sont près des étoiles. Vas-tu en voir ?*

— *Peut-être, ma chérie. Mais je n'irai pas si loin. Je reste près de toi. C'est toi, mon ange.*

— *Je t'aime, papa.*

— *Moi aussi.*

— *Reviens vite...*

36

— Il y aurait une autre interprétation ? intervint Lucas, dubitatif.

— Regardons plus en détail les signes que Xénophon a laissés, suggéra Violetta.

Christina prit son téléphone des mains de Violetta et zooma sur le bas du relief. Trois signes étaient visibles, chacun différent et inscrit aux pieds de chaque personnage. Elle remit le portable à Violetta, qui examina la photo.

— C'est bien ce que je pensais, dit-elle.

Elle regarda Christina dans les yeux et lui dit avec conviction :

— Votre tante Elena a découvert un étrange secret durant ses années de recherches. Elle en avait fait part à votre oncle Xénophon qui, malgré tout, restait sceptique. Il m'en avait parlé il y a quelque temps, mais de façon peu claire. Il n'osait pas se prononcer, de peur de donner l'air d'être un farfelu. Mais je pense qu'il a trouvé des preuves, comme Elena avait trouvé les siennes. Peut-être sur les derniers fragments du mécanisme qu'il venait de déchiffrer…

À ces mots, Christina se souvint du morceau qu'elle transportait dans sa poche. Elle y enfonça la main avec précaution et en ressortit aussitôt le mouchoir qui abritait l'objet. Elle le replaça dans sa poche, se disant qu'ils le regarderaient plus tard. Elle ne voulait nullement interrompre l'archéologue.

— En effet, continua Violetta, l'interprétation de la scène du relief pourrait être différente. Vous savez, beaucoup d'œuvres antiques sont sujettes à discussion entre les historiens, qui peuvent avoir des avis divergents sur leur véritable signification. Nous connaissons peu de choses sur les mystères d'Éleusis. Ce que nous pensons, c'est que de grands philosophes et savants de l'époque étaient chargés d'initier à ces mystères. Certains secrets importants y ont été divulgués.

Violetta revint vers la photo.

— Regardez, dit-elle.

Elle désigna les signes inscrits sur la stèle, en dessous de chaque personnage. Ils avaient été tracés rapidement. Il y en avait trois.

Γ Α Σ

— Des lettres grecques… dit-elle.

Christina avait en effet vu ces lettres lorsqu'elle était en face de la stèle au musée mais la course-poursuite qui s'était ensuivie ne lui avait pas laissé le temps d'y réfléchir, pas même d'en parler avec Lucas.

— Sous la déesse Déméter, je devine le symbole *gamma* « Γ » qui est un « G » dans votre alphabet, déclara Violetta à Lucas. Sous Perséphone, à droite, nous pouvons lire un *sigma* « Σ » et au milieu, sous Triptolème, je lis un *alpha*, le « A ».

Lucas, lui, se souvenait des lettres qu'il avait aperçues sous le relief. Il avait passé la journée à réfléchir à leur sens sans trouver de réponse claire.

— Cette autre interprétation aurait un rapport avec le devenir de l'âme, reprit Violetta. Laissez-moi vous expliquer. La question de savoir ce qu'il y a après la mort a de tout temps interpellé les peuples. En Égypte, bien avant la grande époque grecque, le dieu Osiris était au centre d'un véritable culte : celui de la mort et de la résurrection. La civilisation égyptienne croyait fermement à la continuité de l'âme et Osiris en était le symbole absolu, car il était ressuscité grâce à son épouse Isis. Osiris représentait non seulement la renaissance de l'âme dans l'au-delà mais également la renaissance de la végétation. Il symbolisait la succession des saisons et le renouveau de la nature au printemps. Cet enseignement des symboles et des rites sur ce thème de la renaissance d'Osiris s'appelait « les mystères ».

— Mais alors, nos mystères à nous, les Grecs, viennent d'Égypte ? tiqua Angélique, toute retournée d'apprendre qu'une partie de son patrimoine religieux repartait ailleurs.

— Absolument, Angélique, répondit Violetta. Ils ne sont qu'une répétition de la tradition égyptienne. À cette époque, les gens voyageaient beaucoup. Il était commun que les hommes riches et cultivés aillent découvrir d'autres cultures, qu'ils transposaient chez eux après s'y être initiés. Certains ont fait le tour de la Méditerranée, d'autres sont allés jusqu'en Inde. À propos des mystères grecs d'Éleusis, nous ne savons que peu de choses. Juste qu'ils célébraient les cycles de la végétation et du blé. Nulle part il n'est mentionné un quelconque culte à une survie de l'âme et c'est là que cela devient étrange. Évidemment, il n'y a aucun écrit sur ces mystères d'Éleusis à cause de l'obligation de secret, ou alors… ils ont disparu.

— Disparu ? répétèrent ensemble Christina et Lucas.

— Oui, c'est une des possibilités, reprit Violetta. Disparu délibérément, ajouta-t-elle. Des collègues et moi-même pensons que des documents importants ont été dérobés dans des bibliothèques. Pire, certains historiens sont décédés depuis la fin des années soixante, dans des conditions pour le moins énigmatiques.

— Aah ! fit Angélique, flairant de nouveau le complot.

— Tout à l'heure, je n'ai pas voulu vous effrayer mais, si je me souviens bien, les policiers de l'époque avaient parlé eux aussi, pour ces cas-là, de fèves trouvées sur les lieux.

— Ce seraient alors des crimes organisés… et ils laisseraient leur signature, l'interrompit Christina.

— Un réseau organisé qui doit protéger un secret… reprit Lucas.

— En plus, ils utilisent visiblement des équipements sophistiqués, ajouta Christina.

Violetta grimaça.

— Il va nous falloir énormément de prudence. Nous touchons à un mystère que certains ne veulent pas que l'on découvre.

Christina, soucieuse d'avancer, ramena Violetta à ses explications.

— Violetta, vous nous dites que la stèle a une autre signification et que certains veulent nous empêcher de la comprendre. Elle pourrait donc avoir un lien avec un culte de la renaissance de l'âme ?

— C'est très probable, répondit Violetta. Un grand philosophe a révolutionné la pensée grecque en son temps et marqué l'histoire du sanctuaire d'Éleusis et du monde occidental. Cet homme illustre a vécu plus de vingt années dans les temples d'Égypte. Pour lui et ses disciples, le culte du blé et des moissons était comparable à celui de l'âme et de sa renaissance. Ainsi, les âmes sont assimilées aux grains de blé et sont destinées à mourir pour renaître ensuite. Le cycle annuel du blé ressemble au cycle de la vie de l'homme. Sur ce thème s'est développé un espoir d'immortalité pour la race humaine.

— Mais la stèle, que représente-t-elle alors ? questionna Lucas, perplexe.

— Les signes m'ont troublée lorsque je les ai vus tout à l'heure, répondit Violetta. Xénophon semble aller dans ce sens-là. Aux pieds de Déméter, il a inscrit la lettre *gamma*. Elle pourrait être l'initiale de *Gaïa*. C'est comme cela qu'on désignait la Terre du temps des anciens Grecs. Déméter représenterait alors notre « terre » et les épis de blé qu'elle tient dans sa main pourraient évoquer les « âmes », comme autant de grains de blé. Tout à droite, aux pieds de Perséphone, nous lisons la lettre *sigma*. Elle pourrait alors représenter *Séléné*, la déesse de la Lune. Perséphone, dans l'Antiquité, était aussi considérée comme déesse de l'astre de la nuit… Cette attribution a tendance à être oubliée ; en tout cas, on n'en parle plus beaucoup depuis quarante ans…

— Vous avez raison, Violetta, dit Lucas. J'ai lu cela dans quelques ouvrages.

— Ce maître dont je vous ai parlé enseignait à ses disciples la survivance de l'âme dans l'au-delà. Il surnommait la lune « l'île des Bienheureux ». C'était elle qui accueillait les âmes des initiés défunts. D'où l'engouement pour l'initiation aux mystères. Les hommes voulaient l'éternité. Perséphone a donc le double rôle de la déesse de la nuit, la Lune, et en même temps de celle qui accueille les âmes des défunts.

— Et Triptolème, le jeune homme du milieu, quel rôle jouerait-il ? reprit Lucas, intéressé.

— Le problème est là. Qui est cette personne ? s'interrogea Violetta. Xénophon nous laisse un « A » sous ce dernier. C'est certainement la clé. Que veut-il nous dire ?

Il y eut un bref silence. Chacun réfléchissait au sens du message.

Après quelques instants, Christina osa :

— Nous pourrions nous imaginer que cette scène symbolise un événement important des mystères d'Éleusis. Beaucoup d'œuvres connues permettent plusieurs interprétations. L'artiste qui a fait cette œuvre en ce temps-là a dû habilement sculpter une scène à plusieurs sens et il y a sans doute une signification ésotérique que mon oncle Xénophon a peut-être trouvée.

Elle continua :

— Nous pouvons supposer que la déesse Déméter, à gauche, donne un épi de blé au jeune homme. Les grains de blé pourraient être les âmes des défunts qui doivent renaître. Elle les donne à ce jeune personnage qui serait le protégé de Perséphone. Mais ces âmes devraient normalement être reçues par la déesse de la nuit elle-même, qui représente l'île des Bienheureux. Et au lieu de cela, c'est le jeune protégé qui les reçoit. Pourquoi lui, et non pas directement Perséphone, la gardienne des âmes ?

Christina s'arrêta et les regarda tous les trois.

— Comme je le perçois, l'enfant semble être le protégé de Perséphone. Serait-ce son enfant ? Et le présenterait-elle à sa mère Déméter ? Elle a un regard très maternel sur lui, ému même. Et elle lui pose quelque chose sur la tête. L'enfant donne l'impression de tenir la robe de sa mère avec sa main gauche. Sa mère, Perséphone, pourrait le bénir ou lui déposer un objet symbolisant son émancipation. Violetta, vous nous avez dit que, d'après les interprétations classiques, Perséphone dépose une couronne d'épis sur la tête du jeune roi d'Éleusis. Mais si l'on regarde bien la main droite de Perséphone, il n'est pas possible de tenir une couronne avec la main de cette façon, et puis cette couronne n'a pas été sculptée par l'artiste. Cet objet aurait donc disparu ou été omis, tout comme l'épi de blé que devrait tenir Déméter.

Violetta l'interrompit en la regardant avec admiration.

— Vous avez très bien raisonné, Christina, dit-elle. Ce qu'il nous reste à déterminer, c'est l'identité de ce jeune homme et son rôle. Il était donc connu dans l'Antiquité. J'imagine que, selon la signification ésotérique de la stèle, il devait jouer un rôle dans la « migration des âmes » du monde terrestre vers l'île des Bienheureux. J'ai oublié de vous dire le nom de ce grand philosophe qui a été le premier grand maître universel : c'est P…

— Il y a quelqu'un ! cria Angélique, placée devant la fenêtre donnant sur la rue Poulopoulou. J'ai vu une ombre noire se glisser derrière une voiture !

— Nous devons filer sans tarder ! suggéra Lucas nerveusement. Ils nous ont trouvés. Cachez-vous, Angélique ! lui ordonna-t-il.

À l'instant même, ils virent un point rouge se déplacer sur le plafond du salon.

— Tous à terre ! hurla Lucas. Ils ont un pointeur laser !

Ils se jetèrent au sol.

Christina fut surprise par la rapidité d'action de Lucas, qui semblait maîtriser ce genre de situation.

Il les dirigea vers le centre de l'appartement, ayant eu soin de fermer les rideaux au préalable.

— Y a-t-il une autre issue ? demanda-t-il à Violetta.

— Vous pouvez partir par les toits. Mon appartement est au dernier étage. Au bout du pâté de maisons, vous pourrez rejoindre une rue piétonne. L'observatoire est tout près.

Christina sortit de sa poche le mouchoir enveloppant le fragment qu'elle avait trouvé au musée.

Elle le tendit à Violetta.

— Si vous avez le temps de l'examiner, Violetta… en espérant qu'il ne vous arrive rien. Prenez-en bien soin, et merci pour tout.

Violetta lui tendit en retour un téléphone portable qu'elle sortit d'un tiroir.

— J'en ai deux, et personne ne connaît ce numéro. Vous trouverez le mien dans son répertoire. Gardez-le et nous nous appellerons.

Angélique, très affairée, ouvrit le bar du salon et en sortit trois bouteilles d'alcool à moitié pleines.

Elle courut vers la cuisine en criant :

— Vous allez voir, les enfants ! Nous allons leur faire un feu d'artifice !

Elle trouva des torchons et une boîte d'allumettes, et rejoignit ses amis dans le hall central.

Elle était fébrile.

Violetta ouvrit une porte et se lança dans l'escalier les amenant vers le balcon supérieur. Tout le monde la suivit au pas de course.

Arrivés sur le toit, ils aperçurent en face d'eux l'Acropole illuminée. Les lumières de la ville s'étendaient tout autour.

Christina repéra directement l'observatoire, reconnaissable à la forme caractéristique de son dôme. Il devait se situer à cinq cents mètres à vol d'oiseau de la rue Poulopoulou. Les toits devant eux étaient plats, avec quelques terrasses ou balcons arborés.

Lucas prit les devants. Il scruta la nuit à la recherche d'une quelconque ombre menaçante.

Angélique, elle, déchirait les torchons avec des mouvements énergiques pour en faire des bouts de tissu qu'elle insérait dans les bouteilles. On l'entendait dire :

— Ne vous inquiétez pas, les enfants, ils vont voir comment se défendent les Grecs !

Elle cria à son amie Violetta :

— Appelle la police ! Tu vas voir, ils ne nous auront pas !

Violetta prit Christina à part, un moment.

— Au bout des toits, vous apercevrez une échelle métallique menant vers les jardins. C'est prévu en cas d'incendie. Allez voir Apostolos, dit-elle. Il vous expliquera pour les astres. Et puis, votre tante Elena vous l'a affirmé, Santucci cache un secret dans son œuvre majeure. Allez à Florence ! La salle de la Cosmographie ! Trouvez-y la réponse à vos questions ! Que les dieux soient avec vous !

Elle lui serra les bras et lui adressa un sourire.

L'astronaute n'eut même pas le temps de la remercier qu'elle avait déjà disparu dans l'escalier.

Christina monta sur la terrasse voisine pour rejoindre Lucas, qui l'attendait en guettant. Se retournant, elle aperçut derrière elle Angélique, partie de l'autre côté, foulard au vent, et qui avait déjà parcouru deux ou trois terrasses. On l'entendait crier :

— Vous allez voir, les enfants ! Vous allez voir !

Ils filèrent tous les deux vers le bout du pâté de maisons.

Après deux minutes d'acrobaties et de sauts, ils arrivèrent à la dernière terrasse.

Derrière eux, en bas, ils entendirent des bruits de verre brisé et quelques explosions. Ils se retournèrent et aperçurent des lumières rougeoyantes dans la rue Poulopoulou. Une voix de femme à moitié hystérique faisait écho dans tout le quartier. Christina crut entendre, en grec : « Terroristes… Criminels… Cafards… Salauds ! »

À voir la lumière et à entendre le vacarme, on se serait cru en pleine révolution de 1973 contre la dictature militaire.

Au loin, les premières sirènes de police se rapprochaient du quartier de Violetta.

Christina crut même apercevoir des tuiles et des pots de fleurs voler vers le bas de la rue, accompagnés de salves de jurons. Elle se dit que cela ne pouvait être que la débandade chez leurs poursuivants.

Tout le voisinage devait se trouver aux fenêtres pour ne pas perdre une miette du spectacle.

Lucas aperçut l'échelle métallique qui descendait derrière le dernier bâtiment. Ils la dévalèrent pour atteindre le jardin. En prenant la rue Amfiktionos, ils pourraient rejoindre l'observatoire en quelques minutes.

Lucas eut juste le temps de sauter sur Christina pour l'empêcher de bouger. Deux voitures noires passèrent en trombe, tous feux éteints, à quelques mètres d'eux. Il lui souffla dans l'oreille :

— Votre amie Angélique a fait un magnifique travail. Sans elle, nous étions cuits. Je crois qu'elle nous a sauvés.

Les voitures s'éloignèrent rapidement alors que les premières sirènes envahissaient la rue qu'ils quittaient.

Lucas et Christina sautèrent au-dessus du grillage et filèrent vers leur rendez-vous sur la colline d'en face.

37

L'Observatoire national d'Athènes se trouvait sur la colline des Nymphes, non loin de l'Acropole.

Ce bâtiment construit en 1842, avec sa forme en croix, son dôme et ses colonnades tout autour, ressemblait plutôt à une église byzantine.

Christina n'y avait jamais pénétré. Elle connaissait plutôt les collines aux alentours, lieux de promenades appréciés par les Athéniens des beaux quartiers, au milieu de ruines, de chapelles et d'églises.

Ils grimpèrent jusqu'à la grande bâtisse, imposante et illuminée sur la colline. La nuit était très claire et ils devaient passer inaperçus.

Heureusement, ils n'étaient pas seuls, ce qui leur facilita la tâche. Ils suivirent de près un groupe de touristes anglais, pressés d'arriver à un rendez-vous nocturne.

Face à la pente, ils se faufilèrent d'arbre en arbre vers l'entrée du bâtiment.

À mi-chemin, Christina se retourna et arrêta Lucas.

Derrière eux, la pleine lune et le Parthénon veillaient sur Athènes comme un couple de dieux protecteurs.

— Regardez, Lucas, Perséphone et Athéna protègent notre belle ville…

— Vous avez raison, acquiesça Lucas. Vous comprenez pourquoi je travaille ici. Athènes est une ville extraordinaire. Et les gens qui y habitent le sont tout autant.

— Moi, je n'y habite pas, grommela-t-elle.

Il la tira par le bras vers le haut de la colline. Elle l'entendit murmurer :

— Oui, mais vous êtes une extraordinaire exception…

Apostolos ouvrit grand les bras en les accueillant.

— Les amis de Violetta sont mes amis ! Venez, suivez-moi, allons dans mon bureau. Nous serons plus tranquilles.

Un ronronnement envahit le bâtiment tout entier.

— Ne vous inquiétez pas. Nous dirigeons le télescope vers la Lune. C'est la période de pleine lune et c'est un spectacle exaltant pour nos stagiaires.

Décidément, la lune est au centre des préoccupations de beaucoup de gens aujourd'hui, pensa Christina.

Ils s'assirent tous les trois dans un grand bureau dont les murs étaient couverts de photos de planètes et de galaxies. Apostolos vivait le nez dans les étoiles et ses yeux brillaient d'une passion communicative. Son large sourire et sa grande barbe rousse ne pouvaient qu'inspirer la sympathie. Il ressemblait plus à un Irlandais qu'à un Grec, ce qui témoignait peut-être d'un passé familial de navigateurs.

— Violetta m'a expliqué votre problème, s'exclama-t-il. Effectivement, dans trois jours, il va se passer un événement particulièrement rare et tout à fait intéressant.

Christina et Lucas l'écoutaient avec beaucoup d'attention.

— Nous allons vivre une conjonction de Saturne et Jupiter. Ce phénomène se produit tous les vingt ans. C'est le rapprochement maximal apparent de ces deux astres. On le surnomme « la grande conjonction ». Très souvent dans l'Histoire, elle a été associée à des calamités. De nombreux textes anciens nous ont mentionné leurs survenues ainsi que leurs interprétations astrologiques, la plupart du temps catastrophiques. Mais Violetta m'a parlé d'autre chose… de plus complexe… dans un certain message…

— Oui, intervint Christina, dissimulant son impatience. Elle vous a parlé d'une conjonction de ces deux grandes planètes et d'une quadrature associée sans doute avec la Lune.

Apostolos confirma de la tête et reprit :

— J'ai fait une recherche en détail sur cette configuration spéciale. Ce que vous me décrivez va arriver.

Apostolos s'arrêta de parler. Il vit les yeux de Christina et Lucas s'ouvrir en grand. Il les regarda avec une mimique de satisfaction et un certain sens du suspense mal caché.

Le message de Xénophon semblait donc vrai. Christina et Lucas essayaient de lire dans les pensées de l'astronome.

— Ce phénomène est extrêmement rare, précisa-t-il. Il arrive tous les cinq cent sept ans. Je l'ai calculé précisément. Saturne et Jupiter seront donc en conjonction, ce qui arrive à peu près tous les vingt ans comme je vous l'ai dit mais, là, cette conjonction sera en plus en quadrature parfaite avec le Soleil.

Apostolos reprit sa respiration. Il semblait excité. Il poursuivit :

— C'est absolument édifiant ! Rendez-vous compte… Cinq cent sept ans ! Le plus extraordinaire dans tout cela, c'est qu'il y a une énorme coïncidence de date pour cette configuration exceptionnelle avec un événement qui a bouleversé notre civilisation.

— Comment cela ? interrogea Lucas, ébahi.

— Je vous explique. Comme je vous l'ai dit, beaucoup d'astrologues et d'astronomes de l'Antiquité considéraient ces grands phénomènes planétaires comme des signes pour l'humanité. Le devenir de l'Homme, qu'il soit bon ou mauvais, était influencé par la position des astres. Toutes les grandes décisions étaient subordonnées à l'avis des astrologues. Les historiens se sont rendu compte qu'*a posteriori* plusieurs événements majeurs avaient été liés à certains phénomènes observés dans le ciel. Si on prend ce cas-ci, le nombre cinq cent sept est le nombre d'années qui sépare deux mêmes phénomènes astrologiques. Alors si l'on regarde derrière nous, sur la ligne du temps, nous arrivons d'abord autour de l'année 1514 pour la dernière conjonction du même type, en pleine Renaissance, où ont émergé un foisonnement de découvertes astronomiques et le début de l'astronomie moderne. Plus loin en arrière, on tombe vers l'année 1007, qui a vu la fin d'une grande famine qui sévissait sur notre continent. Nous avons peu d'informations sur l'année 500. Nous sommes alors dans le haut Moyen Âge. Mais cinq cent sept années avant, nous sommes en –7 et, là, cette date est surprenante !

Apostolos s'arrêta. Il semblait hésiter. Il reprit :

— En fait, elle a déjà été estimée par de grands savants et astronomes, comme Kepler, qui la définissent comme la véritable année de naissance du Christ.

Christina et Lucas n'en croyaient pas leurs oreilles.

— Kepler disait que ces grandes conjonctions planétaires sont des signes du divin. Pour nous, c'est difficile à croire, mais à l'époque cela semblait évident. Les gens écoutaient les grands astrologues comme lui. La fameuse étoile des rois mages n'était sans doute rien d'autre que la description romancée de cette grande conjonction de –7.

— Apostolos, vous voulez dire que le phénomène qui va se produire dans quelques jours s'est déroulé aussi le jour de la naissance du Christ ?

— Il y a toutes les raisons d'y croire. En l'an zéro, il n'y a eu aucun événement astronomique particulier. En revanche, le plus proche de cette date et le plus marquant dans le ciel ne peut être que cette grande conjonction. Beaucoup savaient déjà que la véritable année de naissance du Christ ne correspondait pas au zéro que l'on a défini mais qu'elle était antérieure de quelques années. Plusieurs études l'ont démontré.

Lucas et Christina échangèrent un regard.

L'assistant du professeur murmura :

— La « conjonction dorée » !

— Pourquoi dorée ? demanda Christina.

— Parce qu'elle est divine… répondit Apostolos en souriant.

— Ce qui est stupéfiant, continua Christina, c'est que cette configuration planétaire que nous allons bientôt vivre correspond parfaitement à celle de la naissance du Christ. Elle va peut-être nous faire voir un élément que nous ne connaissons pas ou que l'on a voulu nous cacher !

Christina s'interrompit. Elle fixa l'astronome et lui dit :

— Je vais jouer franc-jeu avec vous, Apostolos. Il pourrait se produire quelque chose sur la Lune ou en rapport avec elle lors de cet événement. Tout porte à le croire. Avez-vous une idée sur ce qui pourrait se passer ?

Apostolos fit non de la tête.

— Sachez qu'on veut nous tuer pour nous empêcher de le découvrir, reprit l'astronaute d'un ton grave.

À ces derniers mots, le visage d'Apostolos se resserra. Il sembla subitement très pressé de terminer l'entretien.

Christina se dit qu'elle aurait mieux fait de se taire.

— Je ne sais vraiment pas, dit-il, embêté. Je ne peux vous aider. Maintenant je dois vous laisser, vous m'excuserez.

Apostolos se leva et les pria gentiment de sortir de son bureau. Il les reconduisit prestement à l'entrée de l'observatoire. Il leur serra la main et les laissa à la sortie.

— Nous voilà indésirables, s'exclama Lucas une fois dehors.

— Je le pense aussi, fit Christina. Je lui ai fichu une sacrée frousse quand je lui ai sorti que nous étions poursuivis. C'est bien étrange d'ailleurs… comme s'il était au courant de quelque chose.

— N'oubliez pas qu'il nous a dit que ces grandes conjonctions amenaient en général des catastrophes.

— Oui, c'est vrai. Il le croit peut-être vraiment.

Sur le pas de l'observatoire, ils dominaient Athènes. La nuit était douce. Ils entendirent encore au loin quelques sirènes de police dans le quartier de Violetta.

Christina, rêveuse, s'assit sur un muret de pierre qui longeait le bâtiment. Lucas en fit autant. Chacun regardait la ville sans dire un mot.

Christina rompit le silence.

— Je me demande comment Angélique et Violetta s'en sont sorties.

— Sans elles, nous ne serions pas ici, ajouta Lucas.

— Nous devrions peut-être faire le point, dit Christina en se tournant vers son compagnon.

— Vous avez raison, répondit-il. Nous avons à peine eu le temps de nous parler depuis le musée.

— C'est vrai, je ne connais rien de vous, Lucas. Et pourtant j'ai l'impression que nous avons passé déjà un siècle ensemble.

Il lui sourit.

— Reprenons au début, proposa-t-il. Votre tante se trouve au Chili et pointe son télescope vers la Lune, car elle sait qu'un événement se prépare. On l'assassine pour l'empêcher de parler. Dans un message, elle associe un secret à la disparition de votre père et veut faire éclater la vérité. Vous m'avez dit qu'elle a passé une bonne partie de sa vie à chercher des réponses.

— Oui, c'est vrai. Mais vous oubliez de mentionner que dans son message elle parle d'un trésor inestimable pour l'humanité.

— Son ami Xénophon est dans le secret et semble avoir découvert de son côté un élément important à l'intérieur du mécanisme d'Anticythère.

— Oui, confirma l'astronaute. Et Violetta possède le fragment que nous avons trouvé au musée. À ce propos, j'espère qu'elle pourra nous aider.

— Le Pr Petropoulos nous laisse deux messages : le premier nous indique la Lune *via* le bras de Zeus et des signes révélant une conjonction planétaire imminente, qui semble très rare, la même que celle qui a annoncé il y a deux mille ans la venue du Christ.

— Le deuxième message de mon oncle nous révèle trois personnages sur le grand relief du musée : en premier lieu Déméter, représentant la Terre, ensuite Perséphone, personnifiant la Lune, et qui semble protéger de sa main le troisième, ce jeune homme au milieu qui pourrait être son fils. Cette représentation pourrait être une allégorie symbolisant le voyage des âmes vers le lieu de la vie éternelle. Ces âmes, représentées par des grains de blé, voyageraient alors vers un autre lieu que la Lune… Lune qui pourtant est censée représenter l'île des Bienheureux, lieu d'accueil des âmes. Cet autre et nouveau lieu serait incarné par ce jeune homme et protégé par Perséphone.

— Mais que représenterait-il ? se demanda Lucas. Le professeur l'a symbolisé par un « A ».

— C'est un mystère, Lucas, que nous devons élucider. Mais il y a un élément qui me semble troublant. Apostolos nous a parlé de la conjonction de –7 avant notre ère. Si nous reculons encore sur la ligne du temps, nous arrivons cinq cent sept années avant, c'est-à-dire autour de –514. La stèle dont nous parlons a été sculptée moins d'un siècle après cette date. Il y aurait donc peut-être aussi un rapport. Le sculpteur aurait eu connaissance de la conjonction et de son secret et l'aurait représentée sur la stèle.

— Juste, madame Dimitrios. Vous auriez fait une excellente historienne.

Elle lui répondit par un mouvement de tête.

— Vous, par contre, vous êtes un drôle d'aventurier, plutôt déconcertant. Vous avez des connaissances et des réactions parfois… comment dirais-je… surprenantes !

— Vous trouvez ? s'étonna Lucas. Je dois veiller sur vous.

— Ah bon ? Comment ça ? demanda Christina, surprise.

Lucas parut embarrassé.

— Je l'ai promis à votre oncle…

Ils restèrent assis quelques instants devant Athènes, étincelante. Elle serra contre elle son petit pendentif en forme de cœur. Des images et des émotions l'envahirent.

— Venez ! dit-elle. Enfin, si vous êtes prêt à me suivre… Il se pourrait qu'à Florence nous trouvions une partie du mystère. Santucci nous a caché un élément de réponse, semble-t-il, dans une sphère.

Ils descendirent la colline des Nymphes et prirent un taxi tout près de l'Acropole. Ils avaient juste le temps d'attraper un avion pour la ville des Médicis.

Trois quarts d'heure plus tard, à l'aéroport, Lucas Fournier déclencha une balise logée dans sa montre.

38

Le train roulait à allure modérée à travers la campagne. Le bruit saccadé des roues sur les rails produisait un martèlement régulier et ininterrompu. Petit à petit pourtant, il s'amenuisait. Le bercement devenait roulis. Un léger clapotis tapait sur le bateau. La mer était partout et l'homme tenait la barre. Il revenait d'un long voyage. Il était comme Ulysse, heureux de retrouver sa terre, heureux de reprendre son trône. Poussé par le vent, il allait d'île en île, de cap en cap. Il approchait de son île, celle des « Bienheureux ». Il devrait encore combattre, défier les prétendants, anéantir l'usurpateur. Il s'était déguisé en mendiant, revêtu d'une simple tunique de lin blanc. Il allait retrouver son arc, immense, qu'il était le seul à pouvoir bander. Il y mettrait ses flèches, celles de « l'amertume » et les décocherait l'une après l'autre.

Le train traversa une gare. Le bruit des rouages sur les aiguillages se fit plus intense et plus rapide. Dans la mythologie, Ulysse mourait d'une lance empoisonnée. Le venin agissant sur le cerveau, les sens étaient exacerbés. Les tempes prêtes à exploser. Le martèlement devint insupportable.

Le vieil homme sursauta. Il sortit brusquement de sa torpeur. Il regarda sa montre. Il restait une heure avant l'arrivée. Il se frotta les yeux, essayant de reprendre ses esprits.

L'idée lui vint d'ouvrir son sac de voyage. Il y glissa la main et sentit les documents qu'il avait découverts dans le coffre mystérieux de la basilique souterraine. Il n'avait pas encore eu vraiment le temps de les étudier. Il sortit le tas de feuilles.

En première page, il lut ceci :

MSC-03171

APOLLO 18 – MISSION REPORT
Prepared by
Mission Evaluation Team
Approved by George M. High
Manager, Apollo Spacecraft program
NATIONAL AERONAUTICS AND SPACE ADMINISTRATION
MANNED SPACECRAFT CENTER
HOUSTON, TEXAS – April 1973

Un grand sigle rond figurait en haut à gauche, avec des étoiles représentées et le mot NASA à l'intérieur. Un cachet « *ultra-confidential* » était apposé en rouge, ainsi qu'un autre, « top-secret », dans le bas.

Il tenait en main le rapport de mission d'Apollo 18. Il ne comprenait pas pourquoi ces papiers se trouvaient là. D'autres documents confidentiels ainsi que des feuilles avec de nombreux chiffres et codes accompagnaient des courriers en caractères d'imprimerie.

Il y lut sur un en-tête le nom de trois personnes avec la mention « *Crew*[1] » :

1. Équipage, en anglais.

Commandant : Walter Lagarde
Pilot : Adrian Dimitrios
Copilot : John Gardiner

Le premier nom, il l'avait aperçu sur le vêtement qu'il avait découvert dans le coffre. Était-ce le nom du maître ? Il ne connaissait pas son identité. Personne à l'exception du maître n'avait accès aux identités des initiés. Mais les règles allaient changer. C'est pourquoi il était là ce soir.

Le maître actuel participait rarement aux célébrations et ce n'était plus acceptable. C'était un véritable affront pour le plus grand de tous, celui que l'on vénérait depuis deux mille cinq cents ans et qui avait instauré la doctrine. C'était donc à lui, le plus méritant, de prendre la relève. Devenir le nouveau maître… avant que l'événement tant attendu ne se produise. Car le vivre en tant que maître était une garantie d'être traité comme un dieu là-haut, aux Champs Élysées, et de vivre en béatitude complète jusqu'à la fin des temps.

Il trouva encore d'autres documents classés « secret-défense », appartenant à l'armée américaine. Il prendrait le temps de les lire et de comprendre tout cela plus tard. Priorité à sa préparation intérieure…

Sa curiosité l'amena tout de même à regarder les dernières pages. Il y trouva des listes de noms, certaines très anciennes, parfois même inscrites sur des parchemins. Lui apparurent des noms de personnages et de savants illustres. De gens puissants aussi.

Il avait devant lui la liste des initiés du début jusqu'à nos jours. Il regarda la dernière page, intéressé. Il y vit le nom du commandant d'Apollo 18 puis, plus loin, son propre nom.

Il fourra toutes les feuilles dans son sac et sentit l'objet métallique, froid, au fond de celui-ci. Il le sortit discrètement.

Cela ressemblait à une grande clé, d'un modèle qui lui était inconnu. Elle était allongée et comprenait certaines parties hexagonales et d'autres octogonales, séparées par des zones cylindriques. Ces éléments tournaient indépendamment autour d'un axe et chaque cylindre comportait toutes les lettres de l'alphabet. Il remarqua qu'il y avait sept cylindres à faire pivoter. Le système ressemblait à un cadenas à code. Il fallait trouver la combinaison correcte pour mettre les octogones et les hexagones au bon endroit. Il se demanda si, alors, la pièce s'ouvrirait.

Il chercha d'autres inscriptions mais ne remarqua rien. Le matériau, un alliage léger qu'il ne connaissait pas, était brillant et lisse. Peut-être la clé d'un coffre. Il devrait faire parler le maître actuel avant de l'éliminer.

Dans le même wagon, deux rangées derrière lui, l'homme à la casquette et aux lunettes noires avait observé toute la scène. Quand il vit l'objet métallique sortir du sac, il pressentit une défaillance cardiaque. Il ouvrit rapidement une petite boîte qu'il avait sortie de sa poche et prit une pilule qu'il avala d'un coup. Après quelques secondes, il se trouva mieux. Il replongea la main dans sa poche et palpa l'objet qui s'y trouvait. Il avait exactement la même forme que celui du vieux barbu. À son contact, il tourna la tête vers la vitre et regarda la lune qui éclairait majestueusement le paysage toscan. Malgré l'effet du médicament, son cœur se serra de nouveau.

39

Au fur et à mesure qu'il descendait dans la galerie, la pénombre devenait plus intense. Il n'y voyait plus rien.

Il sortit son téléphone de sa poche. La diode lumineuse éclaira puissamment le souterrain.

Au fond, il aperçut le vestibule et y pénétra.

C'était une pièce carrée, percée à l'époque d'un trou au plafond pour y amener la lumière. Sur les murs, une bacchante chevauchant une panthère et des Amours aux amphores l'accueillirent.

À leur vue, une sensation de chaleur l'enveloppa. Cela faisait un moment déjà qu'il n'était plus venu. Son sanctuaire ! Enfoui sous les terres à plus d'une dizaine de mètres de profondeur et resté inviolé pendant près de deux millénaires, il reprenait vie, depuis qu'il l'avait trouvé, ou plutôt qu'il se l'était approprié.

L'effondrement d'une partie de la voie ferrée Rome-Naples avait permis sa découverte en 1917. Il était alors rempli de sable, qu'on enleva avec précaution pour découvrir une merveille. Le lieu était admirablement conservé et dédié au culte de son maître, celui de l'Immortalité. Il était devenu un de ses ardents disciples depuis qu'il avait eu connaissance du secret et qu'il l'avait même vu de ses propres yeux.

Il quitta le vestibule et pénétra dans la basilique par la « porte du ciel », en un pas, selon le rituel.

Autour de lui, les personnages moulés dans les stucs lui souhaitèrent la bienvenue. Il sourit. Malgré la fraîcheur de l'endroit et le manque de luminosité, il se retrouvait envahi par une joie indescriptible, comme lorsqu'un fils retrouve sa mère.

Il alluma quelques bougies placées sur un reposoir dans la nef centrale et éteignit l'éclairage de son portable. Les lueurs des flammes dansaient au plafond, redonnant vie à tous les personnages gravés sur les murs : Pâris et Aphrodite, Jason et Médée tuant le serpent gardien de la Toison d'or, Ulysse et Hélène, ou encore Déméter et Triptolème prenant les épis de blé.

En regardant au fond de l'abside, il ne put s'empêcher d'admirer la poétesse Sappho, se jetant par amour dans la mer, du haut d'un rocher, l'expression même de la libération de l'âme du poids de la matière et sa métamorphose dans une autre vie.

Tout dans cette basilique symbolisait la mort comme une victoire, comme un couronnement. L'œuvre de son maître. La mort glorifiée. La mort pour les vainqueurs, comme une renaissance divine.

Après avoir allumé le feu, il devait se purifier avec l'eau, autre rituel immuable des initiés. Il trouva la cruche devant un pilier, enleva ses chaussures et mouilla ses pieds en commençant par le gauche, le côté matériel, puis le droit, le côté spirituel. Il s'avança ensuite par le côté droit du temple, celui du divin. C'est là que commençait la cérémonie.

Ce soir, il était seul. Lorsqu'ils étaient à plusieurs initiés, il était coutume de rompre ensemble le pain fraternel, de se passer la coupe de vin, et de se donner le baiser de paix, commun à tous les cultes à mystères.

Il sourit de nouveau. Il se rappelait le reportage sur le pape qu'il avait vu dans l'avion l'amenant à Rome. On y voyait à un moment le Saint-Père partager le pain et le vin avec ses fidèles cardinaux dans la basilique Saint-Pierre. La religion chrétienne avait accaparé les rites que bien d'autres cultes païens utilisaient déjà des siècles plus tôt.

Il continua vers l'abside où se trouvait l'autel.

Au-dessus de lui, des Victoires ailées et des Amours se donnaient joyeusement la repartie.

Un élément dans son champ de vision l'intrigua. Quelque chose lui sembla anormal. Il progressa encore, inquiet.

En tournant la tête, il la remarqua tout de suite, sur le mur de gauche, derrière un pilier. La tête de Méduse n'était pas dans son alignement habituel.

Il eut une bouffée d'adrénaline. Son regard fondit alors sur le coffre derrière l'autel. Il vit la clé sur la serrure. Seul lui pouvait l'ouvrir. C'était la règle…

Il fonça sur le coffre, horrifié, et l'ouvrit d'un coup sec. Il en sortit la combinaison, puis le casque. Il chercha encore au fond. Plus de documents… et plus de clé.

Ce qu'il était venu chercher ce soir avait disparu… La pièce en métal, indispensable pour la suite de son plan…

Il vacilla et dut s'accroupir. Un cri de rage sortit alors du fond de son être, envahit la basilique et se distilla dans les profondeurs de Rome. Cela résonna pendant un long moment. Quelques vieux débris de plâtre ne résistèrent pas à la secousse et tombèrent du plafond dans un grand fracas.

Son visage était brillant de sueur. Il remit rapidement ses chaussures et courut dans la pénombre vers la sortie de l'édifice souterrain.

Arrivé dehors, haletant, il alluma son portable et appela nerveusement.

À dix mille kilomètres de là, au bureau de la triple SA, le téléphone de Bennett sonna.

— Allô, général ? Que se passe-t-il ? demanda Bennett en décrochant.

— Je veux, dit-il en reprenant son souffle, le plus rapidement possible, l'identité de la personne qui est entrée dans la basilique souterraine de la porte Majeure ici à Rome ces dernières vingt-quatre heures, et son emploi du temps après sa visite. De toute urgence, Bennett ! renchérit-il avant de raccrocher.

Bennett appela *illico* Lewis. Rarement il avait entendu le général Lagarde dans un tel état de nervosité… lui qui avait pourtant une maîtrise militaire de toutes les situations. Bennett n'avait même pas eu le temps de lui dire ce qui s'était passé avec la femme astronaute grecque à Athènes.

Il leur fallait trouver au plus vite les infos pour le général. Il aviserait ensuite de ce qu'il annoncerait à son chef.

Lewis et Bennett captèrent toutes les caméras autour de la porte Majeure. Chacun visionna en accéléré les chemins qui menaient vers la basilique secrète, entre autres le long de la via Prenestina.

Trois minutes plus tard, Lewis repéra sur les enregistrements un personnage particulier, sortant du tram, habillé d'une tunique blanche et tenant un sac. Cet homme, portant une grande barbe, disparut aux abords de l'entrée du souterrain. Il en ressortit deux heures plus tard.

Ils le tenaient.

Bennett fit un agrandissement du barbu à sa sortie près de la voie qui longeait le tram. Le vieil homme avait l'air euphorique. Ils scannèrent son visage pour l'identifier et lancèrent une recherche de déplacement pour les heures suivantes sur tout le réseau de caméras de la ville.

En quelques minutes, l'ordinateur central délivra toutes les informations. Le capitaine se mit immédiatement en contact avec le général.

— Mon général ? lança Bennett.

— Dites-moi vite, capitaine ! répondit Lagarde, bouillant d'impatience.

— Nous avons les informations que vous demandez. L'homme s'appelle Serafino Esposito. Il a quitté la porte Majeure vers dix-sept heures pour le Vatican. Il y a visité la *Stanza della Segnatura* à la fermeture et s'est agenouillé devant *L'École d'Athènes* de Raphaël. Il s'est rendu ensuite à la gare Roma Termini, où il a pris un ticket deuxième classe pour Florence. À cette heure-ci, il est encore dans le train, qui a une heure de retard. Il arrive à vingt-trois heures cinquante-huit, heure locale, à la gare Santa-Maria-Novella.

— C'est parfait, Bennett. Je le connais. Je prends immédiatement l'avion pour Florence. Prévenez-les que j'arrive. Cet homme possède quelque chose qui m'appartient. Rien d'autre, Bennett ?

— Non, mon général. Nous n'avons toujours pas pu récupérer le signal… Euh, au fait, oui, il y a un problème. La cosmonaute grecque nous a échappé.

— Comment ? Échappée ?

— En fait, nous n'avons pas pu l'éliminer, mon général. Elle s'est enfuie avec un inconnu. Elle est en route actuellement, elle aussi, pour Florence.

— Comment ? balbutia Lagarde. L'éliminer ? Vous vouliez l'éliminer ! Mais vous êtes fou, capitaine ! Je ne vous en ai jamais donné l'ordre !

— Je pensais, mon général… éliminer les éléments perturbateurs… Le plan B…

— Jamais ! Sans elle, tout est fichu ! Nous avons besoin d'elle maintenant. Nous passons à la dernière alternative.

Lagarde reprit son souffle.

— Elle décolle de Baïkonour dans moins de trente-six heures pour l'ISS. Si elle n'y est pas, il n'y aura pas de décollage ! Vous vous rendez compte, Bennett ! hurla-t-il. Cette mission est notre dernière chance !

Bennett ne comprenait plus trop bien. Il avait toujours pensé qu'il était impératif d'éliminer tous les témoins gênants, ce qu'il avait d'ailleurs fait chaque fois. Depuis presque cinquante ans, c'était la seule ligne de conduite prescrite par le général et, là, il fallait laisser courir le témoin le plus dangereux ?

— Ils sont près de trouver la vérité, mon général, insista-t-il.

— Tant pis, Bennett ! Il ne nous reste que trois jours. Si nous l'éliminons maintenant, le monde entier risque de savoir. Nous perdrions notre dernière carte. Laissez-moi faire, Bennett. Le plus urgent, c'est de récupérer ce vieux fou de Serafino. Envoyez les hommes à Florence.

Et il raccrocha.

Lagarde partit chercher un taxi sur la Piazza di Porta Maggiore.

En chemin, il pensait à son dernier atout. Il devait absolument récupérer l'objet.

Il connaissait Serafino Esposito. C'était un dingue obsédé par la gloire. Il l'avait nommé prêtre pour calmer ses ardeurs. Mais là, ce vieux dévot avait dépassé les bornes. Un problème en plus… Il aurait pu s'en passer.

Pourquoi Florence ? Que va y faire ce vieux fou ?

Florence était une histoire terminée, songeait-il. C'était du passé. Rome abritait maintenant la vraie chapelle, le berceau du culte.

Le nom Esposito lui évoquait des souvenirs désagréables. Il tenta de les oublier.

Et puis il y avait cette cosmonaute, la fille d'Adrian Dimitrios. Elle était proche de la vérité d'après Bennett. Le capitaine lui avait parlé d'un individu qui l'accompagnait. Qui était-il ? Et pourquoi se dirigeaient-ils eux aussi vers Florence ?

Il passa en revue tous les lieux qu'il y connaissait. Il ne comprenait pas cet engouement subit pour cette ville.

Il héla un taxi et demanda qu'on l'amène de toute urgence à l'aéroport.

Dans la basilique souterraine, un dernier débris de plâtre tomba sur l'autel et se disloqua en mille morceaux. Le souffle de la chute fit trembler les flammes des quelques bougies encore allumées.

Aux murs, les personnages, redevenus calmes après la tempête, reprirent malgré eux une dernière danse.

40

Vingt-trois heures cinquante-huit. Le train s'arrêta à la gare Santa-Maria-Novella. À cette heure tardive, les boutiques et fast-foods le long du quai étaient déjà fermés. Quelques voyageurs pressés couraient, tentant d'attraper un dernier bus hypothétique.

L'homme barbu à la robe de lin quitta le wagon et respira un grand coup en serrant son sac.

La ville de Florence, sa beauté et son histoire l'enivraient chaque fois qu'il y venait. Il la connaissait bien pour y avoir vécu avant que le maître n'en décide autrement.

Les douze coups de minuit résonnèrent sourdement.

Sortant de la gare, il traversa d'un pas décidé le boulevard et la Piazza della Stazione pour rejoindre la basilique Santa Maria Novella.

Il longea le côté est, décoré d'une multitude de blasons, et arriva devant la place qui s'étendait au pied de la façade gothique de la basilique.

Santa Maria Novella, en nocturne, était resplendissante. La façade recouverte de marbre blanc et vert brillait sous les lumières publiques qui accentuaient, à cette heure, son élégance et sa majesté.

Minuit dix. Des lieux et des portes allaient s'ouvrir à trois heures du matin. Quand toute la ville serait complètement assoupie. Cette faveur lui avait été accordée. Trois heures – pas avant – pour des raisons de tranquillité et de sécurité.

Il traversa la place vers le Grand Hotel Minerva. Il y pénétra et demanda une chambre au préposé de nuit. Il préférait se reposer plutôt que de devoir attendre dans un bistro. La nuit allait être chargée d'émotions. Dans peu de temps, il serait *le maître*. Cela valait bien quelques sacrifices et un peu d'attente.

Il entra dans la chambre et déposa son sac. En fermant les rideaux, il jeta furtivement un œil par la fenêtre. Quelques promeneurs déambulaient encore autour des obélisques dressés sur la place. Il ne s'aperçut pas qu'un homme avec une casquette portait toujours des lunettes solaires malgré la nuit et qu'il s'était assis sur un banc presque en face de son hôtel.

Il s'allongea sur le lit. Il régla sa montre-réveil sur deux heures cinquante-cinq, défit les sangles qui maintenaient l'appareil de Leonardo et s'endormit.

À cet instant, un jet privé prenait la direction de Florence au départ de l'aéroport de Rome. À son bord, l'homme, sans doute le plus puissant de la planète, continuait de fulminer.

Au-dessus de la Méditerranée, le dernier vol en partance d'Athènes pour Florence naviguait à onze mille mètres d'altitude. Un signal de localisation sophistiqué émanait d'un passager.

41

Trois coups sourds retentirent au sommet du campanile jouxtant la basilique. La cloche basse, seule à sonner à cette heure précoce, annonça les trois heures du matin.

Le vieux barbu se tenait prêt. La place devant l'ancien monastère était maintenant totalement déserte.

Le prêtre poussa la vieille porte d'entrée du cloître. Il passa sous le portail gothique et pénétra dans le jardin qui servait depuis toujours de cimetière. La lune éclairait les tombes à travers les arbres. Il le traversa, croisant les sépultures des grands peintres et architectes florentins de la Renaissance.

C'était ouvert, comme il l'avait souhaité. Le patriarche avait accédé à sa demande. Du donnant-donnant. Le vieux prêtre l'avait aidé en d'autres lieux et circonstances. Les initiés se devaient aide et service sans restriction pour une cause unique : célébrer et conserver le plus grand des secrets. Ce secret avait été extrêmement bien gardé. Il avait fallu, pendant cinq siècles, le préserver des religieux et des inquisiteurs, de tous ceux qui ne juraient que par la Bible. Tous ces prêtres et moines ignares qui tenaient leur pouvoir du seul nom de Jésus et qui trouvaient leur foi dans la lutte contre l'hérésie. Quel meilleur endroit qu'au sein même de l'église chrétienne, à l'intérieur de ses murs ? Une basilique comme gardienne de la vérité universelle et devenant, de temps en temps, un temple dédié aux mystères et à l'apprentissage des secrets cosmiques. Un sanctuaire où des initiés enseignaient à un petit nombre de disciples la vérité sur les hommes et sur leur destin.

Cette nuit, la basilique Santa Maria Novella lui appartenait tout entière et il y avait rendez-vous avec le plus grand de tous.

L'émotion commençait à le gagner.

Durant les cinq cents dernières années, ce lieu avait servi d'endroit de culte. Ici, le « grand maître », comme on l'appelait, avait été vénéré par les plus grands astronomes, savants et artistes de la Renaissance. C'est à cet endroit que les mystères avaient été de nouveau divulgués. Après une longue période d'obscurité, ils étaient revenus en pleine lumière. Le terme « Renaissance » exprimait bien ce qui s'était passé au temps des Médicis. Non seulement la renaissance de l'art et de la culture antique, mais surtout la renaissance d'un « dieu ». Celui qui avait créé les fondements et qui, avant tous les autres, avait pu concilier la doctrine grecque avec celles venues d'Asie, du Moyen-Orient et d'Égypte pour en faire la première religion et doctrine universelle.

La porte est de la basilique était entrouverte. Le patriarche était un homme de parole.

Le vieil homme quitta la fraîcheur du cimetière et pénétra dans l'édifice. Cette porte, il l'avait maintes fois franchie par le passé. C'était avant que le nouveau maître ne décide de revenir à Rome, trente ans plus tôt. Rome, en effet, et il le comprenait, représentait d'une certaine façon les origines. La découverte de la basilique souterraine avait été un événement majeur et même miraculeux. La décision prise par le maître semblait donc évidente mais la nostalgie l'emportait chez le vieux prêtre. Jeune initié, c'est à Florence qu'il avait suivi l'enseignement. Il y restait attaché comme des racines à leur arbre.

Cette nuit, il retrouvait ses vieux réflexes. Des sensations enfouies resurgissaient. En poussant la porte, ses mains tremblèrent. Des souvenirs visuels, auditifs et olfactifs l'envahirent.

À peine entré, il huma une grande bouffée d'air chargé d'encens. Depuis mille ans, les prélats catholiques au nez fragile diffusaient en quantité ce parfum pesant pour dissiper les odeurs nauséabondes du peuple venu prier.

Il écarquilla les yeux. Quelques cierges allumés çà et là permettaient d'y voir clair. D'où il se trouvait, il embrassait la totalité de la nef. L'entrée par l'aile est était un émerveillement pour la plupart des visiteurs venus admirer les trésors de cette basilique. À cet emplacement, d'un seul regard, on accrochait le crucifix de Giotto pendu au milieu de la nef au-dessus des marches du chœur. Peinte sur bois en 1288, cette immense croix arborait trois couleurs : le noir, le rouge et le blanc, celles de la mort, du sang et de l'innocence.

Plus loin, au fond, on apercevait un autre crucifix, celui de Brunelleschi, suspendu dans une chapelle et sculpté par l'architecte du Duomo en personne.

Puis, enfin, presque en face de l'entrée où il se trouvait, se révélait la « Trinité de Massacio », le premier et le plus parfait exemple de perspective de la Renaissance, une œuvre inspirant les artistes depuis le XVe siècle.

Tout cela devant lui en un seul regard. Chaque fois que le vieux barbu pénétrait dans ce lieu, ces modèles de beauté florentins l'enivraient.

Rassemblant ses esprits, et surtout se rappelant pourquoi il était là, il s'élança ardemment vers son but.

Traversant l'église, il lut pour la millième fois la phrase écrite en latin au-dessus du squelette allongé peint par Massacio au pied de la Trinité : « J'ai été ce que vous êtes et vous serez ce que je suis. » La plupart des gens qui lisaient cette épitaphe pensaient que le squelette leur annonçait qu'eux aussi deviendraient un jour comme lui – un tas d'os – par la force des choses. Mais ces paroles venaient plutôt du Christ, situé au-dessus, qui annonçait aux hommes : « Vous serez comme moi à votre mort, promis à la vie éternelle. » Le vieux prêtre sourit en se disant que, bien avant le Christ, son maître, déjà, enseignait l'éternité pour les âmes pures. La religion catholique n'avait fait qu'un copier-coller de l'enseignement des anciens.

Ce n'était pas dans la basilique qu'il devait se rendre. Il la quitta en franchissant la porte de l'aile ouest pour pénétrer dans le « cloître vert ». Là, il fut de nouveau ébloui par la vision qui se présentait à lui… Un mélange d'harmonie et de beauté romane entourant un jardin romantique. La galerie bordant le cloître n'avait pas d'éclairage mais la lumière cendrée de la lune rendait les lieux clairs et apaisants. Ses rayons offraient des ombres aux colonnes supportant les toits et aux grands cyprès plantés au milieu du jardin.

Cette quiétude fut juste troublée par un bruit derrière lui, provenant de l'intérieur de la basilique. *Sans doute la porte se refermant, poussée par un courant d'air*, pensa-t-il.

Le vieux prêtre s'engagea alors dans la galerie devant lui, qui longeait la sacristie. Il devait prendre le passage l'amenant dans le « cloître des morts ».

Ceux qu'il allait retrouver étaient logés, d'après ses souvenirs, sur la droite, dans une ancienne chapelle funéraire. Il n'y était plus venu depuis de longues années mais, aujourd'hui, il était là pour leur annoncer une grande nouvelle. *L'importance du message qu'il allait leur délivrer l'excuserait suffisamment de sa longue absence*, se dit-il pour se disculper.

Il bifurqua et fut face à une obscurité totale. Ici, la lumière de la lune ne pénétrait pas. Le noir était d'encre.

Il s'arrêta et fouilla son sac. Il en sortit une lampe qu'il avait eu l'intelligence d'emporter. L'homme alluma alors sa torche. Le faisceau lumineux balaya le couloir devant lui. Plusieurs chapelles se succédaient. Il s'avança à la recherche de la stèle.

Le « cloître des morts » de la basilique Santa Maria Novella n'était que tombes. Même les dalles qui en composaient l'allée étaient des sépultures, serrées les unes contre les autres, comme un véritable tapis sur lequel les gens déambulaient avec respect et embarras. Pas après pas, le visiteur foulait des inscriptions gravées en italien, en latin, et parfois dans d'autres langues. On y lisait des noms de famille, des années marquant les naissances et les décès, des symboles religieux, chrétiens ou païens. Les murs, eux aussi, en étaient recouverts.

Des centaines de gens, de toutes origines, reposaient là, côte à côte.

Le prêtre parcourut l'allée et s'engagea au fond, vers la dernière chapelle.

La lumière blanche éclairait de-ci, de-là les noms gravés qu'elle croisait, réveillant pour quelques instants les souvenirs oubliés de ces familles.

Il s'arrêta face à un mur, inspectant méthodiquement de sa lampe le damier de pierres devant lui, déchiffrant le nom que portait chaque tombe. Ce nom qu'il cherchait, c'était le sien, celui de sa famille. *Esposito*. Un nom qu'il portait avec une grande fierté. La lignée florentine des Esposito avait connu des prêtres de père en fils. Son pauvre père, son grand-père, son arrière-grand-père. Tous de fidèles initiés. Ils avaient honoré et divulgué les mystères pendant des décennies et aujourd'hui, lui, Serafino, le dernier d'entre eux, était chargé d'une grande mission : leur annoncer que, pour la première fois, un « *Esposito* » allait devenir le premier des serviteurs. Il allait remettre de l'ordre dans la confusion. Et mieux encore. Il venait leur annoncer que le jour de la grande libération était proche. Celui de la transmigration des âmes, qu'ils attendaient, pour certains, depuis presque cinq cent sept ans. Tous allaient pouvoir rejoindre l'île des Bienheureux.

Trouver la tombe.

Personne ne l'arrêterait. Il en avait tellement rêvé : être le maître le jour précis de la libération des âmes. Seuls les plus grands l'avaient été. Pas plus de quatre. Il serait le cinquième et marquerait l'Histoire du nom de sa famille… Enfin, surtout, il vengerait son père.

Pour s'encourager, il toucha son bras et serra l'appareil de Leonardo, celui de sa vengeance.

Soudainement, il devina une forme à cinq côtés… comme une apparition furtive.

Le pentagramme !

L'emblème de l'harmonie divine et le signe de reconnaissance des frères initiés.

L'espace d'un instant, ses yeux l'avaient croisé.

Il revint dessus.

Le symbole de la perfection…

Ses yeux émus trouvèrent le nom gravé au-dessus du symbole. Sa famille.

Il posa la main sur la pierre dans un léger tremblement et se recueillit un long moment.

Lorsqu'il eut fini, le vieux prêtre se retourna. Il aperçut au bout du cloître la lumière du jardin qu'il devait rejoindre. Il s'élança sur les pierres tombales. Sa nuit était loin d'être terminée.

Un bref instant, l'homme crut apercevoir une silhouette se dessiner dans l'ouverture.

— *Per tutti Santi !* jura-t-il en accélérant le pas.

Il se dit que ce n'était pas possible. Il devait avoir rêvé.

Il déboucha presque en courant dans la galerie entourant le jardin. Personne… Il mit cela sur le compte de sa vue vieillissante. Le patriarche lui avait promis qu'il serait seul. Nul ne pouvait savoir qu'il était là.

Après les ténèbres du « cloître des morts », il retrouva le jardin. On y voyait comme en plein jour.

À quelques mètres de là, le grand maître l'attendait. Il le sentait proche. Son corps en frémissait d'impatience et ce désir ardent le poussa à ne plus attendre.

Il tourna à droite et fut face à une grande porte ouverte, encadrée par deux fenêtres à colonnettes torsadées.

Sa chapelle… Son temple depuis cinq siècles !

Le vieux barbu s'y engouffra.

À la lueur de quelques bougies, il les retrouva.

Toutes et tous étaient bien là.

Le grand maître, assis au centre, le regardait.

Ses amis, illustres représentants des sciences et des arts, étaient assis autour de lui, comme chaque fois.

Au-dessus d'eux, quatorze magnifiques femmes illuminaient la scène de leur resplendissante beauté.

Il s'agenouilla en signe de respect et, tremblotant, se mit à pleurer d'émotion.

42

À l'aéroport de Florence, le vol en provenance d'Athènes s'était posé à l'heure et tous les passagers avaient déjà quitté l'appareil.

Un peu plus loin, à côté du parking des grands avions de ligne, un Falcon en provenance de Rome s'était rangé sous hangar, avec quelques autres jets privés. Le pilote allait dormir à bord. Il était en mission pour la triple SA et devait être opérationnel vingt-quatre heures sur vingt-quatre.

Beaucoup plus loin, à Baïkonour, dans les plaines du Kazakhstan, une fusée russe Soyouz était dressée sur le pas de tir, pointée vers l'espace. La nuit était froide mais les conditions de lancement pour les jours suivants étaient optimales. En termes d'horaires, la base était à J–1.

L'équipage de la mission était composé de trois personnes : le Russe Sergueï Ivanov, commandant, l'Américain Martin Evans, copilote de vaisseau, et la Gréco-Américaine Christina Dimitrios, copilote, mais manquant à l'appel pour raisons exceptionnelles.

À l'intérieur de la basilique Santa Maria Novella, une chaise, dans l'ombre, près de la nef centrale, était occupée par un homme dont la tête était recouverte d'une casquette arborant les initiales NY et portant des lunettes sombres. Il venait de prendre une pilule, car son cœur le faisait souffrir. Il attendait, impassible.

À quelques dizaines de mètres de là, un homme âgé vêtu d'une longue robe blanche et à la tête hirsute sortit comme un voleur d'une salle capitulaire et s'engouffra dans la basilique par la porte ouest.

Quand il y pénétra, une voix d'outre-tombe se fit entendre. Elle résonna longtemps, caverneuse, dans l'immense nef endormie.

— Qui vous a donné cet objet ?

Le vieux barbu, à peine entré, sursauta. Ses yeux écarquillés de stupeur cherchaient la provenance de cette voix. Il plongea la main dans son sac et serra l'objet métallique.

— Oui, c'est ça, sortez-le ! cria la voix.

Le prêtre sursauta de nouveau. Il vit une ombre se lever du côté sombre de la nef centrale.

— Que me voulez-vous ? balbutia le prêtre. Vous ne pouvez pas être ici… C'est impossible !

— Vous détenez un objet qui ne vous appartient pas ! Où se trouve Walter Lagarde ? le harangua l'ombre à la casquette.

Le prêtre ne répondit pas. Il connaissait ce nom. C'était celui qui était imprimé sur la combinaison qu'il avait sortie du coffre de la basilique souterraine, à Rome. Il l'avait aussi lu sur les documents.

— Qui êtes-vous ? lui cria le prêtre sur la défensive. Je n'ai rien à vous dire !

L'homme sortit de l'ombre et apparut à la lumière des cierges. Il semblait âgé.

— Peu importe qui je suis. Ce que vous avez en main n'est pas à vous. Cet objet est à Walter Lagarde, et vous le lui avez volé ! Jamais il ne s'en serait séparé !

— Qui est ce Walter Lagarde dont vous parlez ?

— C'est le maître de votre secte, et vous devriez le savoir. Il travaille pour les services secrets américains. Le Pentagone… Vous voyez… Mais c'est un fou, un dangereux psychopathe, qui veut garder pour lui seul un immense secret.

— Taisez-vous ! lui cria le vieux barbu. Si c'est lui, mon maître, il ne le sera plus pour longtemps. Le grand maître en a décidé autrement, ajouta-t-il ironiquement.

— Vous ne pouvez rien contre lui. Il a tous les pouvoirs. À l'heure qu'il est, il doit savoir que vous êtes ici et que vous détenez la clé. D'ailleurs, donnez-la-moi !

— Jamais ! Elle m'appartient désormais. Je suis le nouveau maître. Et cette clé va m'aider. Cette nuit, ses pouvoirs seront à moi.

Le vieux prêtre serra de nouveau la clé au fond du sac. Il recula d'un pas.

— Vous ne pouvez rien avec cette clé, continua l'homme à la casquette. Par contre, d'autres que vous pourraient l'utiliser. Je connais sa provenance et ses prétendus pouvoirs…

L'homme à la casquette mit la main dans la poche de sa veste. Il en sortit délicatement le même objet. Dans la pénombre de la basilique, celui-ci renvoya un éclat de lumière, qui miroita sur les yeux du prêtre.

— Comment est-ce possible ? Qui êtes-vous pour avoir la même clé que le maître ? lança le vieillard, surpris.

L'homme à la casquette se rapprocha de quelques mètres.

— C'est une longue histoire, dit-il posément pour essayer d'apaiser le prêtre. Sachez que Lagarde a fait partie d'une mission de la NASA, il y aura bientôt cinquante ans. Cette mission a été un échec pour l'humanité. Il nous reste une chance de nous rattraper. C'est pourquoi j'ai besoin de votre clé. Lagarde ne doit absolument pas la récupérer. En fait, que vous l'ayez dérobée est une bonne chose mais Lagarde risque bien de vous retrouver. Donnez-la-moi, j'insiste.

— Impossible ! lança de nouveau le prêtre en reculant encore. Je vous répète que je suis le nouveau maître. Cette nuit, je serai le plus puissant, et, dans quelques jours, ce sera l'apothéose.

— Je sais, reprit l'homme à la casquette, mais vous connaissez mal le commandant Lagarde. Il arrivera à ses fins par tous les moyens et, de nouveau, la Terre ne connaîtra pas la vérité.

— Moi, je connais la vérité ! répliqua le vieux barbu, et je l'ai connue bien avant vous. De toute façon, le monde ne doit rien savoir. Il n'en est pas digne. La vérité ne revient qu'aux âmes pures.

— Ça suffit ! cria l'homme, excédé, en s'élançant vers le prêtre. Donnez-moi cette clé !

Avec une vigueur incroyable, le prêtre s'esquiva d'un bond et courut vers la sortie est par laquelle il était rentré.

Dans un élan désespéré, l'homme aux lunettes saisit alors une chaise et la lança de toutes ses forces sur le fuyard. Elle atterrit sur le dos du vieux barbu, qui s'affala de tout son long dans un grand cri.

— Je vous avais prévenu ! Lagarde ne peut avoir cette clé. Vous allez me la donner.

Le vieil homme au sol ne bougeait plus. Sa main était toujours dans son sac.

L'homme à la casquette se rapprocha au-dessus de lui, inquiet des conséquences de son geste.

Le vieux avait la face contre le dallage en marbre.

L'autre se rapprocha encore.

Comme un éclair, le prêtre se retourna. Serrant l'objet métallique, il le sortit du sac et frappa d'un coup violent la tempe de son agresseur. Dans un jaillissement de sang, celui-ci s'effondra.

— Vous ne m'aurez pas ! Jamais ! Serafino est le maître ! cria-t-il en se relevant.

Et il s'enfuit en boitant vers la porte devant lui, la main de nouveau dans le sac.

Au bout de quelques minutes, la basilique retrouva sa sérénité.

L'homme au sol, les bras en croix au milieu de la nef centrale, semblait contempler et imiter le Christ de Giotto. Sur chacun des deux, on apercevait un filet de sang qui s'écoulait. Ironie du sort, chaque fois versé pour l'humanité.

43

La Piazza della Signoria de Florence était déserte. Christina et Lucas étaient face aux deux grandes statues érigées devant l'entrée du Palazzo Vecchio.

Le taxi en provenance de l'aéroport les avait déposés juste devant l'escalier, délimité par deux lions, qui montait devant la « Loggia dei Lanzi ». Cette loge faisait l'angle entre la petite place des Offices et la grande place de la Seigneurie, juste face au Palazzo Vecchio. Excellent endroit pour voir sans être vu, surtout la nuit.

Ils avaient grimpé sur la Loggia et s'étaient faufilés, comme des voleurs, derrière une des colonnes de la façade.

La place qui s'étendait devant eux grouillait habituellement de touristes durant le jour. C'était le cœur de la cité. Toute l'histoire de Florence y était résumée. Elle était le lieu de rassemblement favori des Florentins depuis les premières heures de gloire de la ville et, de nos jours, un endroit incontournable pour les visiteurs venus des quatre coins du monde y déambuler et se régaler des plus belles œuvres de la Renaissance.

Il était maintenant quatre heures du matin et la ville sommeillait.

— Il me semble que nous sommes seuls, chuchota Christina, impatiente d'y aller.

— Oui, dit-il, distrait. Attendons tout de même quelques minutes, on ne sait jamais.

Lucas, bizarrement, semblait peu préoccupé par l'enjeu. Il s'émerveillait des lumières de la place jouant sur les pierres jaunes des façades. Il observait tout ce qu'il voyait autour de lui avec admiration. La Loggia était un véritable musée à ciel ouvert. De superbes marbres sculptés et des bronzes y trônaient ci et là. Cela l'arrangeait d'y rester quelques instants.

Il a une bonne excuse pour attendre ici, songea Christina.

Elle avait découvert chez Lucas ce côté innocent, un brin naïf, s'extasiant des petites choses comme si c'étaient des merveilles. Elle n'avait pas l'habitude de ce genre d'homme. Dans son milieu à elle, elle côtoyait plutôt des gens très terre à terre. Son métier demandait de la rigueur et de la précision. Rien n'était laissé au hasard. Cela rendait les individus plus pragmatiques et moins émotifs.

Lucas avait étrangement deux facettes très différentes. Elle s'en était rendu compte dans les situations critiques de ces dernières heures. Dans le parc du musée archéologique d'Athènes et chez Violetta, il avait fait preuve d'une détermination et d'un sens de l'action plutôt déconcertants. Chaque fois, il avait pris les bonnes décisions et s'était même montré audacieux. Sous ses dehors d'intellectuel de laboratoire et de doux rêveur, il cachait un profil de meneur. Il semblait même très bon sportif…

Un léger doute traversa l'esprit de l'astronaute.

Elle se tourna vers lui.

Lucas s'était légèrement éloigné de la colonne et admirait une œuvre complexe de l'autre côté de la Loggia. Il surprit Christina, qui l'observait. Il lui murmura de loin :

— C'est *L'Enlèvement des Sabines*, de Giambologna. Regardez cette torsion remarquable… ce mouvement qui s'élève en spirale…

Christina suivit le regard de son compagnon.

— Je vois surtout la main posée sur les fesses de la belle Sabine ! Je comprends votre émoi, Lucas.

Il lui renvoya un sourire gêné.

— Attention, cachez-vous ! souffla Christina en le tirant énergiquement vers la colonne.

Sur leur gauche, un personnage étrange, avec une longue barbe et une tunique blanche, venait de faire son apparition. Il marchait dans leur direction. Christina s'aperçut qu'il boitait.

L'homme se dirigea vers le coin de la Loggia. Il psalmodiait dans un langage incompréhensible.

Cette apparition avait un côté irréel et même burlesque.

— Qu'est-ce que c'est que ce « drôle », souffla Lucas ? On dirait un druide.

Le vieux barbu s'arrêta juste devant la statue en bronze de Persée. Il était en admiration. La statue le surplombait de toute sa hauteur. Persée, doté d'une musculature athlétique et le glaive à la main, brandissait en triomphateur la tête de Méduse dont le regard changeait en statue de pierre celui qui le croisait.

— Ce soir, je serai comme toi, vainqueur, dit le vieil hirsute, s'adressant à la statue.

L'homme en blanc reprit son chemin, béatement. Il tourna vers la place des Offices. Cette longue place rectangulaire était entourée au-dessus par des galeries où se reposait, à cette heure, une des plus belles collections de peintures et de sculptures au monde.

Le vieillard se faufila dans l'obscurité des Offices, contrastant avec la clarté de la place de la Seigneurie.

— Nous allons par là aussi, chuchota Lucas en prenant Christina par le bras. Suivons-le !

Ils étaient prêts à descendre de leur cachette lorsqu'une voiture de couleur sombre sortit à vive allure de la rue Calzaiuoli, à l'opposé d'où ils se trouvaient. Elle traversa la place, elle aussi en direction des Offices. Ils virent le vieil homme se jeter sous la galerie couverte qui longeait le musée d'art.

Trois secondes plus tard, la voiture s'arrêta à l'entrée du musée et deux hommes en sortirent. Ils disposaient d'oreillettes et semblaient chercher quelque chose ou quelqu'un. Au bout de deux minutes de recherche infructueuse, ils remontèrent en voiture et filèrent vers l'Arno. Arrivée au bout de la Piazzale, la voiture fit demi-tour et rebroussa chemin. Lucas et Christina replongèrent derrière la colonne.

— Évidemment, dit Lucas, c'est un cul-de-sac ! Ils reviennent !

La voiture repassa devant eux et fila vers l'arrière du Palazzo Vecchio.

Au grand étonnement de Christina, Lucas semblait bien connaître la ville.

— Comment savez-vous que c'est une voie sans issue ? lui demanda-t-elle.

— Je suis déjà venu à Florence. Des escaliers ferment cette place.

Christina acquiesça par une mimique de surprise.

— Fonçons vers l'entrée du musée ! lança-t-il.

Ils arrivèrent quelques dizaines de mètres plus loin, devant l'entrée des Offices.

— C'est ici que le vieux a disparu, fit remarquer Christina, et je ne vois personne.

— Je ne comprends pas… balbutia Lucas. Où est-il passé ?

Ils regardèrent partout, sans résultat. Ils se trouvaient exactement devant les grandes portes du musée.

— À moins que… mais cela m'étonnerait. Voyons ça, suggéra Lucas.

Il alla droit sur la porte et tenta de l'ouvrir. Elle n'opposa aucune résistance.

Il regarda Christina, complètement surpris.

— Imaginez-vous ! Le musée le plus riche du monde ouvert en pleine nuit ! C'est invraisemblable !

— La chance est avec nous ! dit-elle. Profitons-en ! Il nous faut trouver la sphère.

Christina et Lucas entrèrent dans le hall. À leur grande surprise, les lumières étaient allumées.

Un bruit d'ascenseur se fit entendre à l'étage.

Ils faisaient face à un escalier.

— Si je me souviens bien, songea Lucas à voix haute, Violetta nous a indiqué la salle de la Cosmographie… et le musée est immense !

Il regarda autour de lui et aperçut sur le bureau de l'accueil un présentoir contenant des plans. Il n'en restait plus qu'en italien. Il en prit un, qu'il déplia.

— Voyons voir…

Christina se plaça à côté de lui. Le plan indiquait les trois niveaux du bâtiment. Il y avait au total une centaine de salles différentes.

Ils prirent quelques secondes pour lire les intitulés de chaque salle.

— Je n'y trouve aucune trace de la salle de la Cosmographie. C'est étonnant, remarqua Lucas.

Il reprit :

— Chaque salle est dédiée à une période précise de l'histoire de la peinture ou à un peintre connu.

En effet, sur le plan du musée, en face des numéros, figuraient des noms de peintres et de sculpteurs : Botticelli, Leonardo da Vinci, Michelangelo, ou encore Raffaello. Chacun d'entre eux disposait de sa propre salle.

— Sauf ici, intervint Christina en pointant du doigt un endroit du plan.

Elle indiqua trois numéros au deuxième niveau.

— Bien, dit Lucas. Il y a là effectivement trois salles différentes des autres. En seize, la salle des Cartes géographiques, en dix-sept, la salle des Mathématiques, et en dix-huit, la Tribune. S'il y a une sphère, elle devrait se trouver près des cartes ou des mathématiques, les matières qui ressemblent le plus à la cosmographie… Si je me souviens bien, une salle est dédiée à la science.

L'astronaute fut encore étonnée.

— Vous semblez bien connaître le musée, Lucas…

Lucas répondit, un peu gêné de ne lui avoir rien dit.

— J'y suis passé à deux reprises durant mes études. Florence est un incontournable pour les étudiants en arts et en histoire mais je ne me rappelle pas avoir vu de sphère ici aux Offices. Ce que je sais, c'est que les ducs de Médicis, qui ont gouverné Florence pendant plusieurs siècles, portaient un grand intérêt aux arts et aux sciences. Les Offices sont devenus leur vitrine à la Renaissance.

— Ils y ont déposé leurs collections ?

— Oui, au début, c'étaient plutôt des bureaux, mais après ils ont été dédiés aux arts et aux découvertes scientifiques.

— Donc ils ont dû entreposer tout ça quelque part… les objets astronomiques dans la salle de la Cosmographie mais qui, peut-être aujourd'hui, ne porte plus ce nom…

— Ce doit être cela, acquiesça Lucas. Les ducs de Médicis voulaient asseoir leur pouvoir et le présenter au monde tant au niveau politique que culturel et scientifique. Si je me souviens bien de mes cours, ces trois salles reflètent ces trois pouvoirs. La Tribune est le reflet des arts, la salle des Mathématiques, celui des sciences, et la salle des Cartes, le reflet du pouvoir politique. C'est dans cette dernière que les Médicis affichaient leur puissance et leur connaissance du monde. D'ailleurs, certains ont dit que le nom du premier grand-duc, Cosme Ier, venait du nom grec *kosmos*, qui veut dire univers.

— La sphère ne peut que se trouver là, s'exclama Christina. Allons au deuxième !

Ils empruntèrent l'escalier devant eux. Au premier, celui-ci devenait monumental. Ils parvinrent sur le palier du deuxième et pénétrèrent dans une superbe rotonde, vestibule avant l'entrée de la galerie. Deux énormes chiens figés en gardaient l'entrée.

Lucas s'approcha de la porte et la poussa sans effort.

— C'est ouvert, chuchota-t-il, rassuré. C'est inimaginable, nous voici dans le trésor des trésors.

Ils entrèrent dans la galerie sans faire de bruit. Christina eut le temps de s'apercevoir que l'ascenseur donnant sur la rotonde avait les portes ouvertes.

Quelqu'un les avait précédés.

La somptueuse galerie qui s'étendait devant eux semblait sans fin. Ils s'y engagèrent timidement.

Des statues jalonnaient le couloir. En haut des murs, des centaines de portraits étaient juxtaposés, tout le long, dans une suite ininterrompue.

— Superbe ! lâcha Lucas.

Éclairées par les lumières artificielles, les peintures au plafond avaient repris vie. Levant la tête par curiosité, Christina découvrait des motifs extraordinaires. Cela ressemblait à un immense bestiaire animé d'une vitalité débordante et rempli de fantaisie. Il y avait là des animaux, des personnages fantastiques, des êtres extravagants et parfois même cocasses… Tout cela entourant des scènes de la mythologie. Chaque élément figuratif faisait partie d'une saynète amusante et drôle.

— C'est plein d'humour, commenta Lucas, percevant l'intérêt de Christina. Ce type de fresque porte le nom de « grotesque », car les premiers dessins ont été réalisés à Rome dans des grottes. Ils représentent un monde fabuleux et érudit, parfois ridicule, d'où le mot « grotesque » que nous utilisons dans notre vocabulaire.

— Vous me servirez de guide la prochaine fois, Lucas, mais ce soir, nous avons autre chose à découvrir !

Elle lui décocha un sourire en coin et ils filèrent dans la galerie.

Ils arrivèrent à hauteur des salles quinze et seize.

— C'est ici… lâcha à demi-mot Christina.

L'assistant du Pr Petropoulos poussa la porte qui s'ouvrit, comme les précédentes, sans difficulté.

— Ce musée est celui des courants d'air, s'étonna de nouveau Lucas. Nous pourrions peut-être partir avec un petit tableau…

— Pas question, Lucas. Suivez-moi, dit-elle, pressée.

Ils pénétrèrent dans la salle quinze. Tout autour d'eux, suspendus aux murs, et derrière des vitres blindées, des chefs-d'œuvre remplissaient la salle.

— Leonardo da Vinci, le Pérugin, Verrocchio… Que du beau monde ici ! s'extasia Lucas en tournant sur lui-même.

Au fond de la salle, une porte qui menait vers la salle des Cartes était ouverte.

Christina s'engouffra à l'intérieur tandis que Lucas cherchait l'interrupteur.

— Cette salle est vide ! s'exclama-t-elle, déçue. Il n'y a aucune sphère ici.

— Effectivement, pas l'ombre d'une sphère, reprit Lucas en y pénétrant, un briquet à la main.

Les murs étaient recouverts d'immenses cartes géographiques datant de la Renaissance.

— Nous serions-nous trompés ? Les indications de Violetta seraient-elles erronées ? grimaça Christina.

Lucas s'était approché d'un mur. La lueur vacillante de la flamme éclairait par sursauts une grande carte de Toscane couvrant pratiquement tout le mur. Il lisait à voix basse les noms de villes qu'il distinguait : Firenze, Siena, Pisa... Tournant le dos à Christina, il semblait étudier la carte de près.

— D'après moi, cette sphère est passée ici mais elle a été déplacée, dit-il à Christina en se retournant promptement. Il continua en précisant :

— Violetta n'a pas pu approfondir la question. Elle a dû lire une documentation ancienne... Je sais que ce musée a été maintes fois remanié depuis le XVIe siècle. Mais où serait-elle alors ?

— Allons examiner les autres salles à côté, suggéra Christina. Il nous restera toujours la possibilité de téléphoner à Violetta.

Lucas reprit le plan. Quittant la salle des Cartes, ils repassèrent dans la salle quinze pour rejoindre la dix-sept. Lucas ne put s'empêcher de regarder *L'Annonciation* peinte par Léonard de Vinci à dix-sept ans, fasciné par les ailes de l'ange annonçant à Marie sa maternité.

— Nous ne devons plus repasser par la galerie, annonça Lucas. D'après le plan, toutes les salles communiquent entre elles à partir d'ici.

En effet, de la salle quinze jusqu'à la salle vingt-quatre, au fond de l'aile est, les ouvertures se succédaient en une longue perspective se dessinant devant eux. L'effet d'optique était saisissant, chaque percée étant soulignée par de larges linteaux.

— Voici la *Stanzino delle Matematiche*, la salle des Mathématiques, déclara Lucas.

Cette pièce, beaucoup plus petite et intime, arborait une décoration à la « grotesque », représentant des scènes et des appareillages scientifiques.

— Regardez, Christina, les découvertes des grands savants sont représentées ici… mais il n'y a toujours pas de sphère !

Cette salle était vide, tout comme la première. Christina s'aperçut que la porte menant vers la galerie principale était ouverte.

— Rien ici, soupira-t-elle en se dirigeant vers la salle suivante. Mais il me semble que quelqu'un y est entré avant nous…

Lucas, plan déplié, était déjà dans la salle dix-huit, que l'on appelait la « Tribune ». Christina le surprit dans le même état que sur la Loggia, prostré d'admiration. Cette pièce octogonale, considérée comme la plus belle salle des Offices, symbolisait les quatre éléments. Le sol de marbre vert représentait la terre. Les murs aux tons rouge vif, le feu. Les décorations nacrées et bleues, l'eau, et les bulles sous la coupole, l'air.

— Vous voyez, Christina, cette pièce a été conçue suivant un plan purement cosmologique. Elle a été étudiée et construite dans le but de montrer au monde la place des Médicis dans l'ordre de l'univers.

— Mais pas de sphère ! répliqua Christina, déçue par le cours des événements. Elle doit bien se trouver quelque part ! Sur son message, ma tante me dit que la vérité se trouve sur l'œuvre majeure de Santucci et nous sommes quasi certains que son œuvre la plus importante est cette sphère.

L'astronaute sortit de sa poche le papier retranscrit à la Cité des Étoiles. Elle le relut.

Christina se décida à sortir le téléphone de Violetta.

Lucas semblait ne pas comprendre l'extrême gravité de la situation et déambulait en s'exaltant devant les chefs-d'œuvre présentés dans la Tribune, principalement la *Vénus des Médicis* qui, déjà dans l'Antiquité romaine, passait pour être l'une des plus belles sculptures du monde et sans aucun doute l'une des plus belles femmes.

— Lucas ! lui dit-elle, je vais téléphoner à Violetta. Elle pourra peut-être nous aider. C'est notre ultime chance. Ma mission va bientôt décoller et je ne peux pas me permettre de traîner en Italie.

Lucas acquiesça du regard en essayant de lui faire comprendre que cette visite nocturne avec elle ne le dérangeait pas du tout mais qu'au contraire… il adorait.

Elle alluma le portable, chercha le numéro de Violetta et l'appela.

Lucas s'était légèrement écarté. Il n'en revenait pas. Il avait devant lui deux Vénus grecques. L'une en marbre, l'autre en chair et en os. Le même regard détaché, la même expression et une coiffure presque semblable. L'une nue, l'autre habillée. Lorsqu'elle se tourna et qu'elle lui sourit, le téléphone à l'oreille, il sembla de nouveau défaillir comme au musée grec. Il recula et manqua de s'étaler contre un marbre sculpté.

— Allô ? Violetta ? Vous m'entendez ?

Lucas se rapprocha et chuchota à Christina :

— Faites court, on nous surveille peut-être.

Il y eut un blanc et puis la voix de Violetta se fit entendre.

— Oui, Christina, je vous entends. Vous savez… c'est… c'est incroyable…

Christina l'interrompit.

— Violetta, je dois faire vite ! J'espère que vous allez bien, vous et Angélique. Excusez-moi, mais il n'y a pas de sphère aux Offices. Nous y sommes, et rien ! Pourriez-vous nous dire où la trouver ?

— Tout va bien ici, merci, répondit Violetta. Je regarde tout de suite pour la sphère. Sachez avant tout que j'ai déchiffré une partie du fragment du mécanisme que vous m'avez laissé. Ce que j'ai vu me semble totalement inimaginable. Xénophon et votre tante avaient raison.

— Comment « raison » ? s'exclama Christina.

— Je pense avoir compris la signification de la lettre « A » que Xénophon a dessinée sous le jeune homme de la stèle au musée. Cela a à voir avec l'espace… et ça se reproduirait à peu près tous les cinq siècles.

— Tous les cinq cent sept ans ? précisa Christina.

— Quoi ? Co… comment le savez-vous ? bredouilla Violetta.

— Votre ami de l'observatoire nous a dit pour la conjonction mais il ne nous a pas dit ce qui pouvait se produire.

— C'est tout simplement extraordinaire, Christina… C'est une…

Il y eut comme un rugissement, un cri venu d'outre-tombe.

La galerie des Offices trembla.

Cela venait de la cage d'escalier, ou peut-être du début du couloir.

La voix grave et puissante était démoniaque. Elle disait :

« *Serafino Esposito, où êtes-vous ? Où vous cachez-vous, vieux fou ?* »

Christina et Lucas sursautèrent.

Ils entendirent les portes des premières salles s'ouvrir.

À ce moment, une ombre blanche plongea subitement dans la salle.

— Attention ! hurla Lucas.

Dans un élan fulgurant, l'homme hirsute à la barbe et tunique blanches se précipita dans la Tribune, bouscula Christina, pour s'échapper vers la salle suivante. Il était affolé et donnait l'impression de fuir comme une bête traquée.

Le téléphone vola en l'air et s'écrasa quelques mètres plus loin en se décomposant.

— Le téléphone ! cria Christina. Nooon !

44

Le vieux dingue à la casquette lui avait fait mal dans la basilique. Pourquoi cet homme tenait-il tant à cette clé ? Il possédait pourtant la même. Quel mystérieux trésor pouvait-elle ouvrir ? Peut-être voulait-il devenir le maître, lui aussi ? Un rival ! Il n'avait pas pensé à cela. Il aurait dû l'éliminer. Effectivement, être le maître le jour de la grande révélation, c'était la certitude d'une vie éternelle des plus gratifiantes. Oui, c'était cela, le vieux à la casquette voulait les deux clés pour être le maître absolu. Il n'y avait pas songé. Il aurait dû prendre la deuxième clé dans la basilique… mais c'était un peu tard. Revenir sur ses pas, cela prendrait du temps. Il marchait douloureusement depuis dix minutes. Il boitait. Son pied s'était tordu en tombant lorsqu'il avait été frappé lâchement par l'arrière.

La nuit n'était pas finie. Son plan fonctionnait mieux que ce qu'il avait espéré. Le vieux aux lunettes venait de lui annoncer que le maître le retrouverait très vite. C'était le scénario idéal, inespéré. Le maître viendrait à lui, il ne devrait même pas aller à sa recherche. Il le laisserait venir, le laisserait parler à propos de la clé, du trésor. Et puis, lui, Serafino, ferait semblant de lui donner la clé et alors… surprise… Il l'anéantirait.

La vengeance des Esposito.

Il sentit l'appareil sous sa manche et cela le rassura. Le patriarche le lui avait restitué quarante-cinq ans plus tôt, quand on avait retrouvé le corps de son père au bord de l'Arno. En mémoire de celui-ci, il irait au bout de son parcours initiatique, celui que, d'ailleurs, chaque nouveau maître se devait de réaliser. Tout comme il s'était initié aux mystères durant sa jeunesse, il devait honorer les anciens et suivre le chemin des origines. C'était écrit. C'était la règle.

Après le Vatican, les retrouvailles dans le « cloître des morts » et la chapelle de Santa Maria Novella, le parcours le menait maintenant à l'unique endroit où était représenté le secret qui allait illuminer les ténèbres. La lumière de la rédemption. C'était dans la « salle des Mathématiques », aux Offices. Ce trésor, personne ne l'avait deviné et pourtant il était à la vue de tous, peint au XVIe siècle pour les Médicis.

Enfin, pour terminer son parcours, il irait chercher *la relique*, emblème de puissance et d'éternité, tel un sceptre pour un roi. Elle avait touché les étoiles… Elle les avait nommées une par une… Elle l'aiderait dans son but final et ce serait son arme ultime. *Le glaive de Persée, le doigt de Dieu.*

Lorsqu'il arriva à la Piazza della Republica, après le Palazzo Strozzi, il savait qu'il n'était pas loin des Offices. Il lui restait juste la via Calimala pour être à la place de la Seigneurie. La ville était endormie.

Il ne croisa que deux ou trois couples de fêtards, rentrant à leur hôtel à moitié ivres.

Son pied lui faisait mal. Il récita des psaumes pour se donner du courage et oublier la douleur.

Arrivé devant la Loggia qui faisait l'angle des Offices, il s'arrêta un instant devant Persée, qu'il reconnut. Un valeureux guerrier exhibant son butin au bout de son bras tendu. La tête de l'horrible Méduse était tranchée et montrée à tous comme un trophée.

Il s'adressa au héros en crânant : « Ce soir, je serai comme toi, ce sera moi le vainqueur. »

Il eut le vague pressentiment d'être épié. Il fila alors droit sur les Offices.

À ce moment précis, une voiture roulant à tombeau ouvert déboula sur la grande place de la Seigneurie en direction du musée. Il eut à peine le temps de se jeter dans l'ombre de la galerie couverte devant les portes du musée. *Pourvu que les portes soient ouvertes*, grimaça-t-il en se traînant jusque-là.

Il bénit le patriarche en poussant la porte, qu'il referma aussitôt derrière lui.

Il se traîna encore jusqu'à l'ascenseur et poussa sur le bouton d'appel. *Qui était dans cette voiture ?* Le maître l'aurait-il déjà trouvé ? C'était trop tôt, il n'était pas encore tout à fait prêt.

Il regarda l'escalier en hésitant. *Non, trop mal au pied.* L'ascenseur s'ouvrit après un long moment. Il s'y engouffra. La porte se referma juste au moment où il crut entendre du bruit à l'entrée.

L'ascenseur était terriblement lent. Il arriva enfin au deuxième et sortit.

Des voix se firent entendre en bas. Il fila en claudiquant dans la galerie après une frayeur devant les gros chiens de pierre gardant le vestibule.

Il se souvenait que la *Stanzino delle Matematiche* devait se trouver au centre du couloir.

Le patriarche avait admirablement fait son travail : tout était ouvert et éclairé. Il ne devrait pas oublier de le remercier plus tard. Il le nommerait *grand prêtre* lorsqu'il reviendrait à Florence.

Il compta cinq portes. Voilà, il y était.

Il entra.

Les plafonds peints en 1599 étaient couverts de grotesques. Au centre, en médaillon, une allégorie des mathématiques. *L'Équerre et le Compas.* Sur les murs tout autour, des fresques représentaient les instruments scientifiques et les expériences des plus grands savants de l'Histoire connus à la Renaissance : Euclide, Archimède, Ptolémée et bien d'autres.

Le secret, songea-t-il… *en haut à droite.*

Il chercha quelques instants et le découvrit.

L'architecte et peintre Parigi l'avait dissimulé dans un ensemble de tableaux. Seuls les initiés en connaissaient l'existence.

Il s'agenouilla.

« *Ô Sainte, Sainte Tetraktys…*

Bénis-nous, nombre divin, toi qui as engendré les dieux et les hommes !

Ô Sainte, Sainte Tetraktys… »

Des voix se firent entendre dans le couloir principal.

Il chercha vite la meilleure solution pour se cacher. Il n'y avait aucun objet ou meuble dans les salles. Tout était vide et lisse, seulement des tableaux.

Les voix se rapprochaient dangereusement.

Il se glissa dans l'espace entre le mur et la porte ouverte et pria son maître de le protéger. Sa seule chance.

Deux voix parvenaient de la salle à côté : une voix de femme et une voix d'homme. *Qui étaient-ils ?* Il tendit l'oreille et entendit l'homme prononcer le nom de Leonardo da Vinci. Peut-être savait-il qu'il détenait l'appareil secret dessiné par le savant florentin ?

Les voix semblèrent s'écarter. Il entendit la femme prononcer les mots « vide » et « sphère » mais la suite était inaudible.

Au bout d'un moment, les voix étaient toutes proches. Ils étaient là… dans sa salle !

Il passa un œil dans l'interstice entre la porte et le mur.

Il vit un homme aux cheveux blond châtain, plutôt grand et athlétique, aux lunettes relevées, et une femme aux cheveux noirs ramassés en chignon, mince et sportive. Pour ce qu'il en voyait, elle paraissait très jolie. Il avait toujours aimé les jolies femmes mais les plus belles étaient incontestablement dans sa chapelle autour du grand maître.

L'homme semblait bien connaître l'histoire. La femme s'appelait Christina. Ce prénom ne lui disait rien. Lui parlait de la puissance scientifique des Médicis. Il avait entièrement raison.

Ils semblaient déçus de ne pas trouver de sphère… *Mais de quelle sphère parlaient-ils ?* Il réfléchit mais, une fois de plus, cela ne lui disait rien. *Pourquoi venaient-ils chercher une sphère en pleine nuit aux Offices ?*

Subitement, la femme se tourna vers la porte en la fixant quelques instants. Il recula au fond comme un animal craintif. Le sang monta à ses oreilles et ses tympans bourdonnèrent.

Il lui fallut au moins deux minutes pour se rendre compte qu'ils étaient partis dans la salle suivante. Il reprit sa respiration et se calma.

Les voix lui parvinrent de nouveau. Il entendit la femme prononcer : « la sphère de Santucci »... Oui, il connaissait Santucci. Un des grands astronomes de la Renaissance. Il pensait bien l'avoir vu sur la liste des initiés trouvée dans le coffre. *Mais oui, ce ne pouvait être que ça : la sphère armillaire de Santucci ! Mais qu'avait-elle de particulier, cette sphère ? Pourquoi la cherchaient-ils ?*

La femme semblait maintenant téléphoner... *À cette heure ?* s'étonna-t-il, *en pleine nuit ! Ce devait être important, cette histoire de sphère...*

Et puis, ce fut comme un choc.

Il entendit : « Cinq cent sept ans... » *Per tutti Santi*, jura-t-il deux fois en lui-même. *Ils connaissent le secret ! Qui sont ces gens pour connaître cela ? Auraient-ils percé le mystère gardé depuis deux mille cinq cents ans ?*

Il avait chaud... il avait peur... peur que l'on sache.

Il devrait peut-être les éliminer, lui, Serafino, le futur gardien de la vérité.

Ou bien seraient-ils des envoyés du maître ?

Par une coïncidence extraordinaire, à cette pensée, les Offices tremblèrent. Son cœur, déjà malmené, s'arrêta, son corps se figea et son sang se glaça.

Une voix qu'il ne connaissait que trop bien sourdait du fond de la galerie. Violente et ténébreuse. Son propre nom résonna dans le couloir et les salles.

La voix venait le chercher, lui, Serafino.

La voix du maître. Elle se rapprochait…

Il poussa la porte violemment et bondit dans la Tribune pour éviter la galerie. Dans son élan, il buta contre la femme, qu'il repoussa d'un geste, et courut à toutes jambes vers les salles suivantes.

45

Vittorio Strozzi était loin d'imaginer ce à quoi il allait assister durant les heures suivantes lorsqu'il raccrocha le téléphone.

L'adjoint principal du patriarche l'avait contacté en pleine nuit pour un nouveau message de la plus haute importance : « Laissez libre accès sans restriction à une deuxième personne, pour tous les musées, y compris les Offices, durant cette nuit. »

Vittorio Strozzi tombait des nues.

Jamais, durant toute sa vie, pareille dérogation n'avait été offerte à qui que ce soit, et là, cette nuit, deux personnes, coup sur coup, recevaient tous les droits. Du jamais-vu de mémoire de Strozzi ! Le patriarche devenait-il fou ? Avait-il été drogué ? Les Offices allaient-ils devenir un boulevard ouvert durant la nuit ?

Il se dit qu'il serait vigilant, quoi que l'on permette. Personne ne toucherait à une seule de ses œuvres. *D'accord pour le laissez-passer mais, alors, sans toucher aux trésors de Florence !*

Il téléphona dare-dare de son bureau des Offices aux membres de sa famille, gardiens comme lui des monuments de la cité : tous venaient de recevoir la même consigne. Un deuxième personnage possédait le sésame pour tout ouvrir. *Absurde et fou !*

Il s'installa, comme chaque nuit, au fond du fauteuil derrière son bureau. Devant lui, une série de moniteurs renvoyaient les images en provenance des dizaines de caméras disséminées dans les salles et les couloirs du musée. Son cousin, Riccardo Strozzi, occupait le bureau des gardiens à l'autre bout de l'édifice, juste avant la sortie, pratiquement en face de lui mais de l'autre côté de la Piazzale degli Uffizi.

À quatre heures vingt du matin exactement, le gardien Vittorio Strozzi vit sur la caméra numéro un, qui filmait l'entrée, une espèce de mendiant, mi-prêtre mi-clochard, rampant comme un cloporte et filant vers l'ascenseur. Cet individu avait l'air effrayé et paniqué. À l'instant où il le vit, Vittorio Strozzi pensa reconnaître un personnage du *Seigneur des anneaux*, mélange entre Gandalf le sorcier et le Gollum cherchant son précieux.

Était-ce possible qu'un être aussi peu ragoûtant puisse bénéficier d'une telle faveur ?

Mais la consigne était la consigne : ne pas intervenir.

Il vit le vieux mendiant se jeter dans l'ascenseur, tel un animal aux abois.

Au même instant, un couple s'engouffra dans le hall du musée. Vittorio Strozzi, surpris par la soudaineté de l'action, loupa une partie de la scène. Il se rapprocha du moniteur et zooma sur les deux personnes. Il vit une femme et un homme qui fermaient rapidement la porte. Le patriarche avait parlé de deux personnages au total. Ils étaient trois maintenant. Il réfléchit. Que pouvait-il faire ? Il n'osait pas bouger. La consigne était très claire : ne pas intervenir quoi qu'il se passe, quoi qu'il arrive.

Sur un autre écran, il suivit le mendiant habillé en blanc qui sortait de l'ascenseur au deuxième. Le vieux cloporte longea la galerie jusqu'à la salle dix-sept. Il semblait boiter. Il y pénétra. Pas de caméra dans cette salle… donc pas d'image. Vittorio Strozzi grimaça de nouveau.

Il revint aux deux autres, qui prenaient l'escalier et empruntèrent aussi la galerie. Après un arrêt, ils pénétrèrent dans la salle quinze, puis dans celle des Cartes. Toujours pas d'image du vieux. Où était-il ?

Le couple sortit de la salle des Cartes et pénétra dans celle des Mathématiques. Les trois individus étaient maintenant dans la même salle ! Qu'y avait-il là ?

Puttana, pesta Vittorio, *la seule salle où il n'y a pas de caméra !* Il avait toujours dit qu'il en fallait une dans chaque pièce du musée, mais on ne l'écoutait jamais. Sa famille lui disait toujours, quand il se plaignait : « Vittorio, tu te plains trop. Tu as un bon boulot, alors fais ton travail et tais-toi. »

Se taire, se taire, toujours se taire, maugréa-t-il. Il en avait marre de cette formule. Si au moins on l'avait écouté, il aurait vu ce qui se tramait dans cette maudite salle. *Puttana*.

Il se décida à téléphoner à son cousin à l'autre bout du musée.

Au dernier chiffre formé, il lâcha le combiné.

Son regard venait de croiser le moniteur qui diffusait les images de la cage d'escalier.

Un homme d'un certain âge, bien habillé, les cheveux gris, montait aux étages avec assurance. Il semblait déterminé. Il avait un écouteur à l'oreille et conversait.

Vittorio Strozzi, affairé à suivre le trio, avait raté une séquence.

« Un quatrième ! » lança-t-il, stupéfait. « Pas possible ! »

Il revint vers les autres.

Le couple était maintenant entré dans la Tribune mais il était seul. Pas de vieux mendiant. Ils semblaient se parler, puis la femme prit son téléphone.

Vittorio Strozzi vit qu'elle composait un numéro.

Subitement, tous les écrans s'éteignirent devant le gardien impuissant. Il essaya en vain de les rallumer. Rien n'y fit.

Le système était coupé.

Le monde ne tournait plus rond cette nuit pour le gardien Strozzi.

C'est alors qu'il entendit la voix. Elle était puissante et déterminée. Elle résonna jusque dans son bureau. Il entendit distinctement un nom : Serafino Esposito.

Vittorio Strozzi ne savait plus que faire.

Il décrocha le téléphone et tenta de joindre le patriarche.

46

— Suivons-le ! cria Lucas, regardant le vieux diable à la tunique blanche s'enfuir les bras en l'air.

— Attendez, Lucas, insista Christina, à quatre pattes et tentant de récupérer les morceaux épars du téléphone de Violetta.

— C'est peut-être notre chance, lui répondit l'adjoint du professeur. Venez vite, tant pis pour le téléphone !

— Mais… bredouilla-t-elle, entraînée par Lucas vers la salle dix-neuf.

L'historien insista :

— S'il est ici ce soir, c'est vraisemblablement pour la même raison que nous. Nous n'avons rien à perdre à le suivre et d'ailleurs…

La voix ténébreuse retentit, toute proche. Elle semblait venir de la salle d'à côté.

« *Serafino Esposito, je sais que vous êtes là. Donnez-moi l'objet !* »

Ils se regardèrent tous les deux, inquiets.

Ils filèrent sans attendre à la suite du vieux barbu.

Les salles d'exposition, tapissées de toiles de maîtres, se succédaient. Autant de couleurs resplendissantes sur les peintures que de magnifiques cadres dorés entourant les œuvres. Une débauche de richesse artistique.

Christina et Lucas n'eurent même pas le temps de remarquer qu'ils traversaient, en l'espace de quelques secondes, les chatoyants *Quattrocento* et *Cinquecento* italiens.

Ils dépassèrent l'école de Sienne, à l'origine du changement pictural annonçant la Renaissance, les peintres allemands, l'école de Venise aux ambiances si douces et chaudes. Dans ces salles, les plafonds, à l'égal de la galerie centrale, regorgeaient de décorations grotesques.

Ils arrivèrent au bout du couloir.

En face d'eux, ils aperçurent l'Arno derrière la baie vitrée.

À gauche, le cabinet des miniatures, sans issue. Une seule solution : ils devaient prendre le couloir de droite, qui longeait le fleuve pour rejoindre la galerie ouest. Ils aperçurent d'ailleurs le vieux druide s'engouffrant déjà dans cette aile, toujours les bras au ciel.

Christina suivait Lucas. Elle se retourna juste avant d'emprunter la petite galerie. Elle aperçut un homme courant derrière eux. Il était seul et ne semblait pas tenir d'arme. Il avait des cheveux gris, tendant vers le blanc. Elle vit l'expression de son regard. Elle en fut retournée. Elle avait déjà vu de tels yeux quelque part. *Un souvenir étrange et très lointain*. Elle en ressentit un sentiment très désagréable. Une sorte de dégoût. Sans doute était-il préférable de ne pas être confronté à lui. Ils n'avaient d'autre solution pour l'instant que de suivre le vieux bougre.

— Venez Christina ! lui conjura Lucas. Je pense qu'il se dirige vers la sortie. Si je me souviens bien, nous devons aller au bout de l'aile ouest.

Cette galerie jumelle s'étendait sur plus de cent mètres.

L'homme à la tunique blanche avait déjà parcouru la moitié de la distance. Il ressemblait à un fantôme glissant entre les bustes des empereurs romains et les statues grecques.

Ils s'engagèrent à leur tour dans la galerie.

— Je crois que nous ne trouverons pas ici ce que nous cherchons ! cria Lucas. Cette sphère, aux Offices, ne me rappelle rien.

— De toute façon, nous n'avons pas le choix, dit-elle en courant. Essayons de rattraper cet homme et puis nous aviserons.

Le vieil hirsute bifurqua soudainement à gauche et disparut.

Christina se retourna de nouveau et vit l'homme derrière eux, enragé, qui hurlait :

— Serafino, vous avez un objet qui m'appartient !

La voix se confondit avec les bruits de pas des fuyards.

Au bout du couloir, ils ouvrirent la porte à gauche indiquant la sortie. L'ascenseur descendait déjà vers le premier étage. Lucas et Christina s'élancèrent sans hésiter dans l'escalier.

Arrivés au palier du premier, ils n'eurent pas le choix pour rallier la sortie : ils devaient faire le tour de toutes les salles, et dans l'autre sens maintenant, pour rejoindre la dernière. Et puis, de toute façon, le vieux courait dans cette direction…

— Venez, Christina, on ne le lâche pas !

Ils traversèrent, presque sans même s'en apercevoir, des dizaines de salles dédiées aux plus grands maîtres florentins et vénitiens. En passant devant cette débauche d'œuvres, Lucas ne put s'empêcher de lâcher :

— Connaissez-vous le syndrome de Stendhal ?

— Non, répondit-elle en courant. Qu'est-ce que c'est que ce truc ?

— Quand vous contemplez trop de belles œuvres en même temps, vous pouvez attraper des hallucinations et vous devenez comme fou. Stendhal a connu cet état lors d'une de ses visites à Florence.

— Je vais fermer les yeux alors ! Vous me guiderez, lui dit-elle avec un sourire complice. Je vais vous dire la vérité, Lucas, j'ai l'habitude de me balader dans les plus belles des galeries, vous savez. Mes œuvres à moi, ce sont les étoiles. Elles valent tous les syndromes de Stendhal.

Au bout du couloir, ils furent sous le choc en se retrouvant face à *La Tête de Méduse* du Caravage. La peinture représentait le visage grimaçant de douleur de la Gorgone, la bouche béante dans un dernier hurlement et les yeux ouverts démesurément. La tête était coupée, terrifiante, coiffée de serpents. Elle semblait encore en vie.

— Ne la regardez pas, conseilla Lucas. Elle pourrait vous changer en statue de pierre, et, comme vous l'avez remarqué, il n'y a que ça ici.

Après le tour complet du premier niveau, ils expédièrent la dernière volée de marches et trouvèrent la porte de sortie… ouverte.

Lucas passa la tête dehors. Une voiture sombre se tenait non loin, juste devant l'entrée. Deux hommes en noir leur tournaient le dos et regardaient avec intérêt la place de la Seigneurie. À l'opposé, Christina aperçut l'ombre blanche du vieux fou qui se sauvait sans bruit vers le fleuve.

— Par là, chuchota-t-elle, en montrant la direction à Lucas d'un hochement de tête.

Ils sortirent et se fondirent dans l'ombre de la galerie couverte entourant la place des Offices. La nuit rendait austère cette longue place rectangulaire avec ses colonnades en pierre et ses tons gris. Lucas se rappelait pourtant que Cosme Ier, duc de Médicis, avait chargé le grand architecte Giorgio Vasari d'y réaliser le bâtiment de ses rêves : un édifice long et étroit qui puisse réunir le vieux palais et l'Arno, et qui donnerait l'impression de « flotter dans l'air entre le fleuve et le ciel ». Dans cette ambiance de pierre, Lucas n'y percevait aucune légèreté. Il suivait Christina comme son ombre, sous les arcades sombres.

C'est au bout de la place, une fois en face de la grande arche et à côté de l'Arno, qu'il saisit enfin l'inspiration de l'architecte : la lumière et l'air chargé de l'humidité du fleuve entraient dans la Piazzale degli Uffizi par trois ouvertures majestueuses. Au-dessus, d'immenses verrières ouvraient l'espace jusqu'au sommet. Vasari avait su concevoir le rêve du duc de Florence : amener le fleuve dans la ville !

Passant sous les arches, Christina et Lucas atteignirent les rives de l'Arno. Ils retrouvèrent le vieil homme à la barbe blanche qui longeait en boitant le bâtiment sur la gauche. Christina se retourna. Personne ne les suivait. L'homme au regard glacial avait-il abandonné ? Mais où avait-elle vu ces yeux ?

— Faisons attention, insista Lucas, nous sommes à découvert.

Ils longèrent le mur des Offices en s'y collant, espérant ne pas être aperçus.

Derrière eux, le Ponte Vecchio se reflétait dans l'Arno. La lumière de la lune lui donnait un éclat bleuté.

À un moment, le vieux disparut brusquement de leur regard.

Ils accélérèrent le pas et traversèrent une ruelle pour longer ensuite un bâtiment à l'allure massive.

Un bruit de moteur lancé à fond se fit entendre derrière eux. Il venait du pont et se rapprochait. Des phares surgirent. Christina et Lucas plongèrent dans l'obscurité d'une petite place cachée derrière la grande bâtisse.

Là, le temps s'arrêta. Christina avait déjà connu ça. *Attendre que quelque chose se produise.* Elle ferma les yeux, exactement comme au musée grec quand Lucas l'avait accostée. Elle les rouvrit.

Dans l'ombre devant elle, deux grandes portes fermées.

Elle agrippa Lucas par la manche et s'élança.

Trouver une solution dans l'urgence. Son métier l'y avait préparée.

Elle saisit les poignées.

Les portes s'ouvrirent sans résister et ils se jetèrent à l'intérieur.

— Incroyable, s'exclama Lucas devant autant de rapidité. Comment avez-vous fait ça ? demanda-t-il en les refermant rapidement derrière eux.

— Nous avons de la chance que les portes soient une nouvelle fois ouvertes, admit-elle.

— Là, je vous l'accorde, reprit-il. Cette ville est ouverte à tous, cette nuit !

— Regardez, Lucas ! dit-elle en fixant un grand panneau dans le hall d'entrée.

Il y était inscrit :

Instituto e Museo di Storia della Scienza, Museo Galileo

— Le musée des Sciences ! Le musée Galilée ! J'en ai entendu parler ! s'exclama l'assistant du professeur.

— Qui sait ? Les pièces cosmographiques des Médicis qui étaient aux Offices ont peut-être été transférées dans ce bâtiment, suggéra l'astronaute.

— Ce serait génial si vous aviez raison, Christina.

Un léger sifflement se fit entendre dans le bâtiment.

— Un ascenseur en marche ! dirent-ils ensemble en se regardant.

Ils eurent la même pensée au même moment.

— Le vieil hirsute ?

— Venez, Christina, lança Lucas en fonçant vers la pièce à côté. On dirait que ce vieux diable cherche la même chose que nous !

Arrivés face à la porte fermée de l'ascenseur, ils virent le numéro affiché en chiffre digital.

— Au premier ! dit l'assistant du professeur.

Et ils filèrent dans l'escalier central.

47

Dans la salle hyper-sécurisée de la triple SA, tous les écrans diffusaient les images des caméras du musée des Offices.

— Rien, mon général. Aucune trace de votre homme à la tunique. Nous avons examiné toutes les salles une par une.

— Comment, Bennett, mais ce n'est pas possible ! Ce diable ne s'est pas envolé. Serafino, où êtes-vous ? continua-t-il à crier en montant l'escalier.

— L'homme et la femme sont dans la salle dix-sept, mais nous ne les voyons pas… Euh… Attendez, mon général, ils passent dans la salle suivante, salle dix-huit ! Nous les avons de nouveau. Ils sont deux.

— Je m'en fiche ! C'est ce vieux fou que je veux ! Il faut me le retrouver ! Je vous l'ordonne, Bennett ! Je dois récupérer ce qu'il m'a volé. Où se trouve-t-il, bon sang ?

— Nous continuons à chercher, mon général.

Quelques secondes passèrent.

— Mettez-vous en solo, Bennett. Je veux que personne ne voie les images. Si je le trouve, je risque de l'exploser…

— Oui, mon général… La femme sort un téléphone…

Il y eut un silence. Bennett prit possession des caméras du musée. Il devenait le seul à pouvoir les visionner.

— Elle va téléphoner, général.

Bennett entendit de nouveau Lagarde crier, avec sa voix à faire trembler un régiment : « Serafino Esposito. Où vous cachez-vous ? » Il diminua le volume de ses écouteurs. Ses tympans étaient prêts à exploser.

Subitement, il vit sur l'écran du moniteur de la salle dix-huit une ombre blanche faire irruption comme une furie et percuter la femme en détalant.

La rapidité et la surprise de l'action étaient telles qu'il en perdit les mots.

— Nous… nous l'avons, mon général ! cria-t-il en se reprenant. Il court vers le fond de la galerie !

— Bien vu, Bennett. Suivez-le ! Il va me rendre ce qui m'appartient !

— Je préviens les hommes à la sortie, mon général.

— Parfait, Bennett, dit-il en courant.

Après quelques secondes, Lagarde reprit :

— Je les vois devant moi, Bennett. C'est la fille Dimitrios, je crois.

— Oui, mon général, commenta Bennett, observant le spectacle, assis à dix mille kilomètres de là.

Il entendait le souffle de son supérieur galopant derrière le groupe. De temps en temps, Lagarde hurlait, espérant que le vieux prêtre l'entende et abandonne sa fuite.

— Il descend au premier, mon général.

— C'est qu'il a encore de la force, ce vieux pervers ! marmonna Lagarde. Il ne perd rien pour attendre…

Bennett suivait la course-poursuite sur grand écran. Les distances entre les différents protagonistes restaient invariablement les mêmes. Le vieux à la tunique blanche semblait avoir beaucoup plus de ressources que prévu.

Le général reprit. Il avait le souffle court.

— Avez-vous eu un signal, Bennett ?

— Toujours rien, mon général. Je pense que nous n'arriverons pas à rétablir le contact. Nous avons réessayé en nous aidant d'autres satellites que nous avons dirigés vers la Lune pour augmenter la force de réception mais aucune réponse… Rien.

— Il n'y a plus qu'une solution, Bennett, et je m'en occupe. Trop de personnes sont au courant et nous n'arriverons plus à tous les éliminer.

— Il me semble aussi, mon général. Je n'ai pas eu le temps de vous en informer mais nous avons capté une émission provenant de l'avion qui emportait la femme grecque et son ami vers Florence.

— Ah oui ? souffla Lagarde. Comment cela ?

— Nous l'avons captée *via* nos récepteurs satellites. Ce signal, émis par une espèce de balise utilisée par l'armée de l'air française, a été reçu et décodé en France. Nous en sommes sûrs.

— Décodé en France ? s'étonna Lagarde.

— Nous avons investigué plus loin avec Lewis. Nos logiciels de recherche d'identité n'avaient rien donné sur cet homme vu au musée grec. Cela nous a semblé étrange. Nous avons donc comparé son profil avec les bases de données d'identité de toutes les universités et écoles de France, et ce, sur les trente dernières années.

— Dites-moi vite, dit le général, essoufflé.

— Nous avons trouvé que cet homme a fréquenté l'université de la Sorbonne en histoire et archéologie à Paris dans les années quatre-vingt-dix.

— La Sorbonne ? s'exclama le général. Il est calé, ce salaud !

Il était de plus en plus essoufflé. Bennett le suivait par écran interposé. Il arrivait au premier.

— Continuez, Bennett, lança-t-il.

— Ce qui est curieux, mon général, c'est qu'il est passé à travers nos logiciels de recherche. Il semblerait qu'il bénéficie d'une invisibilité informatique, même sur notre réseau.

— C'est sûr, il est couvert, Bennett. Une taupe a installé une protection sur notre système.

— Et puis…

Il y eut un silence.

— Continuez, Bennett ! Continuez ! Je vous entends bien.

— D'après nos informations, qui ont été recoupées, il aurait été recruté par les services spéciaux français s'occupant de la protection spatiale.

— Quoi ?

— Oui. Et il aurait fréquenté les plus grands observatoires du monde.

La nouvelle lui coupa les jambes.

Le général s'arrêta net au milieu d'une salle, juste en face du portrait de Léon X peint par Raphaël. Il lui sembla que ce pape comprenait parfaitement son indignation.

— Bennett, dit-il d'un ton grave, cet homme doit être éliminé rapidement. Mais vous ne touchez surtout pas à la femme. Elle va nous être utile pour la suite. Vous entendez, Bennett ?

— Bien compris, mon général. On élimine l'homme et on laisse courir la femme.

— …

— Ah oui, mon général, j'oubliais. Nous connaissons son nom. L'homme s'appelle Lucas Fournier.

48

Le musée de l'Histoire de la Science, à Florence, était abrité dans l'ancien palais Castellani. Situé derrière les Offices, le long de l'Arno, il possédait la plus belle collection d'instruments scientifiques anciens d'Italie, et peut-être même du monde. Pendant plusieurs siècles, celle-ci avait été exposée dans un premier temps dans la « salle de la Cosmographie », ou « salle des Cartes », ainsi que dans la « salle des Mathématiques », aux Offices. À partir de 1930, ces objets furent déplacés vers le palais Castellani, après avoir été exposés dans différents palais de Florence.

Les salles du musée étaient disposées sur trois niveaux autour d'un ascenseur central entouré d'escaliers.

Le premier niveau regroupait toute la collection des Médicis. Le deuxième, celle de la dynastie qui les suivit, les Lorraine. Le troisième abritait les bureaux et la bibliothèque.

Après deux volées de marches, Christina et Lucas atteignirent le premier étage.

— Regardez, Lucas, l'ascenseur est encore ouvert. Le vieux clochard semble bien être sorti d'ici il n'y a pas longtemps.

— J'ai l'impression qu'il a les mêmes centres d'intérêt que nous et que ça ne plaît pas à tout le monde. Ne traînons pas ici, Christina. Nous devons trouver cette sphère au plus vite, dit-il en l'entraînant vers la première salle.

En y entrant, ils firent face à un immense cadran de bois en forme d'équerre.

— Le chevalet du peintre des étoiles… lança Christina, dans un élan poétique.

Derrière le cadran, utilisé pour des mesures astronomiques, un portrait du grand-duc Ferdinand II de Médicis les fixait avec respect. Son regard attentif laissait entendre aux visiteurs qu'il était le maître et gardien de ces lieux.

Un peu plus loin, un disque d'or d'un mètre de diamètre, forgé d'arabesques et gravé de signes cabalistiques et astrologiques, trônait au centre d'une vitrine délicatement éclairée.

— Un astrolabe d'Ignazio Danti, précisa l'astronaute en lisant les indications. Il est gigantesque !

Après les Offices où Lucas s'était attribué le rôle de professeur, Christina prenait sa revanche au musée des Sciences.

— Vous voyez, cher Lucas, cet astrolabe a été construit par le petit-fils de Dante, l'auteur de la *Divine Comédie*. Il est, avec la sphère armillaire, l'un des plus importants symboles de l'astronomie. Nous pourrions dire, en quelque sorte, que c'est une sphère armillaire qui aurait été « mise à plat ». Elle nous permet de connaître l'heure de la journée ou de la nuit, de nous orienter et de prévoir les phénomènes astronomiques.

— C'est un instrument à qui on prête de grands pouvoirs, répondit Lucas du tac au tac. En révélant les cieux, cet appareil dévoile l'avenir.

Lucas en connaissait tout autant que Christina mais il ne désirait pas l'offusquer.

— Vous avez raison, Lucas, cet objet a guidé les gens pendant des siècles. Certains l'ont même appelé « le miroir céleste » puisque c'est le reflet du ciel, et peut-être du destin de l'Homme.

Ils filèrent sans attendre vers la salle suivante. Les vitrines exhibaient des objets de toute beauté et d'une grande complexité. On y distinguait des astrolabes de toutes tailles, des appareils pour mesurer le temps, des cadrans, des nocturlabes pour lire l'heure la nuit et des sphères armillaires.

Christina ne s'en préoccupa pas.

Dans la salle voisine, une forme attira tout de suite son attention.

— Nous avons bien fait de suivre ce vieux fou, souffla-t-elle à Lucas.

Elle n'avait ni l'envie ni la force de hausser la voix. Ce qu'elle voyait était simplement à couper le souffle.

Christina et Lucas se dirigèrent vers cette troisième salle.

On aurait pu penser qu'elle avait été construite pour cet objet tant cet endroit le mettait en valeur.

Ils s'arrêtèrent à l'entrée de la pièce.

— C'est bien elle, dit Lucas. La sphère que nous cherchons !

— La « machine universelle » ! ajouta Christina. Je ne pensais pas qu'un tel objet puisse exister.

La sphère armillaire se dressait devant eux dans toute sa splendeur. La plus belle et la plus grande au monde.

Le cartel en dessous annonçait son maître d'œuvre et son année de fabrication :

Antonio SANTUCCI – 1588

— Ma tante Elena ne se trompait pas dans son message lorsqu'elle parlait d'un chef-d'œuvre, glissa Christina. J'ai rarement vu aussi beau.

La sphère occupait le centre de la salle ovale. Elle devait atteindre pratiquement quatre mètres de hauteur et avait un diamètre de près de deux mètres et demi. Elle était portée par quatre sirènes qui en constituaient le socle.

Des anneaux dorés s'entrecroisaient dans un entrelacs complexe pour former une gigantesque boule harmonieuse.

— Voici le symbole parfait de l'astronomie et de sa connaissance, annonça Christina, les yeux écarquillés. C'est le résumé de l'univers dans sa version géocentrique, la Terre étant le centre du monde. Chaque anneau représente le parcours d'une planète ou d'une étoile autour d'elle.

— Regardez, Christina, intervint Lucas en l'interrompant.

Il désigna une forme ronde et colorée, cachée derrière tous les anneaux, au centre de la sphère.

— C'est la Terre ! J'y vois peints les continents et les océans connus à l'époque.

Lucas se tortilla pour tenter de lire quelque chose à travers les anneaux.

— Il y a des inscriptions en latin, mais c'est trop petit et trop sombre pour que j'arrive à les déchiffrer…

— Cette sphère est la version du système de Ptolémée, reprit l'astronaute, « la Terre au centre de l'univers ». Il faudra attendre Copernic et l'héliocentrisme pour que le Soleil prenne la place de la Terre.

Lucas ne l'écoutait plus depuis un moment. Il déchiffrait la bande zodiacale qui ceinturait obliquement la sphère et qui avait tout d'une écharpe d'apparat arborant une multitude de couleurs pastel. Chaque signe du zodiaque y était représenté accompagné de son nom en latin et d'inscriptions astrologiques l'illustrant. Le contraste entre ces couleurs et les armilles dorées rendait l'ouvrage somptueux.

Christina, comprenant que le temps filait et que son compagnon lui échappait, fouilla dans sa poche. Elle en sortit le message de sa tante et lut à voix haute le passage qui les intéressait :

« Les astronomes grecs et cosmographes italiens de la Renaissance connaissaient le secret qu'ils ont caché dans leur œuvre majeure… »

À ces mots, Lucas revint instantanément à la réalité.

Tous les deux scrutaient la sphère avec attention.

Christina fut la première à se lancer.

— Si Santucci y a dissimulé un secret, il ne peut être visible de l'extérieur, à la vue de n'importe qui. Un secret, ça se mérite ! Il n'a pu que le cacher dans un mécanisme enfoui ou un endroit inaccessible que nous devons trouver.

Lucas et Christina disséquaient la sphère des yeux.

L'enchevêtrement des anneaux rendait les choses difficiles.

Christina continua, songeuse.

— À mon avis, cette machine doit pouvoir tourner sur elle-même. Une sphère armillaire a pour vocation d'indiquer la position des planètes en fonction d'un moment. Nous devrions la positionner à la date d'aujourd'hui et la faire avancer dans le temps pour découvrir ce qu'il va advenir ces prochains jours…

Lucas ne répondit pas. Il réfléchissait à toutes les possibilités qui pouvaient se présenter.

Les yeux de Christina balayaient maintenant la sphère de haut en bas.

— Regardez, dit-elle, ceci est l'axe de rotation passant par les deux pôles.

Elle se pencha pour se placer sous la pièce de bois représentant l'axe. Il était légèrement oblique. Elle se mit devant les sirènes dorées qui portaient l'ensemble du mécanisme.

— Je vois un trou ! L'emplacement pour une manivelle… Ça doit donc tourner !

Lucas s'approcha pour vérifier. Effectivement, le système pouvait être entraîné par un vilebrequin. Chaque anneau était crénelé, et donc muni de dents, pour s'engrener avec les autres. La sphère était une énorme machine à rouages.

— Nous devons trouver un moyen de la faire tourner. Comment pourrions-nous y parvenir ? s'interrogea l'historien en regardant autour de lui.

Christina arpentait la salle en fouillant chaque coin à la recherche de l'objet qui les sauverait : un outil à section carrée qui pourrait faire office de manivelle.

— Je ne vois rien, Lucas, et les vitrines sont fermées.

Elle filait déjà dans l'autre salle, qu'ils avaient quittée quelques minutes auparavant.

— Nous ne pouvons quand même pas casser une vitrine, dit-elle, dépitée, en lorgnant un instrument du XVIe siècle qui aurait pu faire l'affaire.

— Attendez, Christina, j'ai peut-être une solution.

L'assistant du Pr Petropoulos était face à une porte de service fermée, dans un coin de la pièce. Il fouilla au fond d'une poche de son veston.

Après quelques instants, il en sortit un canif multifonctions. Il chercha la lame tournevis. En quelques secondes, la poignée de porte était dévissée.

— Comment est-ce possible que vous ayez tout cela, Lucas ? s'étonna Christina, admirant le canif digne d'un agent secret.

Décidément, l'assistant de son oncle l'étonnait de plus en plus.

— Je pense que ça fera l'affaire, dit-il en se dirigeant vers la salle de la sphère. La section carrée semble correspondre à l'ouverture.

À ce moment précis, ils entendirent un fracas de verre brisé dans le musée. Le bruit ressemblait à une vitre qui éclatait en morceaux. Ils se regardèrent surpris et inquiets et filèrent vers la sphère.

— Dépêchons-nous ! cria Lucas. Cela ne présage rien de bon !

Il introduisit la poignée de porte dans l'orifice du pôle Sud.

— Il me semble que c'est bon, dit-il à Christina en sentant une résistance à la rotation. Je pense qu'on va pouvoir tourner…

— Attendez, Lucas.

Christina se tenait debout du côté opposé. Elle regardait avec attention les inscriptions gravées et dessinées sur les éléments supérieurs de la sphère.

— Essayons avant tout de comprendre ce que nous indique le mécanisme. J'aperçois une sorte d'horloge circulaire en bois doré à l'extrémité nord de l'axe. Elle est divisée en vingt-quatre parties distinctes signalées par des chiffres romains de I à XXIV et j'y vois une aiguille au centre.

— Ça ne peut être que les vingt-quatre heures de la journée, intervint Lucas.

— Oui, c'est sûrement cela, répondit-elle, mais je ne vois aucune inscription pour les jours, les mois et les années… juste des chiffres romains de I à XXIV et un poinçon qui tourne.

Après un temps d'arrêt, Christina reprit :

— Cette sphère semblerait tourner comme une horloge. Un tour de l'axe équivaudrait à vingt-quatre heures, ou un jour. Ce serait donc un tour de manivelle pour une journée. Les planètes devraient normalement tourner beaucoup plus doucement, à leur rythme. Je m'imagine un système comme cela, Lucas. Ma tante nous aurait bien aidés…

— Effectivement, fit Lucas en ouvrant grand les yeux. Un système avec des jours, des mois et des années nous arrangerait mieux. Comme un calendrier, par exemple. Ce serait facile mais il faudrait beaucoup tourner.

Après deux grandes respirations, il reprit :

— S'il n'y a pas moyen de fixer une date… nous pourrions peut-être, en tournant le système, essayer de créer la conjonction Saturne-Jupiter qui se prépare ?

Le visage de Christina se dérida.

Elle lui sourit en passant la tête de son côté.

— Bien sûr, Lucas, vous avez raison ! Vous me rappellerez que je dois vous embrasser tout à l'heure pour ça ! Trouvons les planètes et formons la conjonction ! La solution ne peut être que là !

Christina tenta d'identifier les anneaux représentant les astres. Leurs noms étaient inscrits en latin sur les armilles.

— La Lune, Mercure, Vénus, le Soleil, Mars, Jupiter et Saturne ; les sept astres connus à la Renaissance sont ici, annonça-t-elle.

— Rappelez-vous ce que nous cherchons, Christina : la conjonction Saturne et Jupiter en quadrature avec le Soleil.

— Allez-y, Lucas, tournez !

Il y eut un silence. Chacun retenait sa respiration.

Lucas mit une pression sur la manivelle. Il tourna.

Un grincement se fit entendre. Un tremblement étrange. Comme une machine aux mille rouages se mettant en marche après une longue période de repos.

Christina était aux aguets. Il lui semblait voir de petites choses qui s'ébranlaient, qui frémissaient.

Puis la sphère se réveilla.

Une forte odeur de poussière. Un bruit d'engrenages s'amplifiant. Les éléments commençaient à se mouvoir, à tourner, à virevolter. La magie opérait.

Les armilles crénelées s'emboîtaient au fur et à mesure l'une dans l'autre avec une précision diabolique. Le vaisseau était en marche, puissant, magnifique.

L'axe central pivotait, entraînant avec lui la Terre, les astres et les étoiles dans un étourdissant ballet spatial.

Christina suivait le déplacement des planètes. Certaines allaient plus vite, comme Mercure et Vénus. La Lune aussi.

Lucas tournait la manivelle en encourageant l'astronaute.

— Ne loupez pas la conjonction, Christina ! Ne la loupez pas ! Saturne et Jupiter se rapprochent !

Les yeux de Christina voyageaient partout. Elle courait autour de la sphère pour ne rien manquer et varier ses angles de vision.

— Elles se rapprochent ! cria-t-elle à Lucas. Moins vite !

Lucas décéléra. Le moment approchait.

— J'ai perdu la Lune ! J'ai perdu la Lune !

L'excitation atteignait son paroxysme. Lucas transpirait. Il exhortait Christina, encore et encore.

— Trouvez-la, bon sang ! Elle n'est pas loin…

Des secondes passèrent dans ce grincement mécanique presque assourdissant.

— Je la vois ! Je l'ai, Lucas ! Ralentissez, on y est presque ! La conjonction va s'opérer ! Le Soleil est presque à quatre-vingt-dix degrés… La quadrature… On y est ! hurla Christina.

Christina et Lucas entendirent un bruit sec, près du centre de la sphère.

Une ombre apparut, masquée par les anneaux. Christina essaya de la voir en se jetant contre la sphère.

Elle regarda un moment vers le haut et aperçut alors, tout au-dessus, surplombant la sphère et sous la croix qui la coiffait, le visage peint d'un vieillard qui lui souriait et lui montrait le bas.

Qui est-ce ? Que me montre-t-il ?

Une voix qu'elle connaissait cria dans la pièce :

— Tuez-le ! Tuez-le, bon sang !

Placée derrière la sphère, elle ne vit pas la personne qui donnait l'ordre. Elle aperçut seulement un point rouge cherchant la tête de Lucas et glissant sur son corps.

Juste avant la détonation, elle entendit un grand cri dans son dos.

Un cri d'effroi !

49

La dernière étape de son périple initiatique se trouvait face à lui : *Instituto e Museo di Storia della Scienza.*

Pourvu que ce soit ouvert, pria-t-il.

Son pied le faisait de plus en plus souffrir.

Son parcours était devenu une fuite effrénée. Jamais il n'aurait pu imaginer cela. Le vieux dingue à la casquette avait dit vrai. Ils étaient même plusieurs à le poursuivre… Tous affamés de pouvoir.

Quel était ce couple qu'il ne connaissait pas et qui cherchait une sphère aux Offices ? Il les avait bien entendus dire : « Celle de Santucci. » Lui, il le connaissait, cet astronome illustre de la Renaissance…

Il devait se reprendre. Ce n'était plus qu'une question d'heures maintenant, peut-être même de minutes… et il serait *le maître.*

Juste accomplir un dernier devoir…

Pourvu que les portes soient ouvertes, pourvu que…

Il poussa… Elles s'ouvrirent. Il les referma aussitôt en bénissant le patriarche.

La famille Esposito était très liée à celle des Strozzi, celle du patriarche, gardienne de Florence. Depuis de nombreuses générations, les deux lignées ne fonctionnaient que pour le bien de cette ville et s'aidaient mutuellement. Leurs dirigeants appartenaient au cercle restreint des initiés aux mystères. Les Esposito étaient les prêtres, les Strozzi, les gardiens du temple. Il était donc normal qu'ils s'entraident. C'était d'ailleurs le patriarche qui lui avait ramené le corps de son père, trouvé égorgé et jeté dans le fleuve. Les hommes de la famille Strozzi l'avaient découvert sous le Ponte Santa Trinita, non loin du Ponte Vecchio sur lequel ils avaient aperçu des traces de lutte. La réalité était que Giuseppe Esposito, son père, aurait dû devenir le maître. Mais un homme, un étranger, en avait décidé autrement, un homme ivre de pouvoir qui se targuait d'être le seul à avoir vu le plus grand des mystères.

Serafino monta à l'étage par l'ascenseur. Son pied était devenu vraiment trop douloureux pour prendre l'escalier. Il fallait qu'il se préserve pour la suite.

Il traversa les salles du premier. Il se rapprochait inexorablement de ce qu'il était venu chercher et qui annonçait l'aboutissement de son périple. L'objet de toutes ses convoitises se trouvait dans la pièce qui faisait suite à celle des arts de la guerre.

En traversant précisément cette pièce, mû par son désir de vengeance, il resserra l'instrument qu'il cachait sur lui.

« *Nous, les Florentins, n'avons rien à apprendre des autres dans l'art du combat.* » Ce furent les dernières paroles qu'il entendit de la bouche de son père. Il s'était juré de le venger.

Au bout de la dernière salle, il prit à droite. C'est alors qu'il l'aperçut. Elle était juste derrière le buste. Il était dans la salle qui lui était dédiée. Elle était resplendissante. Puissante comme une arme divine. Dirigée vers le ciel. Elle était là pour lui, et lui pour elle. La relique.

Il récita une nouvelle fois la prière universelle.

Des bruits de voix résonnèrent. Serafino sursauta.

Impossible ! Quelqu'un vient pour la relique ? Pour la voler !

Heureusement les bruits ne s'amplifièrent pas. Ils provenaient vraisemblablement d'une salle de l'autre côté du musée.

Serafino eut un déclic. Il n'y avait pas songé… *La salle des globes ! La grande sphère de Santucci ! Mais, au fait, qu'avait-elle de particulier, cette sphère ? Y avait-il un autre trésor ?*

La curiosité fut plus forte que lui.

Serafino refit le tour des couloirs à l'envers. Il devait s'assurer qu'il n'y avait pas autre chose que la relique. Un secret qu'on ne lui aurait pas révélé.

Il se rapprocha de la salle des globes. Arrivé à l'angle de la pièce, il jeta un coup d'œil rapide.

C'était bien ce qu'il pensait.

Il reconnut l'homme et la femme des Offices. Tous les deux s'affairaient autour de la sphère. On aurait dit qu'ils cherchaient quelque chose. À un moment donné, la femme s'écarta et se dirigea vers lui.

Il prit peur.

Non, ils ne prendraient pas la relique !

Il fila la chercher sans attendre.

Arrivé dans la salle, il contourna le buste et se mit en face de la vitrine qui la protégeait. Elle était emprisonnée dans un cube en verre, sur un socle rond. Il constata que tout était scellé. Impossible de l'ouvrir.

Il sortit la clé de son sac. *Au moins, elle me servira*, marmonna-t-il en testant sa solidité.

D'un coup violent, il l'écrasa contre la cage de verre. Les vitres volèrent en éclats dans un immense fracas. À la fin du vacarme, il tendit l'oreille. Rien. Le silence. *Parfait*.

Il exulta. *La toucher, enfin !* Il sentit directement la puissance divine entrer en lui.

L'objet était enfermé dans un long écrin de verre et de bois sculpté. Au-dessus, en métal ciselé, la représentation de la tête du « Saint des Scientifiques ». Le plus grand des initiés, celui dont le doigt avait caressé les étoiles…

Le doigt de la Science.

Le bruit étrange d'un mécanisme lui parvint. Il s'amplifiait.

Que se passait-il ? Quel était ce son si particulier qu'il ne connaissait pas ?

La relique à la main, il repartit vers la salle des globes, trop curieux de découvrir ce qui s'y passait.

Arrivé à la bifurcation, Serafino repassa la tête.

Il fut surpris d'observer un carrousel d'astres et d'étoiles.

Le couple était-il venu pour ça ? Pour faire tournoyer une sphère armillaire ? Pas possible ! Il y avait certainement quelque chose d'autre…

La femme était affolée devant le mécanisme qui virevoltait. L'homme faisait tourner une manivelle, tel un joueur d'orgue de barbarie. Lui semblait très affairé et elle parlait de la *lune*, d'une *conjonction* et de… *droiture*…

Serafino ne comprenait rien à ce manège, mais ce qui se produisit alors le terrorisa. Il aurait voulu les prévenir mais aucun son ne sortit de sa gorge.

Le maître se tenait à l'entrée de la pièce, accompagné d'un homme vêtu de noir, une arme à la main. Ceux-ci restèrent quelques secondes à contempler la scène qui se déroulait devant eux. Les deux autres, trop occupés à leur affaire, ne les aperçurent même pas. Ils continuaient à gigoter en criant des mots incompréhensibles.

Le maître donna alors un ordre à l'homme en noir en désignant celui qui tournait la manivelle.

— Tuez-le !

Serafino Esposito prit une grande inspiration, serra la relique contre lui, et hurla.

50

Une détonation se fit entendre. Christina ferma les yeux par réflexe. Elle crut découvrir, en les rouvrant, son ami gisant au sol. Elle le retrouva plus surpris que touché.

Un cri avait déstabilisé le tueur. *Qui avait crié ?* Il y eut un moment de flottement. Elle profita de l'occasion…

Christina s'arc-bouta contre la sphère en la poussant et en hurlant. Elle sentit que l'assistant du professeur l'aidait dans son effort. Le globe se souleva d'un côté et, emporté par son poids, bascula vers l'avant.

L'homme au pistolet laser fut pris de court. La sphère tombait sur lui. Il tenta de l'éviter par un sursaut latéral mais elle pivota sur son socle en chutant, dans un mouvement en spirale. La croix fixée à son sommet fut comme un glaive qui trancha ses chairs. Il y eut un grand cri, suivi d'un râle.

Christina vit alors l'homme aux cheveux blancs des Offices. Ses yeux étaient remplis de colère.

Elle fixa son regard et ressentit de nouveau une impression étrange de déjà-vu. *Mais où et quand ?*

L'homme à la voix rauque sortit à son tour un pistolet et hurla de nouveau :

— Serafino, vous avez une clé qui m'appartient !

Christina et Lucas s'enfuyaient déjà vers la salle suivante. Quittant la salle des globes, l'astronaute trébucha et s'affala de tout son long au pied d'une immense vitrine.

Devant ses yeux figurait l'intitulé d'une somptueuse sphère terrestre.

Christina apprit cette nuit-là qu'il n'y avait pas d'expérience malheureuse inutile. Chacune devait certainement avoir un sens, qui pouvait se révéler parfois bien plus tard.

Le nez écrasé contre la vitre et les yeux exorbités sous l'effet du choc, elle lut les mots inscrits devant elle.

GLOBO TERRESTRE
VINCENZO CORONELLI
1688
DIAMETRO SFERA 1 080 mm

Christina se releva tant bien que mal. Elle se retourna et vit l'homme aux cheveux blancs la fixer, l'arme au poing.

Il ne tira pas. Lucas la saisit par le bras.

— Venez, vite !

Le choc avait ébranlé les pensées de Christina. Non seulement sa chute, mais aussi la déception d'avoir perdu le secret de Santucci. Et tout cela à cause de cet homme aux cheveux blancs qui avait ordonné de tuer Lucas… Elle avait vu son regard de près. Il n'avait pas tiré sur elle. *Pourquoi ?*

Elle remarqua le vieux fou à la tunique qui galopait de nouveau devant eux. Elle comprit que c'était grâce à lui que Lucas était vivant. Il tenait un objet à bout de bras. De loin, cela ressemblait à une longue lanterne.

Ils traversèrent plusieurs salles. La première était ornée de splendides astrolabes d'Arsenius, de compas et d'autres instruments nautiques. En passant à côté du buste d'Amerigo Vespucci, elle soupçonna qu'elle était dans la salle consacrée aux sciences de la mer. Vespucci était natif de Florence et avait permis la découverte de l'Amérique du Sud. *Encore un Florentin qui avait marqué l'Histoire.*

Ils filèrent dans la salle suivante. Elle capta au vol une inscription : « Salle des Sciences de la guerre ». Elle n'y vit pourtant aucune arme qui aurait pu l'intéresser pour se défendre.

Ils bifurquèrent à droite pour se diriger de l'autre côté du musée, à l'opposé des globes. Devant eux, le buste du plus grand des Florentins les accueillit avec beaucoup de solennité ; Galilée tenant son télescope à la main. Derrière lui, Christina et Lucas eurent à peine le temps d'apercevoir l'ombre du vieux barbu s'échapper vers la sortie. Ils franchirent la longue salle consacrée à l'astronome florentin en piétinant des débris de verre éparpillés au sol. Une vitrine semblait avoir explosé.

Ils continuèrent sans un regard sur les immenses objets consacrés aux expériences de Galilée ni sur les premiers télescopes construits par l'ingénieux inventeur pour découvrir l'univers.

Le vieux à la tunique blanche leur avait toujours montré la bonne direction depuis sa première apparition aux Offices. Christina se dit que Lucas avait opté pour la meilleure solution en décidant de le suivre.

Ils quittèrent le premier niveau par la salle des télescopes et aboutirent dans la cage d'escalier. Christina entendait l'homme au pistolet courant derrière eux. La course-poursuite des Offices se répétait au musée des Sciences. *Décidément*, songea-t-elle, *nous faisons les musées au pas de course depuis hier soir…*

L'ascenseur descendait. Ils dévalèrent l'escalier sans se dire un mot.

L'idée que la sphère n'avait pas dévoilé son secret obsédait Christina. À deux secondes près, ils perçaient le mystère ! Elle l'avait entendu, ce déclic ! Il y avait donc un mécanisme secret… Sa tante Elena avait dit vrai… L'image d'un homme d'âge mûr avec une barbe blanche lui était apparue lorsque les planètes s'étaient positionnées. Il lui désignait le centre de la sphère. Mais tout cela était allé trop vite.

Qui était cet homme ? Santucci ? Dieu ? Ou un autre personnage ?

Et toujours ces yeux qui la hantaient. Ce regard glacial qui lui rappelait un épisode de sa vie, profondément enfoui. Elle revoyait son père. Elle associait cette vision à une vive émotion, plutôt douloureuse.

Pourquoi n'avait-il pas tiré ? Voulait-il me préserver ? Était-ce seulement Lucas la cible ?

Et puis il y avait cette inscription derrière la vitrine... La providence.

Tout n'était peut-être pas perdu.

Ils arrivèrent en bas de l'escalier en même temps que les portes de l'ascenseur s'ouvraient.

Lucas et Christina se trouvèrent face au vieil hirsute à la barbe blanche. Il y eut un temps d'arrêt. Ils se regardèrent. L'homme paraissait plutôt surpris et craintif.

Lucas avait bien compris qu'il était face à son sauveur. Il lui signifia par un hochement de tête d'y aller. L'homme fila vers la sortie sans demander son reste.

Ils eurent le temps d'apercevoir un drôle d'objet en bois et en verre, contenant une bizarrerie indescriptible, digne d'un cabinet de curiosités, que le vagabond portait sous le bras.

Déjà des bruits de course provenaient du haut de l'escalier. Ils se précipitèrent à la suite du vieux barbu et ouvrirent les portes pratiquement ensemble.

À partir de ce moment-là, tout alla très vite.

Les trois se retrouvèrent nez à nez avec un homme armé, de noir vêtu et portant un attirail de commando. Ses yeux étaient invisibles derrière un masque spécial et il parlait à un micro devant sa bouche, le tout relié à un casque qui portait une caméra.

L'homme dit seulement un mot :

— Lequel ?

Il sembla attendre la réponse. Son pistolet sophistiqué était pointé vers eux. Le vieux, paniqué, leva les bras au-dessus de la tête, l'objet dans une de ses mains. Le tueur, surpris par ce geste et par l'objet, détourna les yeux une seconde vers le vieil homme.

Lucas agrippa Christina par la taille et se jeta au sol devant l'agresseur. Pratiquement au même instant, l'homme armé fut secoué et s'écroula devant eux.

Lucas se releva aussitôt, saisit Christina par le bras, fit un geste avec la main et s'élança à la suite du vieux barbu qui galopait déjà en direction des Offices.

— Que s'est-il passé ? cria Christina à Lucas en courant, toute bouleversée par ce qu'elle venait de vivre.

— Filons ! Ne restons pas ici ! Je vous expliquerai.

Ils s'échappèrent en direction du Ponte Vecchio qu'ils voyaient devant eux.

51

— Beau travail, lieutenant Duval. Restez sur place, nous allons peut-être encore avoir besoin de vous.

— OK, mon capitaine. J'attends vos consignes.

Dans son bunker, le capitaine Tavernier suivait de très près l'opération de ses agents à Florence.

Fournier l'a échappé belle, songea-t-il. *C'était à une seconde près.*

Tavernier commandait une cellule spéciale, inconnue du gouvernement de son pays, classée « secret-défense niveau supérieur ». Moyens très sophistiqués, budget hors norme et un personnel hautement qualifié en informatique. Son bureau, à plusieurs mètres sous terre, était couvert d'écrans et de matériel électronique. Grâce à cela, il surveillait non seulement la totalité du globe mais également l'espace proche et lointain.

— Ont-ils trouvé quelque chose ? demanda son adjoint.

— Nous ne savons pas encore, répondit le capitaine qui visionnait en direct les images envoyées par le lieutenant Duval *via* une caméra.

On y voyait l'agent Fournier et la femme astronaute courant le long du fleuve en direction du plus vieux pont de Florence.

— Vérifiez bien le cryptage de tous les systèmes, insista-t-il auprès de son équipe. Nous sommes certainement surveillés !

52

Bennett n'en crut pas ses yeux.

Deux de ses agents parmi les meilleurs liquidés en quelques minutes… Le patron allait fulminer. Il avait déjà eu toutes les peines du monde à localiser les fuyards à l'intérieur du musée de l'Histoire des Sciences, le système de caméra interne au musée étant hors-service, ce qui arrivait très souvent en Italie à la suite de la mauvaise maintenance et des coupes budgétaires dans la culture.

Il les avait retrouvés grâce aux localisateurs thermiques de leurs satellites : trois points rouges qui se déplaçaient à l'intérieur du bâtiment. C'étaient eux.

Il avait pu guider le général et un commando d'élite mais la situation avait tourné à la catastrophe. Bennett et Lewis avaient suivi seconde par seconde le déroulement des opérations grâce à la caméra fixée sur le casque de leur agent. Ils virent une énorme sphère armillaire surplombée d'une croix s'écraser vers l'objectif.

Et là, maintenant, le deuxième homme liquidé à l'entrée du musée par un tir de professionnel !

C'était clair. Ils étaient doublés et ce n'était pas prévu.

— Lewis ! cria Bennett. Bloquez toutes les issues autour des Offices. Prévenez l'équipe entière, je ne veux aucune possibilité de fuite. Je dis bien, aucune ! Arrangez-vous aussi pour prendre possession de toutes les caméras dans un périmètre de cinq cents mètres autour du musée. Je ne veux pas qu'ils nous échappent.

Bennett obtint le résultat de sa demande de décryptage informatique de toutes les communications passées dans ce secteur depuis dix minutes.

— Pas possible, encore ce foutu logiciel français… Il nous faudrait plus de temps pour en venir à bout. Nous avons capté plusieurs communications cryptées dans le secteur et nous butons chaque fois. Nous finirons par les avoir ! lança-t-il à voix haute.

Il visionna une nouvelle fois les images du deuxième commando, s'étalant raide au sol.

— Lewis, encore une chose, mettez un satellite en images infrarouges sur cette zone. Nous devons débusquer le ou les tireurs.

Subitement, ils entendirent dans leur casque un énorme juron. Lagarde venait de sortir du musée, haletant.

— Bon Dieu, Bennett, ils ont envoyé la cavalerie ou je rêve ? Vous allez me résoudre cette situation dans les plus brefs délais ! Envoyez mes hommes et bloquez tout le secteur ! Je veux être seul à m'occuper de ça. Vous prétextez un attentat à l'aéroport pour que tous les flics et les pompiers de la ville désertent le coin. Le vieux prêtre, je m'en occupe moi-même, il détient un objet qui m'appartient. Encore une chose, la femme, vous ne la touchez pas, Bennett !

— Compris, mon général.

— Par contre, l'homme qui est avec elle, vous me le faites sauter. C'est compris, Bennett ?

— Absolument, mon général.

53

Sur la rive de l'Arno cette nuit-là, on se serait cru sur le tournage d'un film burlesque ou pour le moins surprenant.

Le vieux barbu à la tunique blanche courait de nouveau devant les autres, brandissant, comme un trophée, un objet étrange. En seconde position, l'assistant du Pr Petropoulos galopait derrière lui, accompagné par l'astronaute grecque. Et, fermant la course, l'homme aux cheveux blancs qui hurlait : « Serafino, Serafino ! » Ils se suivaient tous en courant, en direction des Offices.

L'événement que Christina venait de vivre la perturbait. Lucas l'avait ceinturée et s'était jeté avec elle au sol. En un quart de seconde, il s'était alors relevé et il lui avait semblé, à ce moment précis, voir Lucas faire un signe à quelqu'un. Cela demandait des explications…

Lucas était-il un agent à la solde d'une autre organisation ? S'était-elle fait doubler ?

Elle revint à la charge auprès de lui tout en courant.

— Lucas, j'aimerais bien comprendre ce qui s'est passé. Votre comportement me préoccupe.

— Christina, ne vous inquiétez pas ! Je suis là pour vous aider. Dès que nous serons à l'abri de ces tueurs, je vous expliquerai. Ne craignez rien…

— Ces tueurs qui veulent « vous » tuer, dit-elle en insistant sur le « vous ».

— Vous avez raison. Il est possible qu'ils veuillent vous épargner. Je ne sais pas pourquoi. Mais nous sommes face à des gens déterminés qui veulent nous empêcher de connaître la vérité et ils sont prêts à tout. Faites-moi confiance. J'ai besoin de vous et vous avez besoin de moi.

Le vieux prêtre courait toujours en direction du Ponte Vecchio, le long du fleuve. Il se trouvait maintenant au-delà des Offices, proche de l'entrée du pont.

Lucas et Christina, quant à eux, arrivaient pratiquement à la grande arcade centrale – la deuxième – de la place des Offices. Là où l'air et la lumière du fleuve se mélangeaient pour entrer dans la ville.

Christina, préoccupée par ses pensées, courait machinalement derrière Lucas. Ils dépassaient maintenant la troisième arche.

Son regard croisa, précisément à ce moment-là, la dernière colonne de l'édifice. Il y faisait très sombre mais elle crut apercevoir une ombre à proximité. Elle aurait voulu empoigner Lucas pour le prévenir du danger mais il était déjà un peu trop loin. L'ombre sembla vaciller.

Elle entendit un très faible appel.

« Tina… »

Seul son père l'appelait comme ça.

« Tina… »

Ce fut alors comme une explosion d'émotions. C'était impossible ! Son cœur s'arrêta un instant de battre.

Personne ne connaissait ce diminutif.

« Ma petite Tina… »

C'était comme cela que son papa l'appelait. Il avait disparu quand elle avait cinq ans. Ce petit nom était gravé au fond de sa mémoire. L'entendre après autant d'années était comme une bouffée d'amour qui remontait d'un temps oublié. Elle aurait voulu crier « Papa ! » mais quelque chose la retenait.

Pas possible…

Un rêve ? Un fantôme ? L'effet de la fatigue ?

Elle s'arrêta et se dirigea vers l'ombre au sol.

Par réflexe, elle serra d'une main son pendentif, comme pour se protéger.

De nouveau, elle entendit « Tina » très faiblement.

Lucas, constatant que Christina s'était arrêtée, fit demi-tour pour la rejoindre.

Elle était face à un homme couché, le visage ensanglanté. Il portait une casquette et des lunettes. Il semblait très faible et presque mourant. La lune, voilée par un nuage, ne diffusait pas suffisamment de lumière pour que l'on puisse bien distinguer ses traits.

— Qui êtes-vous ? demanda Christina, la voix tremblante d'émotion.

— Tina… murmura encore une fois l'homme au sol.

Il avait du mal à respirer et remuait doucement les lèvres comme s'il cherchait ses mots.

— Je t'ai connue toute petite… souffla l'homme d'une voix extrêmement faible.

— Vous êtes ?

Christina n'osait pas dire le nom qu'elle avait en tête. Sa gorge était nouée et elle avait du mal à parler.

Elle revoyait son père. Il était là, sur le pas de tir, avant son départ pour l'espace. Derrière lui, il y avait l'immense fusée. Elle paraissait gigantesque. Sa maman la tenait par la main. Son papa était devant elle, dans une combinaison blanche. Il était tout souriant. C'était une belle journée.

Elle le sentait qui la serrait dans ses bras en lui disant : « Tina, ma chérie, je penserai fort à toi là-haut… » et il l'embrassait. Son papa tenait d'une main le médaillon en forme de cœur qu'il portait autour du cou. Il l'avait sorti à moitié de sa combinaison entrouverte pour le lui montrer. Elle serrait le sien également dans sa petite main. Elle cachait ses larmes au fond de ses yeux. Avant de la lâcher et de la quitter, il lui avait dit encore : « Quand tu regarderas le ciel, ma jolie, sache que je serai là et que je te verrai aussi. Ne l'oublie pas. »

Depuis ce jour, chaque fois qu'elle regardait fixement le ciel, elle voyait son père. C'était inscrit au plus profond de sa mémoire.

Elle se souvenait aussi qu'à côté de son père, sur l'aire de lancement, il y avait deux hommes. Ils partaient avec lui. Il y en avait un qu'elle aimait beaucoup. *John.* Elle se rappelait l'avoir vu plusieurs fois à la maison. Lui et son père s'entendaient bien. Le deuxième, elle le connaissait moins. En fait, elle en avait un peu peur. Il avait une voix particulière, plutôt dure et forte. Et puis, surtout, quelque chose l'empêchait de lui sourire et d'aller vers lui. Il avait des yeux mystérieux, puissants, obscurs, qui la transperçaient.

Les yeux... La voix... Bon sang !

Elle en était sûre maintenant. Ces yeux, elle venait de les revoir aux Offices puis au musée. C'étaient eux. C'était lui.

— John… Je sais que c'est vous ! Vous étiez avec papa pour la mission. Vous étiez son ami. Ma tante a essayé de vous parler durant des années. Ma mère aussi. Vous aviez disparu…

— Je sais, Tina, c'était impossible… Ma famille… Ils les menaçaient… Je n'ai pas pu.

— Que s'est-il passé ? Qui vous veut du mal ?

— Tina, reprit-il avec difficulté, vous devez y aller.

Elle le regarda fixement, interrogative.

— Où ça, John ? Que voulez-vous dire ?

— C'est pour bientôt… Ils l'ont cachée… Elle va arriver.

— Quoi, John ? Dites-moi !

Elle se mit à genoux à côté de lui pour essayer de l'aider. L'homme semblait puiser dans ses dernières forces. Sa respiration était de plus en plus courte. Dans un effort surhumain, il fouilla la poche de sa veste. Il en sortit péniblement un objet métallique.

— La clé… murmura-t-il. Sur… Pythagore… Vous devez…

Il reprit une inspiration.

— Arrêtez tout… Le monde doit savoir…

— Comment ?

Il tendit la clé à Christina. Elle la saisit.

— Qu'est-ce que c'est ? demanda l'astronaute en regardant l'objet.

— Le code… souffla-t-il. Trouvez-le. La chapelle… espagnols… Pythagore… Ptolémée… la conjonction… la résurrection.

Juste à ce moment, le nuage quitta la lune. La clarté lunaire illumina le visage ensanglanté de l'homme à la casquette. Christina enleva les lunettes du mourant. Elle eut un coup au cœur en découvrant qu'il n'avait plus qu'un œil.

— Qui vous a fait ça ? demanda-t-elle, horrifiée.

À cet instant, Lagarde, tenant un révolver, passa devant eux. Il courait en direction du Ponte Vecchio.

Ils se blottirent dans l'ombre, sans bouger, pour ne pas se faire voir. L'homme à la casquette, dans un ultime effort, le désigna du doigt.

— C'est lui… il y a bien longtemps… presque cinquante ans. Je voulais savoir pour ton père.

— Que s'est-il passé avec papa ?

— Je ne sais pas… Je n'ai jamais su.

— Comment ça ? bredouilla Christina.

— Allez-y… grimaça-t-il. Pythagore… Allez-y, pour l'humanité…

L'homme souleva doucement son bras et, de son index, désigna la lune. Son unique œil sembla briller alors d'un éclat particulier. Puis, dans un dernier soupir, il expira.

— John… John ! Revenez… lança Christina, émue, en prenant la main de l'homme.

Lucas vint serrer l'épaule de sa compagne de fuite.

— Je crois que c'est fini.

Christina était prostrée. Ses yeux fixaient tristement l'homme gisant. Des larmes coulaient le long de ses joues. Pour la première fois depuis la disparition de son père, elle parlait à son compagnon de mission. Personne n'y était parvenu jusqu'alors. Et, cette nuit, il mourait dans ses bras… Elle avait encore mille questions à lui poser et aurait tant voulu avoir des réponses. Sa vie, ses études et son métier avaient été calqués sur l'image de son père. Comme lui, elle était devenue astronaute. Un profond désir inconscient de lui ressembler, de le rejoindre quelque part, là-haut peut-être…

Christina se tourna face au fleuve.

Elle ouvrit la main. Dedans se trouvait l'objet que John lui avait confié. Elle se souvenait du mot qu'il avait prononcé : « *Clé.* » Elle releva la tête et fixa la lune.

— Ne traînons pas, Christina, lui dit aimablement Lucas.

Et il l'aida à se relever.

Au loin, du côté du pont, des cris retentirent. Une voix en particulier ressortait parmi les autres. Elle ressemblait à celle de ses cauchemars. Dure et métallique. Christina savait maintenant à qui elle avait affaire.

Lucas la prit par le bras.

— Évitons le pont, dit-il. Nous aurions intérêt à quitter ce côté de la ville. Ça commence à chauffer ici.

Au même instant, sur un autre pont derrière eux, des sirènes de police hurlaient, se dirigeant du côté du fleuve où ils se trouvaient.

— Nous n'avons pas le choix, grimaça Lucas. Retournons aux Offices !

À peine eurent-ils pris leur décision qu'ils virent galoper vers eux le vieux barbu, tenant son drôle d'objet.

— Il a dû se cacher et éviter Lagarde, constata Christina.

— Lagarde ? Vous le connaissez ? C'est cet homme qui veut nous tuer ?

— Oui, j'ai compris que c'était lui. Sa voix et ses yeux… un souvenir… je vous expliquerai. Mais… vous avez l'air de le connaître aussi ? Vous semblez en savoir plus que ce que je pensais, monsieur Fournier.

Lucas l'interrompit, préoccupé par leur fuite.

— Venez ! dit-il en passant sous l'arche. J'ai peut-être une idée qui pourrait nous sauver.

Ils filèrent vers la Piazzale degli Uffizi qu'ils avaient quittée un peu plus d'une demi-heure auparavant.

— Où allez-vous ? demanda Christina à l'archéologue, remarquant qu'ils revenaient à leur point de départ.

— Nous retournons au musée des Offices.

— Au musée ? Pourquoi ?

— Un de mes héros favoris est passé un jour par un couloir dont peu de personnes connaissent l'existence.

— Un couloir secret ? interrogea l'astronaute, étonnée.

— Absolument. Cet homme va peut-être, sans le savoir, nous aider cette nuit.

Ils arrivèrent devant la porte d'entrée du musée des Offices. Lucas poussa la porte. Elle s'ouvrit comme la première fois.

Avant de disparaître, Christina jeta un regard furtif derrière elle. Le vieux à la tunique blanche accourait vers eux à toutes jambes.

— Il nous suit ! lança-t-elle en fermant la porte.

— Laissons-le. Il n'a pas l'air de vouloir nous faire du mal.

Ils gravirent l'escalier en prenant les marches deux à deux pour rejoindre le deuxième étage. Lucas sortit son plan de sa poche et remit rapidement ses lunettes.

Ils traversèrent de nouveau le vestibule aux énormes chiens.

Le bruit de la porte d'entrée se refermant en bas retentit dans la rotonde, amplifié par la cage d'escalier.

Ils pénétrèrent dans la grande galerie vitrée des Offices.

— Attendez ! Je ne me souviens plus très bien où pourrait se trouver ce fameux couloir…

— S'il est secret, nous aurons du mal, ironisa Christina.

Elle le regardait étudier le plan.

— Vous l'avez déjà emprunté ? lui demanda-t-elle.

— Non, mais j'en rêve !

L'assistant du professeur ajusta ses lunettes. Christina se plaça à côté de lui. Au bout de quelques secondes, elle découvrit sur la légende l'annotation « *Ingresso Corridoio Vasariano* ». Il y avait un petit pictogramme représentant le corridor à hauteur de la galerie ouest. C'était juste à l'opposé d'où ils se trouvaient. Ce symbole représentait les arches longeant le fleuve, surplombées par le couloir.

— Je pense que ce doit être ici, annonça-t-elle en pointant son doigt à l'endroit précis du plan.

— Vous avez raison ! s'exclama Lucas. C'est bien là ! La deuxième porte sur l'aile ouest, il me semble, allons-y !

Ils s'élancèrent vers le fond de la galerie.

À mi-chemin, Christina et Lucas furent arrêtés net. Une voix lugubre, provenant de partout et de nulle part, retentit une nouvelle fois. Le sang de l'astronaute se glaça.

La voix continuait à répéter : « Serafino ! Serafino ! Vous avez un objet qui m'appartient ! »

Cette fois-ci, ils l'entendirent encore plus dure, plus forte et plus virulente que les autres fois.

Christina comprit que la fin de la partie allait se jouer. Puis, brutalement, le musée vibra d'un hurlement différent, indéfinissable.

Le vieux barbu apparut. Son visage était pétrifié de terreur. Ils se mirent tous les trois à courir comme des bêtes traquées, vers l'aile ouest.

54

Vautré dans son fauteuil, les pieds sur le bureau et les bras croisés devant son visage, Vittorio Strozzi était au bord de l'implosion. Il faisait tourner régulièrement son siège en regardant le plafond. La rage et la colère l'avaient envahi. Son coup de fil au patriarche n'avait servi strictement à rien. Le secrétaire lui avait fait comprendre qu'il dormait et qu'il était impensable de le réveiller. Il avait déjà été interrompu dans son sommeil une première fois et cela suffisait pour cette nuit. Pour toute réponse, il avait été convenu d'envoyer un technicien pour réparer le système des caméras.

Vittorio Strozzi, chargé de la surveillance d'un des plus prestigieux musées du monde, contenant des tableaux d'une valeur inestimable, se retrouvait impuissant, face à des écrans sans image, cloîtré dans son bureau, le bâtiment toutes portes ouvertes, et en pleine nuit.

Il avait vu défiler une série d'individus, aussi étranges les uns que les autres. L'un ressemblant à un clochard, d'autres criant et courant dans les couloirs…

Après toutes ces émotions, il avait eu le temps de se calmer mais, trois quarts d'heure plus tard, le ballet recommençait !

D'abord le couple. L'homme et la femme étaient passés comme la première fois en grimpant quatre à quatre les escaliers. De sa porte entrouverte, il avait vu la suite arriver. Le vieux vagabond tenant maintenant une lanterne à la main était en deuxième position. Vittorio Strozzi était dégoûté et révolté à l'idée qu'un tel être puisse souiller son musée une nouvelle fois. Mais lorsqu'il entendit de nouveau cette voix insupportable, il ne tint plus et perdit patience.

Il ouvrit la porte de son bureau de gardiennage, prit une énorme inspiration et lâcha toute sa colère dans un cri monstrueux qu'il n'aurait jamais soupçonné pouvoir sortir un jour. Toutes ses frustrations éclatèrent en un rugissement de bête sauvage. Puis, rageant d'impuissance, il claqua violemment la porte et s'enferma dans sa pièce.

Il s'assit sur son fauteuil et s'effondra sur son bureau en sanglotant.

Au même instant, à Rome, par coïncidence ou peut-être à cause du souffle, dans la pénombre de la basilique souterraine de la porte Majeure, une nouvelle pièce de stuc tomba du plafond au centre de la nef. Rien ne vacilla – les flammes des bougies étant éteintes depuis longtemps – mais le bruit provoqué par la chute réveilla quelques angelots endormis. Ceux-ci aperçurent au fond de l'abside, sur la fresque illustrant le voyage de l'âme vers l'île des

Bienheureux, la barque en forme de lune qui tangua un peu plus sur la mer houleuse. La femme voilée se tenant sur le rocher faillit glisser mais se retint de justesse. Il n'était pas encore l'heure du voyage… mais elle approchait.

55

La fusée Soyouz mesurait plus de cinquante mètres de haut.

Chaque fois que le commandant Soukhoroukov s'approchait du pas de tir et l'observait, il était pris de vertige. Son médecin lui avait dit que c'était lié à la consommation d'alcool. Un effet secondaire. Soukhoroukov n'en croyait rien. Il avait tout simplement le vertige au sol, comme bien d'autres personnes. D'ailleurs, dès qu'il sentait cet effet néfaste l'envahir, il débouchait son flacon de poche et prenait une bonne lampée. Tout de suite, le symptôme disparaissait. Le problème, c'est que le flacon seul ne suffisait pas pour ses sorties. Il en fallait plusieurs. Il avait compté qu'au moins une flasque par heure était nécessaire. Deux flasques pour deux heures. Plus une de réserve… au cas où. Il fallait dissimuler tout cela. Alors, Soukhoroukov se promenait été comme hiver avec son grand manteau de fourrure. Tout le monde avait compris. Même avec quarante degrés à l'ombre, sur la piste au milieu des steppes du Kazakhstan, il était affublé du même accoutrement. Et comme il faisait très chaud, une flasque de plus. Quatre donc.

Une seule grande bouteille aurait déséquilibré l'habit. *Deux flasques de chaque côté.*

Seul bémol, Soukhoroukov transpirait… En été, le commandant au long manteau se retrouvait toujours seul sur la piste… Enfin, seul, pas tout à fait… C'était compter sans les mouches…

Soukhoroukov battait des ailes à tout bout de champ et, de loin, semblait lutter contre un ennemi invisible. Les nouveaux venus sur le site s'interrogeaient sur le comportement du commandant et avaient droit aux explications. De toute façon, s'ils s'approchaient de lui, pour l'aider… ils comprenaient très vite.

Ce jour-là, l'attitude du commandant était différente.

Chaque fois, pour le décollage d'un de ses équipages, il faisait le voyage depuis la Cité des Étoiles jusqu'au site de lancement. Il avait beaucoup d'affection pour ces hommes et ces femmes qu'il côtoyait durant des mois de préparation dans sa cité intemporelle. Jamais il n'avait raté un départ depuis qu'il avait été désigné commandant en chef de Zvyozdny Gorodok. Il chouchoutait et admirait comme ses propres enfants ceux qui partaient vers les étoiles.

Mais aujourd'hui, Soukhoroukov regrettait amèrement une décision prise la veille. Il était J–1 et son équipage n'était pas au complet. La cosmonaute Christina Dimitrios manquait à l'appel… et il en était responsable.

Il avait essayé de la joindre à plusieurs reprises sur son portable, sans succès. Pire, le téléphone de la cosmonaute était coupé. Impossible de la localiser.

Ses amis du SVR[1] – anciennement KGB – avaient été mis au courant. Tout était mis en œuvre pour la retrouver.

L'honneur de Soukhoroukov était en jeu et, en Russie, on ne rigolait pas avec ça.

Ce jour, Soukhoroukov ne battait pas des ailes.

Le commandant de l'équipage, Sergueï Ivanov, quant à lui, pestait contre les femmes du monde entier. Des mois de préparation… Dans la carrière d'un cosmonaute, annuler une mission, l'aboutissement de toute une vie, était le pire des cauchemars. Les examens d'entrée étaient extrêmement rudes. Seuls les meilleurs étaient choisis. Une mission annulée, c'était sans doute ne plus jamais voler, le programme étant fixé pour plusieurs années. *Impensable de ne pas être présent au moment du départ !* C'était comme gagner une fortune à la loterie et ne pas se déplacer pour aller la chercher… *Du jamais-vu !*

Sergueï Ivanov avait toujours détesté les femmes. Ce matin-ci, il les exécrait.

Le deuxième membre de l'équipage, le pilote américain Martin Evans, était très différent de son commandant russe. Il ne laissait transparaître aucune émotion. Tout se passait à l'intérieur. Plus le temps avançait, plus sa fragilité intestinale prenait le dessus… Toutes les demi-heures, il courait se soulager. Il avait une grande considération pour Christina, qu'il appréciait beaucoup. Il hésitait entre l'inquiétude pour sa copilote et la crainte de ne pas décoller. Son approche du

1. Services secrets extérieurs russes.

problème était différente. Il essayait de comprendre ce qu'il s'était passé et quelles étaient les solutions à y apporter. Pas d'impulsivité, mais plutôt de la réflexion.

Olga Dorotchenko ne s'était jamais déplacée. Elle avait passé toute sa vie à la Cité des Étoiles. C'était son premier voyage. Elle avait demandé une faveur au commandant. Dans quelques mois, elle prenait sa retraite et il fallait qu'elle voie l'endroit du décollage. Celui d'où ses petits plats s'envolaient pour l'espace. Sa véritable passion était de faire plaisir aux gens. Elle savait que, là-haut, le seul bonheur terrestre qui leur restait était la nourriture qu'ils emportaient. Olga leur donnait ce plaisir-là. Mais ce n'était pas vraiment pour ça qu'elle était venue. C'était pour une personne. Sa complicité avec l'astronaute grecque était très forte. Elle la considérait presque comme sa fille et son inquiétude allait grandissant au fil des heures qui s'écoulaient. Qu'était-elle devenue ?

À quelques kilomètres du pas de tir de Baïkonour, dans une chambre isolée…

— Camarade, vous m'entendez ?

— Je vous entends très bien.

— La fusée est-elle prête ?

— Elle est debout sur le pas de tir, prête à l'envol. Mais nous avons un problème. L'équipage n'est pas complet. L'astronaute grecque manque et nous ne savons pas la localiser.

— Je sais exactement où elle se trouve.

— Oui, mais le départ est dans un peu moins de vingt-quatre heures. Demain, en début de matinée…

— Ne vous inquiétez pas. Je ferai tout pour qu'elle soit là.

— Mais si la mission échoue ?

— La fusée doit partir. Il n'y a pas d'autre solution. Croyez-moi.

56

Pour la seconde fois durant cette nuit, la galerie des Offices était le théâtre d'une improbable course-poursuite.

L'astronaute et l'assistant du Pr Petropoulos couraient à toutes jambes. Ils arrivaient au bout de l'aile est. Les bruits de leur course réveillèrent une fois de plus toutes les salles du musée.

Les sculptures, qui venaient à peine de se rendormir, ouvrirent un œil fatigué, lasses d'être dérangées. Certaines, étonnées, regardaient de nouveau ces visiteurs nocturnes avec curiosité. Des personnages picturaux, à l'étroit sur leur tableau et en balade dans leur voisinage, réintégraient rapidement leur domicile, retrouvant leur position originelle. D'autres, de peur d'être découverts dans une situation embarrassante, reprenaient tambour battant leur attitude évangélique. Les êtres grotesques mi-dieux mi-animaux, accrochés au plafond, en profitèrent encore pour décocher quelques grivoiseries.

— C'est là ! cria Lucas en désignant les premières portes du couloir ouest. Nous y sommes presque.

— Espérons que ce soit ouvert. Je n'ai pas envie d'avoir affaire à ce dingue, insista Christina.

Le vieux barbu les suivait à une vingtaine de mètres, content d'échapper à la voix du diable et de trouver une issue.

Ils s'arrêtèrent devant la deuxième porte.

— Voilà. D'après le plan, le corridor devrait se trouver ici derrière.

Christina essaya d'ouvrir la grande porte, sans succès.

— Elle est fermée, Lucas. Qu'allons-nous faire ?

— Attendez, il y a un système d'ouverture par code. Regardez…

À droite de la double porte, un petit boîtier à touches numérotées était fixé contre le mur.

— Zut, dit-elle, perplexe. Ça se complique.

Christina réessaya une nouvelle fois en tirant et poussant la porte de toutes ses forces. Rien n'y fit. Celle-ci était bel et bien fermée.

— Voyons voir, dit encore Lucas. Il nous reste peut-être une chance… Un grand nombre d'employés travaille dans un musée comme celui-ci et le personnel tourne constamment. Les codes sont donc vite oubliés. Alors, on utilise un truc.

— Un truc ? Comment ça, un truc ?

— Oui, j'en ai déjà fait l'expérience dans mon travail. Le code est mis au goût du jour.

— Au goût du jour ?

— Oui, rentrez la date d'aujourd'hui !

— Vous êtes certain, Lucas ? Vous pensez que c'est aussi simple que ça ?

— Nous allons voir. Les codes les plus simples sont parfois les plus difficiles à trouver. Quand on connaît la règle, personne ne se trompe. Très facile de se rappeler l'histoire des dates.

Christina se mit devant le petit clavier.

À l'instant même, l'homme aux cheveux blancs pénétra dans la galerie est.

Derrière eux, ils virent le visage du vieux à la tunique blanche se décomposer. Il enserra le long objet en bois et en verre qu'il portait depuis le musée des Sciences. Lucas se demanda ce que cela pouvait bien être.

— Allez-y, Christina. Encodez les chiffres…

Elle poussa six fois sur les touches. Rien ne se passa.

— Ce n'est pas ça ! dit-elle tout en essayant de pousser la porte.

— Essayez alors les chiffres en ordre inversé ! Vite !

Elle s'exécuta.

Un déclic se fit entendre sur la serrure de la porte. Le mécanisme se libéra.

— Vous êtes un as, Lucas, lui dit-elle dans un demi-sourire. Mais vous allez devoir m'expliquer au plus vite… Je veux savoir tout sur vous et qui vous êtes vraiment.

— Ne vous inquiétez pas. Nous aurons le temps mais quittons d'abord cet endroit dangereux.

Ils poussèrent les portes et s'engagèrent dans un petit vestibule.

Au-delà, devant eux, un escalier s'enfonçait dans les profondeurs. Le couloir était voûté et richement décoré. L'espace était plus étroit, différent des Offices aux larges salles et aux grandes galeries. Ici, l'atmosphère était plus confidentielle et intimiste. Même l'air y était différent, plus frais, donnant le sentiment d'un lieu peu visité.

Lucas s'arrêta au-dessus des marches et inspira à fond. Christina reconnut sa mimique de contentement béat. Ce n'était pas la première fois qu'elle la remarquait sur le visage de celui qui l'accompagnait depuis bientôt douze heures.

— Le « corridor de Vasari », le couloir secret des Médicis… lâcha-t-il, émerveillé.

— Où allons-nous ? demanda-t-elle.

— À l'autre bout ! Vous verrez, c'est fantastique.

Ils descendirent tout droit deux longues volées de marches pour arriver dans un grand vestibule. Aux murs, quelques immenses tableaux en clair-obscur conféraient à l'endroit une ambiance de fin de nuit et de réunion secrète. Tout ici incitait au chuchotement.

— Du Caravage et du Georges de la Nuit, précisa Lucas, jetant un œil d'expert à deux magnifiques tableaux. Continuons !

Le couloir les amenait à gauche vers une nouvelle volée de marches. Toujours plus bas.

— Ce corridor a été construit par Giorgio Vasari pour le duc Cosme Ier, commenta l'archéologue en contemplant les plafonds décorés de grotesques. Le duc voulait un passage secret l'amenant du Palazzo Vecchio, son premier palais, jusqu'au deuxième, le palais Pitti, sans passer par la foule. Si mon souvenir est bon, il doit dater des années quinze cent soixante. La famille Médicis prenait ce raccourci en toute tranquillité à l'écart des odeurs de viande des bouchers du Ponte Vecchio. Ce corridor est véritablement suspendu sur un kilomètre de long, à l'abri des regards et des risques d'attentat.

— Je comprends, dit Christina. Nous allons faire comme eux. D'en bas, ils ne nous verront pas. On file en catimini par les toits…

— Bien vu, madame Dimitrios. Mais ce sont plus que des toits, vous allez voir…

En bas de la dernière volée de marches, à travers les fenêtres, ils aperçurent le fleuve devant eux. Christina s'arrêta un instant pour contempler le cours d'eau et les lumières de la ville. L'endroit était privilégié. Elle s'imaginait que, bien des fois sans doute durant les siècles précédents, les ducs de Médicis et leur famille avaient dû faire comme elle ce soir au même endroit : admirer l'Arno autour duquel cette sublime cité s'était construite.

— Nous entrons dans la partie du couloir qui longe le fleuve, annonça Lucas. Pour agrémenter leurs allées et venues, les Médicis y ont installé la plus incroyable des collections de peinture, vous allez voir.

Puis, il chuchota :

— Ici commence le monde secret des peintres…

Le couloir de Vasari était un monde en soi, un monde d'allégories, de portraits, de caricatures, de natures mortes, de perspectives et de contrastes, mais aussi de coloris, de frottis, de glacis, d'ombres et de trompe-l'œil. Un univers de peinture qui, chaque nuit, prenait une autre teinte et sombrait progressivement dans une nouvelle dimension. Finies les contraintes et les normes, vive les libertés et les audaces ! Aux dernières lueurs du jour, lorsque le soleil et le fleuve, teintés de rouge orangé, se confondaient, le style classique virait vers le cubisme, le maniérisme se changeait en impressionnisme, le baroque apparaissait surréaliste et le ténébrisme se métamorphosait en romantisme. Des rumeurs faisaient même état que, dans le pire des cas, lors des mauvaises nuits d'orage, le corridor basculait dans un délire de barbouillages et de griffonnages. Mais, cette nuit-là, l'enjeu était trop important. Ce petit monde pictural le savait et, curieux, attendait.

Christina découvrait le couloir baignant dans une semi-obscurité. La vision était hallucinante : des centaines de tableaux étaient suspendus aux murs et, se faisant face, tapissaient littéralement les deux côtés du corridor.

Une collection incomparable cachée aux yeux de tous, songea-t-elle.

Sur tout le parcours, de petites fenêtres grillagées permettaient à la lumière de pénétrer. À cette heure, seule la clarté nocturne s'y infiltrait.

— C'est incroyable ! s'exclama Christina stupéfaite. Autant de toiles…

— Vous savez, Christina, les Médicis étaient de grands mécènes et de fervents collectionneurs. Ils ont très vite compris l'enjeu de la puissance culturelle. Ils ont accumulé, pendant des décennies, un véritable trésor.

Lucas et Christina s'élancèrent sans plus attendre. Sans s'arrêter, ils passèrent en revue sur leur gauche les peintures de l'école de Venise. Sur leur droite, celles de l'école de Rome, toutes du XVIIe siècle.

À mi-chemin, Christina fut surprise de découvrir une suite d'animaux les observant.

— Artistes animalistes ! cria Lucas tout en courant et devinant l'intérêt de sa compagne pour ces drôles de personnages.

Un peu plus loin, des poissons en natures mortes les fixaient de leurs yeux globuleux… Un peu trop effrayant pour Christina, qui accéléra la course pour se rapprocher de l'archéologue.

Ils arrivèrent au bout du couloir par-dessus les arcades. Derrière, le vieux barbu avait suivi le même chemin qu'eux. Il boitait de plus en plus.

— Nous arrivons sur le Ponte Vecchio, dit Lucas. Si je me souviens bien, ici commence la galerie des autoportraits.

À cet endroit, le corridor de Vasari faisait un angle droit puis traversait le fleuve. Construit au-dessus du plus célèbre pont de Florence, il rejoignait l'autre rive pour se diriger ensuite vers le palais Pitti.

— Comment savez-vous cela, Lucas ? demanda Christina, posant une nouvelle fois la question.

— Je vous l'ai dit, répondit-il. J'ai étudié à Florence quand j'étais à l'université. Mais c'est la première fois que je pénètre dans ce corridor. Il était à l'époque interdit d'accès.

Cette nouvelle portion du couloir semblait encore plus longue que la précédente. Elle était aussi plus lumineuse, les fenêtres étant plus grandes.

À l'autre bout, ils entendirent résonner de nouveau la voix infernale.

— Filons ! dit Lucas en reprenant la course, ce fou est toujours derrière nous.

Les autoportraits se succédaient, tantôt simplement encadrés, tantôt somptueusement mis en valeur.

Dans la pénombre du corridor, et parce que les couleurs de ces vieux tableaux étaient sombres et ternes, seuls les yeux de chaque visage peint ressortaient.

Lucas et Christina se sentaient épiés et suivis par des centaines de regards. L'archéologue tenta de détendre l'atmosphère.

— C'est la plus grande collection d'autoportraits au monde ! Je pense qu'il y en a près de deux mille. Quelques chefs-d'œuvre sont cachés parmi toutes ces toiles…

Ils ne prirent pas le temps de les chercher et arrivèrent, essoufflés, à un angle dans le couloir. Une énorme grille, épaisse comme une herse, était heureusement ouverte.

— C'est la tour Mannelli, dit Lucas. Vasari a dû la contourner en construisant le corridor. La famille Mannelli ne voulait pas que l'on passe chez elle.

Ils suivirent le couloir qui tournait bizarrement autour de l'édifice.

Quelques dizaines de mètres plus tard, Lucas s'immobilisa devant une grande vitre doublée d'un épais grillage sur le mur gauche. Christina remarqua, de l'autre côté de la fenêtre, en contrebas, de nombreux cierges allumés.

— Nous avons passé le pont et nous sommes sur l'autre rive, au fond de l'église Santa Felicita. Voyez-vous, Christina, le duc et sa famille pouvaient suivre l'office religieux sur ce balcon, et ce, sans être vus du peuple. C'était très pratique.

Ils reprirent leur course vers la sortie. Le couloir, ici, devenait plus étroit mais il y avait toujours autant de tableaux. Au fur et à mesure de leur progression, les toiles se faisaient plus modernes.

Le corridor descendait maintenant doucement après son aventure aérienne.

— Nous arrivons au bout, dit Lucas.

La dernière partie était une véritable débauche de couleurs. Chaque grand artiste contemporain y avait légué un trésor personnel, ce qui la rendait absolument unique. Cinq siècles séparaient les derniers autoportraits de ceux du début du couloir : des couleurs ternies par le temps des premiers tableaux de la Renaissance, on finissait dans le jaillissement des formes abstraites et des coloris vifs du modernisme.

Christina s'arrêta.

— Lucas, regardez ce bleu ! Notre-Dame de Paris !

— Vous avez raison. Du Chagall !

Ils aboutirent à une bifurcation. Le corridor principal filait vers la droite mais une grille barrait le passage. Lucas prit d'emblée le couloir plus étroit sur la gauche, qui les amenait vers une petite porte.

— Nous n'avons pas le choix, dit-il. Nous devrions arriver aux jardins du palais Pitti.

Lucas ouvrit tout doucement la porte et jeta un œil par l'embrasure.

L'air frais et humide du matin s'engouffra dans le couloir.

— Les jardins de Boboli, annonça-t-il, rassuré.

Il observa quelques secondes pour s'assurer qu'il n'y avait personne dans le parc.

— Allons-y, dit-il enfin. Ces jardins sont le meilleur endroit pour se cacher et filer en douce. Quand j'étais étudiant, j'y ai passé quelques beaux après-midi…

Ils sortirent. Christina respira à pleins poumons l'air chargé de senteurs végétales, qui lui rappelait ses escapades grecques au petit matin. Elle faillit demander à Lucas ce qu'il entendait par « quelques beaux après-midi »… mais elle se retint.

Les premières lueurs de l'aube semblaient poindre au-dessus des arbres du parc. L'imposant palais Pitti ressemblait à un énorme bunker sombre qu'ils évitèrent soigneusement en se dirigeant vers le premier sentier qui montait.

Ils grimpèrent entre des rangées d'arbres et d'arbustes.

Les jardins de Boboli n'avaient rien d'une promenade digestive. Ils couvraient toute la colline jusqu'au fort du Belvédère. Les petites allées latérales étaient tortueuses et d'une forte déclivité.

Christina suivait Lucas. De dos, il ressemblait, par ses gestes et son allure, à un pisteur, mi-guetteur mi-guerrier, s'arrêtant à chaque intersection et scrutant bosquets et fourrés.

Au détour d'un chemin, une fragrance chaude et enivrante la réconforta instantanément. L'odeur du jasmin avait toujours eu chez elle un effet apaisant. Après tous ces moments passés dans des musées, elle sentait un véritable soulagement de se retrouver dans la nature au milieu d'un magnifique jardin.

Plus bas, à côté de la grotte artificielle de Buontalenti, la petite porte s'ouvrit de nouveau.

Le vieil homme à la barbe blanche passa la tête et regarda autour de lui. Il devina, à côté du palais, la grille de sortie des jardins.

Maintenant, c'était à son tour. La dernière partie de son plan commençait là, au pied du palais Pitti.

Il serra la relique contre lui, sentit sous ses vêtements l'appareil de Leonardo et en resserra le ressort à fond.

L'heure de la revanche des Esposito avait sonné.

Il traversa la cour pour arriver à la grille et en vérifia l'ouverture. *Parfait*, se dit-il. Elle était ouverte.

Il se retourna et attendit.

Quelques instants plus tard, la petite porte s'ouvrit de nouveau. Celui qu'il attendait arrivait.

L'homme fut surpris de le voir devant lui, immobile.

— Serafino, vous avez quelque chose qui m'appartient ! cria la voix rauque.

Le vieux prêtre se redressa et le toisa.

— Oui, je l'ai ! répondit-il, sûr de lui. Je vais vous la donner. Suivez-moi !

Il ouvrit la grille et, le devançant, lui lança encore :

— Rendez-vous là où vous savez !

57

Les jardins de Boboli dominaient l'imposant palais Pitti. Aménagés par Éléonore de Tolède, l'épouse du grand-duc Cosme Ier, ils recouvraient la pente d'une des nombreuses collines entourant Florence. Ils étaient sans conteste un des lieux les plus visités de la cité des Médicis. Balade dominicale pour les familles ou escapade romantique pour les amoureux, chacun y trouvait son bonheur. Des parterres fleuris, des fontaines poétiques et des vues imprenables sur la ville rendaient ces jardins particulièrement attrayants en toute saison.

Mais Christina et Lucas n'étaient pas là pour s'y reposer. Un réflexe de survie les poussait à s'écarter le plus possible du centre de la ville. Lucas avait été à deux doigts d'être froidement assassiné.

À cette heure matinale, les jardins étaient déserts et ils n'eurent aucune difficulté à atteindre les hautes murailles du fort du Belvédère, qui dominait la ville.

— Lucas, nous sommes assez loin ! Arrêtons-nous, il faut que nous parlions…

Christina avait hâte d'interroger l'assistant du professeur. Depuis qu'ils étaient à Florence, les doutes sur son identité n'avaient fait qu'augmenter. Lucas avait pourtant l'air sincère.

— Vous avez raison, Christina, arrêtons-nous au jardin Bardini, juste derrière le fort. Nous serons en sécurité.

Ils contournèrent les murailles construites pour les Médicis en cas de périodes troubles et se retrouvèrent, après avoir escaladé une barrière, dans le somptueux jardin Bardini. Ils s'assirent sur un petit banc, dans le jardin romantique, près d'une statue grecque.

— Vous voyez, Christina, je n'oublie pas vos origines, fit remarquer Lucas en montrant la statue.

Christina regardait Lucas, impatiente d'éclaircir la situation.

— Je n'ai pas pu vous l'expliquer auparavant. Vous ne m'auriez pas cru, lui dit-il en soutenant son regard. Nous sommes face à une organisation dont nous ne sommes même pas capables d'imaginer la puissance… C'est énorme. Je vous l'assure. Énorme !

— Que voulez-vous dire par « nous » ? Vous et moi ?

— Non, mon gouvernement et moi, et puis vous aussi et, au-delà, l'humanité entière.

— Comment ? Votre gouvernement ? Vous êtes un espion à la solde d'un État ?

— N'ayez crainte, Christina. Je fais partie des services des renseignements français, plus précisément la DGSI, la Direction générale de la sécurité intérieure. Je travaille pour ce service en parallèle avec la DGSE[1].

— L'assistant de mon oncle Xénophon, un « agent secret » ? Je n'en reviens pas !

1. Direction générale de la sécurité extérieure.

— Mais je ne vous ai pas menti, Christina, je suis vraiment historien et archéologue de formation. Mon gouvernement est venu me chercher et m'a proposé ce travail. J'ai dû suivre un entraînement spécial et des formations accélérées, notamment en astrophysique. Ils m'ont expliqué les raisons incroyables qui font que certaines personnes à la puissance illimitée sont arrivées à berner l'humanité tout entière.

— Quelles sont ces raisons ? Que savez-vous ?

— On nous cache quelque chose d'inouï, Christina. Les sondes que nous avons envoyées dans l'espace, et principalement vers la Lune, qu'elles soient françaises ou d'un autre pays, ne nous disent pas la vérité.

— Racontez-moi, demanda Christina, impatiente.

— J'ai fait des recherches dans plusieurs laboratoires et observatoires à travers le monde. Chaque fois, nous recevons des informations et des images en décalage dans le temps quand elles concernent l'espace lunaire.

— En décalage dans le temps ?

— Oui. Cela peut vous paraître fou, mais c'est l'absolue vérité. Après des analyses poussées, nous nous sommes rendu compte que, depuis que nous envoyons des sondes vers la Lune, les informations qu'elles nous renvoient nous arrivent quelques fractions de seconde plus tard.

— Et ce serait dû à quoi ?

— Mes services, ainsi que d'autres services étrangers, pensent que le système de satellites américains placés autour de la Lune et de notre planète en est le responsable. Toutes les informations envoyées depuis la Lune transitent par des logiciels américains, placés sur ces satellites, qui les transforment, effaçant les données jugées compromettantes. Une sorte de brouillage intelligent.

Christina écoutait avec attention.

— Si je vous suis, l'image captée par une de vos sondes, par exemple l'image d'un objet sur la Lune ou autour de celle-ci, serait instantanément manipulée et nous pourrions ne plus voir cet objet sur nos récepteurs terrestres ?

— C'est tout à fait cela. Ce qu'ils ne veulent pas que l'on sache est effacé par leurs logiciels, l'image recomposée, et nous recevons seulement ce qu'ils veulent bien que l'on voie.

— C'est incroyable…

Christina resta muette quelques secondes, fixant le ciel, encore étoilé à cette heure matinale.

— Tous ceux qui ont vu se taisent, Christina. Et ceux qui fouinent d'un peu trop près, comme votre tante et le Pr Petropoulos, sont éliminés.

— C'est peut-être pour cette raison que les astronautes qui sont allés sur la Lune sont restés si discrets… Des interviews rares, et très peu de contacts… Mais il doit y avoir du monde au courant aux États-Unis, vous ne pensez pas ?

— Nous sommes persuadés que non. Tout est secret. Seules certaines personnes connaissent cette information. Les missions spatiales américaines sur la Lune remontent à cinquante ans. Ils ont eu le temps de faire le ménage, croyez-moi. Nos services de renseignements se sont concentrés sur une cellule spéciale au Pentagone. Elle s'occupe de la sécurité spatiale américaine et a été créée après les missions Apollo. Ce qui est intéressant et troublant, c'est que l'homme qui nous poursuit en est le fondateur.

— Walter Lagarde ? Le commandant de la mission de mon père ?

— Absolument. Il était commandant de la mission Apollo 18, qui devait normalement se poser sur la Lune après Apollo 17. Comme vous le savez, les coupes budgétaires ont changé le programme initialement prévu. Pour l'opinion publique, cette mission a existé mais elle n'a pas voyagé vers la Lune. L'armée américaine et la NASA ont fourni pour seule information que des exercices militaires avaient été réalisés en orbite autour de la Terre. Et votre père y participait…

— Je sais… c'est ce qu'ils nous ont toujours dit… en tout cas à ma mère et à ma tante Elena. Moi, j'étais trop petite. Ma tante n'a jamais cru à la thèse de l'accident de son frère. Papa était un as dans tous les domaines. Ma tante Elena était persuadée que la NASA et l'armée cachaient la vérité.

Christina chercha instinctivement le pendentif qu'elle portait autour du cou et le serra dans sa main.

— Sachez, Christina, que depuis quarante ans, nous avons répertorié un nombre considérable de morts suspectes et de disparitions d'individus qui s'intéressaient de trop près à la Lune. Ces gens étaient historiens ou scientifiques et, ce qui est étrange, c'est que, dans la plupart des cas, on a retrouvé des fèves sur le lieu des crimes…

— Des fèves ? Comme pour ma tante Elena et mon oncle Xénophon ! Violetta nous en avait parlé… Vous le saviez alors ?

— Exactement. Mais je ne pouvais pas encore vous le dire. Nous pensons fermement que ce pourrait être une organisation sectaire qui utilise un rituel précis… Et nous avons une petite idée là-dessus.

— Une sorte de secte qui signerait ses meurtres avec des fèves ?

— Oui, ce serait possible. Mais je n'ai pas vraiment le droit d'en parler.

— Comment, Lucas ? Vous me cachez votre réelle identité depuis le début, vous jouez avec moi, vous m'utilisez presque… et je ne peux pas savoir !

Christina se leva et fit mine de partir.

— Si c'est comme ça, débrouillez-vous sans moi.

— Attendez ! Vous avez raison. Pour vous, je veux faire une exception… Je pense que mes supérieurs ne m'en voudront pas…

— Allez-y, Lucas, dites-moi tout. J'attends !

Lucas donna l'impression de réfléchir un instant. Puis il se lança :

— Tout cela rejoint ce que Violetta nous a appris hier soir et que le Pr Petropoulos a voulu nous transmettre. Il y a un nom qui revient chaque fois et que notre amie Violetta n'a pas eu le temps de prononcer avant que nous ne la quittions. Ce nom, c'est… Pythagore.

— Pythagore ? Le grand mathématicien grec ? John nous a parlé de lui juste avant de…

Christina se retint.

— Oui, Pythagore, acquiesça Lucas. Il a fondé une doctrine en son temps, qui avait beaucoup d'adeptes. Nous pourrions dire que c'est une véritable religion qu'il a créée. Il était considéré comme le grand maître, et nous savons qu'il enseignait les mystères. Ces mystères, comme nous l'a expliqué Violetta, étaient transmis par voie orale. Les initiés étaient tenus au silence. C'était la règle. Aucune révélation des secrets. Il semble que la stèle du musée d'Athènes, représentant « l'initiation », donne la réponse à ce que nous cherchons, sans doute sous forme d'allégorie comme Violetta le pense. Xénophon l'avait compris, aidé par les recherches de votre tante Elena, et il y a beaucoup de raisons de croire qu'il ait découvert une partie de la vérité sur les fragments du mécanisme d'Anticythère mais… trop tard.

— Tous ces morts… mes parents, mes amis… lança Christina, le regard vague. Liés à Pythagore ?

Elle tenait toujours son pendentif en cœur.

— Ils vont jusqu'au bout, Christina, rien ne les arrête.

— Mais Pythagore, qu'a-t-il fait ?

— Celui que l'on a nommé le maître de Samos était un grand philosophe doublé d'un mathématicien. Ce que nous connaissons le mieux chez lui, c'est son théorème, mais ce n'est qu'une petite partie de ce qu'il nous a légué. Il a été le premier à parler de l'harmonie du monde et il a cherché les codes qui gouvernent notre univers. Nous les utilisons toujours aujourd'hui. Vous savez, Christina, pour Pythagore, les nombres régissent le fonctionnement et la beauté du monde. En cherchant les clés de la perfection de la nature, il a trouvé le nombre d'or.

— Pourquoi me racontez-vous tout cela, Lucas ? Qu'est-ce que Pythagore et ses codes ont à voir avec la mort de mon père ?

— Je vais y venir mais je me dois de vous raconter l'histoire de cet homme, car il est au centre de toute notre enquête. Effectivement, ce que je vous ai raconté n'est pas le plus important… Pythagore a surtout généré un grand courant de pensée après sa mort. Ses enseignements étaient connus par-delà les frontières et beaucoup de personnes illustres et fortunées ont voulu suivre sa doctrine, qui a traversé les siècles. Pour anecdote, Cicéron affirme dans un passage célèbre « qu'à Rome, nul n'était instruit s'il n'était pythagoricien », ce qui montre l'importance de ce courant.

— Ce serait un genre de secte, Lucas ?

— Si l'on veut, oui, car elle est restée réservée à une élite, comme dans le cas de la franc-maçonnerie qui, d'ailleurs, a tiré elle-même sa doctrine du pythagorisme. Mais ce ne sont que des suppositions, car il n'y a aucun écrit.

— Vous pensez que cette philosophie est toujours d'actualité ? Et que certains de ses adeptes nous menaceraient ?

— Nous avons recueilli plusieurs éléments qui nous le laissent croire…

— Les nombres seraient-ils encore l'origine de toute chose pour certaines personnes ?

— Les grandes questions existentielles restent les mêmes à notre époque qu'il y a deux ou trois mille ans. Et pour répondre à votre question, les nombres ne sont pas le seul enseignement du maître de Samos. Il y en a bien d'autres, gardés secrets. Parmi ceux-ci, il y a celui que nous essayons de découvrir, ce fameux trésor pour l'humanité…

— Cette secte serait donc responsable de tous ces morts…

— Votre oncle nous a désigné le relief d'Éleusis au musée d'Athènes. Cette stèle dissimule la vérité. Elle est connue depuis le Ve siècle avant Jésus-Christ, après que Pythagore eut enseigné les mystères, à Éleusis justement… N'oublions pas qu'il était non seulement mathématicien, mais aussi astronome et que cette

conjonction est apparue de son vivant, en 514 avant Jésus-Christ. Peut-être ce secret faisait-il partie des mystères qu'il enseignait… D'après votre tante Elena, cette énigme est cachée dans les œuvres majeures des grands scientifiques de la Renaissance, ce qui laisse à penser que ces savants étaient au courant d'une façon ou d'une autre.

— En effet, ma tante a essayé de comprendre durant sa vie entière pourquoi son frère avait disparu, ainsi que certains de ses amis. Dans son message, elle nous dit qu'elle a trouvé la réponse.

— Justement, Christina, nous n'avons pas encore eu le temps d'en parler, mais avez-vous vu un élément sur la sphère de Santucci ?

— Euh…

Lucas sentit qu'elle hésitait à répondre.

— Faites-moi confiance, Christina, vous savez maintenant qui je suis. Je veux vous aider à comprendre les raisons de la disparition de votre père.

— Je me demandais… Comment se fait-il que vous travailliez avec mon oncle Xénophon ? Vous vous doutiez de quelque chose ?

— Nos services travaillent depuis au moins une dizaine d'années sur tout ce qui pourrait toucher de près ou de loin la Lune. Par exemple, nous suivions de manière rapprochée votre tante Elena depuis un bon moment. Avec d'autres historiens ou scientifiques, elle représentait le profil parfait de la personne à surveiller et à protéger pour nos recherches. Elle a travaillé plusieurs mois à la Bibliothèque nationale de France à Paris. J'ai pu la côtoyer alors. Une femme formidable…

— Vous la connaissiez !

Christina avala sa salive. Lucas reprit :

— Nous savions qu'elle entretenait des relations d'amitié et professionnelles suivies avec le Pr Petropoulos. Le meilleur moyen pour en savoir plus était que je sois dans la place. L'université de la Sorbonne a insisté pour qu'il accepte de me prendre comme stagiaire à ses côtés, prétextant une recherche de doctorat sur le symbolisme grec.

Lucas s'arrêta et se rapprocha de l'astronaute. Il lui mit amicalement la main sur le bras.

— Nous devons nous aider mutuellement, Christina. Toutes ces personnes qui ont été assassinées doivent être vengées. Le monde doit savoir, croyez-moi.

— Qu'est-ce qui me dit que votre pays ne gardera pas, lui aussi, le secret ?

Lucas lui serra un peu plus fort le bras, comme pour prouver sa bonne foi.

— Je vous le jure, Christina. Je vous trouve formidable et je veux vous aider à trouver les réponses à vos questions.

Il y eut un silence.

Christina regarda le ciel. Il commençait petit à petit à s'éclaircir. Les lueurs de l'aube s'affirmaient. Un oiseau chanta une mélodie, un autre lui répondit. Elle tourna la tête vers le visage de Lucas et plongea son regard dans le sien. Elle y trouva ce qu'elle cherchait. Cet homme ne pouvait pas lui mentir.

— D'accord, Lucas.

— Dites-moi, qu'avez-vous vu ?

— C'est allé trop vite. Ils voulaient vous tuer… La conjonction se déroulait. Il y a eu un petit bruit. Juste avant, j'ai levé la tête et, au sommet de la sphère, sous la croix, est apparue l'image d'un vieil homme

avec une barbe blanche, je crois… Il me montrait quelque chose avec son doigt ou sa main. Cet homme devait être… Dieu… ou peut-être Pythagore ? Je ne sais pas. Mais en tout cas, une chose est apparue au centre de la sphère, ça, j'en suis sûre.

— Cela ne nous aidera malheureusement pas, fit Lucas, un peu dépité.

— Par contre, Lucas…

— Quoi ?

— J'ai vu autre chose en tombant…

58

— Je l'ai ! cria le vieux prêtre en lui montrant la clé de sa main levée.

Il portait la relique de l'autre bras tendu.

— Venez la chercher avant que je ne la jette quelque part !

Qu'est-ce qu'il magouille, ce sale rat ? se demanda le général Lagarde, le pistolet à la main.

Le vieux à la barbe blanche passa la grille du parc et s'engouffra sur l'immense place qui s'étendait en face du palais Pitti.

Avec une façade longue de deux cents mètres, c'était l'un des monuments les plus impressionnants de Florence. Il était devenu résidence des Médicis après avoir été racheté au banquier Pitti en complète faillite.

En descendant de la place du palais, la via Guicciardini filait droit vers le Ponte Vecchio. Le vieil homme n'avait jamais été aussi près du but et il en oublia sa douleur au pied.

Les quelques rares personnes déjà présentes dans ce quartier d'échoppes à touristes furent, à cette heure matinale, pour le moins déconcertées… Un original à la longue barbe blanche, mi-vagabond mi-cloporte, vêtu d'une tunique à la romaine, l'air complètement illuminé avec les yeux grands ouverts, tenant une clé à droite et un reliquaire à gauche, courait en boitant presque à cloche-pied en poussant des petits cris aigus d'exaltation. Il fuyait vers le bas de la ville en direction du fleuve. On eût cru apercevoir un druide complètement fêlé ou un vieux satyre pervers, les bras en l'air, s'échappant d'un asile de fous vers l'Arno.

Derrière, le général Lagarde le suivait, le regard fixé sur la seule chose qui l'intéressait : l'objet métallique tenu au bout du bras du vieux prélat.

Le prêtre arriva sur la place de l'église Santa Felicita. Le pont était devant lui. Le dévot se retourna pour vérifier que son poursuivant était toujours à ses trousses. Il lui montra de nouveau la clé en levant le bras et en l'agitant. Puis il trottina vers le haut du pont. Les échoppes des bijoutiers étaient fermées, les volets de bois baissés.

Lagarde, qui suivait, fit un signe à ses hommes pour qu'ils n'agissent pas. Il se gardait le plaisir d'anéantir, seul, ce vieux fou et de récupérer son bien lui-même. C'était une question d'honneur.

Les cloches des églises de Florence se mirent à sonner de concert. Il était six heures du matin. Le jour se levait.

D'abord construit en bois, puis reconstruit en pierre, le Ponte Vecchio était le plus vieux pont de Florence. Enrichi de boutiques et de maisons lui donnant cet aspect si particulier, il était le seul qui n'ait pas été détruit par les Allemands durant la Seconde Guerre mondiale.

Serafino Esposito approchait de l'endroit qu'il connaissait. Il avait eu la révélation la veille sur l'autel de la basilique souterraine à Rome lorsqu'il s'était vu comme Ganymède enlevé par Zeus. Son destin lui avait été montré et il allait l'accomplir d'ici quelques instants.

Il s'approcha du centre du pont, là où les boutiques ne cachent plus l'Arno et où trois arches permettent au fleuve de se révéler.

Il salua en baissant les yeux le buste de Benvenuto Cellini, célèbre orfèvre florentin, emblème des joailliers du pont. Ce buste avait été le seul témoin de l'assassinat de son père, quarante-cinq ans plus tôt. C'était à cet endroit que les hommes du patriarche avaient trouvé les traces du combat.

Il grimpa sur le parapet de pierre juste au-dessus du fleuve, du côté de l'église Santa Maria Novella, dont il voyait le campanile au loin.

La scène était prête.

Juste encore une chose…

Il prit le reliquaire. Le regarda. Le plus grand des initiés était avec lui. Mais ce n'était pas suffisant… Il devait être en lui.

Il empoigna l'écrin de verre et de bois et frappa la pierre.

Le reliquaire éclata, laissant choir l'objet qu'il contenait.

Serafino Esposito s'en empara.

Avant que Lagarde n'arrive, il fourra l'index de Galilée dans sa bouche.

Le général Lagarde montait le pont et entendit un bruit de verre brisé. L'endroit lui rappelait le jour où il était devenu le maître. Il y avait quarante-cinq ans jour pour jour. *Ce vieux dingue de Giuseppe Esposito n'avait rien voulu entendre*. En plus, *ce scélérat, ce traître*, l'avait pris par surprise, avec une arme cachée. Mais il avait été plus fort. Son jeune âge et son entraînement d'astronaute n'en avaient fait qu'une bouchée. Il lui avait crevé les yeux.

Il aperçut à son tour le buste de Cellini, dominant le pont face à l'Arno et, juste derrière, le fils Esposito, Serafino, qui tenait la clé en main au-dessus du fleuve. Il mâchouillait en le toisant du regard. Lagarde remarqua que l'objet que Serafino transportait avait explosé en morceaux sur le muret.

— Donne cette clé ! Elle est à moi ! lui lança le général.

Il reprit sans attendre :

— Tu me la donnes, et je te laisse la vie sauve.

— Viens la chercher mais sans ton arme, marmonna Serafino, la bouche pleine et le bras toujours tendu au-dessus du fleuve.

— Qu'est-ce que tu veux, Serafino ? Je te laisse ma place. Tu deviens maître mais tu me donnes cette clé… C'est du donnant-donnant. Jette-la-moi !

Lagarde déposa son arme au sol et se rapprocha du vieux prêtre. Chacun s'observait.

Le pont était désert, les hommes de Lagarde avaient fermé les issues. Ils n'étaient qu'eux deux.

Le général avait trop attendu, le temps pressait. Il fallait en finir. Il monta sur le muret et fit face au prêtre.

L'un était vêtu de blanc, l'autre de noir… un jeu de dames, ou d'échecs.

En dessous d'eux, quelques mètres plus bas, l'Arno coulait silencieusement.

— Tu as volé ma clé, Serafino, rends-la-moi ! Je te donnerai tout ce que tu voudras, lâcha de nouveau Lagarde.

— Tu as tué mon père, salopard ! Tu vas p…

Sur ce début de mot, Lagarde vit sortir une espèce d'os de la bouche du vieux dévot. C'était horrible. Son visage n'était que haine, et sa bouche débordante inspirait le dégoût.

Le vieil hirsute s'avança et, d'un geste rapide du poignet, actionna un mécanisme.

Une lame brillante fusa comme par magie de la manche du prélat. Son visage affichait un rictus de satisfaction.

— Espèce de traître ! Vieux démon ! hurla le général. Tu es comme ton père, un lâche, prêt à tout. Il avait la même arme mais cela ne lui a servi à r…

Lagarde ne put terminer sa phrase. Le prêtre balança un grand coup de bras vers le visage du général. La lame siffla dans l'air, tout près de sa joue, sans la toucher.

— Tu vas mourir ! Le grand maître en a décidé ainsi. L'honneur de ma famille sera vengé ! vociféra Serafino, la bouche toujours pleine.

Et il relança un coup de poignard vers le général.

Lagarde reculait sur le parapet. Il devait trouver un stratagème pour déséquilibrer le vieux fou vers le pont et non vers le fleuve. Récupérer la clé était capital.

La lame continuait à fendre l'air. Le prêtre devenait de plus en plus enragé. De la bave coulait de sa bouche. Il criait :

— Je suis le maître ! Ô Sainte Tetraktys, aide-moi ! Tu vas périr…

Le général n'avait pas d'arme pour faire face. Il lui vint une idée.

— Serafino, quand je t'aurai tué, je supprimerai de cette ville, avec l'aide du patriarche, toute trace de ta lignée. Nous effacerons les noms de ton père, de ta mère et de tous les autres Esposito gravés sur les tombes, et nous brûlerons leurs corps. Il n'y aura de survie possible ni pour toi ni pour aucun Esposito. Vous ne serez que des âmes errantes à jamais.

Le vieux fut décontenancé en entendant ces mots. C'était le pire qu'il puisse imaginer. Il eut un sursaut d'orgueil et se reprit.

Il aspira un grand coup d'air avant de jouer son va-tout.

À cet instant, il sembla suffoquer, s'étouffer même. Les yeux exorbités et le visage terrifié, ne pouvant dire un mot, il se jeta sur le pont dans un réflexe de survie.

Le choc du saut permit à l'osselet de se dégager. Il le cracha sous les yeux écœurés de Lagarde. Le moment de surprise passé, le général fondit sur lui comme un aigle sur sa proie.

Ils roulèrent sur le pavage. Serafino essayait tant bien que mal de toucher Lagarde avec son arme mais celui-ci le collait pour l'en empêcher. Après quelques rotations, le prêtre fut bloqué sur le dos au pied de la statue.

Lagarde était sur lui, plaqué comme une sangsue. Ils étaient face à face, les yeux dans les yeux. Serafino éructa de nouveau. Les mots ne sortaient plus.

Lagarde réussit à attraper le bras armé du prêtre. Il le dirigea vers ses yeux horrifiés. Les corps et les bras tremblaient, tétanisés par les forces déployées.

La pointe du couteau s'approchait inexorablement des yeux de Serafino…

— Je vais te les crever, sale vermine, comme à ton père.

Il se passa quelque chose dans la bouche du vieux prêtre…

Un reste de la relique se plaça de telle sorte qu'il la coinçât entre ses dents. Il entrouvrit ses lèvres et laissa apparaître la dernière phalange de l'index, celle avec l'ongle pointu. Il marmonna :

— Tu peux te la mettre dans l'œil !

Lagarde crut voir un sourire démoniaque.

Brusquement, le vieux dévot releva la tête d'un coup et enfonça le doigt de Galilée dans l'œil du général.

Lagarde hurla de douleur et vacilla, lâchant le vieillard, qui en profita pour se relever, crachant le reste de relique rouge de sang.

— Sale porc ! cria Lagarde, ensanglanté et l'œil crevé. Tu n'aurais pas dû !

Et il se jeta sur lui comme une furie. Lagarde tenta de l'étrangler, les mains autour de son cou. Il serrait de toutes ses forces.

Le vieux prélat, dans un suprême effort, se traîna vers le parapet pour jeter la clé qu'il tenait toujours.

Lagarde, comprenant cela, se projeta sur la main du prêtre et, dans la précipitation, ils basculèrent ensemble du pont, tombant quinze mètres plus bas dans l'Arno.

On entendit un léger bruit d'eau, puis plus rien.

59

Dominant l'Arno, les jardins Bardini, jouxtant ceux de Boboli, étaient encore plus beaux que leurs voisins. Ils étaient restés à l'abandon pendant des années. L'antiquaire Bardini, les ayant rachetés dans un état pitoyable, en fit un lieu splendide. Ils offraient sans aucun doute la vue la plus remarquable et la plus spectaculaire sur Florence. Un somptueux escalier baroque, des fontaines *glougloutantes*, des fleurs par centaines, iris, roses, hortensias et une magnifique pergola de glycines odorantes créaient une atmosphère romantique à souhait.

Christina marchait avec Lucas le long de l'allée les amenant vers le pavillon du Belvédère. Le mélange d'odeurs matinales l'envahissait délicieusement. Un feu d'artifice de senteurs de jasmin, de roses, de romarin et de menthe. Elle avait cette capacité de disséquer chaque détail olfactif et de le savourer dans ses moindres subtilités, et dans ce jardin à l'italienne, c'était un véritable ravissement. L'idée de s'arrêter là et d'y rester avec Lucas la séduisit. Elle lui parlerait d'étoiles et il lui raconterait ses histoires d'art et de peintures…

— Qu'avez-vous vu d'autre, Christina ?

Lucas la fit sursauter. Elle sortit brusquement de sa rêverie. Ils s'assirent sur une marche au bord du pavillon dominant le fleuve et la ville.

— Tout n'est pas perdu, Lucas. Il nous reste une possibilité de découvrir la vérité. Nous avons loupé la sphère de Santucci mais je pense savoir qui est l'autre astronome dont parle ma tante.

— Vous savez qui c'est ? Comment ça ?

— Lorsque je suis tombée au musée, mon visage a heurté la vitrine du fond face à la salle de la sphère armillaire. Une très large vitre derrière laquelle se trouvaient plusieurs grands globes célestes et terrestres…

— Oui, je me souviens bien, dit Lucas.

Christina s'interrompit et sortit de sa poche le message décrypté par le commandant Soukhoroukov. Elle le déplia.

— Regardez, dit-elle en lui désignant des mots. Du message décrypté, il nous est resté « Santu », et nous avons deviné que c'était « Santucci ». Et, plus loin, nous lisons « nelli »…

— En effet… mais encore ?

Lucas se frottait la tête avec la main, tentant de comprendre.

— Figurez-vous qu'au sol, devant mes yeux, j'ai vu fortuitement une inscription… Celle qui correspondait à la sphère placée juste au-dessus de moi.

— Qu'était-il écrit ? demanda Lucas, impatient.

— *Globo terrestre* « Vincenzo Coronelli » et « 1688 ».

— Comment ? Coronelli ! Bon sang, Christina, comment n'y avais-je pas pensé !

— Vous le connaissez ?

— Et comment ! Votre tante a travaillé sur ses œuvres durant plusieurs mois lorsqu'elle était à Paris ! Coronelli a construit deux globes gigantesques pour le roi Louis XIV. Ils sont d'ailleurs exposés à la Bibliothèque nationale de France et votre tante a participé à leur restauration.

— C'est incroyable… Mais alors, reprit Christina, tout excitée, le mot « soleil » du message n'aurait rien à voir avec notre étoile… Il pourrait simplement faire référence au Roi-Soleil ?

— C'est bien possible, Christina. Coronelli était un des plus illustres cosmographes de l'époque de Louis XIV. J'aurais dû y penser ! Il a construit les plus grands globes connus, à la mesure du plus grand monarque de l'époque.

— Nous devrions peut-être faire un saut à Paris ? suggéra l'astronaute. C'est notre dernière chance. Ma tante a dû trouver un indice sur ces globes.

Il y eut, pour une fois, un long silence. Chacun pensait à tous les événements qui s'étaient déroulés durant la nuit. Christina n'avait plus dormi depuis plus de vingt-quatre heures. Elle était exténuée mais se sentait portée par une force qui la dépassait. Un nœud ne s'était jamais desserré depuis ses cinq ans… Ces derniers temps, elle voyait de plus en plus souvent son père en rêve… Était-ce elle qui le cherchait ? Ou alors l'inverse ? Où était-il ? Cette question était devenue une obsession.

Le jour se levait sur Florence. Les étoiles s'effaçaient une à une pour laisser place à la lumière de l'astre roi. De la hauteur où ils se trouvaient, la vue était incomparable, autant sur l'étendue des toits rougeâtres, au milieu desquels la coupole du majestueux Duomo apportait une note ronde et orangée, que sur les collines vertes entourant la ville que les nombreux ponts s'étirant sur le fleuve comme des chats engourdis permettaient d'atteindre.

Mille et un détails indiquaient le réveil de la cité. Depuis leur balcon de verdure, Christina et Lucas assistaient au passage d'acte. La scène changeait. Le décor et les personnages aussi. Du bleu nuit du dessus, on passait progressivement au bleu ciel du dessous alors qu'au sol les bleus de travail reprenaient le dessus.

— Christina ?

— Oui… répondit-elle, fascinée par le spectacle.

— La clé de John…

— Bon Dieu, Lucas, vous avez raison !

Elle fouilla au fond d'une poche de sa petite veste en cuir. Elle sentit l'objet étrange et froid et le sortit.

— Je n'y pensais plus, Lucas, tout est allé trop vite et nous n'avons pratiquement pas dormi…

— John vous l'a donnée au péril de sa vie. Elle doit être indispensable pour notre enquête. Il nous a parlé d'un code… Mais pour ouvrir quoi ?

— Tout ce qu'il disait était confus, soupira Christina. Il a mentionné plusieurs fois Pythagore… Peut-être était-il au courant pour la secte ? Il m'a dit que je devais *y* aller, qu'*elle* allait bientôt arriver, mais il ne m'a dit ni où ni quoi…

Lucas l'écoutait parler avec attention. Il avait raté le début de la rencontre avec John, le troisième astronaute de la mission Apollo 18.

— Si mon souvenir est bon, continua Christina, il m'a demandé aussi « d'arrêter tout »… Mais arrêter quoi ? grimaça-t-elle.

— J'ai entendu ses derniers mots, Christina. Il a prononcé « chapelle » et « espagnol ».

Christina confirma par un hochement de tête.

— Et puis il a dit « conjonction », « Pythagore » et « résurrection », ajouta-t-il.

— Je ne sais plus l'ordre, mais c'était à peu près ça, confirma-t-elle de nouveau.

— Christina, je vous ai dit que j'avais travaillé ici à Florence pour ma thèse en histoire de l'art…

— Oui, et je l'ai bien remarqué, Lucas. Vous m'avez servi de guide depuis que nous sommes dans cette ville ! Mais à quoi voulez-vous en venir ?

— Eh bien, tout près de la gare, dans le cloître de la basilique Santa Maria Novella, se trouve une chapelle qui porte ce nom singulier de « chapelle des Espagnols ».

Lucas s'arrêta de parler. Il prit le temps de réfléchir.

Le visage de Christina se décrispa. Les mots de John prenaient un sens…

— Laissez-moi voir cette clé… Elle pourrait nous indiquer quelque chose.

L'objet qui reposait sur la main de l'astronaute ressemblait à une clé épaisse et allongée. Elle était organisée autour d'un axe creux, où des cylindres jouxtant des formes hexagonales et octogonales pivotaient pour donner des combinaisons multiples. En l'examinant de plus près, on distinguait autour de chaque cylindre une suite de lettres gravées. Il y avait sept cylindres, donc sept lettres à trouver parmi sept alphabets gravés.

Christina lui lança :

— Sept cylindres et vingt-six lettres… Le nombre de combinaisons possibles est phénoménal !

— Effectivement, cela ne va pas être facile à trouver, grimaça l'assistant du professeur. N'y a-t-il rien d'autre d'indiqué ?

Elle tourna la clé dans tous les sens. À part les sept alphabets, aucune autre inscription n'apparaissait. Seule une marque au-dessus indiquait l'axe d'alignement des lettres pour la combinaison finale.

— À quoi pourrait servir cette chose ? se demanda tout haut Lucas en se grattant le crâne. Une clé sert à ouvrir…

— Oui, mais aussi à mettre en marche ou à arrêter, répliqua Christina. C'est une autre possibilité. John nous a dit plusieurs fois « allez-y », et encore « allez-y pour l'humanité ». Et puis il nous a dit aussi « arrêtez tout ». Nous devons donc en premier lieu trouver ce code, nous rendre au bon endroit et, avec cette clé, il se pourrait que nous devions arrêter quelque chose… Et tout cela aurait à voir avec Pythagore…

— Pythagore n'utilisait pas de machine à son époque, en tout cas certainement pas avec des clés comme celle-ci, rétorqua Lucas. Non, je pense que la question serait plutôt de savoir s'il y a quelque chose à ouvrir ou à fermer touchant de près ou de loin ce mathématicien.

L'un et l'autre cogitaient, essayant de trouver le détail qui leur avait échappé et qui aurait pu les aider. Lucas se remit à parler.

— Tout à l'heure, je vous ai parlé de cette pseudo-secte pythagoricienne et je vous ai dit que nous avions quelques éléments à son sujet pour prouver son existence. En fait, nous n'avons malheureusement pas grand-chose. Nos experts ont cherché partout, sans beaucoup de succès. Comme je vous l'ai dit, le pythagorisme est resté un enseignement oral. Tout n'est que supposition… Cependant, quelques historiens ont mis le doigt sur des détails troublants et, parfois, le hasard a dévoilé des choses…

Christina fixa de nouveau Lucas dans les yeux.

— Mais encore ?

— Par exemple, le pur hasard a fait qu'à Rome, en 1917, lors de travaux sur une voie ferrée près de la porte Majeure, on a découvert, à la suite d'un éboulement, une basilique souterraine.

— Une basilique sous terre ?

— Oui, une découverte inespérée et bien étrange, à dix mètres de profondeur ! En fait, un temple païen vieux de deux mille ans et dédié aux mystères. La plus importante découverte souterraine faite à Rome depuis celle des catacombes.

— Jamais je n'ai entendu parler de basilique enterrée. J'ignorais qu'il en existât.

— Certains ont parlé de sépulture mais on y a trouvé des restes de sacrifices, ce qui démontre le caractère religieux de l'édifice. La décoration rappelle des scènes de la mythologie, illustrant la destinée de l'âme et les secrets de l'initiation. Tout semble indiquer que nous sommes en présence d'un temple pythagoricien.

— Peut-on le visiter ?

— Justement, non. Il est connu depuis un siècle et rien n'a été fait pour le mettre en valeur et le restaurer… comme si on empêchait le simple fait d'en parler. Vous voyez, tout cela reste très protégé et secret. Nous pensons que des messes y sont célébrées de nouveau mais nous n'en avons pas la certitude.

— Et avant, où se déroulaient ces messes alors ?

— C'est une excellente question… Nous n'en avons aucune idée. Mais ce que nous avons compris, c'est qu'à la Renaissance, le pythagorisme a fait des émules parmi les scientifiques et les gens cultivés. Il y a eu une grande effervescence à cette époque autour des idées et de la culture grecques. Il est très possible que les pythagoriciens se voyaient pour s'initier aux mystères grecs ici même à Florence ou à Rome… mais nous ne savons pas où exactement. Dans le culte de Pythagore, celui qui dévoile risque fort de disparaître… d'où le peu de renseignements dont nous disposons.

— Lucas, pour en revenir à la clé, si John, qui était dans l'équipe de mon père, me l'a donnée, cela laisse à penser que la réponse est peut-être dans l'espace.

— C'est une possibilité. Nos services ont étudié tous les scénarios possibles, mais les Américains ont une longueur d'avance sur nous en matière de technologie. Peut-être la clé de cette histoire est-elle en effet dans l'espace…

— C'est le cas de le dire, ironisa Christina.

— Et peut-être votre mission vers l'ISS est-elle nécessaire pour certaines personnes ? Rappelez-vous, Christina, ce « Lagarde » ne vous a-t-il pas épargnée ?

— Vous croyez vraiment, Lucas, que la réponse se trouve là-haut ?

Lucas la regarda. Christina consulta sa montre.

— Je décolle dans moins de vingt-quatre heures, Lucas, nous ne pouvons pas traîner.

— Quels sont vos plans ? lui demanda-t-il.

— Je crois qu'un petit tour à Paris pour découvrir ce que Coronelli a caché sur les globes du Roi-Soleil s'impose.

— Après avoir raté Santucci, il nous reste en effet Coronelli… mais avant lui, il y a un endroit à Florence que nous devons absolument visiter. Je suis persuadé que John nous l'a indiqué.

— Vous parlez de la chapelle des Espagnols ?

— C'est bien d'elle qu'il s'agit. Je la connais. Elle mériterait une petite visite approfondie…

Ils filèrent vers la place Michelangelo à la recherche d'un taxi.

Au fond du jardin, ils sautèrent au-dessus d'une barrière, comme des voleurs quittant le lieu de leur larcin. Lucas donna la main à Christina. Il eût aimé la garder un peu plus de temps dans la sienne mais la timidité de l'astronaute en décida autrement. Un peu embarrassé, il s'excusa en prétextant l'avoir aidée pour aller plus vite.

Ils prirent un taxi sur la place que surplombait l'église San Miniato al Monte. À cette heure-là, le quartier ne grouillait pas encore de touristes. Ils demandèrent au chauffeur de les conduire à Santa Maria Novella en évitant le centre-ville.

Juste au moment où ils passèrent sur le Ponte Santa Trinita, une ombre apparut sous l'eau. Elle s'extirpa du fleuve en boitant et se traîna tant bien que mal vers un escalier donnant sur la berge. Dans sa main, elle serrait une pièce métallique. Elle éructa.

60

Dans la salle de contrôle, le silence était revenu. Les écrans restaient noirs, ils n'avaient eu que le son.

La liaison s'était subitement interrompue. Ils avaient entendu des bruits d'une rare violence. Des souffles, des chocs, des râles… Cela ressemblait à une lutte terrible. Et puis le système s'était déconnecté, juste après les derniers mots plus ou moins audibles : « Tu vas crever… »

Bennett et Lewis scrutèrent alors toutes les images des caméras placées autour du pont. Aucune trace du général ni du vieux barbu. La caméra thermique qui était pointée sur la zone depuis le satellite ne révéla rien.

— Où sont-ils ? demanda Bennett. Où est le général ? insista-t-il.

Ils donnèrent l'ordre aux hommes sur place de fouiller le pont. Rien n'y fut trouvé.

— Je ne vois que le fleuve, dit Lewis, l'air songeur.

— Je prends les commandes, Lewis. Nous sommes les derniers gardiens du secret et nous devons tout faire pour le préserver. Ce trésor appartient à notre pays et nous sommes payés pour le protéger. Faisons le point, suggéra-t-il en fixant son collègue.

Il s'assit à la place du général.

— Le plan A tombe à l'eau puisque nous ne recevons plus aucun signal de la Lune.

— Aucun signal, confirma Lewis en contrôlant l'écran.

— Le plan B reste notre dernière chance. Tous ceux qui sont dangereux doivent être éliminés. En priorité la Grecque et le Français. Nous mettons tous nos agents sur eux. Ils ne peuvent pas nous échapper, Lewis.

— Oui, capitaine, mais le général a bien dit de ne pas toucher à la femme…

— Je sais. Il avait un autre plan pour elle mais il ne nous a rien communiqué à ce sujet. Nous ne pouvons pas prendre de risques, Lewis. Il faut l'éliminer, pas le choix. Amenez le maximum d'hommes sur place. Nous devons les retrouver coûte que coûte, ainsi que le général, s'il est encore vivant.

61

Le taxi s'arrêta devant la gare, après un long détour pour éviter le centre. Les Florentins commençaient à affluer, pressés de rejoindre le train qui les amènerait pour la plupart sur leur lieu de travail. Seules deux personnes traversèrent la place à contresens, se dirigeant le plus discrètement possible vers la basilique Santa Maria Novella.

Le père Ignazio ferma la grille et tourna la clé à double tour. À une heure si matinale, il ne lui était jamais arrivé de trouver le cloître ouvert. D'habitude, il l'ouvrait en arrivant, puis le refermait pour enfin le rouvrir vers neuf heures du matin pour les visites.

À peine eut-il tourné le dos pour rejoindre son église qu'il entendit une voix qui le hélait.

— *Padre... Padre !*

L'abbé, surpris, se retourna et aperçut un couple derrière les grilles.

Plutôt étrange à cette heure, se dit-il.

Le couple semblait insister.

Il se rapprocha.

— *Mi scusi, padre*… Pourriez-vous nous accorder une faveur ? Ma fiancée est espagnole et voudrait visiter la chapelle. Nous avons un train dans une heure et…

Lucas prit son air le plus charmeur possible pour tenter de convaincre le moine.

— Vous ne m'aviez pas dit que vous parliez italien, Lucas, s'étonna Christina en lui donnant un coup de coude.

Lucas reprit :

— *Padre, per favore*… Juste un petit moment pour ma fiancée… La chapelle est si belle et…

— C'est vrai qu'elle est belle, cette chapelle, coupa l'abbé dans un superbe français.

Il leur adressa un grand sourire.

— Vous… vous parlez français, *padre* ? s'étonna l'archéologue.

— J'ai bien entendu votre petit accent français, vous savez. J'ai passé quelques années de ma vie au couvent dominicain de Toulouse. Magnifique pays que le vôtre !

— Nous avons de la chance de tomber sur vous, mon père. Vous nous laisseriez voir la chapelle ?

Le père Ignazio s'approcha et vint se mettre près de la grille. En le voyant de près, Christina se dit qu'il avait tout du frère « Petit Jean » de *Robin des Bois*. Pas très grand, ventripotent, avec une belle tonsure sur le crâne. L'archétype parfait du moine épicurien rencontré dans les histoires médiévales.

— Votre fiancée parle-t-elle français ou espagnol ? demanda le père abbé en fixant Christina d'un regard plein de bonté.

— Ooh… elle est grecque, mon père, mais elle parle très bien le français.

Christina décocha un nouveau coup de coude à Lucas en lui rappelant : « Vous lui avez dit que j'étais espagnole ! »

— Aïe ! cria Lucas.

Le père Ignazio le regarda avec étonnement.

— Mes rhumatismes, mon père. Ils me font souffrir.

— Vous ne m'aviez pas dit qu'elle était espagnole ?

— Oui, mon père, répondit Christina en français. Je suis grecque par mon père et espagnole par ma mère.

— Aah, ça, c'est intéressant ! Je connais bien la Grèce aussi. J'ai des amis moines au monastère de Varlaam, dans les Météores, dit le moine, en grec.

— C'est un très bel endroit, mon père. Et vous parlez admirablement le grec ! reprit-elle.

Le père Ignazio, fier de montrer ses connaissances linguistiques, continua en espagnol. Il se lança dans un discours sur l'usage des langues. Christina et Lucas n'y comprenaient pas grand-chose, à vrai dire rien du tout. Ils devaient reprendre la situation en main avant qu'elle ne leur échappe.

— *Scusi, padre*, nous n'avons pas beaucoup de temps à cause du train, intervint Lucas en regardant sa montre.

— Oh, excusez-moi, je m'emporte ! Vous savez, c'est tellement rare de parler quatre langues dans une même conversation.

Le père sortit son trousseau de clés et ouvrit la grille.

— Venez, mes amis (en italien), je vais vous conduire à la chapelle des Espagnols.

— Merci, mon père, ma femme et moi sommes ravis de votre amabilité, dit Lucas en suivant l'abbé.

Christina lui décocha de nouveau un coup de coude.

— Je ne suis pas votre femme, Lucas !

— Aïe ! cria encore Lucas.

Le père abbé se retourna.

— Mes rhumatismes, mon père, encore mes sacrés rhumatismes !

Ils pénétrèrent dans la basilique à la suite du moine. Lucas fut prié de ne rien dire. Le père Ignazio n'attendait qu'une parole pour se lancer de nouveau dans un discours interminable et Christina l'avait bien compris. Lorsque Lucas feignit d'ouvrir la bouche pour exprimer son admiration dans la basilique, un « aïe ! » sortit, suivi dans la foulée par « toujours mes rhumatismes ».

Le père Ignazio se retourna deux ou trois fois, par curiosité, se demandant à quel genre de couple il avait affaire. Mais leurs visages étaient plutôt sympathiques et il se dit que l'homme devait réellement souffrir d'une maladie articulaire.

— Voici le cloître vert, mes amis. La chapelle que vous cherchez se trouve juste là en face, dit-il en montrant la galerie qui entourait le jardin.

Ils descendirent quelques marches en quittant la basilique, passèrent devant le cloître des morts, et parvinrent devant l'entrée de la chapelle.

— La voilà. C'est une pure merveille ! Trop peu de gens la connaissent. Voulez-vous que je vous la fasse découvrir ?

— Merci, mon père, mais ma fiancée aimerait se recueillir un moment, je pense. Sa mère espagnole ne va pas bien et elle voudrait prier pour elle.

Christina se donna un air triste et affligé, baissant les yeux et joignant les mains.

— Je vois, dit l'abbé. Appelez-moi pour sortir, je serai dans la basilique.

— *Grazie mille, padre !* dit Lucas en prenant Christina par la taille et en l'entraînant vers la porte ouverte de l'ancienne salle capitulaire.

Le père Ignazio souleva les paupières d'un air étonné en voyant le couple s'engouffrer à toute allure dans la chapelle. Il haussa les épaules et s'éloigna, navré du déroulement si bref de cette rencontre.

Christina, à peine entrée, resta ébahie quelques secondes, éblouie par la splendeur du lieu.

Les fresques couvraient tout. Pas un seul recoin qui n'ait été oublié par les peintres.

La chapelle des Espagnols était quadrangulaire avec, à l'opposé de la porte d'entrée, une petite abside surélevée qui abritait un autel et un grand crucifix en marbre. Une élégante voûte à croisée d'ogives surplombait l'ensemble. Tout était harmonie.

— Cette salle est grandiose ! s'exclama-t-elle. Je m'imaginais une petite chapelle… C'est géant !

— Elle a été utilisée comme salle capitulaire pour le couvent à l'origine, puis elle a été concédée à Éléonore de Tolède, l'épouse du grand-duc Cosme Ier, pour sa suite espagnole, fit remarquer l'archéologue.

— Décidément, vous connaissez tout, Lucas ?

— Je m'y suis intéressé durant mes études, et…

Lucas marqua une petite hésitation.

— Et quoi ? demanda Christina.

Lucas contemplait la salle avec intérêt.

— Et puis… vous vous souvenez, Christina, je vous ai parlé de cette secte pythagoricienne et de leur lieu de culte.

— À Rome ? La basilique souterraine ?

— Oui, nos historiens ont bien pensé qu'elle pouvait être l'endroit de culte de cette secte… Mais le problème réside dans le fait qu'elle a été retrouvée seulement en 1917, il y a un peu plus d'un siècle, d'où la question de savoir quel était le lieu de culte durant les siècles précédents. En bref, où se réunissaient les initiés avant cette date…

— Vous voulez insinuer que la chapelle où nous nous trouvons a quelque chose à voir avec le culte de Pythagore ?

— C'est une possibilité. John vous a parlé de cette chapelle et d'un mystérieux code… Cet endroit va peut-être nous donner des indices pour répondre à nos questions.

Christina regarda une à une les parois peintes autour d'elle. Chaque mur de la chapelle semblait illustrer un message théologique bien particulier.

Le mur en face de l'entrée, où se trouvait l'autel, racontait avec moult détails la passion et la résurrection de Jésus, décrites à la façon d'un film.

Celui de droite donnait, lui, une représentation de l'Église militante et victorieuse contre les hérétiques et les infidèles. Plus haut, sur la voûte, une barque conduite par saint Pierre symbolisait les « pêcheurs d'âmes ».

— Et pourquoi aviez-vous pensé à cette chapelle avec vos experts ?

— Regardez là, Christina.

L'astronaute se tourna vers le troisième mur, celui à gauche de l'entrée.

Il était différent des autres. La fresque de ce côté représentait une pyramide de personnages. On eût dit une grande assemblée autour d'un homme central habillé en robe noire. Tout le monde était assis. Au fur et à mesure que l'on descendait vers la base de la pyramide, les personnages semblaient moins charismatiques et même quelque peu distraits. Sauf un, juste au milieu, en bas, que Christina repéra tout de suite. Celui-là regardait devant lui et souriait. Mais le plus fascinant était cette rangée horizontale de trônes, à mi-hauteur de la fresque, sur lesquels siégeaient quatorze figures féminines alignées en deux groupes distincts de sept. Des femmes plus majestueuses les unes que les autres, assises à l'instar de juges et aux pieds desquelles, sur un même alignement, des personnages masculins semblaient réfléchir. Chacun de ces hommes tenait un livre à côté de lui.

Christina n'imaginait pas que l'on eût pu peindre, au XIVe siècle, de telles beautés féminines à l'intérieur d'une église et en particulier à l'endroit où, en général, ne figuraient que des hommes, c'est-à-dire sur des trônes ou des stalles.

— C'est surprenant, dit-elle à Lucas. Je n'ai jamais vu pareille scène.

— Je pense en effet que cette fresque est la plus intéressante de toutes.

— Que signifie-t-elle ?

— Le « Triomphe de la doctrine catholique ». Le personnage le plus grand, en soutane noire au milieu et peint sur un trône, c'est saint Thomas d'Aquin.

— Et en dessous ? Qui sont donc ces femmes ?

— Elles symbolisent les Arts et les Sciences. Saint Thomas d'Aquin tenait beaucoup à l'étude de ces dernières. L'artiste de cette fresque nous fait comprendre, par une allégorie, que toutes les sciences concourent à la perfection intellectuelle de l'homme afin qu'il puisse atteindre le but ultime : Dieu.

— Vous n'arrêtez pas de me surprendre, Lucas !

— Je fais des recherches sur cette secte depuis des années. Vous allez comprendre maintenant pourquoi cette chapelle est depuis un bon moment au centre de nos préoccupations.

Lucas s'interrompit. Il réfléchissait à la meilleure façon d'expliquer tout cela.

Il se rapprocha du côté droit de la grande fresque.

— Dans ce groupe de femmes, on trouve entre autres l'allégorie de la Grammaire, de la Musique, de l'Astronomie, et encore celles de la Géométrie et de l'Arithmétique.

— Et ces hommes assis juste en dessous d'elles ? Qui sont-ils ? coupa l'astronaute, pressée de comprendre.

— C'est ici que cela commence à devenir intéressant… Ce sont d'illustres représentants des sciences et des arts auxquels ils correspondent.

Christina passait en revue les personnages masculins.

Elle s'arrêta et en fixa un en particulier. Elle l'avait remarqué dès le début. Il était assis juste au centre de la rangée. Il tenait un livre dans la main gauche, saluait de la main droite, et regardait devant lui comme s'il s'adressait à un public. Il était le seul qui fixait l'observateur. Elle remarqua que les autres regardaient ailleurs. La femme au-dessus de lui se distinguait nettement de ses voisines. Elle portait un habit d'or.

— Et celui-ci, devant vous, c'est Pythagore… précisa Lucas.

Lucas et Christina se trouvaient face à lui… le maître de Samos. Ils le contemplaient.

— On dirait qu'il a quelque chose à nous communiquer, dit-elle en réfléchissant.

— Avez-vous vu sa position, Christina ? Je doute qu'il ait été placé là par hasard, en plein centre.

Lucas examina de nouveau les murs avec attention puis continua :

— Regardez ! À ma connaissance, il n'y a, dans aucune autre chapelle, des symboles païens aussi puissants. Les nombres et l'arithmétique sont au centre même de la fresque. À côté de Pythagore, vous apercevez Euclide et Ptolémée, des savants certainement adeptes de sa doctrine, ne vivant que pour les nombres. Et regardez la barque, là-haut…

Il désigna le plafond au sommet de la voûte droite. Christina l'aperçut, à la croisée des ogives, toute proche de la clé de voûte.

— Savez-vous, Christina, que dans le culte pythagoricien, les âmes, après la vie sur terre, voguent en barque vers l'île des Bienheureux, appelée aussi les « Champs Élysées » ? Les pythagoriciens croient en la vie éternelle.

— Comme dans la religion catholique…

— Oui, et d'ailleurs comme dans pratiquement toutes les religions. Toujours cet idéal du paradis.

— Cette chapelle catholique serait-elle ce fameux temple païen que vous cherchez, celui d'avant Rome ?

— C'est l'endroit parfait. Faire exister ce culte, à l'insu des inquisiteurs, au sein même de l'église, quelle meilleure cachette ?

Lucas se tut quelques instants en observant la chapelle.

— Pour une chapelle à vocation catholique, il y a quand même à cet endroit des choses étranges. Rendez-vous compte de la place que l'on a réservée à Pythagore… Nous voyons bien en entrant qu'il nous salue. Et puis je ne vous ai pas tout dit ; sur cette fresque, il y a d'autres symboles très intéressants. Regardez, sur le haut des trônes des sept femmes de droite, on remarque chaque fois un petit quadrilatère dans lequel est inscrite une lettre.

— Oui, je les vois, Lucas.

— Les sept lettres sur les sept trônes représentent les initiales des sept planètes connues à l'époque.

— Les sept planètes ? Ici dans une chapelle ?

— Absolument. Dans la conception médiévale, à chaque science correspond une planète. Au-dessus d'Euclide qui représente la Géométrie, vous voyez une femme tenant un compas et une équerre et, dans le petit carré au-dessus d'elle, il y a un « M » comme celui de la planète *Martis* en latin.

— Et pour Pythagore ?

Elle se rapprocha du mur.

— Je vois un « I » ! lança-t-elle.

— Oui, Pythagore représente l'Arithmétique. La femme en or au-dessus de lui tient une table de multiplication et sa lettre est effectivement un « I » pour *Iovis*, qui veut dire Jupiter en latin.

— C'est incroyable ! souffla Christina. Les initiales des planètes au milieu des saints !

— Et ce n'est pas tout ! Les figures allégoriques des femmes sont au nombre de quatorze : sept à droite et sept à gauche. Ce n'est pas un hasard, c'est la symbolique des nombres, et particulièrement du chiffre sept.

— Ah bon ? s'exclama-t-elle.

— Pour les pythagoriciens, la valeur des chiffres est fondamentale. Tout est nombre et les nombres sont dans tout. Le sept est le chiffre de la création. Il est composé du quatre, pour les quatre éléments fondamentaux, et du trois qui représente la trinité créatrice. On retrouve sept carrés au-dessus des figures féminines à droite. Sept femmes et sept carrés, car il y a sept planètes. Ces planètes ont donné leur nom aux sept jours de la semaine. Sept, tout comme l'arc-en-ciel a sept couleurs et la musique sept notes différentes.

— Incroyable… mais vous oubliez les sept nains, ajouta tout bas Christina avec un sourire narquois.

— Il y a aussi les sept péchés capitaux… et la moquerie pourrait en faire partie…

Elle rougit et regarda Lucas dans les yeux avec une pointe d'admiration.

— Vous êtes surprenant, Lucas. Vraiment…

Les premiers rayons du soleil tentaient de pénétrer discrètement par les deux fenêtres romanes à colonnettes torsadées. Une luminosité orangée s'installait à l'intérieur de la chapelle. Lucas et Christina contemplaient la fresque qui, lentement, s'éveillait. Les tons chaleureux, refroidis et ternis par la nuit, commençaient à reprendre des couleurs. Quelques petites taches lumineuses et mouvantes, telles des étincelles, se multipliaient. Elles finirent par embraser le mur de la Résurrection et s'y consumèrent, doucement… par passion. Enfin, les premières lueurs dorées se frayèrent un chemin à travers le cloître vert et vinrent illuminer le Christ suspendu au-dessus de l'autel, dans un miraculeux contraste de lumière entre l'abside centrale et le reste de la chapelle toujours endormie.

— Regardez, Lucas, le jour se lève juste sur le Christ.

Alors, la chapelle se colora des lueurs du jour. Ce fut le moment où lumière de l'aube et lumière des bougies se défièrent le temps d'un instant. Comme chaque fois, chacune invoqua les saints et finit sa bravade en se mélangeant à l'autre, pacifiquement.

Après les jardins Bardini, Christina vivait de nouveau un moment suspendu, comme une parenthèse émouvante. Ici ce n'était pas la nature qui la touchait, mais le mystère et le sacré que dégageait la chapelle.

Christina tenait la clé au creux de sa main.

— Lucas, si nous sommes ici, c'est pour ceci.

La clé scintilla lorsqu'elle ouvrit la main.

— Le code, Christina ! Vous avez raison !

Lucas se mit à réfléchir ; il fixait un point invisible, le regard perdu. Cela dura quelques instants. Sortant de ses songes, il reprit, perplexe :

— Cette clé, nous ne savons absolument pas ce qu'elle ouvre.

— Lucas, si John me l'a donnée, c'est qu'il est possible de l'utiliser.

Elle continua après un nouveau temps de réflexion.

— J'ai appris une chose dans la vie, Lucas, et cela s'est avéré correct plus d'une fois.

— Dites-moi… fit-il.

— Eh bien, si vous désirez quelque chose très fort, tout ce qui est autour de vous va faire en sorte que vous l'obteniez. La nature et l'univers vont se mettre au diapason avec vous pour vous aider. Mais il faut le vouloir, Lucas, intensément.

— Vous croyez que c'est aussi simple que ça ?

— Laissons venir les choses. Faites confiance à votre intuition et laissez faire la providence.

Christina se souvenait que, douze heures plus tôt, dans le hall du musée d'Athènes, Lucas était apparu par enchantement et qu'un peu plus tard, la découverte des fèves de façon tellement hasardeuse les avait sortis d'une situation compliquée. Elle pensa à son père et mit la main machinalement sur son pendentif. Elle continua :

— John nous a envoyés vers cette chapelle sachant bien que nous serions capables de trouver la réponse.

Christina ressentait l'hésitation de son compagnon. C'était à son tour de prendre la direction des opérations. Son métier lui avait appris à faire face à toutes les situations et à trouver des solutions. Elle allait montrer à l'agent secret qu'elle pouvait être à la hauteur. Après tout, c'était à elle que John avait remis la clé…

— Nous devons trouver sept lettres pour obtenir la combinaison, Lucas. Alors, soit c'est un mot de sept lettres, soit sept lettres qui se suivent sans rapport l'une avec l'autre, par exemple des initiales de noms.

Elle s'arrêta et regarda Lucas qui acquiesçait de la tête. Ils allaient trouver. *Pour honorer son père, sa tante, Xénophon et tous ceux qui avaient péri ou disparu à cause de ce satané secret.*

— Je suis pratiquement certaine que John a prononcé les noms « Pythagore » et « Ptolémée », les deux éminents astronomes, et je pense avoir entendu le terme « conjonction » quand il me donnait la clé.

— J'ai entendu aussi « résurrection », Christina, précisa Lucas. Ça m'a surpris d'entendre ce mot. C'est pourquoi je l'ai retenu.

— Résurrection… Oui, c'est vrai, je me souviens.

— Pythagore et Ptolémée sont des noms qui ont plus que sept lettres, coupa Lucas.

— Nous pourrions peut-être prendre leurs initiales, proposa-t-elle. « P » et « P » pour les deux premières lettres.

Christina tint la clé juste devant elle et tourna les deux premières bagues pour aligner les lettres « P » aux endroits appropriés.

— N'allons pas trop vite, Christina. Il nous faut de toute façon les autres lettres. À nous de comprendre le message de John.

Tous les deux se tenaient devant la grande fresque s'étalant sur le mur gauche de la chapelle. Lucas prit un peu de recul pour élargir son champ de vision. Christina se rapprocha des personnages. Elle contemplait les femmes assises.

Son regard se focalisa sur les petits carrés inscrits au-dessus de chaque visage.

— Lucas, lança-t-elle, les initiales des sept planètes ! La clé présente justement sept bagues ! Qu'en pensez-vous ?

— Ce serait trop facile, Christina… mais nous pouvons essayer.

Christina déchiffrait déjà les sept lettres. Elle parlait à voix haute, concentrée, juste en face de Pythagore.

— Nous avons d'abord le « I », au-dessus de Pythagore, dit-elle en fixant le savant grec qui semblait l'interpeller.

— Absolument, confirma Lucas.

— Ensuite, je vois un « M » dans le second carré.

— Oui, le « M » de la planète Mars pour Euclide, le grand géomètre de l'Antiquité.

— Dans le troisième, je lis un « S », ce doit être Saturne, pour Ptolémée, car la femme au-dessus de lui tient un astrolabe, dit-elle en regardant le visage de Lucas.

— Bien vu ! Et ensuite nous avons de nouveau un « S », pour le Soleil, dit-il en se rapprochant de la fresque.

— J'aperçois un « M » au-dessus de la cinquième femme.

— C'est la planète Mercure. Et pour la sixième…

— Je vois un « V » dans le carré.

— C'est sûr, le « V » de Vénus, confirma l'archéologue.

Christina s'arrêta devant la dernière femme. Les quelques rayons de soleil l'empêchaient de distinguer la lettre inscrite dans le dernier carré. Elle semblait, en plus, légèrement effacée.

— Impossible de la déchiffrer, grimaça-t-elle.

— Cela ne peut être que la Lune, c'est la dernière des sept planètes que nous recherchons. Ce ne peut être qu'un « L », pour *Luna*.

— C'est un comble que le soleil nous empêche de la voir ! plaisanta Christina.

Christina posa la clé métallique devant elle et tourna un à un les cylindres gravés. Les facettes en métal poli reflétaient les premières lueurs du jour comme un diamant orangé.

I M S S M V L

— Voilà les initiales des sept planètes, dans le même ordre que sur la fresque.

Christina avait aligné les cylindres pivotants correctement sur le guide. Chaque hexagone ou octogone lié à ces cylindres s'était placé pour donner une forme particulière à l'ensemble. Mais rien ne se passa.

— Devrait-il se produire quelque chose, Lucas ? demanda l'astronaute, hésitante. Je n'ai entendu aucun déclic, et je ne trouve pas cette forme de clé très harmonieuse…

— Ce n'est sans doute pas la bonne combinaison. J'imagine que cet objet devrait nous indiquer d'une quelconque façon que le code est bon. Soit un bruit, soit autre chose. Je ne sais pas… Mais vous avez raison, cherchons l'harmonie, comme vous le dites bien.

— Que voulez-vous dire, Lucas ?

Il s'était subitement arrêté de parler et fixait de nouveau un point dans le vague, bouche entrouverte. Puis ses yeux s'illuminèrent. Il sursauta.

— L'harmonie… Évidemment ! C'est l'harmonie des sphères !

Christina le regardait, amusée, se délivrer d'un poids. Il jubilait. Elle n'en était que plus heureuse mais lui demanda tout de même :

— Qu'est-ce que c'est que ça, Lucas ?

— Pythagore a trouvé un magnifique principe : le rapport divin entre les choses, que l'on appelle le « nombre d'or », et qui porte aussi le nom d'« harmonie ». Cette harmonie, nous la retrouvons partout autour de nous ; dans la nature où les proportions sont remarquables, dans les mélodies, et bien entendu dans le cosmos. Pythagore a cherché toute sa vie l'origine de cette harmonie. Il l'a trouvée dans les nombres et il a été le premier scientifique à associer étroitement la musique et l'astronomie. Il a découvert l'harmonie des sphères.

— Mais qu'est-ce exactement ? insista de nouveau Christina, qui ne comprenait pas trop.

— Pythagore s'est aperçu que chaque planète vibrait à sa façon et émettait un son selon son éloignement à la Terre et suivant sa vitesse. Ainsi Mercure et Vénus, évoluant rapidement, produiraient un son plus aigu et, inversement, Jupiter, se déplaçant lentement, émettrait un son grave. Si vous voulez, par analogie, il a associé l'astronomie à la musique, les mouvements des cordes des instruments pouvant être comparés aux mouvements des corps célestes. Dans la gamme pythagoricienne, le *si* est associé à Saturne, et le *la* à la Lune. C'est la musique céleste, ou l'harmonie des sphères.

— Je n'ai jamais entendu parler de ça, dit Christina, surprise. La musique des planètes ?

— Oui, mais il semble que seul Pythagore l'entendait…

Il continua en regardant la clé sur la main de Christina.

— Cette clé, divisée en sept cylindres, doit correspondre à cette harmonie. Non seulement dans sa forme, qui devrait devenir harmonieuse, mais peut-être dans un son qu'elle pourrait produire lorsque nous aurons trouvé le code.

— Un son, vous pensez ?

— Celui qui l'a réalisée devait bien connaître Pythagore et son enseignement. Revenons à ce que John nous a dit. Nous avons trouvé Pythagore ainsi que Ptolémée. Nous disposons de leurs initiales ainsi que celles des sept planètes. Nous pourrions les associer dans tous les sens mais ce serait laborieux. Il doit y avoir une logique…

— Lucas, John nous a parlé de la conjonction, qui va bientôt avoir lieu…

— Effectivement, il a prononcé ce mot. Il va y avoir une conjonction de Saturne et Jupiter par rapport à une troisième planète et, celle qui nous intéresse, c'est la Lune, plus que la Terre. Choisissons donc les initiales de ces deux grandes planètes et de la Lune, ce qui nous donnerait, dans le même ordre que sur la fresque : I S L.

Christina sursauta.

— Lucas… Jupiter et Saturne sont justement les planètes qui sont associées sur la fresque, à Pythagore pour l'une et à Ptolémée pour l'autre !

— Merveilleux ! Cela ne pouvait pas tomber mieux. Je pense que nous sommes sur la bonne voie !

— Malheureusement, cela ne nous donne pas les autres lettres… Il nous en reste quatre à trouver, soupira-t-elle.

Ils contemplaient la fresque.

La lumière dorée emplissait les derniers recoins encore sombres de la chapelle.

— Comment faire ? s'interrogea Lucas à voix haute.

— N'oubliez pas ce que je vous ai dit, Lucas, laissez venir les choses à vous…

— Il ne vous reste plus beaucoup de temps, Christina. Vous avez un vol pour l'espace, et la conjonction appr…

Christina l'arrêta net.

Son regard fixait le milieu de la fresque.

— Lucas, regardez ! Les seules femmes qui nous indiquent le haut sont justement les deux qui dominent Pythagore et Ptolémée… D'ailleurs, Ptolémée lui aussi regarde vers le haut. Évidemment, il est censé observer les étoiles mais peut-être veut-il montrer quelque chose…

Ils dirigèrent ensemble leur regard vers la clé de voûte.

Lucas amena le sien plus précisément vers le sommet de l'ogive du mur du fond, celui correspondant à la fresque de la Passion et de la Résurrection. C'était dans cette direction que semblaient dirigés les yeux du grand astronome.

— Bon sang, Christina ! Où avions-nous donc la tête ? Vous avez une fois de plus raison ! Nous devions suivre les yeux de Ptolémée. John nous a pourtant parlé de la « résurrection » dans son message, et nous n'y pensions plus, obnubilés par la fresque de saint Thomas d'Aquin ! Regardez… là ! dit-il en pointant du doigt.

Il désignait le sommet de la fresque de la Passion.

Le Christ ressuscité, au-dessus du tombeau et accompagné par deux anges, les dominait de toute sa hauteur.

— La Résurrection… répéta Christina. Et c'est Ptolémée qui nous l'indique… De nouveau, le mélange des genres… Je doute que ce savant du IIe siècle de notre ère fût catholique, et pourtant c'est lui qui nous la désigne par son regard !

— Je ne comprends pas en quoi la résurrection du Christ a un rapport avec notre conjonction, se demanda Lucas.

— Rappelez-vous qu'Apostolos, l'astrophysicien à Athènes, nous a dit que la naissance du Messie coïncidait étrangement avec cette conjonction plutôt rare. Elle se serait produite lors de la véritable date de la naissance de Jésus, soit l'année –7 avant notre ère et puis, tous les cinq cent sept ans, un événement se produirait que nous essayons de découvrir… Serait-ce une sorte de résurrection ?

— C'est vrai, vous avez raison, Christina, il pourrait y avoir un lien entre cette conjonction planétaire, la Lune, et une probable « résurrection »… Mais de quoi ou de qui, voilà la question…

— Peut-être la résurrection des âmes… vers l'île des Bienheureux, et en barque… Tout est peint au-dessus de nos têtes.

Ils scrutaient le plafond de la chapelle avec attention, s'habituant à la faible luminosité de la voûte. La fresque laissait apparaître petit à petit ses détails. On y voyait, sur la gauche du tombeau, les saintes femmes venues embaumer le corps de Jésus, et, sur la droite, l'apparition à Madeleine du Christ ressuscité. En dessous du cercueil ouvert, un groupe de personnages dormait. Ils ressemblaient à des soldats qui, au lieu de monter la garde, somnolaient, allongés au sol.

Christina s'exclama :

— Là, Lucas !

Un détail lui paraissait bizarre. C'était au niveau du soldat du milieu, endormi, recouvert par son grand bouclier de couleur brune. Sur ce dernier, un élément donnait le sentiment d'avoir été ajouté… Un petit mot, ou plutôt quatre lettres, de couleur bleu nuit. Ces signes, qui ressemblaient à une impression faite par un tampon encreur, détonnaient.

— Il y a quelque chose, Lucas, là-haut ! répéta-t-elle en pointant du doigt la scène du tombeau. Vous le voyez aussi ?

— Je le vois, mais c'est difficilement lisible. C'est petit et très haut, mais c'est étrange…

Une hauteur d'au moins douze mètres les séparait des lettres écrites sur le bouclier.

— Ce truc est bien bizarre et inattendu à cette place. Ce n'est pas d'origine. C'est trop net et peu harmonieux !

Lucas sortit son portable, l'alluma et cliqua sur l'icône « Appareil photo ».

Il fixa la croisée d'ogives du côté de la Résurrection et prit en photo la scène du Christ ressuscité.

— Voilà, dit-il, il suffit maintenant de zoomer.

Il élargit l'image du soldat endormi.

Quatre lettres apparurent, grandes et sombres, inscrites sur le bouclier.

S P O R

Christina répéta deux fois à voix haute les lettres qu'elle lisait. Elle était plutôt enthousiasmée par la découverte alors que Lucas ne disait rien. Il semblait hypnotisé.

— Tout juste quatre lettres, Lucas ! C'est ce que nous cherchons, souffla-t-elle, impatiente.

— Oui, je sais, Christina.

Lucas était perplexe.

— Que pensez-vous qu'elles signifient ?

— *Senatus Populusque Romanus*.

— Comment ? bredouilla Christina. Du latin ?

— Le sénat et le peuple romain.

— Expliquez-moi, Lucas, je ne comprends pas.

Lucas se passa la main dans les cheveux. Il semblait troublé.

— C'est SPQR qui devrait être écrit. Ce serait beaucoup plus vraisemblable.

— Moi, je lis SPOR, s'étonna Christina, les yeux grands ouverts.

— Moi aussi. On dirait que la petite barre du « Q » a été effacée… ou oubliée.

— Pourquoi ce « Q » aurait-il été changé en « O » ?

— Je ne sais pas mais ces quatre lettres SPQR sont très connues depuis l'Antiquité. Elles représentent le pouvoir romain. On les trouve aujourd'hui partout dans Rome, sur les édifices publics, jusque sur les plaques d'égouts. Du temps de l'Empire romain, ces initiales étaient portées par les militaires comme emblème de la suprématie de Rome. En quelque sorte, c'était la « devise » de stabilité de la République romaine, qui signifiait que les deux constituants de la vie politique romaine, le peuple et le sénat, étaient intrinsèquement liés.

Lucas releva les yeux et regarda Christina. Il reprit :

— L'artiste a voulu sans doute souligner, en indiquant cette devise sur le bouclier, que nous avons affaire à un soldat romain, donc de la cité de

Rome. À l'époque où cette fresque a été réalisée, au XIVe siècle, Rome et Florence étaient deux cités rivales. Il était donc judicieux de montrer, dans une église chrétienne de Florence, que les responsables de la mort du Christ étaient plutôt romains que florentins.

— Oui, cela semble évident en effet, acquiesça l'astronaute.

— Mais ce qui n'est pas normal par rapport à l'usage, continua Lucas, c'est cette inscription sur le bouclier. Les boucliers des soldats de l'époque ne portaient pas d'emblème ! La devise se trouvait sur les étendards.

— Donc ce peintre a voulu vraiment insister ici sur la provenance du soldat…

— En même temps, cette inscription est tellement étrange… Elle ne suit aucune règle artistique. Comme si elle avait été appliquée par quelqu'un d'autre plus tard.

— C'est vrai, approuva Christina. Ces quatre lettres ressemblent à des caractères d'imprimerie.

— Oui, elles ne suivent pas l'arrondi du bouclier, et la perspective est fausse. On dirait que ces caractères ont été ajoutés *a posteriori* !

Lucas et Christina se trouvaient au beau milieu de la chapelle, juste sous la clé de voûte, mais ils ne regardaient plus le haut. Leurs regards étaient fixés sur l'appareil photo. Les quatre lettres bleu nuit couvraient l'entière surface du petit écran.

Les cloches du campanile sonnèrent l'heure, lentement et sourdement. Ils les entendirent à peine. Seules les quatre lettres dansaient devant leurs yeux. Elles se révélaient en pleine lumière, sorties en quelques secondes de l'oubli.

Christina rompit le silence.

— En quoi ces quatre lettres auraient-elles un lien avec notre code, Lucas ?

— Elles n'ont pas été placées là par hasard. La volonté est claire de laisser un indice… discret, mais en même temps visible.

— Comment ça ?

— Ce sigle a probablement été imprimé sur un soldat romain pour nous faire croire que ce sont les quatre lettres SPQR, que tout le monde connaît. Le profane n'y voit que du feu. Mais quand c'est Ptolémée qui nous le montre – il suffit de suivre son regard –, on le trouve. Il devient alors visible. Placé très haut sur la voûte, il redevient insaisissable mais, dissonant comme une fausse note dans une mélodie, il se distingue comme un intrus sur la fresque.

— Vous voulez me dire que ce sigle a été placé là de façon consciente et calculée ?

— Je le crois, il doit être visible pour les initiés et invisible pour les autres. Seules quelques personnes peuvent le reconnaître et en tirer profit.

— Ceux qui ont la clé… et qui ont besoin de se rappeler le code.

— Peut-être…

Il y eut quelques secondes d'hésitation dans l'expression de Lucas. Son visage dénotait un trouble. Christina l'avait remarqué.

— Dites-moi ce qui cloche, Lucas.

— Il est bien écrit SPOR, Christina.

— C'est ce que je vous ai dit tout à l'heure !

— Cela concerne des informations ultra-confidentielles de nos services de renseignements.

— Vous en avez trop dit, Lucas. Venez-en au fait !

— D'après nos rares sources, il y aurait eu un programme très secret chez les Américains. Il a été mentionné une seule fois par un de nos agents sur place, qui ne nous a jamais plus contactés.

— Pourquoi ?

— Il a disparu.

— Disparu ?

— Nous l'avons retrouvé il y a quelques mois seulement, étouffé avec des fèves… Des kilos de fèves !

— Quelle horreur !

Christina jeta un regard dégoûté vers Lucas.

— Ce programme ne nous a été révélé qu'une fois. Il est malheureusement invérifiable et l'information n'est pas fiable à cent pour cent.

— Quel était ce programme secret ?

— Le programme « SPOR ».

— …

Christina fit une moue d'incompréhension.

— Tous les indices laissent à penser que c'est l'acronyme de « *Spatial Program of Organic Relocation* ».

— Programme spatial de relocalisation organique… Qu'est-ce que cela veut dire ? demanda Christina.

— On n'en sait trop rien. Au-delà des initiales, on peut supposer que le terme choisi, « SPOR », nous indiquerait un programme d'essaimage de la vie, comme les spores se dispersent pour donner vie, mais ce n'est qu'une supposition.

— Essaimer la vie… Mais où ? Sur la Lune ? Sur Mars ?

— Il y a un autre élément que je dois vous apprendre, Christina… La personne à l'initiative du programme nous avait aussi été indiquée par notre source.

Lucas attendit quelques secondes avant de prononcer le nom. Christina était pendue à ses lèvres.

— Walter Lagarde…

— Bon sang, Lucas ! L'inventeur de ce projet… le commandant de mission de mon père !

Christina se rappela ses yeux effrayants, le temps d'un instant.

— Mon père était-il au courant ? A-t-il participé à ce programme ?

— Nous n'en savons rien. La mission de votre père a été classée. Impossible d'obtenir des informations. Je pense que le seul qui pourrait vous en dire plus, c'est Lagarde lui-même.

Christina serra son petit cœur au bout de sa chaînette. À son contact, elle se rappela sa mission.

— Lucas, murmura-t-elle, nous avons sept lettres pour le code. Nous devrions essayer… Il est temps.

L'archéologue acquiesça de la tête.

Christina reprit la clé dans ses mains.

Elle tourna un à un les sept cylindres en énumérant les lettres à voix haute.

I S L S P O R

Les sept pièces hexagonales et octogonales solidaires des cylindres étaient en place.

Les lettres étaient alignées sur le guide.

La clé présentait maintenant une géométrie harmonieuse…

— Lucas, rien ne se passe… Nous serions-nous trompés ? Comment savoir si le code est bon puisque nous ne pouvons essayer la clé ?

Chacun se mit à réfléchir. Lucas bouillonnait intérieurement. Il tournait dans la chapelle à la recherche d'il ne savait quel signe.

Une brise matinale s'était levée. L'air s'engouffra dans la chapelle par les deux ouvertures donnant sur le cloître.

Christina aimait le vent… le sentir, et surtout l'écouter. Il lui rappelait chaque fois ses nombreuses vacances dans sa famille en Grèce. Elle et sa tante occupaient une petite maison face à la mer, sur les hauteurs d'un village du Pélion, au milieu de forêts de châtaigniers et de villages perchés au-dessus de la grande bleue. De là, la vue était magnifique sur les îles Sporades et, au loin, le mont Athos. Là-haut, où elles se trouvaient, tout se rejoignait : la mer, le ciel, la terre et l'air. Un véritable mélange de couleurs, d'odeurs et de sons. *Le paradis pour les sens*, lui disait sa tante Elena. En été, par temps chaud, le vent sifflait à travers les volets mi-clos qui protégeaient du soleil. Durant ses siestes, elle avait largement le temps de l'écouter. Chacun des souffles lui apportait une autre phrase, une autre mélodie. Parfois, elle cherchait à entendre ce qu'il lui disait. Mais le chant des cigales chaque fois l'emportait et la ramenait à la réalité. Lors des longues envolées venteuses, le soir quand elle s'endormait, les lattes de bois des volets, espacées irrégulièrement, laissaient entendre des harmoniques. La mélodie du vent, alors, dans un concerto aérien, la berçait jusqu'au matin.

Christina tenait la clé devant elle, sur sa main. Elle l'avait examinée en détail sur toutes ses faces, sans rien remarquer qui l'interpelle.

Sauf une petite chose. Nouvelle.

Des trous étaient apparus. Ils perforaient la clé et rejoignaient l'axe creux central. L'objet ressemblait vaguement à une flûte futuriste.

Un tube creux… des trous… du vent dans la chapelle… des harmoniques… la maison de vacances de son enfance… le vent dans les vieux volets clos durant la sieste…

Les images se bousculaient en elle, portant des sons, des odeurs, des lumières tamisées…

— Lucas ! cria-t-elle.

L'assistant du professeur faillit tomber à la renverse tellement le cri fut inattendu.

— Que se passe-t-il ? dit-il en se tenant la poitrine.

— La musique des sphères, Lucas ! L'harmonie, vous l'aviez dit !

Christina n'attendit pas. Elle prit la clé et la plaça devant sa bouche.

Elle inspira fort, posa ses lèvres contre l'orifice, et souffla.

Dans la chapelle, un son surgit, inconnu, issu de la terre et des profondeurs, mais aussi du ciel et de l'univers, émanant de la pierre, sorti des âges et du temps, né de la brise et du vent, inspiré des peintres et des fresques, issu simplement de la vie, de son souffle… celui de Christina.

Ce son fit vibrer le centre de la chapelle, puis les contours et les murs. Les fresques s'animèrent, les saints virevoltèrent. Le chœur des quatorze femmes se leva. Leurs voix se mêlèrent à celles des anges, en haut, près de la voûte…

Le timbre de la voix de Lucas sonna comme une fausse note.

— Christina ! Vous êtes géniale ! Vous avez trouvé le code !

— C'est vous ! lança-t-elle en s'arrêtant. L'harmonie, c'est vous.

— Comment avez-vous réussi ?

— Je vous avais dit, Lucas. Il faut parfois attendre et les choses viennent à vous. Il suffit d'y croire très fort et de rêver.

— Vous êtes formidable, Christina… Je vous aime ! s'emballa Lucas.

— Ne parlez pas trop vite, Lucas, vous ne me connaissez qu'à peine ! Allons-y, suggéra-t-elle. Nous avons encore un rendez-vous à Paris. Nous avons la clé, nous avons le code, mais malheureusement nous ne savons toujours pas pourquoi.

Ils se pressèrent vers la porte d'entrée de la chapelle. Lucas l'ouvrit d'un geste vif. Ils reculèrent avec stupeur.

Le père Ignazio était juste derrière, dans la posture de l'homme écoutant aux portes, la main à l'oreille.

Le moine sursauta et fit un bond en arrière, surpris d'être pris en flagrant délit.

— Excusez-moi, excusez-moi ! J'ai entendu du bruit et une musique… euh… particulière…

— Ne vous inquiétez pas, mon père, ma femme chantait pour son père malade…

Christina, en retrait, décocha un nouveau coup de coude à Lucas.

— Aïe !

— Je chantais pour ma mère, Lucas, pour ma mère ! lui chuchota-t-elle, excédée.

— Ouille !

— Comment ? demanda le père Ignazio, surpris du petit cri de Lucas.

— Mes rhumatismes, mon père, toujours ces horribles rhumatismes ! Je n'arrive pas à m'en débarrasser…

— Il faut prier, mon fils, et chanter comme votre femme. Elle a une voix extraordinaire, vous savez…

— Oui, je sais, reprit Lucas. C'est le mélange des sangs grec et espagnol, cela donne de la beauté et du tempérament…

Ils prirent la direction de la sortie en suivant le père abbé.

On entendit un bruit derrière lui.

— Aïe…

La place Santa Maria Novella, faisant face à la basilique du même nom, était déjà noire de monde. Les gens se rendant à la gare pour le train du matin et ceux qui débarquaient à Florence s'entrecroisaient systématiquement à cet endroit. On y distinguait les premiers touristes matinaux tirant leurs valises trolleys et sortant déjà de leur poche leur appareil photo. Chaque fois, les tortues sculptées supportant les obélisques avaient leurs faveurs.

Christina et Lucas longèrent discrètement le cloître pour rejoindre la gare. De là, ils prirent un taxi pour l'aéroport de Florence.

Christina serrait la clé dans sa main. La musique dans la chapelle, filtrant de ce petit objet, l'avait véritablement envoûtée. Non, ce n'était pas de la musique, mais plutôt des harmoniques… d'une si grande pureté ! Pythagore n'était plus le seul à l'avoir entendue…

Par quel artifice de tels sons étaient-ils sortis ? Cela ne pouvait être possible que grâce à la perfection des matériaux et à l'ajustement idéal des pièces de l'appareil. D'où venait cet objet, et qui l'avait construit ? Un autre secret bien gardé par les pythagoriciens. Un de plus…

Dans le taxi, Christina ramassa ses cheveux, mit ses lunettes solaires et se noua un foulard sur la tête. *Una bella Italiana !* lui dit Lucas qui, à l'inverse, ébouriffa les siens et sortit également ses lunettes.

Christina s'appelait de nouveau Sofia Argyropoulos, et Lucas se donna par enchantement une nouvelle identité.

— Ils nous cherchent, Christina. Le camouflage, c'est la seule solution.

— Vous ressemblez à un acteur américain, Lucas.

L'aéroport de Florence grouillait de *carabinieri*.

L'idée de Lagarde d'envoyer tous les policiers là-bas pour libérer le centre-ville fut en leur faveur. Aucun homme du général n'aurait pu les ennuyer ce matin-là à cet endroit.

*

Le patriarche arriva sur les bords de l'Arno. Ses hommes avaient trouvé un corps sur la berge. Il était entièrement nu, ensanglanté et avait les yeux crevés. Quarante-cinq ans jour pour jour après la découverte du père Esposito, exactement au même endroit et dans le même état…

Seul un détail différait.

On trouva l'os d'un doigt dans un de ses yeux.

*

Le père Ignazio ferma la grille à double tour. Ce n'était pas encore l'heure des visites. Il se dirigea vers la basilique, qu'il traversa d'un bon pas.

Arrivé dans le cloître vert qu'il venait de quitter, il s'engouffra dans la chapelle. Là, il s'agenouilla face à la fresque des quatorze femmes. Juste au milieu.

Il pria à voix haute et ses mots résonnèrent dans le silence.

— Maître, pardonnez-moi de vous avoir fait attendre.

Et il récita la sainte prière :

« *Ô Sainte, Sainte Tetraktys...*

Bénis-nous, nombre divin, toi qui as engendré les dieux et les hommes !

Ô Sainte, Sainte Tetraktys... »

Sur le mur, le maître de Samos souriait.

62

La Bibliothèque nationale de France avait été construite pour donner l'illusion à celui qui la découvrait d'être en face de quatre gigantesques livres ouverts. Chacune des quatre tours angulaires mesurait soixante-dix-neuf mètres de haut et portait son propre nom. Il y avait la tour des Temps, celle des Lois, des Nombres et enfin celle des Lettres. Elle était incontestablement l'une des plus grandes bibliothèques du monde, avec ses trois cent quatre-vingt-cinq kilomètres de rayonnages et ses quatorze millions de documents. Héritière des collections royales constituées depuis la fin du Moyen Âge, elle possédait des manuscrits exceptionnels, parmi les plus précieux au monde : le « papyrus Prisse », le plus ancien livre connu, le « statère d'or », le « papyrus Romance » ou encore le « *codex Sinopensis* ».

Christina et Lucas sortirent du métro à la station « Bibliothèque François-Mitterrand ».

Le vol pour Paris-Orly était arrivé à l'heure.

C'était leur matinée de chance ; ils avaient trouvé le code dans la chapelle, pris un avion à Florence pour Paris dans les deux heures et, sans se faire repérer, étaient montés à Orly dans le tramway les amenant vers le métro parisien.

Après Athènes et Florence, l'architecture qui se dévoilait maintenant à leurs yeux était aux antipodes de ce qu'ils avaient contemplé durant les dernières vingt-quatre heures ; des lignes droites, épurées, des parois de verre, un design hypermoderne et minimaliste, loin des décors sophistiqués et raffinés dans lesquels ils avaient été plongés dans les deux autres villes.

— Séparons-nous pour entrer, Christina. La discrétion s'impose. Nous sommes peut-être déjà repérés.

— Vous pensez ? demanda l'astronaute, inquiète.

Lucas fit la moue en fronçant les sourcils.

— Bien, dit-elle, résignée. J'y vais d'abord. Dites-moi comment y arriver.

Christina descendait déjà la longue rampe d'accès vers l'entrée de la bibliothèque, située dans le hall est.

Un grand jardin évoquant un cloître médiéval occupait l'espace central entre les tours. Cela lui rappela les jardins de Florence. Elle s'y serait bien arrêtée pour profiter d'un moment de calme. Depuis son départ de la Cité des Étoiles, la veille, les heures passées n'avaient été que course éperdue à travers les musées et les siècles.

Elle se retrouva face à l'entrée.

Une femme sortit, pressée. Peut-être un bus à prendre… Puis un groupe de trois jeunes, sacs au dos et livres à la main, qui ne prêtèrent pas attention à elle.

Elle pénétra dans l'immense hall.

Il n'y avait pratiquement personne. Elle observa calmement la topographie. Lucas lui avait dit que les sphères se trouvaient dans le hall ouest. *La tour des Temps*. Ce nom lui rappelait un de ses livres préférés, de Barjavel, qu'elle avait lu dans sa jeunesse. Une histoire d'amour impossible où les héros disparaissaient tragiquement sous la glace de l'Antarctique.

Les personnes derrière le bureau de l'accueil ne firent même pas attention à sa présence.

Elle aperçut l'indication qu'elle cherchait et se décida à prendre sur la gauche la direction du hall ouest, *via* l'allée de l'Encyclopédie. Elle devait traverser toute la bibliothèque d'est en ouest.

Après avoir passé une double porte, elle fut face à un très long couloir. Il permettait d'accéder à la zone « Littérature et Art ». Christina s'y engagea d'un pas rapide. Il n'y avait là pas âme qui vive. Juste quelques sons étouffés par des revêtements insonorisants. De temps en temps, elle dépassait une porte menant aux salles de lecture.

Elle avait envie de courir.

Ayant parcouru la moitié du couloir, un toussotement derrière elle la fit sursauter et se retourner. Un homme au loin avait suivi le même chemin. Était-ce Lucas ? Elle n'en savait rien. Elle pressa encore le pas.

Devant elle, une porte claqua. Un autre individu s'engagea dans le couloir dans sa direction. Il semblait tenir quelque chose contre l'oreille. *Peut-être un téléphone portable.*

Elle se sentait prise au piège. Elle avait envie de crier pour appeler Lucas. Elle continua à marcher droit devant elle. Elle se retourna encore. Deux personnes étaient maintenant à sa suite.

Elle emprunta le premier passage visible sur son côté gauche. C'était un petit couloir. Elle entra dans la première salle devant elle. Une femme était assise derrière un bureau. Une secrétaire ou une réceptionniste. Christina lui sourit rapidement, d'un air embarrassé, et fit semblant de chercher quelque chose dans son sac.

La femme l'observait. Christina prit une grande inspiration et souffla en fermant les yeux. Elle enleva une de ses chaussures, fit semblant d'être soulagée en bougeant son pied libre à l'air, puis refit un grand sourire à la dame derrière le bureau. Les femmes souffraient très souvent dans leurs chaussures trop serrées, trop petites et trop hautes… La secrétaire lui rendit son sourire et, compatissante, se replongea dans son travail.

Au bout d'une minute, Christina remit sa chaussure. Elle fit un rapide clin d'œil à la dame et reprit la direction du couloir. Elle passa la tête à droite et à gauche ; plus personne.

Elle repartit rassurée, presque en galopant.

Elle débarqua dans le grand hall ouest. Des rangées de sièges et des petites tables étaient disposées çà et là. Quelques personnes, seules ou en petits groupes, vaquaient à leurs occupations littéraires. La lumière pénétrait par une grande baie vitrée prenant toute la largeur du bâtiment. Christina reprit confiance. En pleine journée et avec de la compagnie, elle courait moins de risques.

L'étape suivante était de rejoindre la tour des Temps, de l'autre côté du hall. Elle s'avança à la recherche des globes.

Les gens assis ne lui prêtèrent pas attention, à part un jeune homme qui la fixait. Elle fit mine de ne pas le remarquer et continua.

Elle les vit, tout au fond du hall. Ils étaient dans la pénombre, judicieusement éclairés, donnant l'illusion de flotter dans l'espace. Deux planètes, uniques, au centre de l'univers.

Au fur et à mesure qu'elle s'en approchait, elle distingua encore mieux leur éclat.

Ça alors... se dit-elle, *de tels chefs-d'œuvre, joyaux de la Renaissance, ici, au fond d'un hall perdu, loin de leur écrin d'origine... Qui aurait pu le savoir ?*

Christina n'était plus qu'à quelques mètres des globes. Elle n'en avait jamais vu d'aussi grands.

Le premier représentait la Terre, avec ses mers et ses continents et l'autre, le ciel nocturne, avec toutes les constellations. Elle fut irrésistiblement attirée par ce dernier. La palette du peintre y avait déposé un véritable camaïeu de bleu, lui conférant fraîcheur et élégance. Cette couleur se déclinait dans toutes les nuances et tous les tons, du très clair au plus profond. On y voyait entre autres du bleu ciel, du pastel, de l'ardoise et du saphir. À certains endroits, du bleu céleste et de l'indigo et, pour les tons sombres, du bleu marine et du bleu nuit. Une couleur en particulier ressortait divinement : le bleu roi.

— Ils ont été fabriqués pour Louis XIV en 1683. Un cadeau du cardinal d'Estrées.

Christina sursauta. La voix reprit :

— Quatre mètres de diamètre, deux tonnes chacun, ces globes baroques sont vraiment remarquables !

— Lucas ! Vous m'avez fait peur, dit-elle en se retournant, soulagée de le voir.

Il lui sourit et continua son commentaire.

— Comme je vous le disais, ils ont été commandés à Vincenzo Coronelli pour les offrir au Roi-Soleil.

Christina se rappela le mot « soleil » qui ressortait à la fin du message, après le nom « Coronelli ».

— Comment connaissez-vous si bien ces globes ?

— Je pensais vous l'avoir dit, Christina. J'ai fait la connaissance de votre tante ici, juste dans ce hall. Comme vous le savez, j'ai été chargé par les services spéciaux de suivre et de protéger votre tante.

Lucas s'était mis à parler à voix basse.

— Nous avions des informations à propos d'elle. Sa vie était en danger…

— Elle a travaillé sur les deux globes ? demanda-t-elle.

— Elle s'est occupée spécifiquement du globe céleste.

— Elle a donc étudié précisément celui-ci, reprit Christina en inspectant le globe devant lequel ils discutaient.

Dans la salle sombre, la sphère bleue ressortait comme un océan au milieu de la nuit. Elle attirait d'emblée le regard. Les constellations du zodiaque y étaient représentées tout le long de l'écliptique. Cette courbe, que parcourt le soleil dans le ciel durant son déplacement annuel, faisait le tour du globe. Elle était matérialisée par une ligne en cuivre dorée sur laquelle coulissait un petit soleil d'or.

— Quel travail ! s'extasia Christina.

— Coronelli a demandé aux meilleurs peintres de décorer ces globes. Ces présents devaient être à la

hauteur de celui qui allait les recevoir. Il a fallu deux années pour les terminer. Ils sont le reflet précis de toutes les connaissances géographiques et cosmologiques acquises à l'époque.

— Rien n'y manque ? demanda Christina en scrutant le globe céleste.

— Rien ! Coronelli a représenté l'univers exactement tel qu'il était visible le jour de la naissance du roi, le 5 septembre 1638. Hymnes à la gloire de sa naissance, ces deux globes la célèbrent en témoignant de sa mission « terrestre » comme de son origine « céleste ».

— Le Roi-Soleil… chuchota Christina, songeuse.

— Oui, reprit Lucas. L'emblème de Louis XIV est le Soleil, l'astre qui donne vie à chaque chose, et le symbole de l'ordre et de la régularité.

Tous deux tournaient autour de la sphère. Christina déplaçait son regard de haut en bas et de droite à gauche, fascinée par l'œuvre. Pour une fois, les rôles étaient inversés.

Elle remarqua que Lucas l'observait depuis un moment.

— Tous ces points dorés sont donc des étoiles, professeur Fournier ?

— Ce sont toutes les étoiles connues à l'époque et, comme vous l'avez remarqué, il y en a de plus petites et de plus grandes. Leur taille sur le globe correspond à leur luminosité.

Christina lui répondit par un sourire.

— Je pense qu'il y a près de deux mille étoiles représentées, rajouta Lucas.

— Nous n'allons pas les compter, Lucas. Pas aujourd'hui. Le temps presse.

— Vous avez raison. Allons à l'essentiel.

Christina prit le temps de réfléchir.

— Ma tante nous a indiqué que Coronelli a laissé un indice dans son œuvre majeure… exactement comme Santucci l'a fait dans la sienne, à Florence.

— Justement, reprit Lucas, nous sommes en face de l'œuvre majeure de Coronelli ; ces globes sont les plus grands jamais construits par l'homme.

— Mais il y en a deux, Lucas…

Christina s'était tournée vers le globe terrestre.

Il était tout aussi remarquable mais très différent dans ses tons. D'un blanc et d'un bleu tranchés, ses coloris faisaient ressortir nettement les contours des continents et des mers, lui conférant un caractère beaucoup moins aérien.

L'astronaute ramena son regard vers le globe céleste.

— Vous m'avez dit qu'elle avait étudié spécifiquement celui-ci ?

— Oui, et je suis convaincu que c'est sur celui-là que nous devons nous concentrer, fit remarquer l'archéologue.

— Qu'aurait-elle bien pu découvrir ici ?

— C'est ce que nous devons trouver, grimaça Lucas en fixant un personnage, armé d'un gourdin et à l'allure belliqueuse, qu'une magnifique licorne dévisageait.

Ils examinèrent le globe, chacun de leur côté, scrutant et fouinant, à la recherche d'un élément qui les aurait mis sur une piste.

Des centaines de détails se révélaient à eux. Des scènes de la mythologie se côtoyaient, s'entrelaçaient et se mélangeaient, représentant ici animaux

et personnages, là monstres et divinités, toutes figures allégoriques composant les constellations du ciel.

— Vous avez remarqué ? l'interpella-t-elle. Les noms des constellations sont chaque fois écrits en quatre langues : français, latin, grec et arabe.

— Oui. Coronelli n'a pas lésiné sur les détails. La langue française étant celle de Louis XIV, elle passe avant les autres. Puis le latin, et ensuite celles des grands cosmographes qu'étaient les Grecs et les Arabes.

Christina n'écoutait plus… Elle admirait un oiseau superbement dessiné qui prenait son envol entre un petit Indien du Nouveau Monde et un grand poisson. L'ensemble du plumage, finement détaillé, recouvrait les étoiles, formant une magnifique constellation dans le ciel austral.

Elle dirigea son regard à mi-hauteur vers la ligne cuivrée de l'écliptique. À ce niveau, les douze constellations du zodiaque étaient représentées l'une à la suite de l'autre, formant un cercle complet autour du globe. Leur nom et leur symbole étaient inscrits chaque fois en lettres d'or.

En suivant des yeux la courbe zodiacale, elle aperçut le soleil doré coulissant sur l'anneau. Il pouvait être placé, au gré des saisons, dans les constellations qu'il traversait. Le petit soleil avait un visage humain, souriant ; celui de Louis XIV enfant.

Un peu plus loin sur la courbe, s'approchant des Gémeaux, elle frissonna d'effroi. Ce qu'elle ressentit ressemblait à l'épisode vécu quelques heures plus tôt à Florence en s'échappant des Offices… *Le tableau du Caravage*…

Devant elle, Persée brandissant l'épée tenait la tête tranchée de Méduse, la bouche ouverte, les yeux féroces et coléreux. C'était la troisième fois qu'elle se retrouvait face à elle en l'espace de douze heures. Christina, hypnotisée, eut du mal à se détacher de ce regard perçant. Elle parvint finalement à s'en détourner et croisa au passage une forme géométrique parfaite.

— Lucas ! Venez voir !

Tout aussi envoûté, mais par un autre sujet, Lucas dut abandonner Cassiopée, épouse du roi d'Éthiopie, connue pour sa grande beauté et devenue une des plus remarquables constellations de la Voie lactée.

Il s'approcha de Christina.

— Regardez, Lucas, près de la tête de Méduse, ce triangle… Il m'a fait penser à Pythagore ! Coronelli aurait-il été pythagoricien ?

Lucas reconnut d'emblée Persée et la tête de Méduse. Il songea, comme Christina, à la statue de Cellini, dans la Loggia à Florence, et au tableau du Caravage. Juste à côté, en dessous, un triangle finement ciselé jouxtait une admirable fleur de lys.

— En effet, murmura Lucas en approuvant de la tête. La constellation du Triangle à côté de celle de la Fleur de Lys, ou, pour certains, le symbole de Pythagore près de celui de la royauté… Intéressant… et je dirais même plus, évident ! La connaissance et la puissance…

Il sortit ses lunettes pour mieux cerner les détails.

Au bout de quelques secondes, il reprit :

— Si Coronelli était pythagoricien ? Je n'en doute pas, Christina. Votre tante nous a appris qu'il avait connaissance du secret que nous cherchons et qu'il l'avait dissimulé quelque part. Seuls les initiés connaissaient ce secret.

Ils examinèrent de près le triangle et la fleur de lys à la recherche d'un indice pouvant les guider.

— Il me semble avoir vu un autre triangle, réfléchit Christina, hésitante.

— Vous croyez ?

Elle s'était déjà déplacée vers l'autre côté du globe. Elle n'était pas devenue astronaute par hasard. Grâce à son entraînement et à sa faculté d'observation exceptionnelle, elle pouvait scanner une scène, intégrer une situation en un minimum de temps et s'en souvenir.

Lucas la suivit.

— Le voici ! Il me semblait bien l'avoir vu…

Dans la partie basse du globe, un autre triangle, tout aussi richement décoré, pointait vers le haut. À sa droite, un majestueux paon. Les deux étaient recouverts par le cercle en cuivre doré du pôle Antarctique.

— Vous aviez raison, Christina, il y a bien deux triangles. Mais regardez, on dirait que celui-ci désigne quelque chose…

Juste au-dessus de la pointe du triangle, un cartouche renfermait un texte. Il était décoré de fleurs de lys…

Christina lut les premiers mots formant le titre :

De la Voie lactée

— C'est du vieux français, Lucas, mais c'est lisible.

Lucas ajusta ses lunettes et se rapprocha. Ils lurent alors ensemble, à mi-voix :

De la Voie lactée.

Cicéron veut que ce cercle blanchâtre, que les Grecs nomment « Galaxia », et qu'on appelle communément « Voie lactée », ait tiré son nom de la blancheur du lait dont il semble approcher. Il est peint sur ce Globe d'une couleur plus claire que le reste pour mieux ressembler aux parties célestes qu'il représente.

Quelques Pythagoriciens [...] ont dit que c'était autrefois une route du Soleil qui conservait encore des vestiges de son ancienne ardeur. Quelques autres disciples de Pythagore ont cru que...

Ils se regardèrent, stupéfaits. Christina s'exclama :

— Lucas, vous vous rendez compte ! Coronelli nous parle d'emblée de Pythagore !

— Je ne m'attendais pas à trouver son nom si vite sur ce globe. Continuons…

Quelques autres disciples de Pythagore ont cru que c'était la Lumière de ce grand Astre, que le ciel réfléchissait comme un miroir de la même manière que la Lumière nous paraît dans l'Arc-en-ciel.

Le message écrit en vieux français mentionnait ensuite les noms de plusieurs grands astronomes et philosophes de l'Histoire et, chaque fois, leur interprétation de la Voie lactée. On y retrouvait, entre autres : Anaxagore et Parménide, Posidonius, Aristote, Démocrite, Ptolémée et, en dernier, Galilée.

— Tous ces personnages ont-ils été adeptes de Pythagore ? demanda Christina.

— J'en ai bien l'impression. Cette liste montre que bien des personnes illustres étaient initiées à la doctrine pythagoricienne. Il faut croire que même Galilée, un des astronomes les plus célèbres, devait connaître ce secret. Il a sans doute dû lui aussi le dissimuler quelque part.

— Nous retrouvons Pythagore un peu partout, Lucas. Sa doctrine a été suivie bien plus que ce que l'on ne pense…

— Effectivement, les philosophes grecs, les empereurs romains et les grands savants de l'Histoire ont presque tous été instruits et initiés par cet enseignement de la sagesse et des nombres. Encore aujourd'hui, des personnes sont initiées et protègent certains secrets.

Lucas s'arrêta de parler. Il se retourna. Christina fit de même.

Le hall ouest était désert, même le jeune homme qui la fixait à son arrivée avait disparu. Lucas et Christina s'interrogèrent du regard, perplexes.

— Dépêchons-nous, Lucas, continuons !

Lucas se rapprocha du triangle austral qui pointait vers le cartouche.

— Ce n'est pas pour rien que ce triangle indique ce texte.

— Vous pensez que Coronelli l'a placé comme ça exprès ?

— Vous savez, comme dans toute religion, vous avez des missionnaires à la recherche d'adeptes à initier. Coronelli était certainement l'un d'eux…

— Coronelli, missionnaire ? Comment ça ? s'étonna Christina. Il n'était pas plutôt cosmographe ?

— C'était un père franciscain à Venise, astronome et théologien. Il réalisait la plus grande œuvre de sa vie pour le personnage le plus influent de l'époque.

Vous pouvez imaginer la vitrine qui lui était offerte. Adepte de Pythagore, il savait que des milliers de gens allaient lire son message sur ce globe.

— Que voulez-vous insinuer, Lucas ? Nous n'apprenons rien en lisant ce message… Il ne parle que de la Voie lactée.

— Pas sûr… Cela ne m'étonnerait pas qu'il y ait un double sens.

— Un double sens ?

— Le cartouche est d'une certaine façon une ode à la Voie lactée, ce qui est normal pour un globe céleste qui nous indique les étoiles.

— Jusque-là, je vous suis, précisa-t-elle.

— Sauf que c'est le triangle qui nous l'indique et que Coronelli parle d'emblée de pythagoriciens comme si les non-initiés avaient peu d'importance…

— C'est normal, Coronelli est un initié.

— Oui, mais il y a plus. On y parle de Voie lactée, donc de lait. Et qu'est-ce que le lait pour un enfant ? N'oubliez pas que ce globe représente le ciel, le jour de la naissance de Louis XIV, jour où il a besoin de lait pour grandir, de lait maternel, nourricier.

— Je ne comprends pas, Lucas, que voulez-vous dire ?

— Dans l'Histoire, les hommes ont très souvent utilisé des doubles sens, des symboles ou allégories pour faire passer un message. Nous l'avons vu à Florence dans la chapelle.

Christina hocha la tête en signe d'approbation. Elle laissa Lucas continuer.

— Pour moi, cette « Voie lactée », c'est peut-être bien la voie de la Connaissance, la doctrine de Pythagore.

— Comment ? s'exclama Christina, surprise.

— Le lait nourricier de la mère, c'est le pythagorisme. Le jeune roi doit s'abreuver de cette connaissance, de cette nourriture de l'esprit. Ce cartouche est, selon moi, une ode à la doctrine du maître de Coronelli, Pythagore.

— Vous voulez me faire comprendre que la Voie lactée signifierait le pythagorisme ?

— Je le pense sérieusement, affirma l'archéologue.

— C'est fou, Lucas ! Ça, je n'y aurais pas pensé !

Christina relut le début du texte avec le nouveau sens que Lucas lui avait dévoilé… et, de toute évidence, cela semblait cohérent.

Si la « Voie lactée » était la Connaissance, alors la « blancheur du lait » devait être la Vérité, et les « parties célestes » devenaient les « parties divines ». La « route du Soleil », quant à elle, devenait la « doctrine de Pythagore », et le « grand Astre » ne pouvait être que Pythagore lui-même. Et puis, surtout, Coronelli mentionnait « l'Arc-en-ciel », représentant l'harmonie des sept couleurs en référence au chiffre sept…

— Lucas… Il me semble que vous avez raison !

— Oui, mais tout ça ne nous livre pas le secret…

Christina n'allait pas faillir, pas maintenant, si près du but.

— Je ne vois rien d'autre autour de ce triangle. Je regarde ailleurs.

Lucas l'interpella.

— À votre place, je me concentrerais sur les triangles, Christina. Celui-ci nous a déjà guidés vers le cartouche…

Il s'arrêta de parler, parut réfléchir, puis reprit :

— Et puis, vous ne le savez peut-être pas mais, chez les pythagoriciens, le triangle a beaucoup d'importance.

— À cause du théorème ?

— Non, le triangle, la pointe vers le haut, représente la Tetraktys.

— La Tetraktys ? s'exclama-t-elle. Qu'est-ce que…

— C'est leur figure sacrée. Elle représente le chiffre dix, ou décade, qui signifie la perfection. C'est l'addition des quatre premiers chiffres :

$$1 + 2 + 3 + 4 = 10$$

Les pythagoriciens représentent ce chiffre par un triangle avec dix points.

Lucas fit un croquis imaginaire au sol.

•
• •
• • •
• • • •

— Vous avez vu ?

Christina acquiesça. Lucas poursuivit :

— Cette figure aurait des propriétés remarquables. Les initiés à cette doctrine prêtaient serment devant elle et récitaient une prière en son honneur. Et puis…

Lucas hésitait.

— Dites-moi ? demanda l'astronaute, très attentive.

— Cela vous paraîtra peut-être grotesque mais, de nos jours encore, certaines personnes pensent que la Tetraktys est une image symbolique de la structure du monde.

— Qu'allez-vous encore me raconter là, Lucas ? Un triangle, la structure du monde ?

— Elle représenterait la combinaison des quatre éléments fondamentaux à l'origine de la vie.

Christina écarquilla les yeux.

— Ces éléments sont les quatre atomes que sont l'hydrogène (H), l'oxygène (O), l'azote (N) et le carbone (C). Chacun de ces atomes a le pouvoir de se lier à un autre atome par une sorte de « crochet ». Ces atomes ont des nombres différents de « crochets », donc des nombres différents de liaisons potentielles. Ainsi, l'hydrogène possède un crochet, l'oxygène est pourvu de deux crochets, l'azote, trois, et le carbone, quatre. À eux quatre, ils forment des molécules constituant l'atmosphère primitive de la terre, comme l'eau (H_2O), l'ammoniac (NH_3) ou le méthane (CH_4). Si l'on soumet ces molécules formées de ces quatre éléments à un bombardement intense de décharges électriques, des acides aminés peuvent être formés, premières briques vers les protéines, matériaux indispensables de la matière vivante.

Christina l'écoutait avec une grande attention.

— Vous voyez, Christina, la Tetraktys évoque étrangement les composants indispensables à l'origine de la vie. Vous comprenez pourquoi certains la vénèrent.

• H
• • O
• • • N
• • • • C

Christina tombait des nues. Elle apprenait que la doctrine de Pythagore touchait aux fondements de la vie. Elle se dit qu'il n'était pas difficile de croire en l'équilibre des nombres…

— Mais comment se fait-il que Coronelli, père franciscain, donc de religion catholique, ait pu devenir pythagoricien ? interrogea-t-elle.

— À l'époque, lorsque vous veniez au monde, votre destin était souvent déjà tracé. Les ordres religieux avaient de l'importance et étaient gage de sécurité. Les familles y plaçaient bon nombre de leurs enfants. Beaucoup de ces obligés n'avaient pas le choix et acceptaient docilement de servir leur Dieu. Mais, dans l'ombre, les doctrines païennes et occultes intéressaient les érudits. Cela leur permettait de comprendre le monde d'une autre façon que par Dieu. La plupart de ces serviteurs de l'Église s'adonnaient en cachette à ces cultes païens. Coronelli a dû être l'un de ceux-là.

— Vous avez raison, Lucas. Nous avons vu Pythagore représenté au centre de la grande fresque dans la chapelle des Espagnols à Florence. Et maintenant, son nom inscrit ici sur le globe…

— Oui, les grands artistes et les personnages illustres avaient souvent une double vie religieuse… par curiosité et intérêt… Pour anecdote, Raphaël a représenté une Tetraktys dans un de ses plus grands tableaux au cœur même du Vatican. Les plus hautes autorités catholiques passent devant tous les jours et aucune n'a jamais crié au scandale. Le symbole sacré des pythagoriciens est inscrit au centre du pouvoir de l'Église catholique…

— Allons revoir l'autre triangle, Lucas, et trouvons ce mystère de Pythagore.

Elle le prit par la main sans le regarder et le tira de l'autre côté de la sphère.

Devant le triangle boréal, le premier observé, Christina se remit à la recherche d'éléments. Ce triangle, placé dans l'hémisphère nord, à l'inverse de l'autre, pointait vers le bas.

Elle suivit la direction qu'il donnait.

Cette fois, pas de cartouche. Le triangle indiquait la constellation des Poissons, et, au-delà, l'écliptique et plus précisément un signe du zodiaque inscrit en cuivre doré : celui du Bélier.

♈

Elle observa également que le triangle était entouré par la constellation de la Fleur de Lys, par Persée aux pieds ailés tenant la tête de Méduse ainsi que par Andromède.

Elle scruta chacune de ces constellations mais rien ne l'interpella.

Elle revint alors vers le signe du Bélier. Il était placé haut sur le globe et elle n'aurait pas pu l'atteindre. Elle l'observait. C'était justement son signe. « Impulsivité et spontanéité ; agir d'abord, réfléchir après. »

Lucas, lui, se trouvait derrière elle, légèrement sur le côté. Il sentait encore la chaleur de la main de Christina dans la sienne. Il trouva que la fleur de lys au-dessus d'elle lui donnait une allure royale… Le globe était à mille lieues de l'intéresser à cet instant-là. Même Andromède, attachée au rocher face au monstre marin, comprit qu'il ne servait à rien de lui demander de l'aide à ce moment précis.

Christina, le visage illuminé, se retourna vers Lucas. Leurs regards se croisèrent. L'assistant du Pr Petropoulos se sentit défaillir mais il tint bon et s'avança vers elle, plein d'espoir, les bras ouverts.

Souriante, elle s'écria :

— Lucas, j'ai trouvé ! Mon anniversaire… Je suis Bélier !

Lucas tenta de freiner son élan et faillit tomber à la renverse. Il se rattrapa *in extremis*, s'efforçant de cacher sa méprise.

— Ça va, Lucas ? demanda l'astronaute en le voyant tituber.

— Ce n'est rien, ce sont mes rhumatismes, dit-il d'un sourire ironique, et il réajusta ses lunettes.

— Rappelez-vous, Lucas, ma tante, à la fin du message, m'a souhaité étrangement « bon anniversaire », je n'ai pas compris pourquoi. Je pense avoir trouvé…

— Que voulez-vous dire ? balbutia Lucas, remettant quelque peu ses idées en place.

— Elena m'a souhaité bon anniversaire après avoir cité Coronelli et le Roi-Soleil. Mon signe du zodiaque est le Bélier, Lucas, et le triangle indique ce signe !

Lucas se mit en face du triangle boréal.

— Fichtre, Christina, vous avez raison ! Le triangle pointe juste sur le signe doré !

Tous les deux fixèrent l'écliptique à l'endroit où le signe du Bélier était inscrit. Ils se concentrèrent sur cette zone.

— Elle a voulu nous indiquer quelque chose, c'est sûr, murmura-t-elle, observant chaque détail.

— Comment faire ? Je ne vois rien. Il n'y a aucun système mécanique ici, dit Lucas, se rappelant la sphère de Santucci qui possédait une manivelle.

Tout à coup, les yeux de Christina étincelèrent.

— Que se passe-t-il ? demanda Lucas.

— Le petit soleil… il coulisse !

— Mais oui, vous avez raison ! Où est-il ?

Ils contournèrent le globe en suivant l'écliptique.

Le soleil doré à visage d'enfant était positionné entre les deux plateaux de la constellation de la Balance. Mais il était haut…

— Impossible de l'atteindre, grimaça Lucas.

— Nous devons faire tourner le globe si nous voulons l'atteindre.

Le globe de quatre mètres de diamètre était fixé sur un axe oblique, amarré lui-même au sol. Il tournait autour de cet axe en amenant, suivant la rotation, un même point parfois plus bas parfois plus haut par rapport à l'observateur… comme la course des étoiles qui semble monter et descendre dans le ciel.

Lucas agrippa le globe céleste par-dessous et tira de toutes ses forces, puis poussa.

Le globe pèse deux tonnes, se dit-il, *mais si l'axe est huilé, c'est possible.*

Mais il ne se passa rien.

— Venez m'aider, Christina !

Ils s'y mirent à deux.

Il y eut un léger crissement et le globe pivota. Doucement d'abord, centimètre par centimètre, comme un pachyderme ballonné.

Les constellations commencèrent leur voyage et leur danse dans l'espace. L'univers était en mouvement. L'astronaute lâcha la sphère et laissa son compagnon seul à la tâche. Elle attendait la Balance au point le plus bas. Les constellations du Taureau, des Gémeaux, puis du Cancer défilèrent devant elle. Là, elle courut chercher une chaise toute proche pour s'élever et saisir le soleil qui se rapprochait.

Les étoiles continuaient de tourner imperturbablement, poussées par Lucas qui transpirait et soufflait. Le Lion passa, suivi par la Vierge. Enfin, la Balance apparut. Christina était prête.

Elle se jeta sur le petit soleil doré et l'agrippa de sa main. Il coulissait maintenant au fur et à mesure de la rotation cosmique.

— Je l'ai, Lucas ! Continuez, il glisse !

Lucas profitait de la force d'inertie pour entraîner le globe gigantesque. Si on lui avait dit qu'un jour il ferait tourner l'univers, il aurait bien ri… Pourtant, là, il était tel le Titan de la mythologie, portant le monde à bout de bras.

Christina vit passer le Scorpion, le Sagittaire, puis encore le Capricorne.

Elle était sur la pointe des pieds, les deux bras en l'air. L'écliptique était à son apogée.

Ne pas lâcher le soleil, surtout ! se dit-elle.

Le Verseau défila. Elle était en extension complète. Il était temps que cela redescende… Les Poissons…

— On y est ! cria-t-elle, voyant l'animal à cornes surgir.

Lucas s'arrêta net. La masse continua quelques dizaines de centimètres, fit un grondement sourd, et s'arrêta.

L'archéologue se redressa, les joues écarlates, complètement exténué.

— Bravo, Lucas ! Grâce à vous, nous y sommes ! dit-elle, reconnaissante.

Accrochée au petit soleil, elle se trouvait juste face au signe doré du Bélier, qui était dans le prolongement indiqué par la pointe du triangle boréal.

— C'est étonnant, Lucas, la représentation en peinture du Bélier se trouve bien au-delà du signe qui le représente.

— En effet, remarqua Lucas, elle est beaucoup plus à droite et…

— Carrément sous le signe doré du Taureau ! reprit l'astronaute.

♉

— Oui, c'est bizarre… Les signes cuivrés de chaque élément du zodiaque, inscrits sur l'écliptique, sont chaque fois décalés par rapport à leur représentation en peinture. Le Bélier est peint juste au niveau du signe du Taureau !

— Il doit y avoir une explication, Lucas… ou une erreur de conception. De toute façon, c'est le Bélier qui nous intéresse, que ce soit son signe ou sa représentation.

Christina passa la main sur le signe doré du Bélier. Elle sentit le relief de l'inscription. La peinture bleue autour était légèrement craquelée. Mais rien ne bougeait, rien ne semblait les guider vers une solution.

— Faites coulisser le soleil, demanda Lucas.

Christina suivit ses ordres.

Elle passa le petit soleil doré plusieurs fois sous le signe du Bélier... Mais rien ne se passa.

— Je ne vois rien, dit-elle, mais...

— Mais quoi ?

— Il me semble sentir une légère résistance lorsque je passe en dessous du signe, juste à la verticale sur l'écliptique...

— Collez votre oreille sur la sphère, Christina !

Christina s'exécuta et, toujours debout sur sa chaise, colla son oreille sur la peinture bleue du globe céleste.

Elle fit de nouveau glisser le petit soleil.

— J'entends quelque chose, Lucas ! Un déclic.

— Il y aurait donc un système à l'intérieur... Nous sommes sur la bonne voie ! s'exclama l'archéologue.

Des bruits venant du fond du hall ouest se firent entendre.

Il y eut un fracas de verre brisé.

L'assistant du professeur et l'astronaute se regardèrent, inquiets. Ils étaient tout proches du but et, comme à Florence, la suite semblait compromise.

— Dépêchons-nous ! cria Lucas. On est mal !

Tous les deux fixaient le globe, et particulièrement le Bélier. Leur cœur battait à tout rompre. Les secondes semblaient devenir des heures...

À un moment, Lucas vit l'astronaute prostrée face à la sphère. Il crut entendre « papa »...

Il l'entendit souffler deux fois profondément, comme lorsqu'il la rencontra à l'entrée du musée grec ou devant la porte du musée des Sciences à Florence, ou encore dans la chapelle des Espagnols avant qu'elle ne découvre le code.

Il assista alors à une scène extraordinaire.

D'un geste énergique, Christina fit glisser subitement le soleil en plein centre de la peinture du Bélier, tout juste sous le signe doré du Taureau. Elle poussa avec deux doigts la partie ronde de ce dernier.

Le sigle pivota, tournant autour d'un axe entre la tête et les cornes… Une petite ouverture apparut à la place du cercle. Elle cria :

— Lucas, j'ai trouvé ! C'est sur la peinture du Bélier !

Au fond du hall, une forme noire et cagoulée apparut.

Christina aperçut un faisceau rouge qui pointait vers eux.

— Fuyez, Christina ! ordonna Lucas, je m'occupe de lui !

Ce fut moins une.

Se jetant à terre, elle entendit le bruit caractéristique d'un silencieux et sentit le souffle d'une balle la frôler.

Là, ils veulent me tuer ! se dit-elle.

Elle rampa ventre à terre comme un lézard jusqu'au couloir tout proche. Ce qui se passa durant ce moment-là, elle ne le sut jamais. Elle rampait toujours, portée par la peur, les yeux vers le sol. Elle entendit vaguement des bruits, des appels et même des tirs étouffés.

À un moment, une main l'empoigna et la souleva avec une force inouïe. C'était celle de Lucas, elle la reconnut, qui la tirait vers la sortie. Elle sentit sa course boiteuse… Son ami était blessé.

Deux policiers cagoulés les accueillirent dans le hall de sortie, lourdement armés.

Elle vit Lucas parler à un homme durant de longues minutes. Elle entendit son nom : le capitaine Tavernier.

Personne ne lui demanda rien. Lucas et son interlocuteur semblaient dépités.

Elle entendit que l'homme cagoulé avait réussi à s'enfuir. Lucas l'avait vu foncer vers le globe céleste à l'endroit même où Christina avait découvert une cachette. L'équipe avait tout fouillé et n'avait rien trouvé. L'indice avait disparu.

Deux civières sortirent, portant des hommes blessés. La lutte avait été âpre.

Le capitaine remercia ses hommes et serra la main de Lucas. Il lui confia un petit objet qu'il sortit de sa veste. Il fit un rapide sourire à Christina avant de quitter le hall.

Lucas s'approcha d'elle. Il boitait.

— Malheureusement, tout cela pour rien. Votre perspicacité ne nous aura pas servi, dit-il amèrement avec un sourire forcé.

— Ne soyez pas déçu, Lucas. Il faut vivre d'espoir.

— Comment peut-il vous en rester après ça ? C'est la deuxième fois en douze heures que la vérité nous échappe.

— Tout peut arriver dans la vie, il suffit d'y croire, Lucas.

— Que vous dites, Christina, que vous dites…

Lucas ne comprenait pas la désinvolture de sa comparse.

— Je le dis, Lucas, je vous le dis. J'attendais que nous soyons seuls pour l'ouvrir…

Lucas la regarda, stupéfait. Il ne comprenait pas. *Ouvrir quoi ?*

Il la regarda encore. D'abord ses yeux, puis sa main fermée qu'elle tendait.

Christina l'ouvrit doucement devant lui et lui sourit.

— C'est un secret que nous allons d'abord partager à deux, Lucas. Le secret de Coronelli, et de Pythagore…

Sur la paume de Christina reposait un petit parchemin plié et jauni par le temps. Lucas n'eut même pas le temps de se réjouir. Il s'effondra.

63

Bennett rageait. La meilleure unité du monde… Une nouvelle claque pour la triple SA !

Image par image, il disséquait la vidéo et cherchait à comprendre ce qui avait foiré. Son agent était pourtant entré au bon moment. Bennett lui-même lui avait donné le signal.

La Grecque avait eu un réflexe inouï de se jeter à terre *in extremis*. Peut-être l'avait-il sous-estimée. La balle l'avait frôlée. Le Français, lui, n'avait été touché qu'à la jambe. *Raté, encore une fois !*

Heureusement, le poison dont la balle était enduite devait normalement faire rapidement son effet. Un neurotoxique puissant et mortel.

Au vu des images, il comprenait que son agent avait vraiment joué de malchance. Le hall ouest était long et il avait dû tirer de loin.

Tout était allé très vite durant cette dernière heure. Le seul homme dont il disposait à Paris était celui en provenance du Chili. Un des meilleurs de l'unité, malgré un raté lors de sa dernière mission ; sa cible avait pu envoyer un message avant d'être liquidée.

Vingt minutes auparavant, et depuis son bureau sécurisé de la NSA, Bennett avait pris possession, avec l'aide de Lewis, des caméras de surveillance de la Bibliothèque nationale de France. Il avait suivi en détail la progression et les recherches de l'astronaute et de l'agent français sur le grand globe céleste. Il les avait laissés faire en les surveillant attentivement. Ce qu'ils cherchaient, il devait le découvrir et surtout le récupérer.

« Ne laisser aucun élément démontrant ou faisant supposer l'existence de ce qui doit être caché à l'humanité ! » C'était le maître mot de leur cellule de sauvegarde depuis plus de quarante-cinq ans.

Le nombre d'historiens et de chercheurs qu'ils avaient dû éliminer ! Tous trop près de la vérité...

Lorsqu'il s'aperçut que la femme devenait fébrile et s'agitait de plus en plus, il sentit qu'elle touchait au but. Le moment était venu de lâcher son homme.

Tout alla vite. Son agent en attente fit sauter une fenêtre et parvint rapidement au hall ouest. Obéissant aux injonctions, il tira. Mais cela ne se passa pas comme il l'aurait voulu. Dans la foulée, un autre fracas de verre résonna. Le groupe d'intervention des forces spéciales françaises fit irruption à peine quelques secondes plus tard.

Bennett fut totalement surpris. Dans la précipitation, il ordonna à son agent de filer droit sur le globe.

La femme avait-elle trouvé quelque chose ? Il ne savait pas. Sur les écrans, en tout cas, il ne distingua rien. Il repassa la séquence de la découverte de la cachette en utilisant tous les angles de vue disponibles mais les images des quelques caméras de surveillance ne révélèrent aucune trace d'un quelconque élément. *Peut-être la cache était-elle tout simplement vide à l'origine*, espérait-il… Rien ne laissait supposer que la femme ait récupéré quoi que ce soit.

Ce qui était certain, c'est que l'agent avait trouvé le trou sur le Bélier. C'était un petit orifice de quelques centimètres de diamètre.

Constatant qu'il n'y avait rien à récupérer, et sentant le vent tourner, son homme parvint à s'extraire du piège et disparut vers une sortie derrière les globes, non sans avoir tiré quelques balles et lancé des grenades fumigènes sur l'unité d'élite.

Bennett ne s'inquiétait pas pour lui, qui était rompu à se sortir de toutes les situations extrêmes.

Abandonnant par dépit ces images, le capitaine tomba sur la séquence suivante ; l'astronaute rampait vers le couloir de sortie comme une vipère fuyant son nid. Bennett pestait. Il ferma les yeux et serra les poings.

Cette image lui était insupportable. Il n'aurait jamais dû écouter le général et aurait dû éliminer la femme dès le début.

Il avait pourtant eu de la chance. Après les avoir perdus à la sortie des Offices, il les avait récupérés, fort heureusement, à l'aéroport de Florence. Mais l'endroit était envahi de *carabinieri*. *Encore une idée ridicule de Lagarde… Faire croire à un attentat dans l'aéroport pour vider Florence de ses agents de police.* Cela s'était retourné contre eux. Impossible d'opérer face à un tel déploiement de policiers. Il avait encore fallu attendre.

Bennett était en pleine réflexion. Comme à Florence et à Athènes, il venait maintenant d'échouer à Paris.

Reprendre le contrôle...

Il restait un ou deux jours. S'il voulait être le nouveau patron, il le fallait.

Le matin même, il avait reçu un coup de fil de Florence, du vieux Strozzi, que l'on surnommait le patriarche. Un homme avait été retrouvé sur les berges de l'Arno, le corps ravagé, le visage défiguré, les yeux crevés. Impossible de savoir qui il était. La dépouille était partie au laboratoire pour identification.

Qui avait pu s'acharner ainsi ? Et si c'était le corps du général ?

De toute façon, la mission serait conduite jusqu'au bout, avec ou sans Lagarde. L'humanité n'était pas prête à connaître le secret... du moins pas encore.

Il se sentait déjà le maître du monde. Mais pour cela, il fallait agir, et la bataille n'était pas finie. Il allait mettre toute sa puissance informatique sur le pied de guerre.

Il quitta ses écrans et pénétra dans une salle adjacente.

Une dizaine de personnes s'affairaient devant des claviers. Certaines étaient debout, d'autres assises.

Un grand écran représentant la Terre occupait tout le mur central. Des points lumineux signalant des villes et des personnes clignotaient çà et là.

Bennett prit un casque et plaça le micro devant sa bouche. Il lança un message à l'intention de tous ses collaborateurs.

— Nous fermons l'espace aérien européen. Prenez toutes les mesures adéquates. La raison est un attentat imminent sur un avion et la possibilité d'un 11-Septembre *bis*.

Bennett allait tout blinder. Il sortait l'artillerie lourde. D'ici quelques minutes, plus aucun avion ne décollerait en Europe.

64

— Trente !

— Vingt-cinq…

— Vingt ! Cela continue à descendre ! Nous n'arrivons pas à le maintenir…

— Il ne peut pas nous lâcher ! cria le capitaine. Mettez une autre dose, vite !

Le médecin de l'unité spéciale injecta le contenu d'une seconde seringue. Le liquide rose disparut dans la veine.

Le visage de l'assistant du Pr Petropoulos restait blanc, figé dans une sorte de rictus spastique.

Christina était à genoux à côté de lui. Elle tenait sa main, raide comme du bois, serrée dans la sienne.

— Lucas ! Ne nous quittez pas, s'il vous plaît ! Restez avec nous, je vous en prie ! implora-t-elle avec force.

L'électrocardiogramme portable émettait un bip lent et faible. Il sembla soudainement ralentir encore.

— Quinze, mon capitaine… Dix ! Zut ! Arrêt cardiaque ! cria le militaire agenouillé.

Le médecin urgentiste plaça avec des gestes précis les électrodes du défibrillateur qu'il avait déjà préparé sur la poitrine nue de l'agent secret.

— Ne le touchez plus ! lança-t-il à Christina et aux infirmiers militaires placés autour.

L'appareil émit un bruit de charge et une voix électronique décompta des secondes.

Subitement, la poitrine de Lucas fit un bond vers l'avant comme si elle voulait exploser.

Des larmes glissaient sur le visage de Christina. Sans discontinuer, elle lui disait :

— Allez, Lucas, tenez bon ! Revenez !

Quelques secondes passèrent, qui ressemblèrent à une éternité.

— Il repart, mon capitaine ! lança l'infirmier.

Le rythme cardiaque se fit de nouveau entendre. D'abord lent et désordonné, puis plus rapide et continu.

Le médecin s'affaira à de nouvelles injections en lançant ses ordres. Puis il se retourna.

— Nous l'avons récupéré, dit-il au capitaine d'un air rassurant.

Il fit un sourire d'encouragement à Christina en décollant les électrodes. Elle le lui rendit et remit sa main dans celle de Lucas. Elle lui semblait déjà plus chaude.

— Qu'allez-vous faire de lui ? demanda-t-elle au médecin.

— Nous allons le surveiller de près un jour ou deux. Je pense que l'antidote fait déjà son effet et qu'il va s'en remettre. Il se réveillera d'ici quelques heures.

— Comment se fait-il ?

— Sa blessure par balle en est certainement la cause. Nous avons déjà vu ça avec certains projectiles.

— Que voulez-vous dire ? l'interrompit-elle.

— Votre ami Fournier a de la chance que nous soyons là. Nous avons toujours des antidotes aux neurotoxiques sur nous. Certains services spéciaux enrobent leurs munitions de poisons violents.

— Jamais je n'avais entendu cela… C'est horrifiant…

— Ils ne veulent laisser aucune chance à leurs proies, reprit le militaire en refermant le défibrillateur.

Les infirmiers s'affairaient autour de Lucas, tenant des perfusions à bout de bras au-dessus de lui. Les hommes de l'unité spéciale le déplacèrent délicatement pour l'installer sur une civière.

Christina assistait à la scène sans bouger. Elle avait mal pour son ami. C'était lui qui l'avait sauvée en lui ordonnant de sauter du globe. Elle lui en était vivement reconnaissante.

L'astronaute était déçue. Elle aurait tant voulu partager sa découverte avec son compagnon. Mais l'humanité ne pouvait attendre.

Elle plongea la main dans la poche de sa petite veste et en sortit le papier vélin tout plié.

Christina observa autour d'elle. Personne ne lui prêtait attention pour l'instant. Elle s'écarta de quelques mètres, à l'abri des regards, et déplia le parchemin. À la vue d'une écriture ancienne, son cœur s'emballa.

Coronelli avait écrit un message secret trois cents ans plus tôt et elle le découvrait à cet instant…

Au-dessus, sur l'en-tête, elle reconnut un pentagramme. Elle pensa que ce ne pouvait être qu'un symbole pythagoricien.

Elle lut :

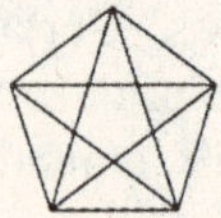

Ô ſainte Tetraktys, toy, ſ'eſſence même
de toute choſe,
Toy le nombre divin, nous te vénérons.
Toy qui contiens la racine et la ſource du flux
éternel de la création.
Ô ſainte Tetraktys, nous te promettons fidélité
autant qu'à notre Maître à tous.

*

A vous, futurs Initiés, qui après une longue quête initiatique découvrez en cette ſphère le plus grand myſtère parmi tous, ſachez avant tout que nul ne le dévoilera aux ignorants ou aux incultes, ſous peine de voir ſon âme errer à jamais.

*

Apprenez que pour chaque Initié le grand moment arrivera.
Il ſe produira tous les DVII ans lorſque
les planètes Saturne et Jupiter ſe mettront
en conjonction parfaite avec l'Aſtre Sélénien
et qu'il y aura quadrature avec l'Aſtre-Roy.
Cette conjonction Divine permettra aux âmes des

défunts méritants d'atteindre enfin le but ultime,
la véritable île des Bienheureux,
là où elles connaitront l'ivreffe éternelle
jufqu'à la fin des tems.

*

Cette île que notre Maître à tous a nommée
il y a deux mille ans Antechton.
Aux âmes vivantes, la Lune, ce jour-là,
leur montrera.
A l'endroit où Pythagore regarde le ciel étoilé,
elles l'apercevront.

*

Gloire à toi, ô fainte Tetraktys
Gloire à notre Maître et à notre Roy.

V. Coronelli

Le message était signé de la main de Coronelli. Les « s » étaient des « f », typiques du français de cette époque.

Il semblait authentique.

Christina détacha son regard du parchemin.

Sa tante avait sans aucun doute découvert ce message lorsqu'elle étudiait le globe. Peut-être avait-elle demandé expressément de travailler sur la sphère pour tenter de découvrir ce qu'elle espérait. Et cela avait porté ses fruits… Puis, elle l'avait remis *in situ*, à l'instar de tout bon scientifique soucieux de garder les choses en leur état d'origine. Ensuite, elle avait guidé Christina jusque-là.

Le parchemin avait donc déjà été lu, au moins une fois.

Mais le message ne donnait qu'une piste. Christina se rendit compte qu'il n'exprimait pas clairement le secret. Sa tante en connaissait peut-être plus, vu qu'elle avait fouillé des centaines de documents et d'objets durant des années, sous couvert de son travail de chercheuse en histoire et d'experte en astronomie. Elle avait réservé au Chili le meilleur télescope du monde pour une raison très claire : scruter la Lune et prendre peut-être des photos comme preuve pour l'humanité.

Malheureusement, il n'en avait pas été ainsi…

Son oncle, lui aussi, avait touché à la vérité mais sur les fragments du mécanisme d'Anticythère retrouvés au fond d'une caisse oubliée.

Christina se mit à réfléchir sur ce qu'elle venait de lire. Cinq cent sept ans…

Apostolos, l'ami de Violetta à l'observatoire d'Athènes, leur avait indiqué exactement cette échéance, le nombre d'années entre deux mêmes conjonctions. Tous les cinq cent sept ans, la Lune devenait le théâtre d'un même événement : une conjonction planétaire devait révéler, chaque fois, un secret bien gardé… Cet astre si proche et si mystérieux était au centre de tout.

Comparant les éléments astronomiques divulgués par Coronelli dans son message et les indices laissés par Xénophon dans le musée archéologique d'Athènes, elle nota qu'ils étaient identiques. Mais, en plus, Xénophon avait marqué de son sang trois personnages, sur la stèle sculptée d'Éleusis. D'un côté Déméter, représentant la Terre, de l'autre Perséphone, symbolisant la Lune. Il y avait aussi ce jeune adolescent protégé par Perséphone. *Qui incarnait-il ?*

Elle se souvint que Xénophon avait peint un sigle « A » sous la représentation de l'enfant.

Christina tenta de se concentrer mais cela remuait dans le hall de la bibliothèque. Des brancardiers soulevaient son ami Lucas.

Quelque chose la retenait cependant dans ses pensées.

Creuser, au plus profond de soi, pour trouver la vérité…

Elle percevait une sensation de bouillonnement en elle.

La lettre « A »…

Elle reprit le parchemin et relut la fin… Il fallait faire vite… Le passage lui sauta aux yeux au bout de quelques instants : « Cette île des Bienheureux que notre maître à tous a nommée il y a deux mille ans *Antechton.* »

— Mais oui ! s'écria-t-elle.

Elle se retourna pour regarder autour d'elle, gênée et inquiète qu'on la surprenne en pleine excitation.

— La lettre « A »… c'est *Antechton* ! Le jeune protégé de Perséphone représente *Antechton* !

Christina se retint de se réjouir. Dans de telles circonstances tragiques, c'était déplacé, mais elle était contente pour Lucas et pour elle-même. Leur enquête progressait et le médecin avait été rassurant et formel ; Lucas s'en sortirait.

Elle aurait voulu lui annoncer sa trouvaille mais elle le vit s'éloigner sur le brancard porté par les militaires vers la sortie de la bibliothèque.

Christina ne broncha pas. Elle fronça les sourcils puis ferma les yeux pour se déconnecter de la situation. Son émotion de voir partir son ami ne devait pas prendre le dessus.

Comprendre le message… C'était la priorité du moment. Elle reverrait Lucas après. Elle se l'était promis.

Chaque indice de Xénophon avait été déchiffré. Le fameux « A » correspondait à un nom. Encore fallait-il en trouver la signification.

Antechton…

Coronelli annonçait que Pythagore avait choisi ce terme pour désigner l'île des Bienheureux. Pourtant, d'après ses souvenirs des dernières vingt-quatre heures, Lucas et Violetta avaient plutôt parlé de la Lune comme étant cette fameuse île de l'immortalité pour les pythagoriciens.

Ce ne serait donc plus la Lune mais autre chose qui recevrait les âmes défuntes des initiés, songea-t-elle.

Une idée étrange lui vint à l'esprit mais elle la chassa aussitôt. C'était trop gros, même impossible.

En l'espace de deux mille cinq cents ans, la tradition orale des pythagoriciens s'était peut-être transformée. Comme dans le jeu du téléphone arabe, où le dernier n'entend pas le même message que le premier, ou alors… cette fausse piste était délibérée. Remettre du mystère dans le mystère. Rendre les choses compliquées pour mieux égarer…

Christina reprit le parchemin.

Dans son message, le père franciscain dévoilait sans ambiguïté son appartenance à ce culte païen. Il commençait par une prière ou un serment dédié à la Tetraktys. Ensuite, Coronelli donnait une connotation fortement ésotérique à ses propos ; aucun initié ne pouvait dévoiler le contenu de ce message sous peine d'errance éternelle. Enfin, l'astronome vénitien dévoilait une part du mystère ; il apportait des données astronomiques, une date précise d'observation, tous les cinq cent sept ans, et surtout il annonçait le destin des âmes méritantes.

La fameuse « transmigration des âmes »...

Christina était toujours immobile au milieu du hall. Elle exprimait à voix basse toutes ses pensées.

— *Antechton*, ce mot doit se traduire pour les Grecs par « Antiterre ». Il doit signifier « ce qui est contraire à la Terre » ou « ce qui n'est pas de la terre ». En fait, ce serait l'opposé de la terre, comme le serait la « matière » par rapport à « l'antimatière ». Serait-ce « l'air » ou « l'éther » ?

Christina posa la main sur son front, devant les yeux, pour mieux réfléchir.

— Pour des esprits ou des âmes quittant la terre vers l'éternité, ce ne pourrait être que le ciel... donc l'éther.

Pourtant, l'astronaute grecque se dit qu'il y avait un problème ; ce devait être un endroit où la matière n'est plus... *Mais comment voir ce qui est invisible ? Comment voir l'imperceptible ?* Une phrase de Coronelli l'avait intriguée à la première lecture. Elle la retrouva à la fin du texte. Cette phrase concernait les « âmes vivantes », c'est-à-dire les vivants sur terre. Elle disait ceci : « À l'endroit où Pythagore regarde le ciel étoilé, elles l'apercevront. »

— Si l'île des Bienheureux est la Lune, murmura-t-elle, n'importe qui pourrait l'apercevoir sans difficulté.

Mais si cette île est plutôt immatérielle comme l'air, comme l'esprit ou l'âme, comment pourrait-on la voir ? Coronelli déclarait pourtant qu'en suivant le regard de Pythagore, les vivants pouvaient l'apercevoir… Mais apercevoir quoi ? Et où pourrait se trouver Pythagore qui regarde le ciel ? Était-ce une sculpture ou une peinture de Pythagore ? Et de quel ciel étoilé le cosmographe parlait-il ?

Christina ne connaissait pas la réponse. Elle n'aurait pas le temps de faire l'inventaire de toutes les représentations de Pythagore regardant le ciel.

Dommage que Lucas ne soit pas là, se dit-elle amèrement. À deux, ils auraient uni leurs efforts et auraient peut-être trouvé.

Son regard était fixe, elle regardait droit devant elle. Elle ressemblait à ces mimes sur les places publiques que l'on confondait avec des statues.

Se rappelant soudain la clé de John, elle plongea promptement la main au fond d'une des poches de sa veste.

— Ouf, murmura-t-elle en sentant le contact du métal.

Elle l'y laissa.

À *quoi va-t-elle bien me servir ?*

Elle pensa à saint Pierre, tenant les clés du paradis.

Ai-je, moi aussi, la clé des Cieux ?

Le hall s'était vidé d'une partie des militaires.

Elle revint à la réalité. Lucas n'était plus là. Elle aperçut le capitaine Tavernier de l'autre côté, qui la regardait et qui se dirigea vers elle.

Zut ! se dit-elle. *Qu'allait-elle lui dire au sujet du message ? Pouvait-elle lui faire confiance ?*

Le capitaine approchait. Elle lui fit un sourire pincé en repliant le parchemin qu'elle fourra ensuite dans sa poche.

— Madame Dimitrios... s'excusa le capitaine Tavernier en s'approchant d'elle.

C'était un homme d'âge mûr, imposant et sûr de lui. Une étincelle de bienveillance et d'humanité brillait dans son regard. Christina sentit qu'il était fiable. La façon dont il avait géré la situation à la bibliothèque démontrait un grand sens des responsabilités dans les moments critiques.

— J'aimerais m'entretenir quelques instants avec vous, dit-il poliment.

— Je vous écoute.

— Nous allons vous prendre en charge à partir de maintenant, mes hommes et moi-même. Mon gouvernement et les autorités russes se sont mis d'accord sur ce point. Nous travaillons avec leurs services en étroite collaboration. Nous savons que vous avez une mission dans les prochaines heures et que vous devez rejoindre la Russie en urgence.

Elle remarqua un léger trouble sur son visage.

— Oui, vous avez raison, lui dit-elle. C'est très gentil de votre part, mais que se passe-t-il ? Je sens comme une complication...

— Il y en a une, madame Dimitrios. Je viens d'apprendre à l'instant que l'espace aérien européen est fermé... et totalement.

— Comment ça ? s'inquiéta Christina.

— C'est la première fois que cela arrive. La confirmation nous vient de nos alliés américains. Il y aurait un risque d'attentat imminent en vol, et peut-être de détournement vers une grande ville européenne.

— Aïe ! lâcha Christina, stupéfiée par l'annonce.

— Mais ne vous inquiétez pas, madame, un vol militaire va vous conduire vers votre destination. Nous terminons les formalités avec la Russie et les pays européens que vous allez survoler.

Christina se sentit rassurée. Elle ne pouvait annuler sa mission.

— Qu'en pensez-vous, capitaine ? C'est plutôt étrange, cette fermeture, n'est-ce pas ?

— Je ne devrais pas vous en informer, mais nos services spéciaux pensent fortement qu'on veut vous nuire à tout prix et vous empêcher d'arriver en Russie. Cela concorde avec les événements liés à vos déplacements depuis hier… et à ce qui vient d'arriver à notre agent Lucas Fournier.

Christina réfléchit en regardant le visage du capitaine.

Elle se décida et fouilla sa poche.

— Tenez, capitaine, j'ai trouvé ce parchemin dans la grande sphère céleste. Lucas n'a pas eu le temps de le lire. Il s'est effondré juste avant d'en connaître le contenu.

Tavernier ouvrit grand les yeux d'étonnement. Il vit le papier jauni.

— Vous avez trouvé quelque chose ! Tout cela aura donc servi. Et qu'avez-vous appris ?

— Remettez-le à vos services et aussi à Lucas. Je pense qu'il leur sera utile. Le message corrobore ce qu'on savait déjà… mais le mystère reste entier.

Le capitaine la fixa à son tour dans les yeux.

— Vous savez, madame Dimitrios, bien des choses nous sont cachées – je l'ai appris durant ma carrière – mais, aujourd'hui, au vu des moyens utilisés, tout ceci dépasse ce que j'imaginais.

Christina acquiesça.

— Vous avez raison, capitaine. Nous sommes face à des gens sans scrupule et prêts à tout pour empêcher le monde de connaître une vérité.

L'homme ne répondit pas mais baissa les yeux. Elle continua :

— Surveillez la Lune ces jours-ci, capitaine. Je pense que cela pourrait être intéressant… Et puis, si vous voyez Lucas, dites-lui que ce que nous cherchons est *Antechton*.

— *Antechton* ?

— Oui, dites-lui que le « A » du musée est peut-être « l'Antiterre »…

Le capitaine ne comprenait pas.

— Il faut que je parte maintenant, capitaine. On m'attend avec impatience.

— Effectivement. Je sais que vous allez sur l'ISS… Je vous envie ! Prenez soin de vous, et bonne chance, lui souhaita le militaire en lui tendant la main.

— Une dernière chose, capitaine. Pourriez-vous me donner le numéro de portable de Lucas Fournier… Il ne me l'a pas laissé et…

Le capitaine Tavernier cherchait déjà sur son téléphone.

Christina en prit bonne note dans son répertoire. Elle le mit en tête de liste. Il lui manquait déjà…

65

Elle se frotta les yeux. Son visage laissait deviner un sourire retenu. Devant elle se trouvait la « porte de l'espace »… L'entrée de l'autoroute des étoiles…

Le rêve devenait réalité. Ce matin, c'était son tour et elle ne l'aurait cédé à personne.

Les premières lueurs du jour commençaient à poindre à l'horizon. La nuit étoilée laissait place aux couleurs rosées de l'aurore.

Un paysage désolé s'étendait à perte de vue autour d'elle. Quelques chiens errants vagabondaient de-ci, de-là. Au loin, devant la première clarté matinale, des moutons paissaient l'herbe de la steppe kazakhe.

Le cosmodrome de Baïkonour restait l'unique voie d'accès à l'espace. De là partaient les fusées russes Soyouz vers la station spatiale internationale, l'ISS.

Christina avait bien connu le temps où deux bases de décollage rivalisaient l'une avec l'autre ; le centre spatial Kennedy, au milieu des marais en Floride, et Baïkonour, dans les steppes de l'URSS. Ce temps était révolu depuis que les Américains, faute de moyens, avaient rangé leurs navettes spatiales dans des hangars.

La seule porte encore ouverte restait chez les Russes… et pas n'importe laquelle ; celle qui permit au premier homme d'aller dans l'espace, en 1961.

Christina sentit des frissons la parcourir. Depuis le temps qu'elle en rêvait…

De là où elle se trouvait, elle distinguait le pas de tir.

La fusée Soyouz qui allait les transporter, elle et ses camarades, se dressait au loin, gigantesque, à côté de la tour de lancement.

Christina pensa à son père, qui avait connu la même expérience. Il était alors plus jeune qu'elle. C'était en 1973, durant la grande époque spatiale. Il avait quitté la Terre mais, à l'inverse des autres, il n'était pas revenu.

Ses yeux s'embuèrent.

Papa, aide-moi. J'ai besoin de toi, de ta force.

Elle sentit une petite brise caresser son visage. Cela lui fit du bien. Sa combinaison d'envol Sokol lui donnait chaud.

Papa, je vais me rapprocher de toi. Cette idée m'encourage. Je sais que tu m'attends là-haut.

Le vieux bus klaxonna. Christina sortit de ses songes.

Elle se retourna et rejoignit le petit groupe. Ils étaient déjà tous entrés.

Les cosmonautes avaient terminé le fameux rituel. Cet arrêt était la tradition avant tout départ pour l'espace.

Face à la quantité de risques que comportait un tel voyage, personne n'osait déroger à cette règle. Tout avait commencé en 1961, lors du premier vol spatial habité. Youri Gagarine demanda au bus de s'arrêter sur le trajet vers la fusée. Il avait un besoin naturel pressant à satisfaire. Il descendit donc et se soulagea contre la roue arrière droite du véhicule. Revenant de mission sain et sauf, il acquit une notoriété sans égale. Depuis lors, aucun voyageur de l'espace de sexe masculin n'y échappait. Toujours ce côté superstitieux chez les Russes… Qu'on le veuille ou non, qu'on doive ou non, il fallait passer par ce cérémonial. Chaque cosmonaute masculin sortait du bus accompagné par sa suite personnelle, médecin, technicien et autre personnel obligé. Le cosmonaute devait ouvrir sa combinaison et puis laisser faire la nature. Pour certains, stressés, cela prenait du temps. Parfois, cela tournait à l'exploit, scruté par plusieurs personnes nerveuses ou encore, durant l'hiver, par un froid polaire frôlant les –35 °C.

Christina, exemptée de cette corvée, monta la dernière dans le bus. Elle fit un sourire au chauffeur militaire qui le lui rendit en démarrant le moteur diesel dans un bruit de mécanique d'un autre âge.

Elle passa à côté de son commandant de mission, le Russe Sergueï Ivanov, qui fit mine de l'ignorer. Depuis son arrivée à Baïkonour, le climat était glacial entre elle et lui.

Elle avait atterri trois heures plus tôt en provenance de Paris. Un jet militaire spécialement affrété pour elle avait reçu toutes les autorisations de survol jusqu'au Kazakhstan. Les services spéciaux ainsi que l'armée française avaient étroitement collaboré avec les services russes pour qu'elle arrive à destination à l'heure prévue pour sa mission. Jamais dans l'histoire spatiale russe un vol n'avait été retardé pour une quelconque raison. Celui-ci avait même été exceptionnellement avancé. La station spatiale était en effet à l'abandon et peut-être endommagée. De plus, les services de renseignements avaient été conjointement informés de l'imminence d'un événement majeur qui devait se produire dans l'espace à proximité de la Lune. Cette nouvelle affaire devenait hautement stratégique et délicate vu la découverte récente d'une corrélation entre les disparitions suspectes de nombreux scientifiques et la Lune, objet de leurs recherches. Chaque fois, l'astre se retrouvait au centre de ces tragiques événements.

Il avait été décidé en haut lieu de ne pas y associer les services secrets américains puisque toutes les tentatives de collaboration avec eux avaient été vaines. L'Agence de sécurité nationale américaine, la NSA, n'avait apporté aucune réponse à certaines interrogations et mises en cause. À l'inverse, l'agence américaine affirmait que rien n'était inhabituel ce qui, évidemment, suscitait encore plus de préoccupation chez les autres partenaires « spatiaux ». Les informations que détenaient les Français avaient donc été seulement partagées avec les Russes. On apprit qu'une collaboration secrète s'était d'ailleurs engagée depuis quelques années entre ces deux pays à propos de photos, paraissant truquées, en provenance de l'espace. Étrangement, plusieurs clichés révélaient des retouches sans que l'on comprenne pourquoi. Une seule explication possible : les Américains, ayant une supériorité écrasante dans le domaine des satellites, pouvaient filtrer et moduler à leur guise toutes les données spatiales. Le brouillage, la transformation et la récupération étaient pour eux des activités de routine et les données recueillies par les autres pays avaient toutes les chances d'avoir été manipulées. Mais il y avait plus étrange ; des trajectoires d'engins spatiaux russes et européens avaient été « déviées » par on ne sait quel phénomène. Plus énorme encore, il en était de même pour celles des corps célestes approchant la Lune. Des spécialistes en astrophysique s'étaient penchés sur cette énigme. Leur conclusion était sans appel : inexplicable ! Des trajectoires calculées très précisément subissaient des modifications incompréhensibles. En tout cas, quelque chose ne tournait visiblement pas rond autour de la Lune.

Durant son trajet vers l'aéroport, Christina avait été briefée par des militaires français spécialistes de l'espace. Depuis la station spatiale, elle devrait contrôler de près la zone lunaire et prendre un maximum de clichés. Il lui faudrait également relever différents paramètres avec des appareils pointés vers la Lune. Cela seulement évidemment dans le cas où la station était reprise en main.

La mission prévue prenait une tournure que jamais elle n'eût soupçonnée. Elle avait été mise au courant que son camarade russe Ivanov aurait des tâches semblables aux siennes. L'astronaute Martin Evans serait quant à lui écarté de la confidence puisque de nationalité américaine, ce qui agaçait fortement Christina vu que, des deux hommes de l'équipage, c'était le seul avec qui elle s'entendait. De toute façon, il était indispensable puisque, des trois, il était le plus apte et le plus expérimenté pour régler le problème de dépressurisation de l'ISS.

Christina s'assit trois rangées derrière le commandant de mission Ivanov et son équipe de techniciens. Elle-même disposait d'une équipe qui s'occupait d'elle et de son matériel de vol. Derrière se trouvait assis le copilote Martin Evans. Son visage était livide. Elle se sentait directement responsable de son état. Elle lui fit un sourire d'encouragement, désespérée de ne pas pouvoir lui apporter un peu d'aide. Martin l'avait très gentiment accueillie à son arrivée à l'hôtel des cosmonautes de Baïkonour, quelques heures auparavant. Elle y avait retrouvé aussi son amie Olga, qui lui avait raconté les réactions de chacun après son départ pour Athènes ; la grande colère d'Ivanov, qui avait crié au scandale et pris à partie Soukhoroukov, le commandant de la Cité des Étoiles. Il lui avait promis qu'il serait démis de ses fonctions dans les plus brefs délais. Soukhoroukov ordonna qu'un coup de fil des autorités russes lui soit donné, ce qui fut fait et calma instantanément l'excitation du commandant de mission. Ce qui ne l'empêcha toutefois pas d'ignorer l'astronaute grecque à son retour et de ronchonner à sa vue.

Le seul allié de Christina dans cet équipage était Martin. Depuis leur première rencontre, l'Américain était toujours resté très courtois et attentionné pour sa compagne de vol. Rien à faire, une grande différence d'éducation opposait les deux hommes de l'équipage. Christina était bien embarrassée de lui avoir occasionné tout ce stress et les désagréments que cela lui provoquait.

Au fond du bus qui les conduisait au pas de tir, un ronronnement sourd supplantait de temps en temps le bruit du moteur. Leonid Soukhoroukov, allongé sur la totalité de la banquette arrière, ronflait comme un bienheureux. Il s'était tellement inquiété pour sa cosmonaute qu'il n'avait pas fermé l'œil pendant son absence. Rassuré d'avoir son équipage au complet, il s'était plongé dans la boisson puis dans un sommeil profond. Son large manteau était ouvert à son insu, et, malgré la pénombre, on distinguait plusieurs flacons vides qui dépassaient des poches. Le quart arrière du bus était d'ailleurs réservé juste pour lui, pour ne pas indisposer les cosmonautes.

Soukhoroukov, malgré son penchant pour l'alcool et son manteau pestilentiel, avait un bon cœur. Sous des dehors d'ours, il avait toujours réussi à résoudre les problèmes, qu'ils soient techniques ou humains. Quand Christina débarqua de Paris, le commandant lui exprima chaudement sa joie de la retrouver. Durant l'absence de l'astronaute, son ancien service de décryptage lui avait fait parvenir une dernière version améliorée du message de sa tante. Il la tendit à Christina avec un sourire non dissimulé.

— Je sais, maintenant, madame Dimitrios. Je sais que j'ai eu raison de vous laisser partir.

Christina prit le message et le déplia. Le texte complet y était écrit. Elle regarda Leonid Soukhoroukov avec une moue étonnée.

— Nos services ont utilisé des techniques encore plus pointues pour atténuer le brouillage. Ils ont des logiciels extrêmement élaborés, vous savez… mais tout cela est confidentiel.

Christina se mit à lire l'intégralité du message téléphonique de sa tante :

« *Ma chérie, je n'ai pas le temps pour t'expliquer. Depuis longtemps je cherche les raisons de la mort de ton père. Je pense avoir trouvé mais on veut me tuer. Le temps presse, Christina. Va voir Xénophon, il sait des choses. On nous a caché la vérité. Une vérité comme un trésor inimaginable pour l'humanité. Les grands astronomes grecs et cosmographes italiens de la Renaissance connaissaient ce secret. Ils l'ont caché dans leurs œuvres majeures. Santucci à Florence ou Coronelli pour le Roi-Soleil et encore d'autres. Tu trouveras. Dépêche-toi. Je t'aime. Et n'oublie pas ton anniversaire.* »

— C'est incroyable, commandant, s'exclama-t-elle époustouflée par ce qu'elle lisait. Le message est complet et pourtant, au départ, il était inaudible !

— Les progrès, madame Dimitrios, les progrès… J'espère que vous avez trouvé les réponses à vos questions là-bas.

— Nous verrons, commandant, nous verrons, dit-elle en soupirant et en regardant vers le haut.

Le bus s'arrêta au pied de la tour de lancement. Les trois cosmonautes, accompagnés par leurs techniciens et médecins, sortirent du véhicule et se dirigèrent vers le groupe des officiels, qui les attendait sur le pas de tir. Tout le monde se salua.

Suivant le protocole habituel, mais dans une excitation mal contenue, un prêtre orthodoxe, plutôt mal luné par un réveil difficile, arriva en grande pompe pour bénir ceux qui partaient pour l'espace. Il balança d'un geste vif le crucifix sur la bouche de chacun d'eux en les aspergeant sans délicatesse d'un jet d'eau bénite. Ensuite, il laissa la place au président de la « commission russe pour l'exploration spatiale », qui fit une brève allocution sur la grandeur de la Russie et sur l'importance des recherches de l'homme dans l'espace. Il termina en leur souhaitant un bon voyage. Personne n'échangea de poignée de main, cela pouvait porter malheur à la mission.

Christina, comme ses équipiers, salua les invités, les officiels et les journalistes.

Derrière elle, la fusée de près de cinquante mètres de haut laissait échapper des bouffées de kérosène et des vapeurs blanches d'oxygène liquide. Elle ressemblait à un volcan en sommeil, prêt à exploser. Ce monstre mécanique, haletant et soufflant, était enserré par quatre bras métalliques, surnommés « la tulipe », qui le maintenaient vertical avant son envol.

L'équipage se dirigea vers l'échelle les amenant à l'ascenseur. Chaque cosmonaute portait son système d'alimentation en air, une petite valise grise tenue à la main et reliée à la combinaison par de longs tuyaux flexibles. Cela leur donnait l'apparence d'authentiques voyageurs de l'espace ressemblant aux héros spatiaux des années soixante. La combinaison russe Sokol, portée depuis 1973 par tous les équipages Soyouz, permettait d'être pressurisée et donc de protéger son occupant en cas de dépressurisation en vol. Avec le casque verrouillé, elle était parfaitement étanche.

Le technicien referma les portes de l'ascenseur sur l'équipage. Christina remarqua que Martin ne se tenait pas très droit. Elle aperçut son visage décomposé. Elle lui fit signe, lui demandant si cela allait. Il avait du mal à répondre. À peine une petite grimace. Annuler le vol aurait été une catastrophe à éviter absolument. Il était à deux doigts de réaliser son rêve mais, depuis vingt-quatre heures, son stress avait progressivement pris le dessus et se mettait au mauvais endroit…

Lorsqu'ils arrivèrent en haut, les portes s'ouvrirent. Ils s'avancèrent sur la plateforme pour rejoindre la capsule Soyouz. Le soleil se levait sur l'horizon et il les aveugla comme un projecteur éblouit les acteurs entrant en scène.

Christina entendit à travers son casque ouvert la voix malade de son ami Martin qui appelait le commandant Ivanov. Il devait redescendre juste un moment pour se soulager.

Ivanov se retourna d'abord vers elle et la toisa d'un air méprisant puis il fit signe à Martin qu'il acceptait. Ce fut un réel soulagement pour l'Américain qui allait passer plusieurs heures dans la capsule avant d'arriver dans l'ISS.

Evans redescendit et fut conduit vers un pavillon spécialement conçu pour les cosmonautes, situé à quelques centaines de mètres du pas de tir.

Sergueï Ivanov, à mille lieues de toute délicatesse, pénétra le premier dans la capsule et s'installa à sa place de commandant, juste au centre. Il rabattit la visière de son casque pour bien faire comprendre à Christina qu'il n'était pas question de lui adresser la parole. Elle pénétra à son tour dans le minuscule vaisseau. L'espace était exigu. Trois sièges en forme de coquille de noix permettaient tout juste de s'asseoir avec les jambes repliées sur soi.

Derrière eux étaient arrimés des sacs contenant du matériel pour la station spatiale. Devant, des centaines de boutons et de témoins lumineux permettaient de commander les différentes phases complexes du voyage.

Christina était ravie d'être là mais, en même temps, elle n'en profitait pas comme elle l'aurait voulu. Mille questions lui venaient à l'esprit : Martin allait-il revenir ? Ivanov allait-il lui rendre la vie insupportable ? Que verrait-elle là-haut, dans l'espace ? Découvrirait-elle le fameux mystère ?

Elle pensa à son périple avec Lucas. Une histoire incroyable. Elle se demanda même ce qu'elle faisait là, dans cette capsule… Aurait-elle dû rester sur Terre, avec Lucas, pour trouver une réponse ? *Et la clé ? Pourquoi cette clé ?*

Elle avait pourtant été longuement briefée par les services français et russes. Il avait été convenu que son départ était la meilleure solution pour tous. Elle serait aux premières loges.

Elle ferma les yeux un instant, se concentrant sur son vol et sur les gestes à faire aux moments opportuns. Elle checka le *modus operandi* pour le décollage. Elle l'avait répété mille fois.

En face d'elle était accrochée sa petite mascotte. Chaque membre d'équipage avait le droit d'apporter un objet fétiche. Certains n'en voulaient pas, les durs à cuire, les machos. D'autres emportaient une peluche de leurs enfants. Christina, elle, avait reçu un petit canard de son amie Olga. Ducky la regardait fixement en se balançant au bout de sa ficelle. Ivanov n'avait rien suspendu devant lui, incapable de montrer le moindre sentiment. Un petit pingouin, cadeau de son fils, attendait Martin de l'autre côté du commandant. Il tournait sur lui-même, cherchant désespérément celui pour qui il était là.

Christina s'inquiétait pour son ami. Depuis leur départ vers le pas de tir, il n'était plus que l'ombre de lui-même. Elle s'en voulait énormément et pria pour qu'il revienne en bonne forme.

Les minutes passèrent. Le commandant Ivanov dialoguait par radio avec les responsables du lancement. Enfin, au bout d'une heure, Martin fut annoncé sur le pas de tir, prêt à remonter par l'ascenseur.

Le soleil s'était déjà bien levé sur la plaine et dardait de ses rayons aveuglants la tour de lancement.

Ils aperçurent une ombre depuis l'intérieur de la capsule. Elle s'avançait vers l'écoutille. Christina se réjouit. *Martin... enfin là !* Son casque, muni d'une visière pare-soleil, avait été bouclé. Elle crut deviner un sourire gêné à travers le miroir et le gratifia d'un : « Courage, Martin, ça va aller ! » Elle entendit vaguement répondre l'astronaute, qui s'installait avec difficulté dans son siège. Un technicien l'aida à s'attacher et on le connecta à tous les systèmes de survie et de communication.

La porte de la capsule fut refermée de l'extérieur.

Christina ne voyait pas son coéquipier américain, caché par le commandant qui occupait la place centrale. Elle n'entendit que sa voix légèrement éraillée. Ivanov avertit le contrôle au sol qu'ils étaient prêts.

Chacun d'entre eux avait sa liste de points à vérifier. Ivanov, connaissant l'état déplorable de Martin, et voulant absolument décoller quoi qu'il arrive, aida son coéquipier dans les gestes à réaliser. Au bout d'une nouvelle attente, le commandant, ayant obtenu les autorisations d'envol, lança le traditionnel *Poekhali*[1].

Il n'y eut aucun compte à rebours.

---

1. C'est parti, en russe.

Tout se mit à trembler à l'intérieur de la capsule. Le bruit généré par l'allumage simultané des moteurs dépassait tout ce que Christina connaissait. Elle éprouva une sensation de puissance phénoménale qui se dégageait de la fusée Semiorka en dessous d'elle. L'astronaute grecque était recroquevillée dans son petit siège, face au ciel qu'elle ne voyait pas.

Dans un tel séisme, il était difficile de reconnaître les voyants qui s'allumaient. La poussée vers le haut fut d'abord douce puis s'accentua pour finalement devenir extrême. Christina était écrasée contre son siège. Face à elle, le petit Ducky ne bougeait plus, tiré vers le bas par l'accélération fulgurante. Il avait triste mine au bout de sa ficelle tendue.

Les quatre fusées primaires se détachèrent ensemble. Il y eut une secousse, le deuxième étage prenait le relais.

Christina se sentit progressivement plus légère. Ducky sembla flotter et, à un moment, il s'éleva…

C'est là qu'elle comprit qu'elle était dans l'espace.

66

L'ISS ressemblait à un vaisseau fantôme.

À travers le petit hublot de la capsule Soyouz, la station spatiale avait tout d'un navire perdu au-dessus de la Terre.

Ivanov appuya sur le bouton… et la valse commença. Ducky sembla s'en réjouir. Il tournoyait avec grâce devant les yeux de Christina, faisant de magnifiques arabesques à répétition. Puis, à un moment, la musique s'emballa. Le petit canard n'arrivait plus à suivre et perdit toute notion de rythme et d'espace. Il tourna le dos à l'assistance et, le bec sur les cadrans, chercha désespérément le fil des notes.

Le commandant russe avait obtenu une autorisation spéciale d'emporter un appareil audio dans la capsule. La valse spatiale la plus connue au monde avait envahi l'habitacle. *Le Beau Danube bleu*, de Johann Strauss. Christina en connaissait chaque note. Cent fois, elle avait passé le film culte de Kubrick. Cent fois elle s'était sentie emportée par cette séquence d'anthologie dans laquelle les vaisseaux tournoyaient dans un ballet cosmique. Elle aurait bien essayé d'en profiter autant que son camarade russe qui se dandinait sur son siège à la façon d'un chef d'orchestre mais, à l'instar de son ami Martin, malade et muet depuis son départ, elle se contenta d'écouter en regardant par le hublot.

Elle apercevait la station devant elle, qui se rapprochait.

Elle sentit un léger doute l'envahir. Allaient-ils pouvoir y pénétrer ? Et qu'allaient-ils y trouver ?

L'équipage précédent l'avait évacuée en catastrophe deux jours auparavant. Les systèmes d'alerte s'étaient déclenchés à la suite d'une dépressurisation rapide du vaisseau. Les occupants avaient alors tout tenté pour trouver et circonscrire le problème, malheureusement sans succès. Chaque compartiment avait été isolé pour rendre possible la localisation précise de la ou des fuites… Mais cela n'avait pas suffi. Bizarrement, c'était l'ensemble de la station qui subissait une dépressurisation.

Les membres de l'équipage avaient enfilé en triple vitesse leur combinaison de survie et vérifié les appareils fournissant l'air pressurisé. Rien d'anormal ne fut constaté. L'équipe au sol avait pensé à une pluie de micrométéorites ayant perforé la coque à plusieurs endroits mais aucun dégât ne fut observé, ni à l'intérieur ni même à l'extérieur. Ils avaient dû se résoudre à quitter la station, la pression générale diminuant dangereusement, et s'étaient rués dans un vaisseau Soyouz, seul canot de sauvetage vers la Terre.

L'équipage de Christina avait été mis au courant. La consigne était de garder la combinaison pressurisée durant la manœuvre d'accostage sur l'ISS et en entrant dans la station. Les techniciens au sol avaient transmis au commandant Ivanov et à son équipe les instructions de sauvetage du vaisseau : une inspection méthodique de chaque circuit de pressurisation et de chaque compartiment, pris individuellement.

Christina connaissait les risques qu'encourait tout objet en orbite. Un simple grain de sable voyageant dans l'espace à plus de vingt-huit mille kilomètres heure pouvait perforer la coque et occasionner de sérieux dégâts. Plus de cent mille objets orbitaient autour de la Terre. Les plus gros étaient des morceaux de fusées ou de satellites, d'autres des déchets parfois très petits et donc invisibles aux radars. Les débris de plus de dix centimètres étaient suivis et répertoriés par une équipe au sol qui mesurait les risques d'une collision. En cas de danger, la station spatiale était déplacée de son orbite. Même si elle possédait une double épaisseur de blindage, elle ne pouvait résister qu'aux petits impacts. Dans le cas de plus gros chocs, les occupants devaient boucler le compartiment touché le plus rapidement possible et, dans le pire des cas, évacuer la station. C'est ce qu'avait dû faire le dernier équipage, mais sans découvrir le moindre impact.

À l'intérieur de la capsule Soyouz, l'équipage de Christina avait gardé le casque verrouillé. Martin semblait toujours indisposé. Il ne disait rien. Le commandant Ivanov transmettait sans arrêt des paramètres au quartier général. Par les hublots, Christina distinguait d'un côté la lumière crue et éclatante, sans filtre, du soleil, et, de l'autre, le noir profond de la nuit spatiale.

Elle desserra légèrement ses sangles et se sentit s'élever. Une impression de légèreté. Ducky continuait son petit ballet, comme un ralenti sur image. Il semblait avoir perdu toute notion d'orientation et se retrouvait tantôt piquant du bec, tantôt le nez en l'air.

La lumière déclina vite à l'extérieur et le soleil disparut.

La phase d'approche vers l'ISS avait débuté déjà depuis deux ou trois heures et le moment critique approchait. Quelques dizaines de mètres seulement séparaient encore les deux vaisseaux. L'un était gigantesque, grand comme un terrain de football et comprenant une quinzaine de modules alignés ; l'autre, tout petit, était juste le convoyeur des cosmonautes vers l'espace.

Ils se trouvaient maintenant dans l'ombre de la Terre. Il faisait nuit.

À l'intérieur de la petite capsule, les données télémétriques, couplées aux ordinateurs, émettaient des bruits stridents à chaque correction de trajectoire. Sergueï Ivanov avait pris les commandes du vaisseau russe. Malgré l'automatisation des programmes d'approche, l'œil et la main humaine restaient indispensables. Quelque temps auparavant, un astronef russe automatisé avait tout simplement heurté la station et les dégâts avaient été importants. L'arrimage se faisait à une vitesse phénoménale qui, dans le vide spatial, sans aucun point de repère, ne se ressentait pas.

Le Soyouz se positionna en face de l'écoutille.

Christina distinguait parfaitement à travers le hublot, sur sa droite, la partie américaine de la station qui faisait office de « proue du navire ». La capsule, elle, se dirigeait droit sur le module d'arrimage russe, entre le module Étoile[1] et le module Aurore[2].

Il y eut un léger tremblement.

---

1. Module russe Zvezda.
2. Module russe Zarya.

Ivanov lança au contrôle un : « Ça y est ! Accostage réussi ! » L'équipe au sol félicita l'équipage par des applaudissements.

Christina, malgré son excitation et sa joie d'être enfin arrimée, gardait un fond d'anxiété. Qu'allaient-ils trouver ? Pourquoi un abandon si rapide de la station quelques jours avant ?

Toujours engoncés dans leur combinaison étanche, les cosmonautes se préparèrent à quitter leur siège pour pénétrer dans l'ISS. Après un dernier contrôle minutieux, Ivanov déverrouilla la porte de sortie de la capsule puis celle d'entrée dans la station. Le passage circulaire était plutôt étroit. Il faisait sombre.

Il se passa alors un événement tout à fait imprévisible. Martin, malade, qui n'avait pratiquement participé à aucune action durant le vol et qui, de plus, était resté muet pendant plusieurs heures, bondit hors de sa place et repoussa d'un geste violent Ivanov, lui brûlant la politesse pour pénétrer le premier dans le grand vaisseau. Le Russe resta pantois. Evans, s'étant faufilé dans l'orifice, se trouvait déjà à l'intérieur de l'ISS. Ils eurent à peine le temps de l'apercevoir, filant vers la droite en direction des modules américains.

Pour la première fois depuis son arrivée à Baïkonour, le commandant russe regarda Christina dans les yeux. Elle y vit de la colère. Ivanov s'engouffra à son tour dans l'orifice, à la poursuite de l'Américain. Impatient de le rattraper, il laissa Christina, seule, derrière lui.

L'astronaute grecque pénétra enfin dans l'unité d'arrimage située entre les deux grands modules russes. Elle fut surprise par le fatras de tuyaux, de câbles et de sacs empilés dans tous les coins. Elle avait été prévenue : ce côté de la station, le plus ancien, était un véritable capharnaüm à la soviétique. Un enchevêtrement de matériel et de bric-à-brac éparpillés, où seule l'expérience de vie « à la russe » permettait de s'y retrouver.

Elle laissa le module Zvezda derrière elle et pénétra dans le suivant, appelé Zarya. Elle aperçut Ivanov devant, s'engouffrant tant bien que mal dans la partie américaine. Elle remarqua qu'il avait autant de difficulté qu'elle à se diriger, par manque d'habitude de l'apesanteur. Pour pouvoir avancer, Christina s'accrochait aux objets fixés qu'elle rencontrait. Elle heurta à deux reprises des appareils scientifiques et prit peur de déchirer sa combinaison. Les messages d'alerte en anglais et en russe, indiquant la dépressurisation, retentissaient en continu, signifiant l'urgence de l'évacuation.

Elle parvint au nœud central Unity, là où les deux parties de la station étaient liées. Des objets divers flottaient dans l'air, témoignant de la situation inattendue qu'avait vécue l'équipage précédent. Christina remarqua qu'ils avaient été dérangés en plein repas : des aliments erraient en suspension çà et là au milieu de sachets de liquides colorés. Une pomme dansa devant ses yeux. Le module Unity était l'endroit central de la station où les repas étaient pris ensemble, toutes nationalités confondues. L'ambiance y était différente, lumineuse, ordonnée, et nettement plus moderne que du côté russe.

À cet endroit, différentes possibilités de cheminement s'offraient à elle. À tribord, le nœud Tranquility disposait de la magnifique coupole d'observation de la Terre. À bâbord, elle aperçut les combinaisons spéciales pour les sorties extravéhiculaires ainsi que le sas de sortie situé en arrière. En dessous d'elle, le module logistique, la réserve de la station. Devant, dans l'alignement du vaisseau, se trouvait le premier laboratoire américain, Destiny.

Au fond de celui-ci, le commandant Ivanov pénétrait dans le troisième nœud, qui amenait vers les laboratoires européens et japonais.

Christina se demanda s'il n'y avait pas mieux à faire que de le suivre. La priorité était plutôt de trouver la solution à la dépressurisation, afin de reprendre possession de la station. Mais tout de même, le comportement de son ami Martin était plus qu'étrange. *Pourquoi cette sortie si brutale de la capsule ? Avait-il une urgence si importante pour oser bousculer le commandant ? Il semblait pourtant si faible jusque-là...*

Elle ne comprenait pas. Martin était d'habitude un homme calme, poli et professionnel.

En entrant dans Destiny, elle sentit une onde de choc traverser le vaisseau. Cela ressemblait à une petite explosion, ou à une secousse due à un impact. S'inquiétant, elle retourna dans le nœud central, pour filer à tribord vers la coupole en verre. Une fois dedans et le nez tout contre, elle sursauta ; deux panneaux blancs en demi-cylindre s'éloignaient de la station dans le vide spatial. Christina se colla plus encore contre la parabole de verre. Elle eut le souffle coupé lorsqu'elle devina ce qui se trouvait derrière le module.

— Quoi ? Une X-37B ! Ce… ce n'est pas possible ! s'exclama-t-elle.

Stupéfaite, elle rassembla ses esprits et décida de rejoindre Ivanov et de retrouver Martin.

À peine eut-elle pénétré de nouveau dans le grand laboratoire américain qu'elle surprit le Russe revenant bredouille.

En la voyant, le commandant ouvrit les bras dans un geste d'incompréhension et de dépit. Martin ne se trouvait pas à l'avant du vaisseau. Où était-il ?

Christina lui fit signe de la suivre vers la coupole. Elle lui dit lorsqu'il s'approcha d'elle :

— Sergueï, je viens de voir un module de ravitaillement s'ouvrir en deux. Devinez ce qui était dedans ?

— Je ne vois pas, dit Ivanov, étonné par la question.

— Une X-37B, une…

— Comment ? coupa Ivanov avec surprise. Qu'est-ce que…

— Venez, suivez-moi !

Ils pénétrèrent dans Tranquility et se collèrent aux hublots de la coupole panoramique. Ivanov sortit un « waouh » en russe.

— Je n'en avais encore jamais vu… fit-il, éberlué.

Christina l'interrompit et lui montra du doigt.

— Regardez, Sergueï, elle est accrochée juste en dessous du module de liaison Harmony, entre les laboratoires Columbus et Kibo.

Ivanov fixa l'astronaute grecque d'un air surpris.

— C'est fou, dit-il, je suis passé par là… Je n'ai rien vu !

— Vous êtes passé au-dessus, avec l'idée de trouver Martin, Sergueï, et une écoutille était peut-être fermée…

Ivanov la dévisagea encore, puis s'élança.

— Vous avez raison ! Allons voir ! lui lança-t-il en se tirant à une main courante pour faire demi-tour.

Tant bien que mal, le commandant et l'astronaute grecque traversèrent de nouveau Unity puis le laboratoire Destiny vers le module de liaison.

Sergueï Ivanov, le nez au sol, découvrit avec stupéfaction l'entrée, ouverte, qui donnait vers le niveau inférieur. Il se demanda comment il l'avait loupée quelques minutes auparavant. Le Russe était prêt à s'y engouffrer lorsqu'une énorme tenaille surgit du laboratoire Columbus et trancha son arrivée d'air.

Christina vit Ivanov se retourner, exprimant à travers sa visière une énorme grimace d'effroi. Il tenait le tuyau coupé dans sa main. Le commandant voulut prononcer des mots qui ne vinrent pas. Puis tout alla très vite. Il fut propulsé par un coup de botte qui le jeta à l'intérieur du laboratoire japonais Kibo.

Christina assista à l'attaque. Elle fut horrifiée. Apercevant la jambe de l'agresseur, elle cria :

— Martin ? Noooon !

L'Américain sortit de l'ombre et se dirigea sans la regarder vers la porte du laboratoire japonais, qu'il referma sur le Russe. Puis il s'avança vers Christina. Il portait toujours sa visière en verre fumé et tenait la grosse pince à bout de bras.

Christina prit peur, elle n'arrivait pas à distinguer son visage.

— Tu es bien comme ton père… lui dit-il.

Ce fut pour elle comme un choc électrique. Ses poils se dressèrent, son cœur faillit s'arrêter. Elle murmura quelques mots de surprise en reculant.

— Ma… Martin ? Ce n'est pas possible !

Puis, prenant conscience de la situation, elle hurla :

— Non ! Noooooon !

Le cri résonna jusqu'aux coins les plus reculés de la station spatiale. L'homme avait ouvert son casque et relevé sa visière. Il souriait.

Christina avait perdu le contrôle de ses muscles. Elle eut un haut-le-cœur et une brusque chute de tension. Sa vision se troubla.

Elle sentit une seringue pénétrer ses chairs. Elle sombra.

67

— *Papa ?*

— *Oui, ma chérie... Dis-moi.*

— *Est-ce que tu partiras longtemps en voyage ?*

— *Non, mon amour, quelques jours. Ne t'inquiète pas. Juste quelques jours. Après, on se verra.*

— *Et... tu me verras de là où tu vas ?*

— *Oui, mon cœur, mais en tout petit. Je serai très haut dans le ciel, tu sais.*

— *Papa ? Je t'ai attendu. Tu m'as menti. Tu n'es pas revenu...*

68

L'université Paris-Sorbonne occupait tout un quartier dans le 5e arrondissement.

Située à un jet de pierre du jardin du Luxembourg et du Panthéon, au cœur même du Quartier latin, elle dominait depuis sa coupole le quartier Saint-Michel et l'île de la Cité.

Lucas sortit du métro à Maubert-Mutualité. Il se dirigea vers la rue des Carmes.

Il faisait nuit.

Son excitation était à la mesure de son inquiétude. Les médecins l'avaient gardé à l'hôpital de la Pitié-Salpêtrière plus de vingt-quatre heures. Il savait qu'il était miraculé. Le tueur avait failli l'avoir pour de bon.

Sa marche était saccadée. Sa douleur à la jambe était toujours vive malgré le bandage serré. Il avait refusé les antidouleurs. Il détestait les médicaments.

Heureusement, la Sorbonne n'était qu'à quelques rues.

Tavernier était passé à l'hôpital l'après-midi. C'était un homme de parole. Le militaire par excellence. Il lui avait apporté une copie du vieux parchemin de

Coronelli. En découvrant le document, Lucas n'en crut pas ses yeux. Christina avait réussi !

Presque un jour après elle, il le découvrit avec émotion.

L'assistant du professeur parvint à l'intersection avec la rue des Écoles. Il la prit vers la droite. C'était un coin qu'il connaissait, habitué aux boutiques du *Vieux Campeur* et aux librairies du voisinage.

Quelques personnes se promenaient encore. Le quartier des grandes écoles regorgeait d'étudiants et, malgré l'heure tardive, les tavernes et les bars étaient toujours bien remplis.

Une voiture pétaradante arriva de loin. L'engin traversa le carrefour et, hoquetant, continua vers le Quartier latin. *Il faudrait interdire des véhicules aussi bruyants*, maugréa-t-il.

Il reprit sa route vers la Sorbonne.

Quelques heures auparavant, sur son lit d'hôpital, Lucas avait analysé phrase par phrase le texte du père vénitien. En découvrant le pentagramme, il avait compris qu'ils étaient dans le bon ; Coronelli était un vrai pythagoricien et il laissait sans aucun doute un message aux futurs initiés. L'infirmière de garde avait fait irruption dans la chambre, prévenue par le moniteur cardiaque qui hurlait.

— Ce n'est qu'une petite émotion… lui avait dit Lucas pour la tranquilliser.

Le vieux moine ne disait pas clairement ce qui se passait tous les cinq siècles. Peut-être ne le savait-il pas lui-même. La grande révélation du message était cette île nommée *Antechton* par Pythagore… Et Tavernier avait insisté : *madame Dimitrios m'a demandé de vous dire que le « A » signifie « Antiterre »*.

Lucas passa devant le Collège de France et prit à gauche pour remonter la rue Saint-Jacques. Elle était déserte. Il approchait de son but.

La rue qui s'offrait à lui avait un aspect très solennel, avec ses grandes façades de style classique. Lucas longeait l'université de la Sorbonne, l'une des plus prestigieuses au monde. « La rigueur de la connaissance et la richesse du savoir. » Richelieu y avait laissé son empreinte architecturale dans un mélange d'austérité et de raffinement. La chapelle de la Sorbonne, lieu où il reposait, en était un parfait exemple.

Une phrase tournait dans la tête de Lucas depuis plusieurs heures : « *À l'endroit où Pythagore regarde le ciel étoilé, elles l'apercevront.* »

Que voulait dire le cosmographe italien ? De quel Pythagore parlait-il ? Était-ce l'endroit où il reposait après sa mort ? Mais personne ne savait où se trouvait sa sépulture… si encore il y en avait une.

Lucas avait fait le tour en pensée de tous les bustes, statues ou représentations du maître de Samos qu'il connaissait. Tous, d'après lui, se trouvaient en France ou en Italie mais aucun ne regardait le ciel étoilé.

Bon sang ! Que voulait dire le vieux moine ?

Il y avait aussi l'autre phrase : « *La lune, ce jour-là, leur montrera.* »

Lucas Fournier était venu ici ce soir dans ce but précis.

Il avait rendez-vous avec la lune. Elle allait lui dévoiler son mystère…

En arrivant à hauteur du numéro cinquante-quatre, il se retourna et s'arrêta un instant, guettant un éventuel suiveur caché dans l'ombre.

Tavernier l'avait prévenu, le niveau de risque était particulièrement élevé et il devait rester sur ses gardes.

La nuit, la seule entrée possible dans la « Vieille Dame » était celle devant laquelle il se trouvait. Un gardien y était posté.

Lucas connaissait bien la Sorbonne. Il y avait fait sa thèse d'histoire et d'archéologie mais il ne venait absolument pas pour ce motif. Ce qui l'intéressait se trouvait au huitième étage, en haut d'une tour, face à la cour d'honneur.

Le gardien en faction scruta la carte de membre que Lucas lui présenta et, sans quitter des yeux l'écran de son téléviseur qui diffusait une série américaine, lui donna des clés en lui souhaitant une bonne soirée.

L'assistant du Pr Petropoulos pénétra dans le bâtiment. Seuls quelques éclairages de secours permettaient de s'y retrouver.

Il prit tout de suite à main droite, descendit une série de marches, et poussa une porte grinçante pour atteindre la galerie Richelieu. Elle était parallèle à la rue qu'il venait de quitter.

La douleur dans la cuisse était toujours vive et il décéléra le pas. Il avait la nuit devant lui et pouvait franchement ralentir.

Arpentant le long corridor, il se rappela tous ceux qu'il avait parcourus l'avant-veille.

Il songea de nouveau à Christina, à qui il n'avait pu faire ses adieux. Il en était frustré. Elle lui manquait. Ils avaient vécu ensemble vingt-quatre heures de folie depuis leur rencontre au musée d'Athènes jusqu'à la Bibliothèque nationale.

Il se rappela les jardins de Florence au petit matin.

Là où elle se trouvait à cet instant, elle était certainement la femme la plus inaccessible de l'humanité…

Lucas pensa que, peut-être, elle l'avait déjà oublié. Le destin de cette femme se trouvait évidemment ailleurs, à côté de gens expérimentés, d'astronautes virils et sportifs. Sans doute ne la reverrait-il plus… Son cœur se serra à cette pensée.

Au fond du couloir, la porte derrière lui grinça. Il sursauta et se retourna. Une ombre filait vers lui. Ce n'était pas le garde, il en était sûr.

Poussé par un instinct de survie, il s'engouffra dans le passage qui conduisait sur la gauche au grand auditoire Richelieu. Il connaissait le chemin pour l'avoir emprunté des dizaines de fois.

Il poussa une porte et pénétra dans le somptueux amphithéâtre. Une odeur de bois ciré et de vieux livres imprégnait l'atmosphère.

Il se retrouva dans l'obscurité complète. La salle vide résonna lorsque la porte se referma.

Lucas essaya de se rappeler la configuration des lieux.

À tâtons, il sentit les rangées de sièges qui se succédaient vers le haut.

Il s'avança dans le noir et escalada quelques marches avant de se faufiler entre deux gradins à mi-hauteur. Là, il s'accroupit derrière un banc et ne bougea plus.

Le silence retomba dans la salle. Lucas retenait son souffle.

Trois ou peut-être quatre minutes passèrent. Subitement, un bruissement se fit entendre. La porte de l'auditoire se referma délicatement.

Lucas comprit que cette ombre était venue pour lui.

Il n'y eut ensuite plus aucun bruit. Cela dura un long moment.

Lucas, tel un radar, tournait la tête de droite à gauche, très doucement, pour diriger ses tympans vers chaque coin de l'hémicycle. *Où est-il ? Que fait-il ? S'est-il rapproché de moi ?*

Cela devenait angoissant.

Lucas s'imaginait l'homme tout près de lui, glissant et se faufilant comme un serpent entre les rangées, prêt à bondir sur lui pour le tuer. L'homme devait certainement avoir une arme ou un couteau. Il imagina la tête du tueur l'observant dans le noir, à un mètre de lui. Peut-être disposait-il d'un appareil pour voir la nuit ? Et peut-être était-il à vingt centimètres, ou dix centimètres, le fixant de ses yeux grands ouverts.

Lucas se figea un peu plus.

À un moment, il eut la vague impression de sentir quelque chose se faufiler tout près de lui. C'était évident, le tueur devait inspecter rangée après rangée jusqu'à ce qu'il trouve sa proie.

Ne plus respirer. Ne plus bouger. Devenir une statue de marbre.

À force d'écouter la profondeur du silence, Lucas en arrivait à s'entendre lui-même. Une sorte de bruit de fond ouateux à l'intérieur de ses oreilles, un bourdonnement, parfois même un sifflement. Était-ce le sang circulant dans ses vaisseaux ? Cela devenait une symphonie sourde. *Serait-ce le début de la folie ?*

Cela ne pouvait plus durer, il n'allait pas rester là indéfiniment. Le tueur finirait bien par le trouver. Il devait se reprendre et agir.

Il décida donc de bouger. D'abord à quatre pattes, comme un animal, le long de la rangée, puis se forçant à se relever, doucement, au ralenti.

Où est l'autre ? Devant ? Derrière ?

En prenant de la hauteur, son pouls s'accéléra. Il eut le sentiment que cela résonnait dans tout l'amphithéâtre.

Deviens la nuit... Fonds-toi en elle...

Il respira doucement. Le calme le pénétra. L'obscurité l'envahissait.

Il allait devenir l'agresseur et non plus l'agressé. Les rôles s'inversaient.

Il défit sans bruit son lacet puis se redressa très doucement.

D'un geste lent mais rapide à la fois, il envoya sa chaussure devant lui, vers le bas de la salle. Son mouvement généra un léger bruit mais la chaussure, butant sur les bancs et les cloisons de bois, provoqua comme une explosion dans le silence profond de l'auditoire.

Le résultat ne se fit pas attendre. Lucas détecta immédiatement un léger remous derrière lui, à quelques mètres.

Il porta la main dans la poche de son blouson. Il y sentit la boîte qu'il avait préparée et la clé USB. C'était le moment…

À la Bibliothèque nationale, Tavernier lui avait refilé un élément intéressant sur une clé à mémoire. Il avait eu le temps de la visionner pendant sa convalescence à l'hôpital. Elle contenait des images provenant de l'observatoire du Chili, où la tante de Christina avait été retrouvée assassinée. L'inspecteur chargé de l'affaire l'avait fait parvenir aux services français.

On y voyait une séquence très particulière, filmée par une caméra de sécurité. C'était un plan fixe dans un long tunnel sombre. D'un côté on distinguait un couloir pour le personnel et de l'autre, en parallèle, un système de rails sur lesquels circulaient des miroirs montés sur de petits chariots.

Lucas sortit délicatement la boîte de sa poche.

Il l'ouvrit et en retira une allumette. Il sentit que cela bougeait vers lui, un glissement par-dessus une rangée de sièges.

Il plaça rapidement le bout soufré contre le carton abrasif, perpendiculairement à la boîte, en comprimant le bout supérieur de l'allumette avec le pouce. Il dirigea alors la boîte vers le son qui s'approchait et, de l'autre main, envoya une chiquenaude contre le bout de bois.

Le soufre prit feu en s'envolant avec l'allumette.

À l'hôpital, Lucas avait aperçu sur le film une femme paniquée courir dans le couloir et se cacher dans un renfoncement du mur. Trente secondes plus tard, un homme en noir faisait son apparition dans le champ de la caméra.

Lucas avait assisté ensuite à un spectacle absolument inédit : les miroirs s'étaient subitement embrasés et l'homme en noir, en dépit du bon sens, était devenu comme fou.

Ce soir-là, dans l'amphithéâtre Richelieu, il se passa un événement similaire ; un cri déchira le silence. La lumière dégagée fut pour les yeux d'une violence insoutenable. L'homme hurlait comme un animal blessé, gesticulant tel un possédé.

Lucas s'avança en lançant une à une des allumettes en feu autour de lui jusqu'à acculer le tueur dans un coin.

L'homme s'était recroquevillé sur lui-même, la tête contre le sol, les mains collées aux oreilles.

Lucas profita de cet état pour redescendre rapidement les gradins et quitter l'hémicycle obscur. Il retrouva la galerie Richelieu et aperçut ce qu'il cherchait. Une porte s'ouvrait sur un escalier qui allait l'amener huit étages plus haut, vers les toits de Paris, dans la coupole.

Il avait rendez-vous avec son amie Christina et avec la Lune.

69

Son dos la faisait atrocement souffrir. Ses poignets également. Elle les sentit ligotés derrière elle.

Elle remarqua aussi que son casque avait été enlevé… *Mais… et l'air ?* Comment était-ce possible ? Elle respirait, pourtant.

Où se trouvait-elle ? Elle ouvrit un peu plus les yeux.

La pièce qu'elle occupait ressemblait aux compartiments de la station spatiale mais en modèle réduit. Combien de temps était-elle restée inconsciente ? Impossible de voir sa montre… ni de bouger.

Elle regarda autour d'elle et aperçut des sacs et des caissons de rangement bien ordonnés, sans aucune inscription d'identification. Ce qui l'impressionna, c'étaient les combinaisons spatiales pour les EVA[1], les sorties dans l'espace. Il y en avait plusieurs, rangées au fond de ce qui ressemblait à une soute.

En face d'elle, elle remarqua une ouverture. La porte était verrouillée. Il y était inscrit « *Caution – Exit* ».

1. *Extra-Vehicular Activity.*

Derrière elle, elle entendait du bruit. Un arrière-fond musical et des sons électroniques inconnus.

Impossible de se retourner...

Les souvenirs revenaient par bribes. Son esprit endormi se réveillait.

Elle se rappela avoir ressenti exactement les mêmes sensations après une anesthésie. Un état engourdi, les idées vaseuses.

Elle cria.

— Il y a quelqu'un ? Qui est là ?

Au bout de quelques secondes, un bruissement se fit entendre dans son dos.

— Tu es réveillée, ma belle ?

Ce fut fulgurant. Comme des milliers de dards qui la transperçaient.

— Tu te souviens de moi ?

Elle ne voyait pas l'homme placé derrière.

La voix...

Les derniers moments passés dans l'ISS lui revenaient. Le visage effrayant... l'œil bandé comme un pirate... et puis l'image d'Ivanov, son commandant russe, le tuyau d'air tranché qu'il tenait en main...

Une phrase sortit de sa bouche avec difficulté.

— Qu'avez-vous fait du commandant Ivanov ?

— Aucune inquiétude. Il va bien là où il est, répondit la voix.

— Qu'avez-vous fait ? Vous l'avez tué ! Je vous ai vu couper son tuyau d'alimentation en air.

Christina sentit l'homme se rapprocher.

Il desserra la sangle qui la maintenait dirigée vers l'arrière de la soute et la tourna facilement vers lui. Christina se sentit décoller. Elle était en apesanteur.

L'homme la cala contre la paroi en refixant la sangle. Il la regarda.

— Vous ressemblez à votre père…

En le voyant, Christina eut un réflexe de dégoût. Elle eut envie de vomir sur lui.

Mais elle devait savoir…

Gagner du temps… Survivre… Éviter la provocation…

— Vous êtes un assassin, Lagarde. Vous avez tué Sergueï Ivanov… et Martin Evans, sans doute ! Vous avez essayé de tuer Lucas Fournier aussi ! Vous êtes un immonde assassin !

Lagarde était dans une sorte de combinaison pyjama orange. Un bandeau recouvrait un de ses yeux. Son visage, ridé par les années, laissait entrevoir une espèce de rictus mi-moqueur mi-diabolique qui faisait froid dans le dos.

— Détrompez-vous, chère Christina. Je ne les ai pas tués. Ils sont bien vivants.

— Vous mentez ! Vous avez coupé le tuyau de Sergueï ! Je l'ai vu de mes propres yeux !

— Il y avait de l'air dans la station… plein d'air !

— J'ai vérifié les appareils. Le niveau était sous le seuil critique. Vous mentez, Lagarde !

— Je ne mens pas. Je contrôle ces appareils comme je veux. Avec quelques ordinateurs puissants, d'excellents techniciens et de bons logiciels, vous pénétrez dans n'importe quel réseau et vous y faites ce que vous voulez.

— Vous avez trafiqué les appareils de mesure du conditionnement d'air de l'ISS ?

— Absolument. Il y a de l'air en suffisance. J'ai juste modifié les paramètres visibles sur les écrans et les alertes se sont déclenchées naturellement.

— Et pourquoi cela ?

— Il fallait libérer la station… pour ma tranquillité…

— Sergueï est donc vivant ?

Christina se rappela la grimace d'effroi de son coéquipier et les cris et martèlements qu'elle avait vaguement entendus avant de sombrer dans l'inconscience. *Le Russe n'aurait pas pu crier et frapper s'il avait manqué d'air…*

Elle regarda Lagarde avec un air méprisant.

— Et Martin ?

— Oh, lui, il a suffi de lui faire croire que sa famille allait disparaître pour qu'il me cède sa place. Un petit scénario et le tour était joué.

— Il a fait semblant d'être malade ?

Lagarde acquiesça de la tête.

— Il n'avait pas le choix. J'ai facilement pris sa place. Et puis, un petit anesthésiant… rien de plus simple.

— Comme pour moi… ajouta Christina.

— Oui, mais pour vous, régime de faveur… J'avais envie de vous faire une surprise.

Christina regarda autour d'elle et fixa la porte d'où Lagarde était sorti.

— Où sommes-nous ?

— Vous allez bientôt le savoir. Si vous restez bien sage, évidemment…

— Vous avez assassiné toute ma famille, ma tante, mon ami Xénophon et… peut-être même mon père !

— Votre tante a découvert la vérité, ou en tout cas une partie. Elle a été très perspicace d'ailleurs. Nous ne pouvions pas la laisser dévoiler notre secret. Pour le Pr Petropoulos, c'était pareil. Ses recherches l'ont amené dans une situation qui devenait incontrôlable pour nous.

Lagarde regarda vers le bas en faisant une moue quelque peu ironique.

— Ils se sont tous les deux bien défendus…

— Vous êtes un véritable salaud, Lagarde ! coupa Christina. Tuer des innocents… Vous êtes un immonde personnage !

— Je n'avais pas le choix… Ils en savaient trop, rétorqua Lagarde en ouvrant largement son seul et unique œil.

— Et pourquoi ne m'avez-vous pas tuée ?

— Eh bien, ma chère, j'avais besoin de vous. Vous étiez mon dernier plan, mon ticket pour l'espace vers l'ISS.

— Comment ça ? Que voulez-vous dire ?

— Votre mission était prévue depuis longtemps. Ce n'est pas par hasard que vous étiez programmée à cette date, ainsi que Martin. Vous faisiez partie de mon plan de secours depuis déjà un long moment.

— Ah oui ? s'étonna-t-elle. Pourquoi « de secours » ?

— Nous avons des soucis avec le déclencheur sur la Lune. Un énorme imprévu.

— Le déclencheur ? Quel déclencheur ?

— Oui, enfin… le système qui va nous permettre de préserver le mystère de la vue de l'humanité.

— Quel mystère ?

— Là, vous m'en demandez trop. Soyez patiente. Disons que les choses auraient dû se passer autrement et que ce voyage n'était pas le plan prévu à l'époque.

— Un plan ?

— Oui, et malheureusement, il n'a pas fonctionné comme je l'espérais. Voilà pourquoi nous sommes ici ensemble. C'était la seule solution, celle de rechange.

— Sans moi, vous n'aviez pas de solution ?

— C'est cela, sans vous, la fusée ne décollait pas. C'est pour cela que je vous ai préservée. Et puis…

— Et puis quoi ?

— Vous êtes, d'une certaine façon, la garantie de mon retour sur terre. Au moindre pépin, nous disparaissons tous les deux. Vous êtes mon laissez-passer, si je puis dire. Ma protection. Personne ne se risquerait à vous faire du mal. Une femme dans l'espace, c'est symboliquement important. En plus, vous êtes américaine et européenne. Personne ne me barrera la route en votre compagnie.

— Je suis donc votre otage, Lagarde. Vous êtes un lâche ! Vous vous cachez derrière les autres ! Vous envoyez vos sbires pour faire le sale travail… Vous n'êtes qu'un ignoble lâche !

Le général se rapprocha d'elle, le regard méprisant.

— C'est votre père qui était un lâche ! Et vous êtes comme lui ! Il voulait faire capoter la mission. Ce secret est le secret de notre nation ! Pas celui de l'humanité ! Il voulait tout faire foirer !

— Vous l'avez tué, Lagarde ! Avouez que c'est vous qui l'avez tué !

Christina était à bout de nerfs. Elle se tortillait, entravée par ses liens. Elle hurla férocement à l'intention de Lagarde :

— Dites-moi ! Je veux savoir !

Il la regarda sans un mot, avec dédain, puis se tourna vers la porte d'où il était venu. Christina avait encore mille questions à poser à celui qu'elle détestait le plus au monde. Il ne pouvait pas partir. Elle *devait* savoir.

Elle lui décocha une flèche en raillant.

— Vous savez, Pythagore aura marqué l'Histoire. Vous, ce sera l'inverse. Vous en serez banni, comme le plus grand des scélérats.

L'homme se retourna, piqué au vif.

— Qu'est-ce que vous savez de Pythagore ?

— Il était un grand humaniste, Lagarde. Et vous n'arrivez pas à sa cheville.

— Taisez-vous ! Vous ne savez rien de Pythagore, et vous ne savez même pas qui je suis.

— Si, Lagarde ! Je connais bien le maître de Samos et je vous connais bien aussi !

Christina avait compris qu'elle devait jouer la provocation, seul moyen pour avoir des réponses.

— Si je suis ici avec vous, c'est parce que j'ai une mission, lui dit-il. J'ai été *choisi* comme gardien d'un secret.

— Vous n'avez pas été choisi ! Vous vous êtes désigné vous-même, Lagarde.

— Je suis un des rarcs à savoir, ct, surtout, à l'avoir vu. J'ai œuvré pendant plus de quarante-cinq ans pour protéger ce trésor. Je suis le maître légitime… son seul gardien.

— Aaah, laissez-moi rire ! Vous êtes complètement fou ! C'est vous qui dirigez cette secte de tueurs qui pensent que le jour de la rédemption approche et qui étouffent les innocents avec des fèves…

— Taisez-vous ! Vous subirez le même sort qu'eux quand ma mission sera terminée !

— Nous connaissons tout sur vous, Lagarde, et vous ne vous en sortirez pas, croyez-moi.

— Je me fiche de ce que vous savez. J'ai la puissance, ma chère. Une puissance que vous ne soupçonnez même pas…

— Le monde va savoir, Lagarde ! Le monde va bientôt connaître la vérité. Nous observons tous la Lune depuis la Terre. Des dizaines de personnes attendent ce moment.

— Ils ne verront rien… répondit-il en souriant. Je suis ici pour ça.

L'homme fit mine de s'en aller.

Mais Christina n'en avait pas terminé. Elle décocha une nouvelle flèche.

— Nous savons, Lagarde, que vous cachez l'*Antechton*, et que la conjonction planétaire est imminente.

À ces mots, il se retourna de nouveau. Elle le vit tressaillir.

— D'où connaissez-vous ce nom ?

— Nous en savons plus que vous ne pensez. Nous connaissons la date précise de la survenue du phénomène.

— Ah oui ? C'est votre tante qui vous l'a dit ?

— Pas du tout… C'est un moine vénitien du XVIe siècle, et il s'appelle Coronelli.

— Coronelli… répéta le général.

— En effet, Lagarde. Un pythagoricien, comme vous ! Et j'ai trouvé moi-même son secret !

— Il vous a laissé un secret ?

— Oui, Lagarde. Je l'ai découvert dans son chef-d'œuvre pendant qu'un de vos sbires me tirait dessus.

L'homme fixait Christina. Son seul œil exprimait l'étonnement et la curiosité.

— Et que vous a-t-il dit ? demanda Lagarde.

— Devinez… Vous devriez le savoir, vous qui êtes le maître de tous ces criminels.

— Je ne connais pas ce moine du XVIe siècle…

— Je vais vous le dire, Lagarde, mais à une seule condition. Dites-moi, quel était le but de la mission Apollo 18 et qu'est-il arrivé à mon père ? Après, je vous dis tout.

Lagarde haussa les épaules en se retournant vers la porte.

— Ooh, de toute façon, je n'ai rien à apprendre puisque je connais tout. Je suis le maître, vous savez.

— Non, vous ne connaissez pas tout, Lagarde ! Il y a au moins une chose que vous ne connaissez pas !

— Ah oui ? Et laquelle ?

— Donnant-donnant, Lagarde. Vous me racontez et puis je vous dis.

— OK.

Christina serra les poings. Elle ne savait plus quoi inventer. Le bluff restait sa seule arme et elle devait trouver des moyens pour qu'il parle. Elle pensait avoir découvert la faille. Le général semblait être un homme de nature curieuse.

— De toute façon, quoi qu'il en soit, vous allez bientôt disparaître, Christina. Je peux donc bien vous apprendre certaines choses.

— J'attends !

— En 1973, après le dernier voyage lunaire, Apollo 17, il devenait difficile de garder le secret. Les missions s'étaient succédé à un rythme effréné. Apollo 8 fut la toute première à s'approcher de la Lune. La plupart des transmissions radio de cette mission furent gardées secrètes. Pour la première fois, des hommes voyaient réellement ce qui se passait derrière la Lune. Et ce fut le choc. Personne n'aurait pu imaginer cette réalité.

— Vous oubliez Pythagore et les Grecs, Lagarde… Ils savaient.

— Vous avez raison. Mais seulement une poignée de personnes avaient appris l'existence de ce secret.

— Les initiés, vous voulez dire. C'est bien ça ?

— Juste. Je vois que vous êtes bien renseignée. Seuls les initiés aux mystères de Pythagore avaient connaissance de cela. Ce secret était déjà gardé par les pythagoriciens, comme d'autres secrets bien sûr, mais celui-là était le plus extraordinaire.

— De quoi parlez-vous ? insista une nouvelle fois Christina.

— Ne vous impatientez pas. Vous le saurez bientôt. Comme je vous le disais, Apollo 17 sonna la fin des programmes lunaires. Ils devenaient trop risqués. Plus il y avait d'astronautes qui découvraient ce secret, plus les risques qu'il soit dévoilé au monde augmentaient. Il fallait en finir et le protéger pour l'avenir.

— Vous avez installé un système de protection pour que personne ne puisse le découvrir ?

— Bien vu.

— Vos satellites ont capté et captent toujours toutes les informations en provenance de la Lune et les transforment par leurs logiciels. Une sorte de brouillage.

Le général Lagarde fit une moue d'admiration.

— Vous en savez des choses, ma chère ! Ce doit être grâce à vos fréquentations des services secrets des pays étrangers… Votre ami Lucas Fournier, peut-être ? ricana-t-il.

Christina ne répondit pas. Elle attendait la suite.

— Oui mais, d'après nos calculs, nous savions que le jour arriverait où la nation américaine ne serait plus seule à connaître cette vérité, reprit-il. Le secret risquait d'être exposé aux yeux de tous.

— C'est cela, Lagarde. Ce qui vous arrive aujourd'hui, vous l'aviez prévu déjà depuis votre découverte… et ce secret, vous voulez le garder pour vous, et rien que pour vous.

Lagarde ne répondit pas mais continua son récit.

— La mission que je commandais, Apollo 18, devait discrètement préparer le terrain pour protéger le secret en prévision de cette date qui arrive aujourd'hui. Mon équipage était composé de trois personnes : votre père Adrian Dimitrios, John Gardiner, et moi-même.

— Et où êtes-vous allé ?

— Nous avons rejoint Pythagore.

— Comment ça ? Mais il est mort depuis longtemps !

— Il va bientôt nous accueillir…

— Vous êtes fou, Lagarde ! Complètement fou !

— C'est vous qui êtes folle, comme votre père.

— Mon père n'a pas voulu vous suivre dans votre folie… et vous l'avez tué ! C'est cela la vérité, Lagarde.

— Votre père s'est comporté comme un traître contre notre nation…

— Pas contre votre nation, mais seulement contre vous, Lagarde, contre votre secret et contre votre satanée secte !

— J'ai effectivement créé, à la suite de cette découverte, une agence de sécurité spatiale, que j'ai dirigée jusqu'à aujourd'hui et qui m'a permis de devenir le maître et le dépositaire du secret auprès de mes initiés. Mais racontez-moi maintenant ce que vous deviez me dire, ma chère. Vous me l'aviez promis, du donnant-donnant.

Christina avala le peu de salive qu'il lui restait. Sa gorge était sèche.

— Nous avons… euh… Nous avons la clé, Lagarde.

— Quelle clé ?

— Mon ami Lucas Fournier possède une clé… avec un code de sept lettres.

— Qui vous l'a donnée ?

— John…

Lagarde la dévisagea pour déceler si elle mentait, puis fit mine de sourire.

— Elle ne lui servira de toute façon à rien sur Terre et, en plus, sans le code… que voulez-vous faire ? Inutilisable.

Lagarde se retourna une fois de plus vers la porte d'où il était sorti.

— La musique des sphères, Lagarde… L'harmonie… Ça vous dit quelque chose ?

L'homme s'arrêta net. Il resta figé. Il revint de nouveau vers elle, le visage grave. Les propos de l'astronaute grecque l'avaient déstabilisé.

Christina avait tapé dans le mille. Elle continua sur sa lancée :

— Le programme SPOR doit certainement aussi vous rappeler quelque chose… N'est-ce pas ?

Le général Lagarde se rapprocha encore, le visage tendu.

— D'où connaissez-vous tout cela ? lui demanda-t-il.

— J'en sais beaucoup plus que ce que vous ne pensez, Lagarde. Par exemple, que vous êtes l'instigateur de ce programme et que cet acronyme n'a pas été choisi au hasard... SPOR doit signifier quelque chose comme « essaimage de la vie »...

— Décidément, il était temps que j'agisse. Vous en savez beaucoup trop !

— Quel est ce programme ?

— Après Apollo, sans doute le projet le plus ambitieux de tous les temps, lui dit-il d'un air satisfait. Les initiales signifient Projet Spatial de Réimplantation Organique. D'autres le traduisent par Programme Spatial de Recherche Organique. Je ne vous en dirai pas plus.

— Qu'est-ce qui vous en empêche, Lagarde ?

— Je préfère que vous le découvriez par vous-même. J'aime faire des surprises.

Christina se raidit. Ses poignets la faisaient souffrir.

— Où sommes-nous, Lagarde, et qu'allez-vous faire de moi ?

Lagarde se dirigea vers la porte entrouverte.

— Je vais vous montrer.

Il ouvrit largement la porte qui séparait le compartiment dans lequel se trouvait Christina de celui d'où il était venu.

Une lumière cendrée et brillante s'engouffra dans la pièce. Ce fut le choc... Elle était face à un cockpit de pilotage de navette, mais en plus réduit. Des cadrans lumineux et des boutons couvraient les deux tiers de la surface visible. Le reste était occupé par les hublots épais du poste de pilotage. Mais le plus fou se trouvait derrière ces hublots, devant eux.

La Lune. Immense. Toute proche.

Ils se dirigeaient droit dessus. On ne voyait plus qu'elle. Sa couleur de cendre et ses dizaines de cratères couvraient pratiquement tout le champ visuel.

Christina se retrouvait en plein rêve. Le spectacle était fascinant et, en même temps, cette vision si brutale l'angoissa.

Lagarde la regardait, amusé.

— Impressionnée, n'est-ce pas ?

Christina cherchait ses mots.

— Vous… vous allez vers la Lune ?

— Eh oui, ma chère, je pensais bien vous faire une petite surprise… Que rêver de mieux pour un astronaute ? Je dois y relancer la machine.

— Comment est-ce possible ? balbutia-t-elle.

— Vous êtes à bord d'un modèle unique de navette, construit spécialement pour mon agence.

— Je l'ai vue accrochée à l'ISS. Une X-37B ?

— Bravo, ma chère. Elle a été livrée à la station à bord d'un container adapté pour l'occasion. Cet engin, comme vous pouvez l'imaginer, a subi toutes les transformations nécessaires pour un voyage lunaire. Cette navette miniature est d'ailleurs déjà utilisée par notre armée pour différentes missions secrètes.

— Comment avez-vous pu l'obtenir ?

— Rien n'est impossible pour moi. Je vous ai dit que j'étais le maître.

Christina écoutait sans broncher. Elle pensa un moment qu'elle hallucinait.

Cet homme possédait des pouvoirs immenses. Elle se rappelait avoir déjà connu de telles scènes dans des films de l'agent 007. Pourtant, ici, ce n'était pas une fiction… Tout ce qui était autour d'elle était bien réel. Le compartiment dans lequel elle se trouvait était identique à une soute miniature et le cockpit à l'avant ne laissait aucun doute. C'était une navette.

Elle se reprit.

— Qui a pu vous construire cela sans éveiller les soupçons ?

— Vous savez, Christina, sous couvert de la « sécurité nationale », les portes s'ouvrent, les décisions se prennent et les gens obéissent. Et de toute façon, le terme « sûreté de l'État » fait très peur. À la moindre difficulté de décision ou désapprobation de la part d'un individu, il existe une série de moyens pour le faire changer d'avis.

— Vous voulez dire du chantage ?

— Vous avez parfaitement compris. Personne ne me résiste. Même pas le président des États-Unis. Je possède une banque de données sur toutes les personnes influentes de notre planète. Je dispose d'informations sensibles mais je peux également les construire très vite, à partir de presque rien : quelques photos, quelques bandes-son et, *via* des logiciels, je crée un scandale de toutes pièces.

— C'est ignoble, Lagarde.

— C'est comme cela, ma chère. Aujourd'hui, les hommes qui dirigent ont bien trop peur qu'on salisse leur réputation. Ils seraient prêts à vendre leur mère pour garder leur fauteuil et leur respectabilité.

— Mais il y en a qui doivent tout de même vous résister…

— Mon service de surveillance dispose de la meilleure équipe opérationnelle au monde. À la moindre opposition, c'est « l'accident », très facilement maquillé… et je ne parle pas des disparitions, ceux et celles qu'on ne retrouve jamais… Regardez où vous êtes…

Christina se rendait bien compte, au vu de la sophistication de l'habitacle de la navette et de l'imposant matériel stocké dans la soute où elle était prisonnière, que cet homme pouvait tout obtenir. Elle avait eu le temps d'apercevoir qu'une grande quantité d'équipements et d'outillage était rangée dans des caisses et des boîtes de différentes tailles.

— À quoi tout ceci va-t-il bien vous servir, Lagarde ?

— Une petite expédition, ma chère. Mais, d'abord, relancer la machine…

— Vous comptez rejoindre votre maître sur son île, ou peut-être au paradis ?

Lagarde ne répondit pas.

— Je connais la doctrine de Pythagore, Lagarde. Je sais qu'il croit en la survivance de l'âme après la mort. Au musée archéologique d'Athènes, il y a un relief représentant un jeune homme tenant des épis de blé… Le connaissez-vous ?

— Parfaitement bien. Un chef-d'œuvre… resté incompris.

— Qui est le jeune homme ?

— Je vois que vous vous intéressez à l'art et également à la doctrine de mon maître. Sachez que la vie dans ce monde n'a aucune valeur. Pire, l'homme souffre de tous les maux sur Terre. Seule la mort nous apporte une délivrance et nous amène au bonheur éternel.

— Vous ne répondez pas à ma question ! Qui est cette personne ? insista Christina.

— Ce jeune garçon reçoit les âmes des défunts de la main de Déméter, la déesse Terre. Ce sont donc des âmes terrestres. Elles vont faire un long voyage, guidées et protégées par la déesse Lune, jusqu'au lieu de leur renaissance.

— Et quel est cet endroit ?

— Je vous ai déjà dit que vous allez bientôt le découvrir. Patience, mademoiselle Dimitrios.

Christina sentait, depuis un moment, que Lagarde était plus enclin à répondre à ses questions. C'était le moment pour elle de lui tirer les vers du nez.

Elle revint à la charge.

— Et pourquoi cette coïncidence avec la date de la naissance du Christ ?

Lagarde parut surpris de la question.

— Les gens aiment qu'il y ait du mystère, surtout quand il est question de religion ou de divin...

— Que voulez-vous dire ?

— Mon avis est qu'au départ Jésus n'est qu'un prophète mais on a voulu lui donner une origine divine. Le moment de la naissance du Christ n'a pas été choisi par hasard par les catholiques... La fête de Noël, date de la naissance du fils de Dieu pour les chrétiens, coïncide avec la fête d'Osiris, dieu de la Résurrection chez les Égyptiens, continua Lagarde. Ce jour où on fête une naissance pour certains est celui de la résurrection des âmes pour d'autres.

Christina ressassait ces phrases en essayant d'y trouver un sens. Lagarde reprit :

— L'homme a toujours regardé les étoiles pour se construire une destinée. Celle de Bethléem, apparue dans le ciel la nuit de la naissance du Christ...

Christina le coupa.

— Je vois où vous voulez en venir. L'étoile de la Bible, celle qui guide les bergers et les rois vers Jésus, serait plutôt un phénomène astrologique dont on se serait servi pour donner un caractère divin à la naissance d'un homme ordinaire mais à la destinée extraordinaire.

— Sans aucun doute. Les grands faits qui ont marqué l'Histoire ont toujours été associés dans les temps anciens à un événement du ciel.

En entendant ces mots, Christina se rappela ce qu'elle avait déjà entendu de la bouche de Violetta et Lucas.

Et Lagarde de reprendre :

— Sachez que cette configuration astrologique très rare, et même divine, seules les âmes pures pourront en bénéficier.

— Et pourquoi pas tout le monde ?

— Il y a un peu plus de deux mille ans, juste à cette date, les écrits disent que le Christ est né sur Terre pour délivrer les hommes du mal.

Le général la regarda droit dans les yeux.

— Le monde s'est-il transformé ? Avez-vous vu une différence ? Pensez-vous que le mal ait disparu ? Non ! Vous comprenez pourquoi Jésus n'était qu'un prophète. Seul le divin peut apporter la vérité et non le mensonge… L'homme s'est divinement trompé !

Christina ouvrit grand les yeux pour lui faire comprendre sa folie.

— Mon maître, lui au moins, nous a apporté la vérité dans ses mystères. Je l'ai vue, mademoiselle Dimitrios, de mes propres yeux ! Là ! Derrière la Lune… et nous y allons.

— Vous êtes complètement cinglé, Lagarde ! Ce n'est pas une histoire de divin ! C'est l'Homme qui n'a pas su faire le bien sur Terre… des hommes comme vous, Lagarde, chargés d'orgueil, d'ego, et de désir de puissance. C'est vous qui détruisez notre monde ! lui lança-t-elle.

— Pas d'inquiétude pour ça, ma chère. Je vais en construire un autre avec l'aide de mon maître… Un monde où chacun sera immortel !

Un son strident se fit entendre, provenant du poste de pilotage.

— Nous arrivons, ma chère. Vous allez bientôt être surprise.

Lagarde se retourna et pénétra dans le cockpit.

— Qu'allez-vous faire de moi ? cria-t-elle.

— Soyez patiente, vous le saurez bien assez tôt, dit-il en refermant la porte.

Christina se retrouva de nouveau seule dans la soute, au milieu de caisses et de matériel de toutes sortes. Lagarde avait laissé la porte entrouverte, ce qui permettait à l'astronaute de percevoir les multiples bruits des appareils de pilotage. Elle l'entendait marmonner et s'extasier régulièrement.

Subitement, il s'emballa.

— Nous sommes tout près… nous sommes tout près !

Et puis :

— Là ! C'est magnifique !

Christina n'en pouvait plus de ne pas savoir. Elle cria de nouveau.

— Où allons-nous ? Où m'emmenez-vous, Lagarde ?

La voix rauque sortit du cockpit.

— Sur la Lune, ma chère ! Sur la Lune !

Bon Dieu, se dit-elle, *qu'allons-nous faire sur la Lune ?*

Les mots de Lagarde revinrent à son esprit : « *Relancer la machine...* », « *Protéger le secret...* ».

Elle s'imagina qu'il devait réenclencher un processus lui permettant de protéger son trésor. Cela lui rappela la clé. *Oui, cette clé doit servir à réamorcer un appareil...*

Christina se souvint du moment où John la lui avait remise, juste avant de mourir. Il lui avait dit : « *La clé ! L'humanité doit savoir... Allez-y...* »

C'est ça ! se dit-elle. Lagarde allait mettre en œuvre un moyen ou un appareil pour que la terre ne découvre pas la vérité. Et pour cela, il avait besoin d'une clé. John lui avait certainement donné cet objet pour qu'elle arrête le processus. En fait, il lui avait demandé d'aller sur la Lune et elle n'avait pas compris ! Maintenant, tout semblait évident. John, avant son dernier souffle, avait pointé l'astre du doigt.

Elle devait agir…

Mais d'abord laisser Lagarde aller au plus près.

Elle regarda partout autour d'elle. Ses yeux croisèrent de nouveau les combinaisons spatiales. C'était sûr, ce dingue avait les moyens de sortir sur la Lune. Elle devrait tout faire pour l'en empêcher.

La voix rauque s'exclama de nouveau :

— Nous passons derrière !

Et quelques minutes après :

— Voilà, ma beauté. Je te vois…

Lagarde parlait tout seul.

— Cela fait si longtemps… tellement d'années… Tu es merveilleuse… si belle…

Christina ne comprenait pas de quoi il parlait.

Elle devina en revanche qu'ils avaient rejoint la face cachée de la Lune. Ce sentiment étrange d'être dissimulée aux yeux de l'humanité, elle en avait rêvé depuis toute jeune. Cette situation « *Loss of Signal* »... totalement coupée du contact humain.

Seule derrière la Lune. Face à l'univers.

Elle avait lu et relu le récit de Collins, celui que l'on appelait « le troisième homme d'Apollo 11 », mais le premier à être resté seul dans l'espace, avec l'humanité derrière lui. Elle avait alors compris pourquoi beaucoup parmi ceux qui avaient vécu cette expérience étaient devenus mystiques...

Mais, pour elle, à ce moment, les circonstances étaient totalement différentes. Elle n'était pas seule.

Elle se retrouvait à l'endroit de la plus grande solitude humaine, mais accompagnée du pire scélérat qu'elle ait connu.

Christina eut l'impression d'observer une différence de luminosité à travers la porte entrouverte.

L'idée qui l'avait effleurée quelquefois lui revint de nouveau. *Non... Pas possible !*

Les bruits de navigation étaient de plus en plus réguliers.

Elle ressentit des vibrations, indiquant des corrections de trajectoire. Elle s'imagina que la navette était en phase d'alunissage.

La situation lui paraissait insensée. Elle vivait en même temps un terrible cauchemar et un rêve fou. Elle serait la première femme à se poser sur la Lune, mais loin des caméras, dans l'indifférence totale du monde.

Elle pensa à Lucas. S'il avait seulement su où elle se trouvait... Elle pensa aussi à son père. Était-elle près de connaître la vérité ?

Il y eut un choc plus important.

Tous les bruits en provenance du cockpit cessèrent. Une voix électronique déclara au bout d'un instant : « *Landing over and out...* » Puis la porte du cockpit s'ouvrit au bout de quelques minutes.

Lagarde affichait un large sourire. Il s'avança dans la soute. Christina aperçut derrière lui, à travers les hublots, la nuit étoilée de l'espace.

Le vaisseau devait être posé sur la Lune. Elle se serait bien pincé le bras, mais tout cela semblait réel.

— Voilà, ma chère, nous y sommes.

Lagarde faisait tourner un objet dans sa main. Elle reconnut une clé identique à celle qu'elle avait reçue de John.

— J'ai un petit tour à faire, et puis je m'occupe de vous, dit-il.

— Vous allez réenclencher votre appareil ? Trois petits tours et puis s'en vont ? ironisa-t-elle en regardant la clé.

Lagarde fit mine de ne pas relever la moquerie.

— Absolument. Une petite panne technique à ces températures et après presque cinquante ans de service, cela peut arriver.

Christina connaissait parfaitement les variations de température dans l'espace : entre –180 °C et +130 °C. Le matériel était soumis à des contraintes extrêmes.

— Qu'allez-vous faire de moi ?

— Je reviens et puis on en discute.

— Comment ça, on en discute ?

— J'ai une proposition à vous faire. J'espère que vous l'accepterez, sinon vous restez ici.

— Où ça, ici ?

— Sur la Lune.

Christina le regarda avec un air inquiet et interrogateur.

— Je vous conduis dans le poste de pilotage et je vous y attache. Cette soute sert aussi de sas de sortie, dit-il en montrant la porte. Sachez qu'au moindre problème, nous restons ici tous les deux à jamais. J'espère que vous avez bien compris ce que cela veut dire.

Lagarde n'attendit pas la réponse. Il délia la sangle qui la maintenait dans la soute et la tira, ligotée, vers le cockpit.

Christina sentit, en se relevant, une légère pesanteur qui lui permettait de tenir debout. Sur la Lune, le poids du corps équivalait à un sixième du poids terrestre.

Sans avoir le choix, elle suivit maladroitement le général et s'assit sur un des deux sièges de pilotage que Lagarde lui indiqua.

Elle resta bouche bée.

Devant elle, à travers les hublots du cockpit, s'étendait un paysage lunaire grandiose. Tout était lumineux, mais avec un ciel d'encre constellé d'étoiles. Toutes les variantes de gris s'étaient donné rendez-vous, du plus clair au plus foncé, du plus terne au plus brillant.

Le vaisseau était posé sur une petite plaine, en surplomb de ce qui ressemblait à un gigantesque cratère.

Au centre de celui-ci, de nombreux pics, semblables à des montagnes escarpées, montaient des abysses vers le ciel. Tout autour de cette immense cuvette, des remparts en terrasses délimitaient la zone circulaire de l'impact météoritique originel.

— Quelle vue ! s'extasia discrètement Christina.

— Vous voilà devant Pythagore, ma chère.

Christina crut ne pas bien entendre.

— Quoi ? Pythagore ?

— Oui, vous avez bien compris. Vous êtes face à Pythagore.

Il y eut un moment de flottement dans l'esprit de l'astronaute grecque. Elle remua les lèvres comme pour prononcer une phrase qui ne sortit pas tout de suite.

— Pythagore ! C'est le nom du cratère ! s'écria-t-elle. Bon sang !

Toutes les pièces du puzzle se mirent subitement en place.

Lagarde lui avait dit qu'ils avaient rendez-vous avec Pythagore. Il se trouvait devant eux.

John, dans ses dernières paroles, avait mentionné Pythagore en désignant la Lune et en murmurant : « *Allez-y pour l'humanité.* »

Et Coronelli, dans son message, disait : « *Là où Pythagore regarde le ciel étoilé, vous l'apercevrez.* »

Bon Dieu... C'était donc ça ! Pythagore, immense devant elle, regardait le ciel lunaire rempli d'étoiles.

— Vous voyez, mademoiselle Dimitrios, ce n'est pas pour rien que, vers 1650, le prêtre astronome italien Francesco Maria Grimaldi a décidé de donner le nom de Pythagore à ce cratère. C'est à cet endroit que, vu de la Terre, le mystère fait son apparition tous les cinq siècles, à la limite entre la face visible et la face cachée, juste sur le limbe nord-ouest de la Lune. Il est là, le secret des pythagoriciens. Juste devant vous… Et le moment approche pour l'apercevoir.

Lagarde indiquait du doigt une colline sur la droite du cratère.

Christina se rappela que sa tante avait pointé son télescope sur cette zone de la Lune. Le technicien chilien le lui avait dit au téléphone. Comment n'y avait-elle pas pensé ?

En entendant le nom de Grimaldi, elle se conforta dans l'idée que tous ces savants et astronomes de la Renaissance ne pouvaient être que des adeptes de Pythagore. Galileo, Santucci, Coronelli, Grimaldi et tous les autres. Bien souvent prêtres, mais tous initiés, plus intéressés par la thématique des nombres et de l'espace que par le mystère de Dieu et du Saint-Esprit. Elle se dit que, durant ces périodes d'Inquisition, ils cachaient bien leur jeu. La journée, ils étaient de parfaits catholiques mais, la nuit, sous leur soutane pour certains, ils devenaient hérétiques devant les étoiles.

Lagarde terminait de sangler sa prisonnière sur le fauteuil de pilotage. Christina en profita pour lui poser une dernière question qui la taraudait.

— Lagarde, pourquoi les fèves ?

— Les fèves… Vous voulez savoir ?

Christina acquiesça du regard.

— Notre maître nous a enseigné qu'elles représentaient ce qu'il y a de plus impur sur Terre. Elles symbolisent le désir du pouvoir. Du temps des Grecs, lors des élections, une fève était égale à une voix. Et en d'autres temps anciens, les juges exprimaient leur sentence par des fèves : noires pour la mort, ou blanches pour la vie… De plus, cette graine est signe d'impureté par sa forme représentant les organes reproducteurs. Les désirs de puissance, les désirs charnels, voilà déjà quelques raisons parmi d'autres pour lesquelles nous considérons les fèves comme impures.

— Et pourquoi cette signature dans vos meurtres ?

— Ceux qui se sont mis en travers de notre doctrine, ceux qui ont voulu percer notre mystère à tout prix, périssent par les fèves.

— Vous parlez du désir du pouvoir ! Mais c'est *vous* qui cherchez le pouvoir, pauvre salaud ! C'est *vous* qu'il faudrait éliminer par les fèves !

Lagarde, énervé, termina d'attacher Christina par un mouvement brusque de serrage. Elle hurla de douleur.

— Vous êtes une ordure, Lagarde ! Vous n'avez que du sang sur les mains !

Lagarde reprit la clé qu'il avait déposée à côté du fauteuil. Il regarda Christina avec un petit sourire.

— Voilà la clé.

— Je la connais.

— Il m'a fallu deux ans pour la réaliser. C'était moi qui étais chargé de l'aspect technique dans cette mission. Deux ans de recherches auprès des meilleurs spécialistes en acoustique !

— Je le sais… encore une de vos folies pythagoriciennes !

— Que savez-vous ?

— La musique des sphères. Je vous l'ai déjà dit.

— Bravo ! Chaque son correspond, comme Pythagore l'a décrit si parfaitement, à une planète. Sept lettres à trouver, sept planètes connues, sept notes de musique…

— Sept péchés et sept vices, Lagarde, et sept fois sept meurtres… Vous allez droit en enfer.

Lagarde la regarda fixement en souriant.

— Je vois que vous avez de l'humour, ma belle. Vous allez voir… la musique adoucit les mœurs.

— Je ne suis pas votre belle, et gardez votre musique pour vous. Bientôt vous n'entendrez que les flammes de l'enfer !

Lagarde fit tourner les cylindres de la clé pour y mettre le code. Il vérifia l'alignement des lettres.

— Voici la vérité, chère mademoiselle Dimitrios, vous allez l'entendre.

Il mit la clé devant lui et souffla, tout comme Christina quelques heures auparavant. Mais ici, le lieu était différent. Ce n'était pas une ancienne chapelle florentine, mais le poste de pilotage d'un vaisseau ultra-sophistiqué, avec des dizaines d'appareils électroniques et, surtout, une vue inattendue sur le paysage lunaire.

Ce qu'elle avait connu se produisit.

Les harmoniques sortirent, d'abord simples puis plus complexes. Elles se croisèrent, se différencièrent ensuite pour enfin se mélanger dans une explosion musicale, un concerto grandiose et magique joué par les étoiles et les constellations. Les voyants lumineux du cockpit devinrent tour à tour soleils et comètes. Le paysage lunaire prit lui-même des teintes colorées, inhabituelles à cet endroit.

La musique transforma la vision de Christina, l'espace d'un moment.

Puis tout s'arrêta.

Elle eut envie de crier : « Vous n'êtes pas digne de cette musique ! C'est de l'harmonie et vous êtes tout son contraire ! »

Elle regarda autour d'elle. Lagarde était déjà rentré dans la soute. Elle l'entendit fermer la porte et comprit qu'il se préparait pour sa sortie hors du vaisseau.

Le moment était venu pour elle de passer à l'action : elle se cala à fond contre le dossier du fauteuil et, dans un mouvement de glissade de haut en bas et de bas en haut, en poussant et en tirant avec ses jambes, elle allait desserrer la sangle qui la maintenait.

70

La porte claqua derrière lui, entraînée par le ressort de fermeture. Huit étages à grimper. Sa jambe le faisait souffrir. La balle avait perforé un muscle. Il commença un peu trop vite et dut ralentir au troisième.

Il serrait sa boîte d'allumettes dans la main. Sans elle, il serait sans doute déjà mort. *Une chance d'avoir été prévenu par Tavernier*, songea-t-il.

Lucas construisait son plan en montant. Il fallait en finir. Il arrivait au cinquième. *Encore trois pour la coupole*...

L'observatoire de la Sorbonne était le lieu idéal à Paris pour scruter le ciel et les étoiles. Pour cela, il fallait atteindre le sommet de la tour, construite au beau milieu de la longue façade, rue Saint-Jacques, et dont le dôme caractéristique, de couleur vert oxyde de cuivre, était visible à des lieues à la ronde.

Par chance, c'était l'observatoire le plus proche de l'hôpital et, ayant fait ses études à la Sorbonne, il en était automatiquement membre.

D'après ses calculs, la Lune allait dévoiler son secret dans les heures qui venaient. Il savait que dans la coupole trônait une magnifique lunette d'observation de cent cinquante-trois millimètres de diamètre et d'une optique de grande qualité.

Tout en montant, il pensa à Christina. Il l'imaginait scrutant la Lune depuis l'ISS. Tavernier lui avait expliqué qu'elle et son équipage avaient reçu des directives précises.

Lucas ne serait pas seul ce soir-là à espionner la Lune. Mais tout cela dépendait d'une chose. Le laisserait-on faire ? En tout cas, il avait élaboré un plan au cas où.

Il arrivait au sixième.

Au fur et à mesure de la montée, le bruit de ses pas résonnait de plus belle dans l'immense tunnel vertical.

Au bout d'une volée de marches et sur un palier, Lucas aperçut la porte de l'atelier d'optique de la SAF, la Société astronomique de France. Son plan nécessitait d'y entrer avant d'atteindre la coupole deux étages plus haut.

Il s'arrêta et retint sa respiration. *Aucun bruit...*

Il fouilla ses poches et trouva la clé de l'atelier de polissage. Il en ouvrit la porte.

Devant lui, sur des rayonnages, des dizaines de lentilles grossissantes attendaient d'être polies. D'autres ressemblaient déjà à de véritables loupes et reflétaient la lumière tels des diamants. Il s'empara de trois dizaines des plus brillantes qu'il fourra dans une caisse en bois puis referma derrière lui.

Il reprit son ascension. La caisse était lourde et il avait de plus en plus de mal à s'appuyer sur sa jambe blessée. Il monta marche après marche, essoufflé.

Toujours pas de bruit venant du bas...

Il se trouvait maintenant sous la coupole. Il déposa la caisse et gravit l'échelle qui menait à la trappe d'accès. La dernière serrure libérée, il la poussa et pénétra dans la pièce.

Comme chaque fois à cet endroit, les yeux de l'archéologue s'émerveillèrent. Le monde de Jules Verne s'offrait à lui. Le dôme en bois était constitué d'une multitude de planchettes alignées horizontalement et séparées par des travées formant les arcs de soutien. Au centre, la longue-vue surélevée, datant de 1935, était dirigée vers le ciel. De longues chaînes, des poulies et des engrenages cuivrés permettaient à l'ensemble de s'orienter à trois cent soixante degrés.

Après avoir ouvert une partie du dôme à l'aide des chaînes, Lucas se dirigea vers la manivelle et fit tourner la coupole. Il positionna l'ouverture face à la Lune.

Les rayons lunaires pénétrèrent alors à l'intérieur de la chambre ronde, éclairant en contre-jour la pièce maîtresse : la grande lunette cuivrée à laquelle on accédait par une échelle.

Lucas se dépêcha d'aller chercher les lentilles qu'il avait laissées au niveau inférieur. Une fois remonté, il en plaça une partie sur le pourtour du dôme, à hauteur d'homme. Il déposa les autres au sol, contre le mur. Elles formaient un double cercle, leurs foyers dirigés vers le centre de la rotonde.

Soudain, un bruit venu du bas remonta les étages jusqu'à lui.

Il reconnut le claquement de la porte d'accès à la tour, comprenant qu'il allait devoir mettre son plan à exécution.

Il lui restait deux minutes tout au plus…

71

La petite navette blanche paraissait minuscule en bordure de l'immense cratère. Lagarde l'avait posée sur une zone circulaire plate large de quelques centaines de mètres.

Du poste de pilotage, Christina apercevait le rebord du cratère, assez proche du vaisseau. En suivant le bord des yeux, elle remarqua plus loin ce qui ressemblait à de véritables falaises. À certains endroits, la pente vers le fond était abrupte, vertigineuse même.

Christina estima la profondeur du trou à plusieurs milliers de mètres et sa largeur à quelques dizaines de kilomètres. Le paysage ressemblait à un dessin d'artiste. Il lui rappelait ces posters new age devant lesquels, adolescente, elle rêvait durant des heures.

De l'autre côté du lieu d'alunissage, à l'opposé du gouffre, se dressait une colline, dernier rempart vraisemblablement avant la grande plaine lunaire et, plus loin, les autres cratères.

Elle observa quelques rochers disséminés sur cette terrasse, parfois très grands, vestiges sans doute des chutes de météores.

Un signal sonore se fit entendre dans le cockpit. Le voyant de dépressurisation s'alluma. Lagarde sortait…

Pourvu qu'il ferme la porte, pria-t-elle.

Elle continua de plus belle sa gymnastique, remuant comme une chenille prise au piège.

En poussant contre le dossier ses bras ligotés derrière son dos, elle avait pu se maintenir en avant lorsque Lagarde l'avait sanglée au siège. Du coup, en se plaquant en arrière, elle avait de l'espace pour tenter de s'extraire.

Lorsqu'elle vit le général passer devant les hublots du vaisseau, elle arrêta *illico* de se trémousser. Lagarde la fixa durant un instant puis se remit en route. Il avait revêtu un scaphandre lunaire et tenait une petite valise. Il se tourna vers la colline et disparut en sautillant.

Christina, inquiète d'être prise par le temps, accéléra son mouvement de glisse. Elle expirait à fond pour être la plus mince possible, espérant encore gagner quelques millimètres pour se défaire des liens. Ses bras tordus et comprimés lui faisaient horriblement mal.

À un moment, elle tourna son visage, se poussa de toutes ses forces contre le dossier, écrasa sa poitrine contre la sangle et, dans un mouvement de cisaillement vers le bas, elle parvint doucement à s'extraire. Elle glissa sur le sol et se releva tant bien que mal. Elle s'était sortie du premier piège mais ses poignets étaient toujours ligotés.

Elle chercha un moyen de défaire ses liens mais elle n'aperçut, dans le cockpit, aucun objet susceptible de l'aider.

Christina s'avança vers la porte fermée qui séparait le poste de pilotage de la soute arrière. Un judas permettait de voir ce qui s'y passait. *Une aubaine*, pensa-t-elle. Son regard chercha directement la porte menant vers l'extérieur. Elle l'aperçut et poussa un soupir de soulagement ; Lagarde l'avait refermée derrière lui, *sans doute pour éviter la poussière*, se dit-elle. Le général avait commis une erreur, c'était parfait pour son plan à elle.

La soute regorgeait de matériel. Impossible de ne pas y trouver le moyen de libérer ses poignets. Une idée lui vint en apercevant les combinaisons lunaires.

Mais d'abord pressuriser la soute pour pénétrer dans l'habitacle.

Elle retourna vers le tableau de commande et trouva le voyant de dépressurisation allumé. Juste en dessous, elle aperçut ce qu'elle cherchait. L'interrupteur « *Pressurization System* » était protégé par des étriers en métal, comme la plupart des autres commutateurs de la navette, ce qui évitait leur déclenchement fortuit. Impossible d'y appuyer le nez ou le visage pour l'actionner.

Elle se retourna et, de trois quarts, la tête tournée en arrière, rapprocha ses doigts prudemment du bouton qui l'intéressait. Elle dut s'y prendre à plusieurs reprises pour appuyer. Soudain, un bruit d'air se fit entendre. Cela dura une minute et une voix venue de nulle part prit le relais : « Sas pressurisé… »

Elle fonça vers la porte, débloqua l'ouverture avec son pied, la poussa et fila vers les combinaisons.

Christina connaissait les vêtements des astronautes dans les moindres détails ; la poche sur la jambe droite, en dessous du genou, contenait une pince coupante. Sur chaque combinaison américaine, c'était comme cela. Elle se retourna et se mit à genoux aux pieds de la combinaison la plus proche. Après quelques torsions, sa main sentit l'objet métallique. Elle arriva péniblement à le sortir. La pince était glacée. Le froid de l'espace était entré dans la soute et avait pénétré le métal. Il n'y avait pas une seconde à perdre, quitte à se brûler les mains.

Christina tourna l'instrument et glissa une des lames entre ses poignets. Elle l'avait déjà vu faire dans des films… En général, le héros s'en sortait.

Papa, aide-moi ! S'il te plaît ! Il faut que je sache… Libère-moi, papa…

Elle s'imagina Lucas la découvrant… seule dans une soute de navette, sur la Lune, occupée à se trancher les mains.

Lucas, aide-moi aussi, je t'en prie…

Christina hurla de douleur. Elle sentit un liquide chaud couler sur ses doigts.

Du sang… Mon sang sur la Lune !

Il fallait en finir au plus vite.

Calée contre le scaphandre, elle continua de frotter le lien contre la lame. Elle serrait les dents, tremblante de fatigue et de peur de se blesser de nouveau mais déterminée à en finir.

Elle sursauta dans son effort. Une voix de radio se fit entendre. Le message était assez clair. Il disait :

— Ici Bennett, mon général. M'entendez-vous ?

La voix émit trois fois le même message, s'arrêta quelques instants puis reprit :

— Nous avons reçu des renseignements nous informant que vous êtes sur la Lune, mon général. M'entendez-vous ?

Après un blanc, une voix d'outre-tombe résonna.

— Ici la Lune, Bennett. Je fais mon travail. J'ai bientôt fini. Le système était sur « *Error* ». Je réinitialise.

L'homme soufflait. Il semblait harassé.

La voix rauque et rocailleuse continua :

— Le monde ne saura rien, Bennett. Grâce à moi.

— Mon général ?

— Qu'y a-t-il, Bennett ? Vite !

— Nous avons coincé l'homme, mon général. Lucas Fournier. C'est une question de minutes maintenant.

— Parfait, Bennett. Assurez-vous que ce soit une réussite, sinon vous sautez.

— Bien, mon général.

Christina eut envie de hurler.

Nooon ! Pas Lucas !

La voix de Bennett reprit :

— Et la femme, mon général, elle est avec vous ?

— Avec moi, Bennett, avec moi. En lieu sûr.

— Parfait, mon général, nous nous occupons de l'autre.

— …

— Mon général ?

— Quoi encore, Bennett ? fit-il, excédé. Laissez-moi terminer mon travail, bon sang !

— Je suis content de vous avoir retrouvé.

— C'est ça, Bennett. Laissez-moi rire… Ne soyez pas hypocrite. Vous vous voyiez déjà à ma place.

— Dépêchez-vous, général, elle va se montrer.

La communication s'interrompit.

Le lien lâcha enfin. Christina découvrit sa main ensanglantée. Elle aperçut à côté de la porte de sortie une boîte blanche marquée d'une croix rouge. Elle la dégrafa et l'ouvrit. Il y avait tout un nécessaire de soins d'urgence. Elle brisa une ampoule d'antiseptique qu'elle versa sur la plaie et enroula une bande autour de son poignet. Il y avait du sang partout. Rouge sur blanc.

Pas une minute à perdre. Lagarde terminait son travail. Il fallait faire vite.

Plusieurs combinaisons de sortie étaient alignées au fond de la soute. La première était maculée de son sang. Un élément l'intrigua. Il lui sembla avoir vu quelque chose d'étrange sur celle-là. Un voyant d'alerte s'était allumé au fond de son esprit. Son cerveau inconscient l'avait détecté. Elle observa de nouveau le scaphandre de haut en bas. Elle remarqua un nom inscrit.

Bon sang, Lagarde avait tout programmé depuis longtemps !

Le nom CHRISTINA DIMITRIOS était inscrit en toutes lettres sur un badge à hauteur de l'épaule. Cette combinaison avait été fabriquée à ses mensurations !

Pourquoi ?

Il était vrai que, depuis la course-poursuite avec Lucas, elle s'était sentie épargnée. Que lui réservait-il ? Lagarde lui avait dit qu'il avait une proposition à lui faire…

Elle n'accepterait jamais rien de cette ordure !

Christina, rodée par des années d'entraînement, s'installa rapidement dans sa combinaison EVA. Elle fut surprise de la facilité de fermeture. Cette navette possédait les dernières technologies. *Très différent des techniques russes*, songea-t-elle, *beaucoup plus rapide !*

Avant de fermer son casque et de fixer ses gants, elle s'assura que la clé de John, qu'elle avait emportée discrètement, était bien positionnée dans une poche.

Elle vérifia le système d'ouverture de la porte et de dépressurisation de la soute.

Ai-je tout ? se demanda-t-elle, pressée de sortir.

Lucas ! Je dois le contacter !

Elle rouvrit sa combinaison, trouva au fond d'une poche le petit papier où elle avait inscrit le numéro pris dans son répertoire, le déplia et, avec un feutre, nota le numéro sur sa combinaison à hauteur de l'avant-bras.

00 33 6 88…

Tiens bon, Lucas, nous les aurons !

Elle enfila son casque puis ses gants. Elle était enfin prête.

Elle vérifia du regard que la porte du cockpit était bien fermée et poussa sur le bouton de dépressurisation. Un bruit de sifflement se fit entendre. Elle attendit une minute et une lumière verte s'alluma. Christina enclencha l'ouverture. La porte extérieure de la navette s'ouvrit.

Elle avait devant elle le sol lunaire. Elle sentit une bouffée d'adrénaline et d'émotion l'envahir. Elle se souvenait trop bien des premiers mots de Neil Armstrong devant les millions de téléspectateurs du monde entier.

Le premier pas d'une femme sur la Lune ! Un événement unique et personne pour immortaliser la scène.

Christina descendit la marche. Elle regarda autour ; la Lune s'offrait à elle.

Le sol était mou et friable, recouvert d'une épaisse couche de poussière. Elle fit quelques pas peu assurés. Elle aperçut la Terre. Bleue et blanche, au-dessus du cratère.

Elle aurait voulu s'en mettre plein les yeux et la tête mais il y avait urgence.

L'astronaute grecque revint vers la porte du vaisseau et appuya sur le bouton de commande pour la refermer. Avant ce geste, elle prit soin de s'assurer qu'il y avait une possibilité de l'ouvrir de l'extérieur. Effectivement, un levier « *OPEN* » était bien en vue. Il n'était pas question de rester sur la Lune, elle devait assurer ses arrières.

Christina recula pour avoir une vue d'ensemble de la navette. Elle découvrait ce modèle, et de nombreuses questions à son sujet taraudaient son esprit. Elle aperçut les tuyères verticales qui avaient assuré l'alunissage. Tout cela était très ingénieux et avait été conçu expressément pour un tel voyage.

Elle se tourna vers la colline et remarqua qu'une lumière particulière se dégageait au-dessus de celle-ci. Cela lui parut étrange. Comme si une ville illuminée se trouvait cachée derrière…

Christina brancha la radio en poussant l'interrupteur près de son casque et, tout de suite, elle fut sur la bonne fréquence.

— Mon général, mon général ?

— Quoi encore, Bennett ?

— Je viens d'obtenir une nouvelle émission radio… en provenance de la Lune, mon général !

— Que voulez-vous dire ?

— Vous n'êtes plus seul.

— Comment ?

— Oui. Nous allons demander à nos satellites de cibler le cratère pour qu'ils nous envoient des photos.

— Faites vite, Bennett. J'ai fini. Je reviens vers le vaisseau.

Christina eut envie de crier, mais elle se retint. Lagarde la rejoignait. Que pouvait-elle faire ? Se cacher ? Il partirait sans elle.

Se diriger vers lui avec le risque qu'il perce sa combinaison et que ce soit fini ?

Non, pas si près du but. John lui avait demandé d'arrêter cette machine. La Terre entière attendait.

Il lui fallait un plan en vitesse. Elle pensa à la pince coupante pour se défendre et la chercha dans sa poche droite.

Horreur ! Vide ! Elle l'avait oubliée dans la soute. Elle n'aurait pas le temps…

Elle allait l'attendre. *Faire face.* Elle lui exploserait son casque avec un caillou.

Elle regarda autour d'elle. Rien qui aurait pu l'aider. La première petite pierre était proche du bord du cratère. Elle sautilla prudemment jusque-là et se pencha sur un débris de roche.

— Vous avez perdu quelque chose, ma belle ?

Christina se retourna, pétrifiée.

Il était là, face à elle et elle entendit dans son casque un souffle rauque de bête enragée.

72

Marche après marche, étage après étage, l'homme montait inexorablement.

Il avait aperçu l'indication « OBSERVATOIRE » et s'était introduit dans la tour.

Le fiasco à la Bibliothèque nationale avait annoncé les prémices d'un trépas. Il connaissait la suite en cas d'échec. Lui-même, à plusieurs reprises, avait été commandité pour des éliminations d'agents qui avaient failli.

L'homme se posait une question : *comment ma cible était-elle au courant pour le feu ?* Il avait pourtant liquidé la femme astronome au Chili, avant qu'elle ne puisse parler. Personne ne pouvait savoir… Personne ne l'avait vu dans le couloir aux miroirs. *Personne…*

Il pensa que si cela devait se reproduire, il fermerait les yeux. *Garder son calme à tout prix.* Ce n'était pas sa faute s'il avait contracté une pyrophobie après avoir failli mourir carbonisé à cause d'une stupide fusée tirée le jour de la fête de l'Indépendance. Par malheur, elle était tombée sur lui et elle avait continué de lâcher ses flammes. Tout son torse avait été brûlé au troisième degré, et la moitié de son visage défigurée. Ce jour-là, il était en mission… Une protection rapprochée d'un général. Il avait servi de pare-feu. L'homme de noir vêtu s'arrêta. Rien que de s'en souvenir, il suffoquait. Il respira doucement pour se calmer, puis repartit. Ses petits yeux féroces soulignés par sa cagoule exprimaient la froideur et la détermination.

Il parvint au sixième étage. La porte devant lui était fermée. Le rendez-vous était plus haut. Il reprit son ascension.

À partir de là, il devint un animal sauvage. Il sortit son pistolet laser et se mit à l'affût du moindre bruit.

Il arriva au septième. Il ne lui restait qu'un étage. Il ne grimpait plus, il glissait. De panthère, il était devenu serpent.

Dans la pénombre de la coupole, Lucas guettait, attentif lui aussi au moindre frémissement. Tout était prêt pour la réception et il savait qu'il avait l'avantage de la surprise.

Pendant de longues minutes, il ne se passa rien.

L'assistant du Pr Petropoulos s'était caché derrière le bloc de béton qui supportait le télescope. Le balancier de l'appareil, constitué d'une tige à plusieurs poids, était à sa portée, et sa veste, cintrée par un bout de bois, pendait à l'œil de la lunette juste au-dessus de la plateforme.

Dos au support de pierre, et à l'opposé de l'ouverture, Lucas était invisible. En revanche, grâce à une petite lentille miroir qu'il utilisait comme rétroviseur, il avait vue sur la trappe d'accès de la coupole.

La lumière blafarde accentuait l'ambiance sombre et menaçante. L'ombre fantasmagorique de la grande lunette couvrait une partie de la rotonde comme celle d'un canon sur un champ de bataille par une nuit de pleine lune.

Cela faisait déjà une dizaine de minutes d'attente, et toujours rien.

Lucas commençait à se poser des questions. Allait-il encore attendre longtemps ? Son agresseur était peut-être parti ?

Deux minutes plus tard, ses yeux, habitués à l'obscurité, aperçurent une ombre noire, comme une longue tache au sol glissant doucement de la trappe vers le centre de la pièce. Aucun bruit.

Lucas ouvrit grand les yeux pour être sûr de ce qu'il voyait. C'était le moment.

Avec le bras libre, il poussa le balancier, ce qui fit pivoter la grande lunette. Sa veste cintrée se balança au bout du télescope comme le corps d'un homme en mouvement sur la passerelle.

Tout alla très vite. L'ombre noire déchargea en quelques secondes la totalité de son arme sur la veste de Lucas, qui vola en bas de la plateforme. L'homme retira son chargeur pour le remplacer.

Lucas l'avait prévu. À cet instant précis, il gratta une allumette qu'il plaça derrière la lentille qu'il tenait.

La flamme fut multipliée par cinquante et ce brasier fut renvoyé vers les lentilles entourant la salle. Chacune d'elles, à son tour, l'amplifiait et le renvoyait vers les autres. La pièce étant ronde, chacune réfléchissait le feu des autres dans une suite sans fin.

Ce que l'homme en noir redoutait le plus se produisit. Il était entouré par les flammes. Il se jeta au sol et roula en hurlant, lâchant son arme, qui rebondit vers un coin de la rotonde.

Lucas en profita pour gratter une nouvelle allumette. L'homme était devenu complètement hystérique.

Lucas ouvrit alors les volets occultant la sortie vers le balcon extérieur. Il se mit entre l'homme et ce passage.

Avec une simple allumette, il avait mis la coupole en feu et l'homme à genoux. Il savait qu'il était désarmé, mais certainement encore prêt à tout.

Il éteignit son allumette et lui cria :

— Viens, espèce de fumier ! Dehors !

Lucas recula et se mit sur le balcon derrière l'ouverture.

L'homme ouvrit un demi-œil en gesticulant et hurlant. Il lui semblait apercevoir une brèche au milieu du noir. Il n'y avait plus de feu. Il se releva souplement, sortit un poignard de derrière son dos et courut s'engouffrer dans le trou pour tuer Lucas.

73

L'astronaute grecque ne bougeait plus, tétanisée par l'homme qui était devant elle.

— Je vois que vous vous êtes blessée, dit-il en observant les taches rouges sur sa combinaison.

Christina ironisa.

— De toute façon, vous vous en fichez, Lagarde. Et puis vous en avez vu d'autres, n'est-ce pas ?

— J'en ai vu d'autres ?

— Vous avez les mains pleines de sang, Lagarde. Moi, je le sais. Toutes pleines du sang d'innocents.

— Écoutez, c'était inutile de sortir de la navette, mademoiselle Dimitrios. J'ai fini mon travail ici et nous repartons.

— Je ne repars pas avec vous, Lagarde, si c'est cela que vous voulez. Je n'ai pas fini le mien…

— Détrompez-vous, il n'y a plus rien à faire ici et il vaudrait mieux partir. Je vous le garantis.

Lagarde mit sa main gantée dans une grande poche sur le côté de sa jambe. Il en sortit la clé brillante.

— D'ailleurs, dit-il, sans ceci vous n'arriverez à rien.

Il s'approcha d'elle. Elle recula. Ils étaient près du bord de l'immense cratère.

Il lui montra la clé et, d'un grand geste, la lança au-dessus de la falaise. Christina la vit passer au-dessus d'elle et tomber dans le vide plusieurs centaines de mètres plus bas.

— Vous êtes une belle ordure, Lagarde… Je vous…

Il l'arrêta.

— Allez, mademoiselle Dimitrios. Arrêtez vos jérémiades. Vous devez avancer maintenant. Oubliez ce qui est derrière vous. J'ai un projet pour vous. Je suis sûr que cela va vous passionner.

— Jamais je ne ferai quoi que ce soit pour vous ! Jamais ! hurla-t-elle.

— Là où je compte vous amener, vous trouverez le bonheur éternel, ma chère.

— Vous êtes fou à lier, Lagarde ! Vos histoires de Pythagore ne m'intéressent pas ! Vous imaginez que tout vous appartient… mais moi, je ne vous appartiens pas !

Elle continua, les yeux emplis de colère :

— Oui, j'ai vu mon nom sur cette combinaison à ma taille. Ne prenez pas vos désirs pour des réalités, Lagarde. Vos projets, vous pouvez les oublier ! Ce n'est pas au paradis que vous irez, mais en enfer !

— C'est dommage, ma chère, j'irai la rejoindre tout seul, alors…

Il se tourna pour regarder au-dessus de la colline. La lumière était plus intense.

— Vous voyez, elle arrive. Il est temps que je parte.

— C'est ça, Lagarde, allez au diable !

— C'est comme vous voulez. Je vous laisse avec votre père alors.

— Mon père ? Où est-il, Lagarde ?

— Je vous le dirai quand nous aurons quitté cet endroit.

— Allez vous faire voir !

L'homme se tourna vers la navette et fit un signe d'adieu de la main.

Christina devait trouver une parade en urgence. *Se battre ?* Contre lui, elle avait peu de chance… *Accepter une proposition affreuse ? Impossible…*

Elle cria dans son casque :

— Je n'ai pas fini mon travail, Lagarde !

Et elle sortit de sa poche latérale la clé de John. Lagarde se retourna vers elle. La lumière fit briller le métal. Elle brandit la clé pour bien la lui montrer. Il parut hésitant et étonné.

— J'ai même le code, mon petit vieux ! Tu veux le savoir ?

La voix rauque, presque étranglée, murmura :

— Du bluff…

— I S L S P O R !

— …

Christina crut entendre un souffle dans son casque. Cela ressemblait à un soupir. Elle continua :

— Je l'ai, vieux scélérat. Je connais la musique des sphères. La chapelle des Espagnols, ça te dit quelque chose ? Le seul problème, c'est que je ne peux pas te jouer l'air à cause du casque… Mais tu pourrais enlever le tien pour essayer de l'entendre !

À ces mots, les nerfs à vif, Lagarde bondit vers Christina. Il arriva sur elle comme un aigle sur sa proie. Dans un réflexe de survie, elle se laissa tomber sur le côté.

L'homme, emporté par son élan, fut totalement déséquilibré dans sa réception et continua de rouler vers l'avant. Il tenta désespérément de s'accrocher à quelque chose. En vain. Ce n'était que poussière sous ses doigts. Ses jambes pendaient déjà dans le vide du cratère. Il regarda Christina et leva un bras insistant.

Il glissait doucement mais inexorablement. Christina s'avança vers lui en lui montrant la clé. Elle le narguait.

Lui la suppliait :

— Aidez-moi, Christina ! Aidez-moi… Je vais vous dire où se trouve votre père…

— Le monde va savoir, Lagarde. Bon voyage en enfer !

L'homme glissait toujours, implorant l'astronaute grecque.

Quelques centimètres… puis il lâcha.

Elle eut le temps d'entendre un grand cri qui perdura plusieurs secondes. Ce fut atroce pour ses tympans, car elle ne pouvait se boucher les oreilles.

Elle s'approcha du bord de la falaise et vit, tout en bas, un corps blanc rebondir puis disparaître dans les profondeurs du cratère.

Exactement au même instant, sur la planète Terre, dans un grand cri de rage, un homme tout de noir vêtu s'élançait en brandissant un couteau.

Comme sur la Lune, sa cible, placée face à lui, s'écarta *in extremis*. Ce ne fut pas ici l'inertie d'un mouvement incontrôlable qui causa la chute, mais la jambe de sa proie qui le fit trébucher et voler au-dessus d'une rambarde de protection pour chuter finalement à la verticale quelques dizaines de mètres plus bas, au pied du plus bel observatoire astronomique de Paris.

Christina regarda encore un long moment le fond du cratère. Elle fut rassurée de savoir que l'horrible destinée de cet homme était accomplie. Il avait vécu pour et par Pythagore et il mourait en lui. Le destin faisait bien les choses.

Elle se rappela les derniers mots de Lagarde qui disait qu'il était temps de partir.

Il ne lui restait donc que quelques minutes pour enrayer le processus et elle n'imaginait pas du tout ce qu'elle allait trouver.

Elle remit la précieuse clé dans sa poche et se mit en route.

Il lui suffit de suivre les pas de Lagarde. Sur la Lune, les traces se figeaient pratiquement pour l'éternité. Pas de vent, pas de pluie pour les effacer.

Les pas contournaient la navette et filaient vers l'autre côté du plateau. Il y avait là de gros rochers qui empêchaient d'avoir une vue lointaine et dégagée.

Il n'était pas simple de se déplacer. Elle comprenait pourquoi elle n'avait jamais vu un astronaute marcher sur la Lune. C'était tout simplement impossible. Sautiller était la seule solution. Son entraînement en piscine lui facilita considérablement la tâche. Des heures durant, elle avait appris à se mouvoir avec un scaphandre au fond de grands bassins.

Elle amorça une légère montée. De nombreux morceaux de roches jonchaient le sol. Cela ressemblait à un désert minéral chaotique parsemé ci et là de gros champignons de pierre.

Au détour d'un bloc, elle devina une forme brillante à une distance difficilement appréciable.

L'objet qu'elle aperçut avait une teinte métallisée avec des reflets dorés. Elle remarqua que plus elle s'en approchait, plus les traces de pas dans la poussière devenaient nombreuses.

Les empreintes se dirigeaient vers ce qui ressemblait de plus en plus à des pattes d'insecte géant.

Christina s'arrêta. Elle comprit. Son cœur battait la chamade.

Devant elle se dressaient les restes du module lunaire d'Apollo 18. La preuve irréfutable de la mission mystérieuse de son père. Ce ne pouvait être que cela. Nulle autre expédition Apollo ne s'était posée près de cet immense cratère aux confins de la Lune, là où la face visible et la face cachée se rejoignaient. L'astronaute grecque connaissait sur le bout des doigts les différents endroits d'alunissage, et personne n'avait connaissance de celui-ci.

Christina reconnut les pieds d'alunissage du module LEM. À la fin de chaque mission Apollo, la partie supérieure, qui était le lieu de vie et de transport des astronautes, décollait de la Lune pour rejoindre la capsule qui l'attendait à plusieurs kilomètres d'altitude en orbite dans l'espace. Les quatre pieds et le matériel inutile restaient au sol.

Plus qu'une centaine de mètres avant d'y parvenir...

Un détail l'intrigua ; une longue traînée de pas filant dans une tout autre direction que celle du module. Ces empreintes étaient désordonnées, imprécises, parfois s'arrêtant, redémarrant, titubant même. Celui qui avait marché là ne semblait pas dans son assiette. Les traces s'éloignaient en direction du cratère. Christina eut le sentiment qu'elles se dirigeaient vers la Terre, qui se trouvait à ce moment au-dessus de l'horizon lunaire, dans l'alignement exact des pas.

Le temps pressait. Il ne lui restait que quelques dizaines de mètres.

Au fur et à mesure qu'elle s'approchait, des masses sombres, grises et métallisées, se dessinaient nettement. Elle n'avait jamais vu cela sous un LEM.

Une mauvaise intuition l'envahit.

— Non ! Ce n'est pas possible ! hurla-t-elle dans son casque, seule avec elle-même. Ils sont fous ! Comment peuvent-ils ?

Elle se dépêcha de sortir la clé et vint tout près du reste du module.

Plusieurs cylindres étaient arrimés au train d'atterrissage. Sur chacun, elle aperçut le sigle international composé de trois triangles isocèles pointant vers le centre, comme une hélice… celui de la radioactivité. Au milieu se trouvait une console avec un cadran lumineux. Elle y vit des signes de couleur verte défiler. Une sorte de décompte.

— Ils veulent tout faire péter avec une bombe ! C'est dingue ! hurla-t-elle encore, écœurée.

Christina cherchait l'endroit où elle aurait pu introduire la clé. Sous l'écran, elle remarqua des touches et, juste en dessous, une petite trappe. Des traces de doigts sur la poussière indiquaient qu'elle avait été récemment ouverte. *Lagarde*, songea-t-elle, *il vient de l'ouvrir !*

Elle s'approcha de la trappe avec sa clé.

— Ne touchez à rien, mademoiselle Dimitrios, surtout, ne touchez à rien !

Christina se retourna, terrifiée. Elle chercha rapidement autour d'elle, près du module, plus loin, près des rochers. Personne.

Au bout d'un moment, la voix reprit :

— Je vous vois, mademoiselle Dimitrios. Vous avez tué le général Lagarde. Tout a été filmé. Vous serez jugée par un tribunal américain à votre retour. Pour le meurtre d'un général, c'est la peine de mort, mademoiselle Dimitrios, rien que ça !

— Qui êtes-vous ? Je n'ai pas tué Lagarde, il s'est jeté lui-même dans le cratère, précisa Christina.

Elle continuait de regarder partout, anxieuse d'être espionnée et vulnérable.

La voix se fit attendre, puis elle revint.

— Mon nom est Bennett, et je vois tout ce que vous faites. Je suis au-dessus de vous et je vous filme.

Christina se sentit rassurée. Elle était seule sur le site.

— Nous vous voyons à travers les yeux de notre satellite. Si vous ne touchez à rien, nous vous laisserons une chance.

— Quelle chance ? ironisa-t-elle.

— Nous pourrions oublier le meurtre du général… par exemple.

Christina avait les yeux levés vers le ciel lunaire, à la recherche du satellite. La rage montait en elle. Elle jura au fond d'elle-même et sortit :

— Allez vous faire foutre, Bennett ! Vous allez payer pour tout le mal que vous avez fait au monde ! Je n'ai rien à faire de vos ordres et vous êtes tout aussi coupable que Lagarde de tous ces meurtres d'innocents. Je ne vous donne pas plus de vingt-quatre heures, Bennett. Vous allez finir en taule pour le reste de votre vie.

Bennett ne lâcha pas.

— Ne touchez surtout pas à cet appareil. Il est programmé pour se déclencher si vous le manipulez.

— Espèce d'imbécile, railla-t-elle. C'est justement cela que vous voulez, que ça saute ! Vous vous tairiez si vous vouliez que cela explose…

L'astronaute ouvrit la trappe et inséra la clé dans le trou qui se présenta. L'écran changea alors de configuration, passant d'un minuteur décomptant le temps à un tableau à choix multiples. Elle eut l'heureux réflexe de mémoriser, avant le changement d'écran, les chiffres qui étaient inscrits. Il lui restait exactement trois minutes et quarante secondes. Avant de continuer, et de manière très professionnelle, elle enclencha le chronomètre situé sur son bras gauche.

Plusieurs options s'offraient à elle sur le petit écran. Le système d'affichage utilisé semblait fort désuet, plutôt simpliste même. Évidemment, il datait des années soixante-dix.

Elle lut les choix. Il y en avait quatre : *historique – réinitialisation système – modification paramètres – arrêt système.*

Christina prit quelques secondes pour réfléchir. Elle se dit qu'elle n'avait pas droit à l'erreur.

— Si vous ne vous arrêtez pas, votre famille sera exterminée, renchérit la voix de Bennett.

Christina, absorbée par sa tâche, rétorqua d'une voix méconnaissable :

— Je n'ai plus de famille, salopard. Vous les avez déjà tous tués…

— Nous tuerons alors vos amis, continua Bennett sur le même ton.

— Vous ne m'impressionnez pas. Vous faites fausse route.

— Si vous ne vous arrêtez pas dans la seconde, mademoiselle Dimitrios, je donne l'ordre immédiat de tuer Lucas Fournier. Nous le tenons. C'est donnant-donnant.

À ce nom, Christina marqua un temps d'arrêt.

Alors, elle parla doucement à Bennett, avec une assurance extraordinaire. Ce n'était plus Christina que l'on entendait mais une femme prête à tout pour faire connaître la vérité au monde.

— Bennett, sachez que si vous touchez à un seul cheveu de Lucas, j'ai bien dit un seul cheveu, je passerai le restant de ma vie, avec tous mes amis des services secrets français et russes et du reste du monde, à vous pourchasser. Vous ne dormirez plus une seconde, Bennett. Votre chef est mort. Vous êtes totalement fini.

Et elle déconnecta la radio. Il lui restait deux minutes vingt sur son chrono. Elle choisit la quatrième option : *arrêt système*. Elle appuya.

Sur l'écran apparut : *user name* – « nom d'utilisateur ».

Elle fit rapidement le tour des utilisateurs potentiels. *Facile.* Il ne pouvait y en avoir que deux ce jour de 1973.

Elle tapa prudemment sur le petit clavier : ADRIAN DIMITRIOS. L'ordinateur afficha alors : *user code* – « code d'utilisateur », et un petit point blanc se mit à clignoter.

— Nom d'un chien ! s'exclama-t-elle, ce n'est pas fini ? Un code, maintenant ! Un mot ou des chiffres…

Christina fonctionna spontanément, à l'intuition. Elle prit la place de son père et tapa un mot de neuf lettres. L'écran l'accepta et passa au tableau suivant.

Elle laissa éclater sa joie.

— Papa, ça ne pouvait être que moi ! Merci de m'aider !

Ce qu'elle lut ensuite la glaça d'effroi : *to stop the system, read user manual – enter the appropriate code.*

« Pour arrêter le système, lisez le manuel d'utilisateur – entrez le code approprié. »

— Bon Dieu, un manuel avec des codes !

Elle se souvint alors avoir vu Lagarde quitter la navette avec une petite valise mais elle ne l'avait pas vu revenir avec celle-ci.

Elle devait peut-être contenir des documents ?

Il lui restait une minute vingt.

Une bombe nucléaire.

Elle ne s'apercevrait même pas du déclenchement.

Un millionième de seconde et ce serait l'apocalypse sur le cratère Pythagore. Un nuage de poussière se formerait pendant des jours et peut-être des mois autour de la Lune.

Où se trouve cette valise ?

Sa combinaison et son casque l'empêchaient de bien regarder en dessous d'elle. Trop rigides.

Elle recula de quelques pas, au cas où. Elle vit alors la petite valise au pied de la machine. Elle ne l'avait pas remarquée en s'approchant du LEM, trop préoccupée par ce qu'elle découvrait. Lagarde avait dû l'abandonner, estimant qu'il n'était plus nécessaire de la conserver, que la partie était terminée.

S'il avait su...

Elle se mit à genoux. La valisette était déjà ouverte. Plusieurs feuilles plastifiées étaient accrochées dans ce qui ressemblait à un classeur à anneaux. Sur la première page, elle retrouva les quatre options, dans le même ordre qu'à l'écran. Elle tourna les pages jusqu'à l'option quatre. C'était le tout dernier feuillet.

À ce moment, plus rien ne comptait. Elle agissait comme un robot et, dans un état semi-hypnotique, elle aperçut les six chiffres derrière les mots « arrêt système ».

Sur son chronomètre, il lui restait vingt secondes. Dix-neuf.

Elle mémorisa les six chiffres, se remit debout par une poussée avec les mains, puis se plaça face à l'écran et entra les chiffres un à un jusqu'au dernier. Trois secondes. Elle appuya sur « *Enter* ».

Des chiffres verts défilèrent à une vitesse fulgurante. Une lumière rouge fixe apparut. « *System neutralized.* » Il restait une seconde sur le chronomètre.

Christina n'osait plus bouger. Elle reprit lentement de l'air. Elle aurait voulu crier, hurler, pleurer. Rien ne sortit. Elle était face à l'écran, hypnotisée par les lettres rouges.

Elle resta prostrée un moment. C'était fini. Ils avaient gagné, Lucas et elle.

Lucas.

Elle devait l'entendre, lui parler, lui dire qu'elle avait réussi.

Est-il seulement toujours en vie ?

Mais avant cela, elle voulait vérifier quelque chose. Elle avait croisé un chemin et son intuition la poussait à le suivre.

Elle quitta cet endroit maudit, abandonnant l'objet monstrueux à la poussière lunaire.

Les questions se bousculaient dans son esprit.

Papa était-il au courant de ce qu'il transportait ? Certainement, puisque son nom était enregistré dans l'ordinateur. Savait-il que c'était une bombe ? Sans doute... les sigles de radioactivité étaient bien visibles sur les cylindres. Cela ne pouvait échapper à personne.

Tout comme elle, son père était astronaute. Elle pouvait bien s'imaginer qu'il aurait tout fait pour se rendre sur la Lune, pouvoir y mettre le pied et, qu'en tant que militaire, tous les motifs étaient valables s'il était question de protéger son pays. Il avait peut-être cru ce qu'on voulait lui faire croire. Un essai nucléaire sur la Lune, en pleine guerre froide, c'était plausible...

Pourquoi n'était-il pas revenu sur Terre ? S'était-il rendu compte de la gravité de la situation ? Avait-il compris qu'ils voulaient garder un trésor pour eux ?

Le seul élément qu'elle connaissait, c'est que l'armée et la NASA l'avaient déclaré mort en mission.

Elle savait aussi que John, le troisième homme de l'expédition, avait dû se taire toute sa vie. Ce jour-là, il n'était pas sur la Lune. Il attendait ses collègues dans la capsule en orbite. Il n'avait donc rien vu de ce qui s'était passé mais il avait certainement compris le but de la mission. Elle l'avait entendu dire, à Florence : « *Ils veulent cacher la vérité à l'humanité. Allez-y...* »

Papa devait donc savoir aussi... ou peut-être l'avait-il appris en arrivant sur la Lune ? Oui, ce devait être ça ! Il avait dû découvrir la vérité sur la Lune au dernier moment. Et il avait dû faire un choix...

Christina se souvenait que, dans la navette, Lagarde avait parlé de son père comme d'un lâche et d'un traître envers la nation.

Papa s'était donc révolté...

Elle retrouva les empreintes étranges en s'éloignant du LEM. À bien y regarder, elles faisaient penser à des traces de lutte. Des marques de corps au sol témoignaient même de chutes.

Il s'était visiblement passé quelque chose de terrible sur la Lune ce jour d'avril 1973.

Un objet métallique attira son attention, à une cinquantaine de mètres du LEM, près d'un caillou et légèrement enseveli sous la poussière.

Elle s'approcha et le prit dans ses mains.

Des ciseaux ! Ils ne portaient pas de trace de sang.

Christina s'écarta pour retrouver le chemin d'empreintes. Il descendait vers le cratère. Elle le suivit.

Les pas tracés devant elle étaient complètement désordonnés.

À l'approche du cratère, la traînée semblait disparaître. La boule bleue de la Terre était au-dessus, face à elle. Elle était géante et le spectacle était tout aussi grandiose. Là où les pas disparaissaient, à droite du chemin, se dressait un grand rocher, tel un menhir taillé depuis des millions d'années.

Christina s'avança encore et le contourna. C'est alors qu'elle le vit. Il était assis. Le dos contre la roche, contemplant la Terre.

Christina, sentant ses forces la quitter, tomba à genoux.

La combinaison était poussiéreuse. Presque cinquante ans passés sur la Lune…

Il regardait droit devant lui le plus beau spectacle que pouvait offrir la Lune. Un coucher de Terre… sur l'horizon de l'immense cratère.

Il avait les deux mains figées devant lui, sur ses genoux. Une d'elles était ouverte. Christina sentit des larmes qui coulaient sur ses joues. Elle les vit aussi… Le médaillon et sa chaînette reposaient dans sa main. Il avait une forme de cœur, comme le sien, et portait une photo à l'avant. Celle d'une petite fille de cinq ans. Christina.

Elle ne voyait pas son visage. Le reflet bleuté de la Terre sur la visière l'en empêchait.

Il était mort comme il était là. Sur la combinaison devenue grise, un badge portait son nom. ADRIAN DIMITRIOS, APOLLO 18.

— Papa, je t'ai retrouvé. J'attendais ce moment depuis mes cinq ans… et te voilà… et me voilà. Tu m'avais dit avant de partir que je pourrais te voir en levant les yeux vers le ciel. Je comprends maintenant. Tu ne m'as pas menti. Tu n'as pas arrêté de me regarder depuis que tu m'as quittée. Je suis contente d'être avec toi. Tu m'as manqué, tu sais… Je t'aime, papa.

Elle continuait de pleurer.

Elle mit sa main gantée dans la sienne et resta un long moment à côté de lui. Sur la Lune, à cet instant-là, il y avait un père et sa fille côte à côte. Tous deux étaient là pour une seule et même raison : la vérité pour l'humanité…

Tant d'années sans toi... Une éternité irremplaçable...

Christina se releva. Elle s'assit à deux mètres, en face de lui.

Pourquoi est-il là ?

Après la grande émotion, la colère et l'incompréhension reprirent le dessus. Lagarde avait abandonné son père. Il était parti sans lui ! C'était un meurtre par abandon.

Papa est mort seul sur la Lune, abandonné par son commandant pour trahison.

Ivre de colère, Christina réenclencha sa radio.

— Bennett ? Bennett ? Vous êtes là ? Répondez-moi !

La connexion se fit sans attendre.

— Dites-moi, mademoiselle Dimitrios, je vous écoute.

— J'ai coupé votre saleté de machine, Bennett.

— Je le sais.

— Comment pourriez-vous le savoir ?

— Elle aurait déjà sauté. Vous avez gagné.

— Votre patron a tué mon père, Bennett. Vous le saviez, ça aussi. Lagarde n'a jamais voulu me le dire.

— Le général Lagarde n'a pas tué votre père, mademoiselle Dimitrios.

— Il l'a abandonné sur la Lune, Bennett, a-bandon-né !

— Il ne l'a pas tué, insista-t-il de nouveau.

— Abandonner sur la Lune n'est pas tuer ? Depuis quand, Bennett ? Vous êtes une bande de salauds !

Il se passa quelques secondes. L'homme sembla réfléchir. Il reprit :

— Je vais vous expliquer.

— Oui, c'est ça… expliquez-moi, Bennett, dit-elle rageusement.

Elle l'entendit soupirer.

— Votre père était au courant que l'armée américaine, avec l'aide de la NASA, allait placer une charge nucléaire sur la Lune à l'endroit le plus judicieux pour protéger *Antechton* de la vue des terriens…

En entendant ce nom, Christina songea qu'elle ne connaissait toujours pas le secret des pythagoriciens. Les événements dramatiques de la bombe et la découverte de son père avaient éclipsé la raison principale qui l'avait menée jusque-là. Mais elle se tut et n'interrompit pas la communication. Bennett continuait, sans aucune émotion, comme s'il était de son devoir d'éclaircir les choses.

— La meilleure place était le cratère Pythagore puisque l'apparition émerge là tous les cinq siècles.

— Connaissait-il *Antechton* avant de partir ?

— Non. Il l'a découverte en passant derrière la Lune, du côté de la face cachée. Le secret était bien gardé et, jusqu'à aujourd'hui, il l'a été. Lagarde était le seul de la mission à connaître le secret en partant. Mais, pour revenir à votre père, une fois arrivé sur la Lune, il avait bien compris à quoi devait servir la bombe qu'ils apportaient. Non, ce n'était pas un essai pour impressionner les Russes mais c'était déjà en prévision de ce jour, car les missions Apollo s'arrêtaient et personne ne connaissait l'avenir de la conquête spatiale. Lagarde devait donc programmer la bombe pour qu'elle explose maintenant, juste avant la conjonction, et qu'elle provoque un nuage de poussière pour cacher le secret au reste du monde. Malheureusement cela n'a pas été ainsi… souffla Bennett avec un peu d'amertume.

— Vous ne m'avez toujours pas dit pour le meurtre de mon père.

— J'y viens. Votre père avait décidé de ne plus programmer cette bombe, ayant appris la véritable raison de son transport sur la Lune. Le général Lagarde et lui se sont battus sur le lieu de l'alunissage, chacun pour sa conviction. Votre père était prêt à trahir sa nation. Ils se sont presque entretués. Finalement, Lagarde a programmé la bombe et ils sont rentrés tous les deux dans le LEM pour redécoller. Il y avait urgence pour rejoindre le module de commande qui orbitait, conduit par John Gardiner. Mais, juste avant le décollage, votre père a attaché son commandant par surprise et est sorti du LEM *in extremis*. Il signait son arrêt de mort, mais pour sa cause à lui.

— C'est donc lui qui est sorti… Lagarde ne l'a pas tué… reprit Christina pour se convaincre de ce qu'elle entendait.

Bennett continua :

— Il était trop tard. Le LEM a décollé, emportant seulement le général mais…

— Mais quoi, Bennett ?

— Mais ce que l'on ne pensait pas, c'est que votre père ait pu trafiquer le système.

— Trafiquer ? articula-t-elle.

— Oui, il est descendu du LEM avec une clé mais sans la valisette.

Christina regardait son père depuis le début de l'entretien. Son regard glissa sur la combinaison couverte de poussière.

La poche latérale jambe droite.

Elle se leva et l'ouvrit. Elle aperçut au fond un objet métallique. L'exacte réplique de la clé de John et de Lagarde.

— Il y avait donc trois clés, coupa Christina ?

— Trois. Une pour chaque astronaute, au cas où. Mais sans la valisette, il ne disposait d'aucun code pour arrêter le système.

Christina écoutait le récit de l'homme de main de Lagarde. Elle regardait toujours son père, immobile. Elle avait le sentiment qu'il entendait tout, qu'il allait se lever pour raconter son histoire, la vraie. Quarante-cinq ans plus tard.

— Votre père a tout de même pu fixer une date d'arrêt sur le programme. Il a trouvé une faille dans le système et il l'a programmé pour le mettre hors service à une certaine date.

— Quelle date ?

— Il y a exactement cinq jours. C'était très intelligent puisque nous avons cru, jusque-là, grâce au contact radio, que le système de mise à feu fonctionnait normalement. Votre père pensait bien qu'on ne pourrait pas monter une expédition en quelques jours et il a laissé le décompte filer pendant toute cette période pour ne pas éveiller les soupçons sur son acte.

— Mais alors ? Comment se fait-il que nous soyons là ?

— C'était compter sans le général qui, malgré le fait que la valisette était restée dans le LEM, a toujours pensé qu'Adrian Dimitrios aurait tout de même pu agir. Lagarde avait donc prévu ce voyage vers la Lune depuis quelques années… et avec vous, mademoiselle Dimitrios.

— Et pourquoi avec moi ?

— Je ne sais pas. Une sorte de revanche, ou d'estime.

— Il m'a parlé d'un projet m'impliquant… confia-t-elle.

— Je n'en ai pas connaissance. Le général avait beaucoup de secrets. Je ne peux vous en dire plus.

— OK, Bennett.

Christina coupa sa radio. Elle se rassit à côté de son père, face à la Terre toujours suspendue au-dessus de l'horizon.

— Papa, tu as donné ta vie. Tu t'es sacrifié pour que l'on sache un jour. Tu savais que tu allais à la mort en sautant du LEM. Tu savais que tu ne me verrais plus. Mais tu l'as fait pour nous tous. Et tu as réussi ! Merci, papa… Je serai toujours fière de toi… Je t'aime…

Elle resta encore un moment à côté de lui puis se leva et prit la direction de la colline derrière elle. La lumière lui semblait encore plus vive.

Il était temps de découvrir le secret.

En bas, la navette X-37B paraissait minuscule au bord du cratère. Elle marcha et grimpa un long moment vers la cime, là où la face cachée et la face visible de la Lune se rejoignaient…

Elle y était presque.

Elle gravit les derniers mètres et parvint enfin au-dessus de la crête.

Elle fut éblouie.

Cette image, jamais elle n'avait osé y croire ni l'imaginer. Elle était venue à son esprit et elle l'avait chaque fois balayée. De l'ordre de l'impossible.

Et pourtant… Elle se trouvait devant elle. Christina était sous le choc de l'émotion. Elle ralluma sa radio.

— Bennett… Bennett ? Vous m'entendez ?

— Je vous reçois.

— Rendez-moi au moins un service. Cela allégera les charges contre vous…

— Dites-moi.

— Appelez-moi ce numéro.

Christina énuméra les chiffres inscrits sur la manche de sa combinaison. Elle attendit patiemment devant le spectacle incroyable qui s'offrait à elle.

Une tonalité se fit entendre. Celle d'un téléphone qui attendait d'être décroché.

— Allô ? À qui ai-je l'honneur ?

— Lucas Fournier ?

— Oui… c'est lui-même. Qui êtes-vous ?

— Lucas, si vous saviez comme je suis heureuse de vous savoir en vie… Vous ne devinerez jamais d'où je vous parle…

— Christina… C'est vous ! Je suis tellement content de vous entendre ! Vous êtes déjà de retour ?

— Lucas, je la vois ! Elle est devant moi !

— Christina, je suis comme vous. Je n'en crois pas mes yeux de découvrir cette nouvelle planète. Jamais je n'aurais cru cela… C'est inouï ! Où êtes-vous ?

— Je suis sur la Lune, Lucas… entre nos deux Terres !

Il y eut un moment de silence.

— Sur la Lune ? Ce n'est pas possible…

— Si… Je vous expliquerai… Nous avons réussi ! Le monde sait, enfin !

— Christina…

— Oui ?

— J'aimerais être avec vous à cet instant…

— Je suis avec vous, Lucas, et nous voyons la même chose au même moment…

— Vous êtes toute proche alors… Comment est-elle ?

— Comme la nôtre, Lucas… comme la nôtre. Aussi belle !

— Et encore ?

— Je vois plein de bleu, de blanc… et vous savez quoi ?

— Non… Dites-moi, Christina !

— Du brun et du vert aussi. Elle ressemble très fort à notre Terre, Lucas. J'en ai des larmes… Elle était si près de nous et on nous l'a cachée !

— C'est la grande conjonction qui nous a permis de la découvrir, Christina. Sans cet agencement unique des planètes, nous n'aurions jamais rien su. Mais c'est surtout grâce à Elena et à Xénophon…

Ce que disait Lucas était vrai. L'astronaute pensa à toutes celles et ceux qui avaient perdu leur vie à cause de ce mystère. Elle comprit dans la foulée ce que les grands artistes, adeptes de Pythagore, avaient caché dans leurs œuvres, comme Santucci dans sa sphère ou Coronelli dans son globe.

— Lucas, rappelez-vous le jeune homme entre Déméter et Perséphone sur le relief du musée, *Antechton*.

— L'Antiterre, Christina, la véritable « île des Bienheureux », une planète cachée qui reçoit les âmes, protégée par Perséphone, la Lune. La boucle est bouclée, Christina. Le mystère de Pythagore est au grand jour.

— Lucas ?

— Oui…

— Vous la voyez bien ?

— J'ai mon œil derrière le plus beau télescope de Paris. J'essaie de vous voir mais vous êtes si petite…

— Je suis au bord du cratère Pythagore, Lucas, sur le limbe.

— Le cratère Pythagore ?

— Lui-même !

— Je comprends mieux maintenant…

— Oui, Lucas. J'ai découvert les réponses à mes questions.

Il y eut un blanc puis on entendit Lucas.

— Je vous vois, Christina. Faites-moi signe.

Christina leva un bras en direction de la Terre. Avec l'autre, elle chercha par-dessus sa combinaison son petit pendentif en forme de cœur.

L'astronaute grecque se tourna vers la nouvelle planète. Elle semblait si proche… et si belle. La forme de ses continents différait mais le bleu était si intense…

Les pensées de Christina voguaient dans tous les sens. Elle avait retrouvé son père et cette nouvelle planète restait à découvrir. Lagarde avait élaboré un programme qu'il avait appelé SPOR. Où en était-il ? Et pourquoi voulait-il que Christina y participe ?

Sur le pic de lumière éternelle, là où jamais la lumière ne s'éteint sur la Lune, elle serait bien restée, une éternité, à regarder…

Son cœur lui disait autre chose.

— Lucas ?

— Oui ?
— Je rentre…
— Je vous attends, Christina.
— Oui. Attendez-moi.

Et elle descendit vers la navette.

Épilogue

Le cadran lumineux, accroché au module, affichait toujours des symboles rouges. Soudain, il clignota et devint noir. Noir comme la nuit lunaire.

Au fond du cratère Pythagore, dans les abysses, un homme en scaphandre, immobile, regardait la nuit étoilée. Son visage, figé pour l'éternité, portait un rictus de haine et de désespoir.

Au bord du même cratère, mais tout en haut, plus près des étoiles, un autre homme en scaphandre, immobile, regardait la planète Terre qui sombrait à l'horizon. Malgré des décennies d'immobilité, son visage exprimait toujours l'amour et l'espoir.

Dans le musée archéologique d'Athènes, on remit Zeus en place. Son bras ne montrait plus la lune.

Non loin de là, Angélique, debout sur son balcon, arrosait ses plantes. Apercevant l'étrange éclat de la lune, elle resserra son foulard.

À Rome, dans la pénombre de la basilique pythagoricienne, Zeus lâcha le beau Ganymède, qui tomba du plafond sur l'autel dans un grand fracas de stuc brisé. Les Victoires ailées se jetèrent sur lui pour le dévorer et retrouver une éternelle jeunesse.

Au-dessus de l'Arno à Florence, les centaines de paires d'yeux des autoportraits cherchèrent vainement à observer la lune à travers les petites lucarnes grillagées du corridor de Vasari.

À la Cité des Étoiles, le commandant Soukhoroukov vida d'un trait sa bouteille et se dit, une fois de plus, que ce serait la dernière.

Une navette quittait la Lune. Devant et derrière elle se trouvait un double destin ; celui de l'Homme.

Remerciements

Vous venez de terminer ce livre et voyagez probablement encore… Peut-être refaites-vous un dernier tour de Lune, vous égarant dans quelques rêveries et enfin, dans un sursaut de lucidité, vous voilà de retour vers la Terre. Je vous remercie de m'avoir suivi dans ce périple.

Je tiens du fond du cœur à remercier ici toutes les personnes qui m'ont aidé et encouragé dans mon parcours d'écrivain pour ce premier roman.

À Marlène, qui fut la première à partager passionnément mon projet et m'a apporté son aide et ses conseils jusqu'au point final.

À Béatrice, Marie, Florence, André, Ari, Muriel et Alain, pour leur lecture attentive, leurs commentaires avisés et corrections judicieuses.

À mes patients, à qui je parle depuis des années de mes projets littéraires, pour leur écoute et leurs encouragements précieux. J'avoue avoir été souvent dans la lune ces derniers temps… Merci à eux de ne pas m'en avoir tenu rigueur.

À Fabrice, chaînon providentiel et concepteur de voyages « spatiaux », qui m'a mis, sans le savoir, sur la voie des Nouveaux Auteurs et du Prix *Femme Actuelle*.

À ma maison d'édition et à son directeur Jean-Laurent Poitevin, pour son enthousiasme. Je n'oublierai jamais son appel téléphonique m'annonçant la merveilleuse nouvelle.

Au groupe Prisma Media.

À Gilles Legardinier. C'est un immense honneur de savoir que ce roman a été lu par lui.

À tous les lecteurs du jury citoyen des Nouveaux Auteurs, premiers passagers officiels de ce voyage aventureux.

À mes anges gardiens, quelle que soit la galaxie où vous vous trouvez, j'ai bien reçu vos signes…

À mes deux fidèles amies grecques, Angélique et Violetta, pour leur générosité et leur bienveillance. Elles sont des personnages clés de ce roman, mais aussi de ma vie.

Enfin, à tous ceux qui ont accéléré la conjonction menant à la réalisation d'un de mes rêves les plus chers… Il y en aura d'autres.

Citation et illustrations

Citation introduction : Arseni Tarkovski, Poème « Au milieu du monde », 1958.

p. 42 : plan du Musée national archéologique d'Athènes (rez-de-chaussée) © 2018 Musée national archéologique d'Athènes. https://www.namuseum.gr/en/episkepsi/

p. 183 : extrait de *De Occulta Philosophia* (1533) par Agrippa von Nettesheim, Heinrich Cornelius.

p. 186 : illustration © Benoît Sagaro.

p. 189 : illustration – Déméter et Perséphone, Triptolème enfant (bas-relief d'Éleusis, Athènes). https://commons.wikimedia.org/wiki/File:Demeter2_MKL1888.png – Meyers Konversationslexikon, 4e édition (1885-1890).

Cet ouvrage a été composé et mis en page
par FACOMPO, LISIEUX

Imprimé en France par CPI
en mai 2022
N° d'impression : 3048304

Pocket – 92 avenue de France, 75013 PARIS

S32185/01